APENAS UM OLHAR

"Harlan Coben é mestre em prender a atenção do leitor e criar histórias surpreendentes. Ele vai seduzir você logo na primeira página só para chocá-lo na última." – Dan Brown, autor de *O Código Da Vinci*

"Coben prova sua inteligência e sua habilidade em construir uma narrativa e imprimir ritmo a ela, equilibrando várias tramas ao mesmo tempo. Você vai ler este livro em um dia, no máximo dois." – *Entertainment Weekly*

"Harlan Coben continua um dos melhores nessa arte. Este é um daqueles livros em que nem o personagem principal nem o leitor sabem exatamente o que está acontecendo até o fim." – *The San Francisco Chronicle*

"Só quando vira a última página é que o leitor tem a chance de respirar, dizer 'Uau!' e então se maravilhar com a estrutura incrivelmente bem construída." – *The Miami Herald*

"O livro tem uma premissa excelente, e Coben faz um ótimo trabalho em deixar o leitor fascinado." – *The New York Times*

"Coben transforma suas histórias em viagens psicológicas emocionantes. As páginas viram tão rápido que é incrível não terminar o livro cheio de cortes de papel nos dedos." – *The Orlando Sentinel*

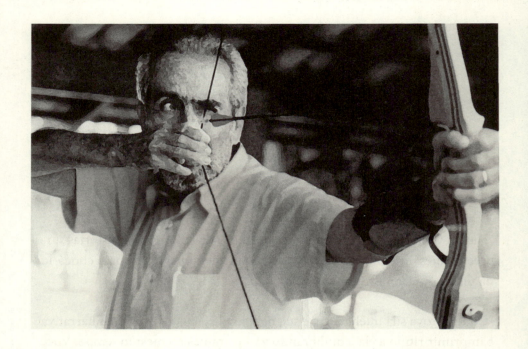

O Arqueiro

GERALDO JORDÃO PEREIRA (1938-2008) começou sua carreira aos 17 anos, quando foi trabalhar com seu pai, o célebre editor José Olympio, publicando obras marcantes como *O menino do dedo verde*, de Maurice Druon, e *Minha vida*, de Charles Chaplin.

Em 1976, fundou a Editora Salamandra com o propósito de formar uma nova geração de leitores e acabou criando um dos catálogos infantis mais premiados do Brasil. Em 1992, fugindo de sua linha editorial, lançou *Muitas vidas, muitos mestres*, de Brian Weiss, livro que deu origem à Editora Sextante.

Fã de histórias de suspense, Geraldo descobriu *O Código Da Vinci* antes mesmo de ele ser lançado nos Estados Unidos. A aposta em ficção, que não era o foco da Sextante, foi certeira: o título se transformou em um dos maiores fenômenos editoriais de todos os tempos.

Mas não foi só aos livros que se dedicou. Com seu desejo de ajudar o próximo, Geraldo desenvolveu diversos projetos sociais que se tornaram sua grande paixão.

Com a missão de publicar histórias empolgantes, tornar os livros cada vez mais acessíveis e despertar o amor pela leitura, a Editora Arqueiro é uma homenagem a esta figura extraordinária, capaz de enxergar mais além, mirar nas coisas verdadeiramente importantes e não perder o idealismo e a esperança diante dos desafios e contratempos da vida.

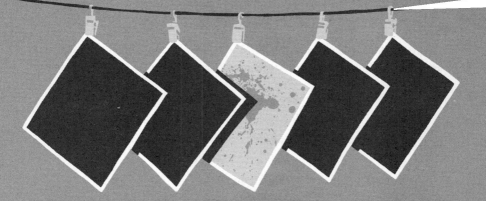

APENAS UM OLHAR
HARLAN COBEN

Título original: *Just One Look*

Copyright © 2004 por Harlan Coben
Copyright da tradução © 2019 por Editora Arqueiro Ltda.

Todos os direitos reservados. Nenhuma parte deste livro pode ser utilizada ou
reproduzida sob quaisquer meios existentes sem autorização por escrito dos editores.

tradução: Roberto Quintana
preparo de originais: Luiz Felipe Fonseca
revisão: Ana Grillo, Rebeca Bolite, Suelen Lopes e Tereza da Rocha
diagramação: Abreu's System
capa: Elmo Rosa
impressão e acabamento: Lis Gráfica e Editora Ltda.

CIP-BRASIL. CATALOGAÇÃO NA PUBLICAÇÃO
SINDICATO NACIONAL DOS EDITORES DE LIVROS, RJ

C586a	Coben, Harlan
	Apenas um olhar / Harlan Coben; tradução de Roberto Quintana. São Paulo: Arqueiro, 2019.
	352 p.; 16 x 23 cm.
	Tradução de: Just one look
	ISBN 978-85-8041-978-8
	1. Ficção americana. I. Quintana, Roberto. II. Título.
19-59194	CDD: 813
	CDU: 82-3(73)

Todos os direitos reservados, no Brasil, por
Editora Arqueiro Ltda.
Rua Artur de Azevedo, 1.767 – Conj. 177 – Pinheiros
05404-014 – São Paulo – SP
Tel.: (11) 2894-4987
E-mail: atendimento@editoraarqueiro.com.br
www.editoraarqueiro.com.br

Este livro é para Jack Armstrong,
porque ele é um dos bons rapazes.

"Baby, você pode me contar sua lembrança favorita,
mas ela não passa de tinta desbotada."

— *Provérbio chinês adaptado para a letra da música "Pale Ink",
da Jimmy X Band (escrita por James Xavier Farmington;
todos os direitos reservados)*

Scott Duncan estava diante do assassino.

Era uma sala em tom de cinza-chumbo e sem janelas, um ambiente constrangedor e estagnado cuja inércia era similar ao momento em que a música começa a tocar e nenhum dos desconhecidos sabe como dar início à dança. Scott arriscou um gesto de cabeça apático. O assassino, vestido com o uniforme prisional laranja, apenas o encarava. Scott entrelaçou os dedos das mãos e pousou-as sobre a mesa de metal. O assassino – a ficha dizia que se chamava Monte Scanlon, mas era impossível que aquele fosse seu nome – poderia ter feito o mesmo se não estivesse algemado.

"Por que", perguntou-se outra vez Scott, "estou aqui?"

Scott se especializara em ações penais contra políticos corruptos – um vigoroso nicho de mercado em seu estado natal, Nova Jersey –, mas, três horas antes, Monte Scanlon, um homicida prolífico para todos os padrões, havia finalmente quebrado o silêncio para fazer uma exigência.

Que exigência?

Uma reunião em particular com o procurador federal adjunto, Scott Duncan.

Era algo estranho por uma série de razões, e aí vão duas: primeira, um assassino não deveria estar em posição de fazer exigências; segunda, Scott não conhecia nem nunca tinha ouvido falar de Monte Scanlon.

Scott quebrou o silêncio:

– Você pediu para me ver?

– Pedi.

Scott anuiu com um gesto de cabeça, esperando que ele falasse mais, o que não aconteceu.

– E o que posso fazer por você?

Monte Scanlon continuava a encará-lo.

– Sabe por que estou aqui? – perguntou o prisioneiro.

O olhar de Scott vagou pela sala. Além dele e de Scanlon, havia outras quatro pessoas presentes. Linda Morgan, procuradora federal dos Estados Unidos, estava encostada na parede do fundo, tentando imitar a naturalidade de Sinatra na capa de um de seus discos, na qual ele se apoia em um poste de luz. Parados atrás do prisioneiro havia dois guardas parrudos, quase idênticos, com braços da grossura de um tronco de árvore e peitorais que pareciam armaduras antigas. Scott conhecia os dois agentes arrogantes; já os vira desempenhando suas funções com a serenidade de mestres de ioga. Mas ali, com aquele prisioneiro bem algemado, mesmo aqueles dois caras estavam nervosos. O advogado de Scanlon, um macaco velho que cheirava a colônia barata, completava o grupo. Todos os olhares estavam voltados para Scott.

– Você matou – respondeu Scott. – Muitas pessoas.

– Eu era um profissional do crime. Era o que chamam de... matador de aluguel.

– Em casos que não têm nada a ver comigo.

– É verdade.

A manhã de Scott fora bastante normal. Havia redigido uma intimação para um executivo ligado ao descarte de lixo que estava subornando o prefeito de uma cidade pequena. Caso rotineiro. Corrupção cotidiana no estado de Nova Jersey. Isso tinha acontecido uma hora, uma hora e meia atrás, talvez? Agora estava sentado do outro lado de uma mesa aparafusada ao chão, de frente para um homem que havia matado – de acordo com a estimativa arredondada de Linda Morgan – cem pessoas.

– Então por que me chamou?

Scanlon parecia um velho playboy que poderia ter sido acompanhante de uma das irmãs Gabor na década de 1950. Era pequeno, mirrado até. O cabelo grisalho, penteado para trás, estava ensebado; os dentes, amarelados pelo cigarro; a pele parecia couro curtido pelo sol do meio-dia e pelo excesso de longas noites em casas noturnas mal iluminadas. Ninguém na sala sabia seu verdadeiro nome. Quando foi capturado, seu passaporte dizia Monte Scanlon, nacionalidade argentina, 51 anos. A idade parecia correta, e só. Quando cruzaram suas digitais com o banco de dados do NCIC, o centro nacional de informações criminais não apontou nenhuma correspondência. O resultado do aplicativo de reconhecimento facial foi um redondo zero.

– Precisamos falar a sós.

– Esse caso não é meu – repetiu Scott. – Já há uma procuradora nomeada para ele.

– Isso não tem nada a ver com ela.

– E tem a ver comigo?

Scanlon inclinou-se para a frente e disse:

– O que estou para lhe contar vai mudar totalmente a sua vida.

Uma parte de Scott queria agitar os dedos ao som de um retumbante "Ó" bem na cara de Scanlon, num gesto afetado de desdém àquele ar de mistério. Estava acostumado à mentalidade dos criminosos aprisionados – às manobras tortuosas, à busca de uma vantagem, à procura de uma saída, ao sentimento exagerado em relação à própria importância. Linda Morgan, como se adivinhasse os pensamentos de Scott, lançou-lhe um olhar de advertência. Segundo o que ela lhe contara, Monte Scanlon havia trabalhado para várias famílias influentes durante quase trinta anos. O pessoal que combatia o crime organizado ansiava por sua cooperação, como um homem faminto diante de um bufê. Desde que fora capturado, Scanlon tinha se recusado a falar. Até aquela manhã.

Então ali estava Scott.

– A sua chefe – disse Scanlon, apontando com o queixo para Linda Morgan – espera que eu coopere.

– Você vai tomar a injeção letal – respondeu Linda, ainda tentando imprimir um ar de indiferença. – Nada que você diga ou faça vai mudar isso.

Scanlon sorriu ao dizer:

– Me poupe. Você tem mais medo de perder o que vou dizer do que eu tenho de morrer.

– Certo. Outro valentão que não tem medo da morte – falou ela, desencostando da parede. – Sabe de uma coisa, Monte? Os valentões sempre borram as calças quando são amarrados na maca.

Novamente Scott conteve o desejo de agitar os dedos, dessa vez na cara da chefe. Scanlon continuava sorrindo. Não desviava o olhar de Scott, que não gostava do que via. Eram, como esperado, olhos pretos, reluzentes e cruéis. No entanto – e era possível que Scott estivesse imaginando coisas –, talvez houvesse algo mais ali. Alguma coisa além do vazio. Parecia haver uma súplica naquele olhar; Scott não conseguia se desviar dele. Talvez fosse arrependimento.

Ou até remorso.

Scott olhou para Linda e fez um aceno com a cabeça. Ela franziu o cenho, mas Scanlon já tinha percebido o jogo. Linda tocou o ombro de um dos guardas parrudos e fez sinal para que os dois saíssem. Levantando-se da cadeira, o advogado de Scanlon falou pela primeira vez:

– Qualquer coisa que ele diga é extraoficial.

– Fique lá com eles – mandou Scanlon. – Não deixe que escutem.

O advogado pegou sua pasta e seguiu Linda Morgan até a porta. Logo, Scott e Scanlon estavam sozinhos. Nos filmes, os assassinos são onipotentes. Na vida real, não. Não escapam das algemas no meio de uma penitenciária federal de segurança máxima. Os dois Irmãos Parrudos, Scott sabia, ficariam atrás do vidro espelhado. O interfone, de acordo com as instruções de Scanlon, seria desligado. Porém, todos estariam assistindo.

Scott deu de ombros, como quem diz "E então?".

– Não sou um matador de aluguel típico.

– Claro.

– Tenho minhas regras.

Scott ficou aguardando.

– Por exemplo, só mato homens.

– Uau! Que cavalheiro.

Scanlon ignorou o sarcasmo.

– É a minha primeira regra. Só mato homens. Mulheres, não.

– Certo. Mas me conte: a segunda regra tem alguma coisa a ver com só fazer sexo depois do terceiro encontro?

– Você acha que sou um monstro?

Scott deu de ombros, como se a resposta fosse óbvia.

– Você não leva a sério minhas regras?

– Que regras? Você mata pessoas. Inventa essas regras porque precisa acreditar que ainda existe algo de humano em você.

– Talvez, mas os homens que matei eram a escória – disse Scanlon após refletir sobre o assunto. – Fui contratado pela escória para matar a escória. Não sou nada mais que uma arma.

– Uma arma? – repetiu Scott.

– Sim.

– Uma arma não se importa com quem mata, Monte. Homens, mulheres, vovós, crianças pequenas. Para uma arma, não faz diferença.

Scanlon sorriu.

– *Touché*.

Scott esfregou as palmas da mãos nas pernas da calça.

– Você não me chamou aqui para uma aula de ética. O que quer?

– Você é divorciado, não é, Scott?

Ele não respondeu.

– Sem filhos, separação amigável, ainda é amigo da ex.

– O que você quer? – insistiu Scott.

– Explicar.

– Explicar o quê?

Scanlon baixou o olhar, mas apenas por um breve momento.

– Explicar o que fiz a você.

– Mas eu nem te conheço.

– Mas eu conheço você. E há muito tempo.

Scott deixou o silêncio se estabelecer. Lançou um olhar furtivo na direção do espelho. Linda Morgan devia estar atrás do vidro perguntando-se sobre o que estariam falando. Ela queria informações. O procurador ficou curioso para saber se alguém teria colocado uma escuta na sala. Provavelmente. De qualquer forma, valia a pena fazer Scanlon falar.

– Você é Scott Duncan. Trinta e nove anos. Formado em direito pela Columbia. Poderia ganhar muito mais dinheiro no exercício particular da profissão, mas é um trabalho que o deixa entediado. Tem atuado junto ao gabinete do procurador-geral nos últimos seis meses. Seu pai e sua mãe se mudaram para Miami no ano passado. Você tinha uma irmã, mas ela morreu quando estava na faculdade.

Scott se remexeu na cadeira. Scanlon o observava.

– Terminou?

– Você sabe como meu negócio funciona?

Mudança de assunto. Scott esperou um instante. Scanlon estava fazendo um jogo de manipulação, tentando pegá-lo desprevenido ou alguma bobagem assim. Scott não ia cair. Nada do que o prisioneiro "revelara" sobre sua família era surpreendente. Para obter aquelas informações, bastava fazer umas buscas na internet e dar alguns telefonemas.

– Por que você não me conta? – perguntou Scott.

– Vamos supor que você quisesse que alguém morresse – começou Scanlon.

– Certo.

– Você entraria em contato com um amigo, que tem um amigo, que conhece um amigo, que pode chegar a mim.

– E só esse último amigo conheceria você?

– Algo assim. Eu só tinha um intermediário, mas era cauteloso até com ele. Nunca nos encontramos pessoalmente. Usávamos codinomes. Os pagamentos iam sempre para contas no exterior. Eu abria uma conta nova a cada transação e fechava assim que o negócio era concluído. Está me acompanhando?

– Não é tão complicado assim – observou Scott.

– Verdade, não é. Mas, veja você, hoje em dia a gente se comunica por e-mail. Crio contas temporárias no Hotmail, no Yahoo!, onde for, com um nome falso. Nada que possa ser rastreado. Mas, mesmo que pudesse, mesmo que descobrissem quem enviou, aonde isso levaria? Todos os e-mails eram enviados e lidos em bibliotecas ou outros lugares públicos. Estávamos completamente protegidos.

Scott ia mencionar que aquela proteção toda havia levado Scanlon para a cadeia, mas decidiu guardar isso para mais tarde.

– O que isso tem a ver comigo?

– Vou chegar lá.

Scott percebeu que aquilo era apenas um aquecimento para a história completa.

– Antigamente, uns oito ou dez anos atrás, isso era feito de telefones públicos. Eu nunca via o nome da vítima escrito. O cara só falava pelo telefone.

Scanlon fez uma pausa e se certificou de que tinha toda a atenção de Scott. Seu tom se suavizou um pouco, tornou-se menos prosaico.

– É essa a questão, Scott. Era pelo telefone. Eu só ouvia o nome, não via.

Scanlon olhou esperançosamente para Scott, que não fazia ideia do que o assassino estava tentando dizer e, portanto, apenas respondeu:

– Aham.

– Você entende por que estou enfatizando que tudo era feito pelo telefone?

– Não.

– Porque uma pessoa como eu, com regras, poderia cometer um erro ao telefone.

Scott refletiu sobre aquilo.

– Ainda não entendi.

– Nunca mato mulheres. Essa é a regra número um.

– Você já disse.

– Então, se você me mandasse matar alguém chamado Billy Smith, eu pensaria em um homem. Então o nome terminaria com *y*. Nunca iria pensar que Billy fosse uma mulher. Com a mesma pronúncia, mas com *ie* no final em vez de *y*. Está entendendo?

Scott ficou completamente imóvel. Scanlon percebeu. Fechou o sorriso. A voz tornou-se muito suave.

– Falamos antes da sua irmã, não foi, Scott?

Scott não respondeu.

– Seu nome era Geri, estou certo?

Silêncio.

– Está entendendo o problema, Scott? Geri é um desses nomes. Se você ouve pelo telefone, imagina que seja com um *J* na frente e um *y* no final.

Quinze anos atrás, recebi um telefonema. Daquele intermediário que mencionei...

Scott meneou a cabeça.

– Recebi um endereço. E me disseram a hora exata em que "Jerry" – Scanlon fez o sinal de aspas com os dedos – estaria em casa.

A voz de Scott pareceu vir de muito longe:

– Chegaram à conclusão de que foi um acidente.

– A maioria dos incêndios criminosos acaba sendo considerada acidente se você sabe o que está fazendo.

– Não acredito em você.

Scott, porém, fitou outra vez os olhos do prisioneiro e sentiu seu mundo tremer. Sobreveio uma torrente de imagens: o sorriso contagiante de Geri, o cabelo rebelde, o aparelho nos dentes, a forma como mostrava a língua para ele durante as reuniões de família. Lembrou-se do primeiro namorado de verdade dela (um idiota chamado Brad), de ela não conseguir companhia para o baile de fim de ano da escola, do discurso entusiasmado que fez quando se candidatou a tesoureira do conselho estudantil, da sua primeira banda de rock (era horrível), da carta de aceitação que escreveu para a faculdade.

Scott sentiu as lágrimas brotarem em seus olhos.

– Ela só tinha 21 anos.

Nenhuma resposta.

– Por quê?

– Não me preocupo com os motivos, Scott. Sou só um matador de aluguel...

– Não. Não é isso. – Scott levantou a cabeça. – Por que você está me contando isso agora?

Scanlon estudou o próprio reflexo no espelho.

– Talvez você estivesse certo – disse o prisioneiro em tom muito baixo.

– Certo sobre o quê?

– Sobre o que disse antes. – Ele voltou a encarar Scott. – No final, talvez eu precise da ilusão de que há alguma humanidade em mim.

Três meses depois

capítulo 1

EXISTEM RUPTURAS SÚBITAS. RASGOS na vida, profundos ferimentos a faca que retalham a carne. A existência é de uma forma e, depois de estraçalhada, vira outra coisa. Desmorona como vísceras por um corte no abdômen. E ainda há aqueles momentos em que simplesmente se desmancha. Um fio solto é puxado. Uma costura cede. A mudança é lenta a princípio, quase imperceptível.

Para Grace Lawson, os contratempos começaram numa Photomat.

Estava entrando na loja de revelação de fotos quando ouviu uma voz familiar:

– Por que você não compra uma câmera digital, Grace?

Ela virou-se para a mulher.

– Não sou boa com tecnologia.

– Que bobagem! Você aprende num piscar de olhos – disse a mulher, estalando os dedos para ilustrar quão rápido é um piscar de olhos. – E as câmeras digitais são tããão mais práticas que as convencionais. Você apaga as fotos que não quer. Que nem arquivo de computador. Sabe o nosso cartão de Natal? Bem, Barry deve ter tirado milhares de fotos das crianças, apagando aquelas em que Blake piscava ou Kyle olhava para o lado errado, coisas do tipo, mas, como Barry diz, com tantas fotos tiradas, pelo menos uma fica decente, não é mesmo?

Grace anuiu. Estava tentando desencavar o nome da mulher, mas não lhe vinha à memória. A filha dela – Blake, não era isso? – tinha estudado com o filho de Grace, na primeira série. Ou talvez tivesse sido no ano anterior, na pré-escola. Era difícil acompanhar. Grace congelou o sorriso no rosto. A mulher era muito simpática, mas não se distinguia das outras. Grace se perguntou, não pela primeira vez, se ela mesma não estava deixando de se distinguir, se sua individualidade marcante não teria sido dissolvida pela padronização da classe alta.

Não era um pensamento reconfortante.

A mulher continuava a descrever as maravilhas da era digital. O sorriso congelado de Grace começou a doer. Ela lançou um olhar furtivo ao relógio, na esperança de que aquela mamãe antenada percebesse a indireta. Quinze para as três. Quase hora de pegar Max na escola. Emma tinha treino de revezamento com o time de natação, mas era dia de outra mãe no revezamento de carona das crianças. *Revezamento* de carona para o *revezamento* na piscina, como dissera a Grace uma das mães alegres demais, com um breve hi-hi-hi. Pois é, muito engraçado.

– Temos que marcar um encontro – disse a mulher, diminuindo um pouco a intensidade. – Com Jack e Barry. Acho que eles vão se dar bem.

– Com certeza.

Grace aproveitou a pausa para dar tchau, abrir a porta e fugir para dentro da Photomat. A porta de vidro estalou ao fechar, fazendo tilintar um pequeno sino. O cheiro de produtos químicos, semelhante ao da supercola, foi a primeira coisa que sentiu. Ficou pensando nas consequências a longo prazo de se trabalhar em um ambiente assim e chegou à conclusão de que os efeitos de curto prazo já incomodavam bastante.

O garoto que trabalhava atrás do balcão – o uso do termo *trabalhar*, por parte de Grace, era uma generosidade nesse caso – tinha um emaranhado de penugem branca sob o queixo, cabelo tingido de uma cor que intimidaria até fabricantes de lápis de cor e piercings em número suficiente para criar um instrumento de sopro. Usava também um desses fones de ouvido gigantes, só que apoiado na nuca em vez de na cabeça. A música estava tão alta que Grace podia senti-la no peito. Ele tinha tatuagens, muitas. Uma dizia PEDRA. Outra, DESMANCHA-PRAZERES. Grace achou que uma terceira deveria dizer VAGABUNDO.

– Boa tarde.

Ele não levantou a cabeça.

– Boa tarde! – repetiu ela, um pouco mais alto.

Nada.

– E aí, cara!

Isso despertou a atenção dele. Atordoado, semicerrou os olhos devido ao incômodo da interrupção. Tirou o fone de ouvido a contragosto.

– Canhoto.

– Como?

– Canhoto.

Ah. Grace lhe entregou o recibo. Penugem Branca então perguntou seu nome. Aquilo a fez pensar em uma dessas centrais de atendimento ao cliente que pedem que você digite a identidade e depois, assim que você consegue falar com uma pessoa de verdade, solicitam o mesmo número. Como se a primeira solicitação fosse apenas um treinamento.

Penugem Branca – Grace estava começando a gostar daquele apelido – remexeu um arquivo cheio de envelopes com fotografias e pegou um. Arrancou a etiqueta e lhe informou um preço exorbitante. Ela entregou a ele um cupom de desconto depois de vasculhar a bolsa – uma escavação que deixaria no chinelo a busca dos Manuscritos do Mar Morto – e observou o preço baixar até algo próximo do razoável.

Ele entregou o envelope de fotos. Grace agradeceu, mas Penugem Branca já tinha plugado a música no cérebro outra vez. Ela acenou em sua direção.

– Não venho pelas fotos, mas pela espirituosidade da equipe – ironizou ela.

Penugem Branca bocejou e pegou sua revista. O último exemplar de *Vagabundo Moderno*.

Grace chegou à calçada. O tempo estava fresco. O verão tinha sido jogado para escanteio pelo outono com suas características rajadas de vento. As folhas ainda não haviam começado a mudar de cor, mas notas de cidra já pairavam no ar. As vitrines exibiam a decoração de Halloween. Emma, a filha que estava na terceira série, convencera Jack a comprar um balão de 2,5 metros de altura no formato de Homer Simpson fantasiado de Frankenstein. Grace tinha de admitir que era ótimo. Os filhos gostavam dos *Simpsons*, o que talvez indicasse que, apesar dos pesares, ela e Jack os estavam criando bem.

Grace queria abrir o envelope naquele momento. Sentia sempre uma euforia diante de fotos recém-reveladas, uma expectativa do tipo é-hora--de-abrir-os-presentes, um frenesi como o de apanhar a correspondência mesmo sabendo que são só contas, algo que a fotografia digital, apesar de todas as conveniências, não conseguia superar. No entanto, não havia tempo até a saída da escola.

Quando seu carro alcançou a Heights Road, ela pegou um pequeno retorno para poder passar pelo mirante da cidade. De lá o horizonte de Manhattan, sobretudo à noite, estendia-se como diamantes sobre veludo negro. Sentia uma pontada de saudade. Amava Nova York. Até quatro anos atrás, aquela ilha maravilhosa havia sido sua casa. Eles tinham um loft na Charles Street, no Village. Jack trabalhava com pesquisa médica para uma grande empresa farmacêutica. Ela pintava no ateliê, em casa, enquanto ridicularizava as pessoas do subúrbio, com seus veículos utilitários, calças de veludo cotelê e conversas sobre bebês. Agora, se tornara uma delas.

Grace estacionou atrás da escola, junto às outras mães. Desligou o carro, pegou o envelope da Photomat e abriu. O rolo era da viagem anual a Chester para colher maçãs, feita na semana anterior. Jack tirara as fotos. Gostava de ser o fotógrafo da família. Considerava a atividade um trabalho masculino, paterno, como se fosse um sacrifício pela família que cabia ao pai.

A primeira imagem era de Emma, a filha de 8 anos, com Max, o filho de 6, numa carroça de feno, os ombros curvados, as bochechas vermelhas por causa do vento. Grace parou e contemplou a foto por um instante. Sentimentos, sim, de ternura maternal, primitivos e evolucionários, fizeram-na se recostar. Era isso que as crianças provocavam. Eram essas pequenas coisas que ficavam nas pessoas. Lembrava que tinha feito frio naquele dia. O pomar, ela sabia, estaria muito cheio. Não quisera ir a princípio. Mas, ao olhar para aquela foto, refletiu sobre a estupidez de suas prioridades.

As outras mães estavam reunidas na cerca da escola, conversando sobre banalidades e planejando datas para os filhos se encontrarem. Eram, naturalmente, os Estados Unidos da contemporaneidade, pós-feministas, e, contudo, dos cerca de oitenta adultos esperando, apenas dois eram homens. Ela conhecia um deles, um pai que fora demitido havia mais de um ano. Era possível ver isso em seus olhos, no passo lento, nos pontos em que a barba estava malfeita. O outro cara era um jornalista que trabalhava em casa, com um aspecto sempre ansioso demais para conversar com as mamães. Solitário, talvez. Ou outra coisa.

Alguém bateu na janela do carro. Grace olhou. Cora Lindley, sua melhor amiga na cidade, fez sinal para que abrisse a porta. Grace obedeceu. Cora sentou no banco do carona, a seu lado.

– E aí, como foi o encontro ontem à noite? – perguntou Grace.

– Sem graça.

– Que pena.

– É a maldição do quinto encontro.

Cora era divorciada, um pouco sexy demais para o grupo alvoroçado e sempre protetor de "senhoras de família". Com uma blusa decotada de oncinha, calça de lycra e sandálias cor-de-rosa, certamente não se encaixava naquele mar de calças cáqui e suéteres largos. As outras mães a olhavam com desconfiança. Os adultos de subúrbio podem ter um comportamento muito semelhante ao de alunos do ensino médio.

– O que é a maldição do quinto encontro? – perguntou Grace.

– Você não tem tido muitos encontros, não é?

– Não, ora – respondeu Grace. – Um marido e dois filhos acabaram com a brincadeira.

– Pena. Ouça e não me pergunte por quê, mas, no quinto encontro, os caras sempre tocam naquele assunto... Como dizer isso com delicadeza...? Do *ménage à trois*.

– Por favor, me diga que é brincadeira.

– Não é. Quinto encontro. No máximo. O cara me pergunta, de forma totalmente hipotética, qual é minha opinião sobre *ménage à trois*. Como se estivéssemos conversando sobre a paz no Oriente Médio.

– E o que você diz?

– Que em geral gosto, especialmente quando os dois homens começam a beijar de língua.

Grace deu uma gargalhada, e as duas saíram do carro. Sua perna ruim doía. Após mais de uma década, não deveria se constranger por causa daquilo, mas Grace odiava que as pessoas a vissem mancar. Ficou ao lado do carro, observando Cora se afastar. Quando o sinal tocou, as crianças irromperam como se tivessem sido disparadas de um canhão. Como qualquer outra mãe, Grace só tinha olhos para os próprios filhos. Poderia soar um tanto insensível, mas o restante da manada era apenas pano de fundo.

Max surgiu no segundo êxodo. Quando viu o filho – com um pé do tênis desamarrado, a mochila do Yu-Gi-Oh! parecendo quatro vezes maior, o gorro de lã do New York Rangers de lado como uma boina de turista –, a ternura brotou outra vez. Max desceu os degraus, ajeitando a mochila no ombro. Ela sorriu. O menino a localizou e sorriu também.

Ele entrou no banco de trás do carro. Grace ajustou o cinto do assento infantil e perguntou como fora o seu dia. Max respondeu que não sabia. Ela perguntou o que ele tinha feito na escola. O menino respondeu que não sabia. Aprendeu matemática, inglês, ciências, artes e trabalhos manuais? Resposta: um dar de ombros e "Não sei". Grace balançou a cabeça. Um caso clássico da epidemia conhecida como Alzheimer Escolar. As crianças eram drogadas para esquecerem ou faziam pactos de silêncio? Um dos mistérios da vida.

Foi só depois de chegar em casa e dar a Max um GO-GURT – um iogurte numa embalagem semelhante à de pasta de dentes – que Grace teve a chance de olhar o restante das fotografias.

A luz da secretária eletrônica estava piscando. Uma mensagem. Ela checou o identificador de chamadas e viu que era um número bloqueado. Apertou o play e ficou surpresa. Era a voz de um velho... amigo, achava. Conhecido seria casual demais. Figura paterna seria um termo mais preciso, mas apenas no sentido mais bizarro.

– Oi, Grace. É Carl Vespa.

Ele não precisava dizer o nome. Fazia anos, mas sempre reconheceria aquela voz.

– Me liga quando puder? Preciso conversar com você sobre um assunto.

A secretária eletrônica emitiu outro som. Grace não se mexeu, mas sentia o velho alvoroço na barriga. Vespa. Carl Vespa tinha ligado. Não devia ser coisa boa. Carl Vespa, apesar de toda a generosidade para com ela, não era de ligar para bater papo. Ficou pensando se retornava a ligação e decidiu, por ora, que não.

Foi até o quarto de hóspedes que havia se tornado seu ateliê improvisado. Quando estava pintando bem – quando se encontrava, como qualquer artista ou atleta, "no fluxo" –, enxergava o mundo como se o preparasse para a tela. Olhava para as ruas, as árvores, as pessoas, e imaginava o tipo de pincel que usaria, a pincelada, a mistura de cores, as diferentes luzes e os matizes de sombra. O trabalho devia refletir sua vontade, não a realidade. Era assim que enxergava a arte. Todos veem o mundo por um prisma pessoal, naturalmente. A melhor arte era aquela que ajustava a realidade a fim de mostrar o mundo do artista, o que ele enxergava ou, com mais exatidão, o que desejava que os outros enxergassem. Nem sempre era uma realidade mais bonita. Com frequência, surgia algo mais provocativo, talvez mais feio, forte e magnético. Ela queria uma reação. A pessoa poderia gostar de um belo pôr do sol – mas Grace queria o espectador imerso nesse pôr do sol, com medo de desviar o olhar dele e medo de não desviar.

Gastara um pouco mais e mandara fazer cópias extras. Os dedos mergulharam no envelope e puxaram as fotografias. As duas primeiras eram de Emma e Max no feno. A seguinte mostrava o filho com os braços erguidos, tentando apanhar uma maçã gala. Tinha a inevitável foto com dedo, em que a mão de Jack se aproximara demais da lente. Grace sorriu, meneando a cabeça. Seu grande pateta. Havia várias outras fotografias dela e das crianças, com diferentes maçãs, árvores e cestas. Seus olhos ficaram marejados, como sempre ficavam toda vez que via fotos dos filhos.

Seus pais morreram cedo. A mãe, quando um semirreboque atravessou um canteiro na Route 46, em Totowa. Grace, filha única, tinha 11 anos na época. A polícia não fora até sua porta, como nos filmes. O pai ficara sabendo do acontecido por um telefonema. Ainda se lembrava da forma como ele, vestindo calça azul e colete de lã cinza, havia atendido o telefone com seu habitual "alô" melódico, de como o rosto perdera a cor, como caíra de repente no chão; os soluços, primeiro abafados e depois silenciosos, como se não conseguisse ar suficiente para expressar o sofrimento.

O pai a criou até que o coração dele, enfraquecido na infância por um acesso de febre reumática, sucumbisse durante o primeiro ano dela na faculdade. Um tio que morava em Los Angeles se ofereceu para ficar com a jovem, mas Grace já era maior de idade na época. Decidiu ficar na Costa Leste e trilhar o próprio caminho.

A morte dos pais a deixara arrasada, mas também infundira em sua vida uma estranha sensação de urgência. Para os vivos, fica uma angústia de terem sido deixados para trás. Aquelas mortes lhe ampliaram o escopo do mundano. Ela queria se abarrotar de lembranças, preencher-se com os acontecimentos da vida e – por mais mórbido que parecesse – garantir que os filhos tivessem muitas lembranças dela quando também se fosse.

Foi nesse instante, pensando nos pais e em como Emma e Max pareciam bem mais velhos comparados às fotos da colheita de maçãs do ano anterior, que ela deu de cara com uma foto bizarra.

Grace franziu o cenho.

A fotografia estava mais ou menos na metade do bolo. Talvez mais para o final. Era do mesmo tamanho, confundindo-se perfeitamente às outras, embora fosse um pouco mais frágil. Papel mais barato, pensou. Como uma fotocópia feita com material de escritório de qualidade.

Grace observou a foto seguinte. Só aquela não tinha duplicata. Que estranho. Apenas uma fotografia revelada. Ficou pensando naquilo. Devia ter sido colocada ali por acidente.

Porque não lhe pertencia.

Tratava-se de um erro. Era a explicação óbvia. Bastava pensar na qualidade do trabalho de um homem como Penugem Branca. Ele parecia ser do tipo perfeitamente capaz de fazer uma confusão, certo? De enfiar uma foto errada em um envelope.

Provavelmente foi o que acontecera.

A fotografia de outra pessoa fora misturada às suas.

Ou talvez...

A foto tinha uma aparência antiga. Não que fosse em preto e branco ou sépia, nada assim. A revelação era em cores, mas os tons pareciam de certo modo... esmaecidos – desbotados pelo sol, sem a vitalidade que é de se esperar nos dias atuais. As pessoas fotografadas, também. As roupas, os cabelos, as maquiagens – tudo antiquado. De quinze, talvez vinte anos atrás.

Grace a colocou sobre a mesa para examiná-la melhor.

As figuras na fotografia estavam levemente borradas. Havia quatro pessoas – não, espere, tinha mais uma no canto –, cinco pessoas na fotografia. Dois homens e três mulheres, todos no final da adolescência ou talvez com 20 e poucos anos – pelo menos aqueles que ela conseguia ver com clareza pareciam ter mais ou menos essa idade.

Universitários, concluiu Grace.

Usavam jeans, blusões, o cabelo desgrenhado, com aquela postura casual do desabrochar da independência. A foto parecia ter sido tirada um pouco antes da hora, quando os retratados ainda estavam se agrupando. Algumas cabeças encontravam-se viradas, apenas com o perfil visível. De uma garota de cabelos escuros, no canto direito, dava para ver só a parte de trás da cabeça e uma jaqueta jeans. A seu lado estava outra, de cabelo vermelho flamejante e olhos muito separados.

Uma moça loura, perto do centro, tinha no rosto – meu Deus, que diabo era aquilo? – um X gigante desenhado. Como se alguém a tivesse eliminado.

Como aquela foto...?

Enquanto olhava, Grace sentiu uma leve pontada no peito. As três mulheres, não as reconhecia. Os dois homens se pareciam de certa forma, mesma altura, cabelo e atitude. O da esquerda não era ninguém de quem se lembrasse.

Tinha certeza, no entanto, de que sabia quem era o outro homem. Ou garoto. Não tinha idade para ser chamado de homem. Teria idade suficiente para servir no Exército? Claro. Idade bastante para ser chamado de homem? Estava bem no meio, ao lado da loura com o X na cara...

Mas não podia ser. A cabeça estava meio virada de lado. Uma barba esparsa de adolescente cobria grande parte do rosto...

Seria seu marido?

Grace observou mais de perto. Era, no máximo, uma foto de perfil. Ela não conhecera Jack tão jovem. Eles se viram pela primeira vez treze anos antes, em uma praia da Côte d'Azur, no sul da França. Após mais de um ano de cirurgias e fisioterapia, ela ainda não estava completamente recuperada. As dores de cabeça e a perda de memória permaneciam. Mancava – uma sequela que carregara até ali –, mas, com toda a divulgação e a exposição daquela noite trágica ainda a sufocando, Grace só queria sair de cena por um tempo. Matriculou-se na Universidade de Paris e estudou arte a sério. Foi durante o recesso, estirada sob o sol da Côte d'Azur, que conhecera Jack.

Seria mesmo Jack na foto?

Parecia diferente ali, sem dúvida. O cabelo era bem mais comprido. Estava com a mesma barba, mas em um rosto infantil e jovem demais para que fosse encorpada. Usava óculos. Havia, porém, algo na postura, na inclinação da cabeça, na expressão.

Aquele era seu marido.

Passou rapidamente os olhos sobre as outras fotos. Havia mais feno, mais maçãs, mais braços levantados para apanhar maçãs. Viu uma foto que tinha tirado de Jack, no único momento em que ele a deixara com a câmera, controlador como era. Erguia os braços tão alto que a camisa havia subido a ponto de deixar a barriga à mostra. Emma dissera "eca, que nojo". E isso fizera, naturalmente, com que Jack levantasse a camisa ainda mais. Grace havia rido. "Manda ver, gatinho", foi o que ela dissera, tirando a foto seguinte. Jack, para grande mortificação de Emma, tinha concordado e se contorcido.

– Mãe?

Ela se virou.

– O que foi, Max?

– Posso comer uma barrinha de cereais?

– Vamos levar uma para comer no carro – respondeu ela, levantando-se. – Precisamos dar um passeio.

Penugem Branca não estava na Photomat.

Max examinava todas as molduras temáticas – "Feliz aniversário", "Amamos você, mamãe", esse tipo de coisa. O homem atrás do balcão, deslumbrante com uma gravata de poliéster, protetor de bolso e camisa social de manga curta de tecido tão fino que era possível ver o decote em V da camiseta por baixo, usava um crachá com o nome e que informava, com todas as letras, que ele, Bruce, era o subgerente.

– Em que posso ajudá-la?

– Estou procurando o rapaz que estava aqui umas duas horas atrás – explicou Grace.

– Josh já foi embora. Posso fazer alguma coisa pela senhora?

– Peguei um filme revelado um pouco antes das 15 horas...

– Sim?

– Tinha uma foto que não deveria estar lá – esclareceu Grace, da melhor forma que conseguiu.

– Não sei se estou entendendo.

– Uma das fotos. Não fui eu que tirei.

Ele fez um gesto na direção de Max.

– Vejo que a senhora tem filhos pequenos.

– Perdão?

O subgerente Bruce empurrou os óculos da ponta do nariz em direção à testa.

– Só estava observando que a senhora tem crianças pequenas. Ou, pelo menos, uma.

– E o que isso tem a ver?

– Às vezes a criança pega a câmera... Quando os pais não estão vendo. Tiram uma ou duas fotos. Depois põem de novo a câmera no lugar.

– Não, não é isso. A foto não tem nada a ver com a gente.

– Entendo. Sinto muito pelo inconveniente. A senhora está com todas as fotos que tirou?

– Acho que sim.

– Não falta nenhuma?

– Não cheguei a verificar, mas acho que temos todas.

Ele abriu uma gaveta.

– Tome esse cupom. Seu próximo filme vai ser revelado de graça. Nove por doze. Se quiser 10x15, tem um pequeno acréscimo.

Grace ignorou a mão estendida.

– O cartaz na porta diz que vocês revelam todas as fotos aqui mesmo.

– Exatamente – confirmou o funcionário, dando um tapinha numa máquina grande atrás dele. – A boa e velha Betsy faz o trabalho por nós.

– Meu filme foi revelado aqui, então?

– Claro.

Grace lhe entregou o envelope da Photomat.

– Pode me dizer quem revelou este filme?

– Tenho certeza de que foi um erro inocente.

– Não estou dizendo que não foi. Só quero saber quem revelou meu filme.

Bruce deu uma olhada no envelope.

– Posso perguntar por que a senhora quer saber?

– Foi Josh?

– Sim, mas...

– Por que ele foi embora?

– Como assim?

– Peguei as fotos um pouco antes das 15 horas. Vocês fecham às 18 horas. Ainda não são nem 17 horas.

– E?

– Parece estranho que um turno acabe entre 15 e 18 horas, numa loja que fecha às 18 horas.

O subgerente Bruce se aprumou um pouco.

– Houve uma emergência na família de Josh.

– Que tipo de emergência?

– Bem, Sra.... – ele olhou para o envelope – Lawson, lamento pelo erro e pelo inconveniente. Tenho certeza de que uma fotografia de outro filme foi parar no seu envelope. Não me lembro de isso ter acontecido antes, mas ninguém é perfeito. Ah, espere.

– O quê?

– Posso ver a foto em questão, por favor?

Grace teve medo de que ele quisesse ficar com a fotografia.

– Eu não trouxe – mentiu.

– Era uma foto de quê?

– De um grupo de pessoas.

Ele confirmou com um gesto de cabeça.

– Entendo. E essas pessoas estavam nuas?

– O quê? Não. Por que está perguntando isso?

– A senhora parece aborrecida. Concluí que a foto era ofensiva.

– Não, nada disso. Só preciso falar com Josh. Pode me dizer o sobrenome ou me dar o telefone da casa dele?

– Isso está fora de cogitação. Mas ele vai estar aqui amanhã bem cedo. Então vai poder falar com ele.

Grace preferiu não protestar. Agradeceu ao homem e foi embora. Talvez seja melhor, pensou ela. Ir até a loja fora apenas uma reação imediata. Era bom analisar isso. Provavelmente tinha sido um exagero de sua parte.

Jack chegaria em casa em poucas horas. Perguntaria a ele.

Grace estava presa em afazeres do lar – tinha que levar algumas crianças da natação para casa. Quatro garotas, de 8 e 9 anos, todas cheias de energia, duas no banco traseiro e mais duas no espaço de trás da minivan. Era um turbilhão de risadinhas, de "Olá, Sra. Lawson", cabelo molhado, o aroma suave do cloro da Associação Cristã de Moços misturado com o de chiclete, o som de mochilas sendo jogadas, de cintos de segurança sendo afivelados. Nenhuma criança se sentava na frente – novas regras de segurança –, mas, apesar da sensação de ter se tornado motorista particular, ou talvez por causa disso, Grace gostava de fazer o transporte. Era um momento para ver a filha interagir com as amigas. As crianças falam livremente quando estão sendo levadas ou trazidas; o adulto que dirige poderia muito bem estar em outra dimensão. Um pai ou uma mãe podem aprender muito. Era possível descobrir quem era legal, quem não era, quem estava no grupo, quem não estava, qual professora era totalmente maravilhosa e qual não era nem um pouco. Dava para decifrar, quando se escutava com a devida atenção, em que nível de popularidade a criança se encontrava.

Era também a coisa mais divertida do mundo.

Jack ficaria outra vez trabalhando até tarde, então, quando chegaram em casa, Grace preparou logo o jantar de Max e Emma – *nuggets* vegetarianos (supostamente mais saudáveis e, uma vez mergulhados em ketchup, as crianças não notam a diferença), bolinhos de batata e milho congelado. Emma fez o dever de casa – uma carga pesada demais para uma garota de 8 anos, Grace achava. Quando teve um segundo livre, foi ao corredor ligar o computador.

Ela podia não ser adepta da fotografia digital, mas entendia a necessidade e até as vantagens da computação gráfica e da internet. Havia um site que exibia seu trabalho, mostrava como comprá-lo, como encomendar um retrato. A princípio, aquilo lhe deu a impressão de estar pedindo esmolas, mas, como Farley, seu agente, lembrou, Michelangelo pintava por dinheiro e sob encomenda. Da mesma forma que Da Vinci, Rafael e a maioria dos grandes artistas que o mundo já conheceu. Quem era ela para se colocar acima disso?

Grace escaneou suas três fotos favoritas da colheita de maçãs por segurança e, depois, mais por capricho que outra coisa, decidiu também escanear a fotografia estranha. Feito isso, foi dar banho nas crianças. Emma primeiro. Já estava saindo da banheira quando Grace ouviu as chaves do marido tilintarem na porta dos fundos.

– Ei – chamou Jack, com um sussurro. – Será que tem algum brotinho aí em cima esperando pelo seu garotão?

– As crianças – avisou ela. – As crianças ainda estão acordadas.

– Ah.

– Quer vir se juntar a nós?

Jack subiu a escada correndo e agarrou os dois ao mesmo tempo. A casa balançou com sua investida. Ele era um homem enorme, tinha 1,89 metro e pesava 95 quilos. Grace adorava toda aquela sustância dormindo a seu lado, o sobe e desce do peito, o cheiro masculino, os pelos macios do corpo, a forma como ele a enlaçava com o braço durante a noite, a sensação não só de intimidade, mas também de segurança. Ele a fazia se sentir pequena e protegida, o que talvez não fosse politicamente correto, mas ela gostava.

Emma disse:

– Oi, papai.

– Ei, gatinha, como foi a escola?

– Tudo bem.

– Ainda tem uma queda por aquele garoto, o Tony?

– Eca!

Satisfeito com a reação, Jack beijou Grace no rosto. Max saiu do quarto, completamente nu.

– Pronto para o banho, carinha? – perguntou o pai.

– Pronto – respondeu Max.

Eles bateram as mãos. Jack levantou o filho em meio a um mar de risadas. Grace ajudou Emma a vestir o pijama. Gargalhadas vinham do banheiro. Jack estava cantando uma canção infantil com Max, na qual uma garota chamada Jenny Jenkins não conseguia se decidir sobre que cor de roupa vestir. O pai começava com a cor e o filho acrescentava a rima. Naquele instante, os dois estavam cantando que ela não podia usar "amarelo" porque ficaria parecendo "marmelo". E os dois caíram outra vez na gargalhada. Faziam quase sempre as mesmas rimas, todas as noites. E morriam de rir todas as noites.

Jack secou Max, colocou-lhe o pijama e o pôs na cama. Leu dois capítulos de *A fantástica fábrica de chocolate*. Max escutava cada palavra, totalmente arrebatado. Emma já tinha idade para ler sozinha. Estava deitada na cama, devorando a última história dos órfãos Baudelaire, de Lemony Snicket. Grace, sentada a seu lado, desenhou durante meia hora. Era seu momento favorito do dia – trabalhando em silêncio naquele quarto junto à filha mais velha.

Quando Jack terminou, Max implorou por mais uma página. O pai foi firme. Estava ficando tarde, disse ele. Max concordou a contragosto. Eles conversaram por mais um ou dois minutos sobre a visita iminente do personagem à fábrica de Willy Wonka. Grace escutava.

Roald Dahl, concordavam seus dois homens, era o máximo.

Jack diminuiu as luzes – o interruptor tinha regulagem para iluminação, porque Max não gostava da escuridão total – e depois entrou no quarto de Emma. Inclinou-se para lhe dar um beijo de boa-noite. A menina, louca pelo pai, levantou os braços, abraçou-o pelo pescoço e não queria deixá-lo sair. Jack se derretia com aquela técnica noturna da filha, que servia tanto para demonstrar afeto como para adiar o momento de dormir.

– Alguma coisa nova no caderno? – perguntou ele.

Emma fez que não. A mochila estava ao lado da cama. Ela abriu e pegou o caderno escolar. Virou umas páginas e o entregou ao pai.

– Estamos fazendo poemas – contou Emma. – Comecei um hoje.

– Legal. Quer ler?

O rosto da menina resplandeceu. O de Jack também. Ela pigarreou e começou:

Bola de basquete, bola de basquete,
Por que você é tão redonda?
Tão áspera?
E tão marrom?
Bola de tênis, bola de tênis,
Por que você é tão inquieta?
Quando bate na raquete,
Se sente um pouco maluquete?

À porta, Grace observava a cena. O horário de Jack tinha ficado pior ultimamente. Em geral, ela não se importava. Os momentos de tranquilidade estavam ficando escassos. Precisava de um reconforto. A solidão, precursora do tédio, conduzia ao processo criativo. Era o ponto nevrálgico da criação artística – entediar-se até a inspiração surgir, nem que fosse para preservar a sanidade. Um amigo escritor explicou certa vez que a melhor cura para o bloqueio da escrita era ler o catálogo telefônico. Eleve o tédio ao máximo possível, e a Musa será obrigada a abrir caminho pela artéria mais entupida.

Quando Emma terminou, Jack se inclinou para trás e disse:

– Uau!

A menina fez a cara que sempre fazia quando não queria demonstrar que estava orgulhosa de si. Contraiu os lábios, encobrindo os dentes.

– É o poema mais incrível que já escutei em toda a minha vida – falou ele.

Emma deu de ombros, com a cabeça baixa.

– São só as duas primeiras estrofes.

– São as duas primeiras estrofes mais incríveis que já ouvi.

– Amanhã vou escrever um sobre hóquei.

– Falando nisso...

– O quê? – perguntou Emma, sentando-se na cama.

Jack sorriu.

– Comprei ingressos para os Rangers, no Garden, no sábado.

A menina, que fazia parte do grupo "fã de esportes", em oposição ao grupo que idolatrava a *boy band* da moda, exclamou um "Eba!" e partiu para outro abraço. Jack revirou os olhos e a abraçou. Eles discutiram o desempenho recente do time e fizeram apostas sobre as chances de derrotar o Minnesota Wild. Minutos depois, ele conseguiu se desenroscar da filha. Disse à menina que a amava muito. Ela disse que o amava também. Ele começou a se dirigir para a porta.

– Vou pegar alguma coisa para comer – sussurrou para Grace.

– Tem um resto de frango na geladeira.

– Por que você não veste algo mais confortável?

– A esperança é a última que morre.

Jack arqueou uma sobrancelha.

– Ainda com medo de não ser mulher o suficiente para mim?

– Ah, por falar nisso...

– O quê?

– Uma fofoca sobre o encontro de Cora ontem à noite.

– Das boas?

– Desço num segundo.

Ele arqueou a outra sobrancelha e, com um assovio, correu escada abaixo. Grace esperou até ouvir a respiração de Emma ficar mais profunda para segui-lo. Apagou a luz e aguardou um instante. Aquela era a função de Jack. Ele andava pelos corredores à noite, sem conseguir dormir, vigiando-os em suas camas. Havia noites em que ela acordava e via que o lugar a seu lado estava vazio. Encontrava Jack parado em uma das portas dos quartos, com os olhos vidrados. Grace se aproximava e ele dizia:

– Você os ama tanto...

Não precisava dizer mais. Nem havia necessidade de falar aquilo.

Jack não a ouviu se aproximar, e, por alguma razão que Grace preferia não elaborar, ela mesma tentou não fazer barulho. Encontrou-o parado, de costas, de cabeça baixa. Aquilo não era normal. Jack costumava ser hiperativo, estar em constante movimento. Como Max, não conseguia ficar parado. Estava sempre se mexendo. Quando sentava, ficava sacudindo a perna. Tinha muita energia.

Naquele momento, porém, estava com o olhar fixo no balcão da cozinha – mais especificamente, na fotografia estranha –, imóvel como uma pedra.

– Jack?

Ele se empertigou.

– Que diabo é isso?

Seu cabelo, notou ela, estava um pouco mais comprido do que deveria.

– Por que você não me conta?

Ele não disse nada.

– É você, certo? O de barba.

– O quê? Não.

Grace olhou para ele, que piscou e virou o rosto para o outro lado.

– Peguei essa revelação hoje – explicou ela. – Na Photomat.

Ele continuou em silêncio. Grace se aproximou.

– Essa foto estava no meio das nossas.

– Espera – interrompeu ele, erguendo o olhar de repente. – Estava no envelope das nossas fotos?

– Sim.

– Qual filme?

– O que a gente usou no pomar das maçãs.

– Isso não faz o menor sentido.

Grace deu de ombros.

– Quem são as outras pessoas na foto?

– Como vou saber?

– A loura do seu lado, com o X na cara. Quem é ela?

O celular de Jack tocou. Ele o sacou como se fosse um pistoleiro num duelo. Balbuciou um alô, escutou, pôs a mão sobre o bocal e falou:

– É o Dan.

Era seu colega de pesquisa na Pentocol Pharmaceuticals. Ele baixou a cabeça e entrou no escritório.

Grace subiu de novo. Começou a se preparar para dormir. O que havia começado como uma leve implicância estava ficando mais sério, persistente. Ela se lembrou dos anos em que viveram na França. Jack nunca falava do passado. Ela sabia que ele era de uma família rica e que havia um fundo fiduciário – e que ele não queria saber de nenhum dos dois. Tinha uma irmã, advogada em Los Angeles ou San Diego. O pai ainda era vivo, mas em idade avançada. Grace queria saber mais, porém ele se recusava a falar, e, sentindo que havia algo sinistro no ar, ela não insistia.

Os dois se apaixonaram. Ela pintava. Ele trabalhava num vinhedo em Saint-Émilion, Bordeaux. Moraram lá até Grace ficar grávida de Emma. Na época, alguma coisa a atraía para casa – um desejo, por mais antiquado que parecesse, de criar os filhos na terra dos bravos e da liberdade. Jack queria ficar, mas ela insistira. Agora se perguntava por quê.

Meia hora se passou. Grace deslizou para debaixo das cobertas e esperou. Dez minutos depois, ouviu o som de um carro dando partida. Olhou pela janela.

A minivan de Jack estava saindo.

Ele gostava de fazer compras à noite, ela sabia – ir ao mercado quando não estava cheio. Ele sair assim não era incomum. Exceto, naturalmente, pelo fato de não avisá-la e não perguntar se estavam precisando de alguma coisa em particular.

Grace tentou ligar para o celular dele, mas a ligação caiu na caixa postal. Ela sentou, recostada, e esperou. Nada. Tentou ler. As palavras flutuavam, sem sentido, em uma névoa. Duas horas depois, ligou de novo. Ainda na caixa postal. Foi dar uma olhada nas crianças. Dormiam a sono solto, sem se darem conta de nada, convenientemente.

Quando não aguentou mais, Grace resolveu descer. Olhou o envelope com as revelações.

A foto estranha havia sumido.

capítulo 2

A MAIORIA DAS PESSOAS ENTRA nos sites de relacionamento para procurar parceiros. Eric Wu procurava vítimas.

Tinha sete contas diferentes, com sete identidades diferentes – masculinas e femininas, todas inventadas. Tentava manter contato por e-mail com, em média, seis "parceiros em potencial" por conta. Três delas eram para sites em que os cadastrados eram heterossexuais de qualquer idade. Duas para sites de solteiros com mais de 50 anos. Outra era dedicada a homens gays. A última era para um site de lésbicas que procuravam relacionamentos sérios.

No mundo virtual, Wu flertava ao mesmo tempo com quarenta ou cinquenta pessoas solitárias. Aos poucos, ele descobria mais sobre elas. A maioria era desconfiada, mas tudo bem. Ele tinha paciência. No final, acabavam lhe dando indicações suficientes que lhe permitiam descobrir se valia a pena continuar com o relacionamento ou se era melhor descartá-las.

No início, só lidava com mulheres. A teoria era que seriam as vítimas mais fáceis. No entanto, Eric Wu, cujo trabalho não o recompensava com nenhuma gratificação sexual, percebeu que ignorava todo um mercado inexplorado, que se preocupava menos com segurança on-line. Um homem, por exemplo, não tem medo de estupro nem de *stalkers*. É menos desconfiado, e isso o torna mais vulnerável.

Wu estava em busca de solteiros com poucos vínculos. Se tivessem filhos, não serviam para ele. Se morassem perto da família, não lhe convinham. Se dividissem apartamento com alguém, tivessem empregos importantes ou muitos amigos próximos, idem. Wu os queria solitários, sim, mas também isolados, alienados dos vários vínculos e elos que unem as pessoas a algo maior que o indivíduo. Naquele momento, precisava de alguém que morasse perto dos Lawsons.

Encontrou em Freddy Sykes o perfil de vítima de que precisava.

Freddy Sykes trabalhava em um escritório de contabilidade que dava para a rua, em Walwick, Nova Jersey. Tinha 48 anos. Seus pais haviam falecido. Não tinha irmãos. Segundo seus flertes on-line no BiMen.com, Freddy havia cuidado da mãe e nunca tivera tempo para um relacionamento. Quando ela morreu, dois anos antes, ele herdou a casa em Ho-Ho-Kus, a cerca de 5 quilômetros da residência dos Lawsons. Sua foto no mundo virtual, em que só aparecia o rosto, insinuava que era meio rechonchudo. O cabelo era preto como graxa, escasso, penteado para trás, no estilo clássico. O sorriso parecia forçado, artificial, como se estivesse se desviando de um golpe.

Freddy passara as últimas três semanas flertando on-line com um tal de Al Singer, executivo aposentado da Exxon, de 56 anos, dos quais fora casado 22, até admitir que queria experimentar outras coisas. O personagem on-line ainda amava a esposa, mas ela não compreendia sua necessidade de estar tanto com homens como com mulheres. Al gostava de viajar pela Europa, de bons jantares e de assistir a esportes na TV. Para seu personagem Al Singer, Wu usava uma foto que havia tirado de um informativo on-line da Associação Cristã de Moços. Parecia atlético, mas não muito bonito. Alguém atraente demais poderia levantar suspeitas em Freddy. Wu queria que ele comprasse a ilusão. Era o ponto mais importante.

Os vizinhos de Freddy Sykes eram famílias jovens que não lhe davam muita atenção. Sua casa se parecia com qualquer outra no quarteirão. Wu estava naquele momento observando o portão eletrônico da garagem de Sykes se abrir. A garagem era geminada. Podia-se entrar e sair de carro sem ser visto. Isso era excelente.

Wu esperou dez minutos e depois tocou a campainha.

– Quem é?

– Entrega para o Sr. Sykes.

– De onde?

Freddy Sykes não tinha aberto a porta. Isso era estranho. Homens em geral abrem. Era parte de sua vulnerabilidade também, uma das razões de eles serem presas mais fáceis que as do sexo feminino. Excesso de confiança. Wu reparou no olho mágico. Sykes, sem dúvida, estava examinando o coreano de 26 anos, calças largas e constituição sólida, atarracada. Talvez notasse o brinco e lamentasse o fato de a juventude hoje em dia mutilar o corpo assim. Ou talvez o tipo físico e o brinco o excitassem. Quem sabe?

– Da Topfit Chocolate – respondeu Wu.

– Não, quero dizer, quem mandou?

Wu fingiu ler a nota outra vez.

– Um tal de Sr. Singer.

Deu certo. A fechadura foi destrancada. Wu deu uma olhada em volta. Ninguém. Freddy Sykes abriu a porta com um sorriso. Wu não hesitou. Seus dedos formaram uma garra e arremeteram na direção do pescoço de Sykes, como um pássaro se arremessa à presa. Freddy caiu. Wu se moveu com uma rapidez que desafiava seu porte. Esgueirou-se para dentro e fechou a porta.

Freddy Sykes estava caído de costas, as mãos em torno do próprio pescoço. Tentava gritar, mas tudo que conseguia emitir eram uns pequenos grunhidos. Wu se agachou e o virou de bruços. Freddy resistiu. O agressor puxou a camisa da vítima para cima. Freddy o chutou. Os dedos treinados de Wu subiram por sua coluna até encontrar o lugar certo, entre a quarta e a quinta vértebra. Freddy esperneou mais. Usando o indicador e o polegar como baionetas, Wu os enterrou no osso, quase rasgando a pele.

O corpo de Freddy enrijeceu.

Wu aplicou um pouco mais de pressão, forçando uma subluxação nas facetas articulares. Enterrando os dedos com mais força ainda entre as duas vértebras, pegou-as e puxou. Algo na coluna de Freddy se partiu como uma corda de violão.

Ele parou de espernear.

Todos os movimentos cessaram.

Mas Freddy Sykes continuava vivo. Aquilo era bom, exatamente o que Wu queria. Costumava matá-los logo, mas agora tinha mais experiência. Vivo, Freddy podia ligar para o chefe e dizer que não ia trabalhar. Vivo, podia dizer sua senha se Wu quisesse sacar dinheiro no caixa eletrônico. Vivo, podia atender uma ligação, caso alguém de fato telefonasse.

Com ele vivo, Wu não precisaria se preocupar com o cheiro.

Wu amordaçou Freddy e o pôs nu na banheira. A pressão na coluna fizera as articulações saírem do lugar. Esse deslocamento contundiria a coluna vertebral em vez de fazer com que rompesse completamente. Wu testou os resultados do seu trabalho manual. Freddy não conseguia mexer as pernas. Os deltoides podiam funcionar, mas as mãos e os braços, não. E o mais importante: ainda era capaz de respirar.

Para todos os efeitos práticos, Freddy Sykes estava paralisado.

Mantê-lo na banheira tornava mais fácil limpar qualquer sujeira. Seus olhos estavam um pouco abertos demais. Wu já tinha visto aquele olhar antes: algo que ultrapassava o terror, mas que ainda não era a morte; um vazio que se instalava naquele terrível vértice entre as duas coisas.

Obviamente, não havia nenhuma razão para amarrá-lo.

Wu sentou-se no escuro e esperou a noite cair. Fechou os olhos e deixou a mente viajar pelo passado. Havia prisões em Rangum onde se estudavam fraturas da coluna durante enforcamentos. Aprendia-se onde pôr o nó, onde aplicar a força e os diferentes efeitos de cada posição. Na Coreia do Norte, na prisão política que Wu chamara de lar dos 13 aos 18 anos, os experimentos tinham sido levados um passo além. Inimigos do Estado eram assassinados de forma criativa. Vários ele eliminara usando apenas as mãos. Endurecera--as socando pedras. Havia se dedicado à anatomia humana de uma forma que causaria inveja à maioria dos estudantes de medicina. Praticara em seres humanos, aperfeiçoando a técnica.

O ponto exato entre a quarta e quinta vértebras. Isso era fundamental. Um pouco acima, a paralisia seria completa, o que levaria a vítima à morte bem rápido. O problema não eram os braços e as pernas – eram os órgãos internos, que deixariam de funcionar. Um pouco mais para baixo, só as pernas ficariam incapacitadas. Os braços ainda se mexeriam. Se a pressão aplicada fosse muito forte, toda a coluna vertebral se romperia. Era uma questão de precisão. De toque certo. De prática.

Wu ligou o computador de Freddy. Queria ficar em contato com os outros solteiros da lista, porque nunca sabia quando precisaria de um lugar novo para morar. Ao terminar, permitiu-se dormir. Três horas mais tarde, acordou e foi dar uma conferida em Freddy. Os olhos estavam mais embaçados agora, olhando para a frente, piscando sem foco.

Quando o contato de Wu ligou, eram quase dez da noite.

– Você já está instalado? – perguntou.

– Sim.

– Temos um assunto a tratar.

Wu aguardou.

– Precisamos movimentar um pouco as coisas. Tem algum problema?

– Não.

– Ele precisa ser levado agora.

– Você tem o endereço?

Wu escutou, memorizando a localização.

– Alguma pergunta?

– Não – respondeu Wu.

– Eric?

Wu esperou.

– Obrigado, cara.

Ele desligou. Encontrou a chave do carro e saiu no Honda de Freddy.

capítulo 3

GRACE AINDA NÃO PODIA chamar a polícia. Tampouco conseguia dormir.

O computador continuava ligado. O protetor de tela era uma foto da família, tirada no ano anterior na Disney. Os quatro posando com o Pateta no Epcot Center. Jack usava orelhas do Mickey. O sorriso era enorme. O dela, mais reservado. Sentia-se meio boba, o que divertia Jack ainda mais. Ela tocou no mouse e a família desapareceu.

Grace clicou no ícone novo e a foto estranha dos cinco jovens em idade universitária apareceu. A imagem abriu no Photoshop. Por alguns minutos, ela apenas contemplou aqueles rostos jovens em busca de algo, uma pista talvez. Nada lhe ocorreu. Cortou cada rosto, ampliando-o até algo próximo do formato 10x10. Se aumentasse mais, a já borrada imagem se tornaria indecifrável. O papel bom estava na impressora colorida, então ela apertou o botão referente a ela. Pegou uma tesoura e começou a trabalhar.

Em pouco tempo, tinha cinco fotos de rosto diferentes, uma de cada pessoa. Estudou-as de novo, dessa vez detendo-se um pouco mais na jovem loura ao lado de Jack. Era bonita, a pele viçosa, cabelos lisos e compridos. Seu olhar estava fixo em Jack, algo mais que casual. Grace sentiu uma pontada de quê? Ciúme? Que bizarro. Quem era aquela mulher? Uma antiga namorada, obviamente, uma que ele nunca havia mencionado. E daí? Grace também tinha um passado. Assim como Jack. Por que o olhar naquela foto a incomodava?

E agora?

Teria que esperar por Jack. Quando ele voltasse para casa, ela exigiria respostas.

Mas respostas a quê?

Mas espere um pouco. O que estava acontecendo de fato? Uma fotografia antiga, provavelmente de Jack, tinha surgido no envelope das suas revelações. Era esquisito, claro. Até um pouco assustador, ainda mais com aquele X na cara da loura. E Jack já havia ficado na rua até tarde sem ligar. Então qual era o problema? Algo na foto o havia aborrecido. Ele desligou o celular e devia estar em algum bar. Ou na casa de Dan. Aquela coisa toda era, provavelmente, só uma piada sem graça.

Sim, Grace, claro. Uma piada. Como aquela sobre o revezamento de carona para o treino de revezamento.

Sentada sozinha, com o cômodo iluminado apenas pela luz do monitor, Grace tentou outras formas de racionalizar o que estava acontecendo. Parou quando percebeu que aquilo só a assustava mais.

Clicou no rosto da moça, a que olhava para seu marido com desejo, dando um close para ver melhor. Contemplou-a fixamente, na verdade, e uma onda de medo a arrepiou até a cabeça. Não se mexia. Só olhava para o rosto da mulher. Não sabia onde, quando nem como, mas tinha certeza absoluta daquilo.

Já tinha visto aquela moça antes.

capítulo 4

ROCKY CONWELL ASSUMIU SEU posto perto da residência dos Lawsons.

Tentou ficar confortável no Toyota Celica 1989, mas foi impossível. Era grande demais para aquela bosta de carro. Puxou com força a maldita alavanca do assento, quase a arrancando, mas o banco já estava inclinado ao máximo. Teria de se conformar. Acomodou-se e permitiu que os olhos se fechassem.

Rocky estava cansado, e muito. Tinha dois empregos. O primeiro, o trabalho fixo, para impressionar o oficial responsável por sua liberdade condicional, era um turno de dez horas na linha de montagem da Budweiser, em Newark. O segundo, ficar sentado naquela droga de carro, olhando para uma casa, era algo estritamente clandestino.

Ele se endireitou quando ouviu um barulho. Pegou o binóculo. Merda, alguém tinha dado partida na minivan. Ajustou o foco. Jack Lawson estava em movimento. Baixou o binóculo, ligou o carro e se preparou para segui-lo.

Rocky precisava de dois empregos porque precisava de dinheiro, muito e desesperadamente. Lorraine, sua ex, vinha dando indiretas sobre uma possível reconciliação. Mas ainda estava meio arisca quanto a isso. Dinheiro, sabia ele, podia fazer a balança pender a seu favor. Rocky a amava. Queria-a de volta muito, muito. Devia a ela alguns momentos felizes, não? E se isso significasse trabalhar como um condenado, ora, era um preço que estava disposto a pagar.

Nem sempre as coisas tinham sido assim para Rocky Conwell. Fora um dos melhores jogadores estaduais de defesa quando jogava futebol americano pela Westfield High. A Universidade da Pensilvânia – por meio do próprio Joe Paterno – o havia recrutado e o transformara em um *linebacker* implacável. Com 1,95 metro, 118 quilos e abençoado com um temperamento naturalmente agressivo, fora destaque durante quatro anos. Estivera entre os dez melhores por dois anos. O St. Louis Rams o convocou na sétima rodada.

Durante um tempo, foi como se Deus tivesse planejado com perfeição sua vida desde o começo. Seu verdadeiro nome era Rocky. Os pais o batizaram assim porque a mãe entrou em trabalho de parto enquanto assistiam ao filme *Rocky*, no verão de 1976. Quando se recebe um nome desses, é melhor ser grande e forte. É melhor estar pronto para quebrar tudo. Ali estava ele, jogador profissional convocado, se coçando para entrar em campo. Rocky e Lorraine – uma beldade que conseguia não só parar o trânsito como também fazê-lo andar para trás – começaram a namorar no primeiro ano da faculdade. Apaixonaram-se loucamente. A vida era boa.

Até, bem, não ser mais.

Rocky era excelente jogador na universidade, mas existe uma grande diferença entre o futebol universitário e o profissional. Na concentração do Rams, adoravam sua garra. Adoravam sua ética de trabalho. Adoravam a forma como sacrificava o corpo para fazer uma jogada. Só não gostavam da sua velocidade – e nos jogos da época, que davam ênfase à passagem e à cobertura, Rocky não era bom o bastante. Ou assim eles diziam. Mas ele não entregou os pontos. Começou a tomar mais esteroides. Ficou maior, mas não o suficiente para ser de primeira linha. Conseguiu se manter por uma temporada no Rams, substituindo jogadores de posições diferentes. No ano seguinte, foi cortado.

Mas o sonho não morreria. Rocky não permitiria isso. Malhava sem parar. Continuou se enchendo de esteroides. Sempre havia tomado suplementos anabólicos. Todo atleta faz isso. O desespero, porém, o tornara menos cauteloso. Não se preocupou com a ciclagem ou com a superdosagem. Só queria mais massa muscular. O mau humor sobreveio, por causa das drogas ou das decepções – mais provavelmente, devido à mistura potente das duas coisas.

Para ganhar mais dinheiro, Rocky arrumou trabalho no vale-tudo pela Ultimate Fighting Federation. São inesquecíveis as revanches nos octógonos. Durante um tempo, elas foram o suprassumo no *pay-per-view* – reais, sangrentas, pancadarias sem igual. Rocky era bom naquilo. Grande e forte, um lutador nato. Tinha muita resistência e sabia como cansar o oponente.

Por fim, a violência no ringue se tornou excessiva para a sensibilidade das pessoas. Os estados começaram a proibir o vale-tudo. Alguns caras foram lutar no Japão, onde ainda era permitido pela lei – Rocky concluiu que a sensibilidade deles era diferente lá –, mas ele não foi. Acreditava que a Liga Nacional de Futebol Americano ainda estava a seu alcance. Só precisava trabalhar duro. Ficar um pouco maior, mais forte e mais rápido.

A minivan de Jack Lawson parou na Route 17. As instruções de Rocky eram claras. Segui-lo. Anotar aonde ele ia, com quem falava, cada detalhe do percurso, mas sem nunca – ênfase em nunca – entrar em contato. Só precisava observar. Nada mais.

Tudo certo, dinheiro fácil.

Dois anos antes, envolvera-se em uma briga de bar. Um caso típico. Um camarada encarou Lorraine mais do que o necessário. Rocky lhe perguntou o que estava olhando, e o cara respondeu: "Nada de mais." Você sabe como é. Só que Rocky estava entupido de esteroides. Acabou pulverizando o sujeito – o cara foi parar num leito de tração cervical – e Rocky acabou preso por agressão. Passou três meses na cadeia e agora estava em liberdade condicional. Aquilo fora a gota d'água para Lorraine. Ela o chamou de fracassado e deu o fora.

Agora estava tentando consertar as coisas.

Tinha parado com os anabolizantes. Os sonhos custam a morrer, mas ele percebeu por fim que não entraria para a Liga Nacional de Futebol Americano. Só que ele tinha talento. Poderia ser um bom treinador. Sabia motivar. Tinha um amigo com certa influência na sua antiga *alma mater*, Westfield High. Se Rocky conseguisse limpar sua ficha, poderia ser nomeado treinador da defesa do time. Lorraine conseguiria um emprego por lá como conselheira vocacional. Estariam os dois encaminhados.

Só precisavam de um pequeno capital inicial.

Rocky manteve o Celica a uma distância decente da minivan. Não estava muito preocupado em ser visto. Jack Lawson era um amador. Não ficaria olhando para ver se alguém o estava seguindo. Fora o que seu chefe havia dito.

Lawson cruzou a fronteira de Nova York e pegou a autoestrada em direção ao norte. Eram dez da noite. Rocky se perguntou se deveria telefonar para passar essas informações, mas não, ainda não. Não havia nada para informar. O homem estava dando uma volta. Ele o estava seguindo. Era esse seu trabalho.

Começou a sentir câimbra na panturrilha. Cara, como queria que aquela lata velha tivesse mais espaço para as pernas.

Meia hora depois, Lawson parou em Woodbury Commons, um desses shoppings gigantes ao ar livre, em que todas as lojas eram supostamente *outlets* de marcas caras. Estava fechado. A minivan enveredou por um trecho tranquilo de estrada, ao lado. Rocky hesitou. Se a seguisse, seria visto com certeza.

Encontrou um lugar à direita, estacionou, apagou os faróis e pegou o binóculo.

Jack Lawson parou a minivan, e Rocky o viu saltar. Havia outro carro não muito longe. Devia ser sua namorada. Lugar estranho para um encontro romântico, mas há gosto para tudo. Jack olhou para os dois lados e depois se dirigiu para uma área arborizada. Merda. Rocky teria de seguir a pé.

Tirou o binóculo do rosto e saiu do carro. Estava a uns 60 ou 70 metros de Lawson. Não queria se aproximar mais. Agachou-se e olhou de novo pelo binóculo. Lawson tinha parado de andar. Virou-se e...

O que é aquilo?

Rocky virou o rosto para a direita. Havia um homem à esquerda de Lawson. Olhou com mais atenção. O cara usava uniforme militar. Era baixo e atarracado, parecia um quadrado perfeito. Dava a impressão de alguém que malhava, pensou Rocky. O sujeito – tinha cara de asiático – permaneceu perfeitamente imóvel, como uma rocha.

Por alguns segundos, pelo menos.

Suavemente, quase como o toque de um amante, o asiático esticou o braço e pôs a mão no ombro de Lawson. Por um breve momento, Rocky achou que tinha deparado com um encontro gay. Mas não era isso. Nem de longe.

Jack Lawson caiu no chão feito uma marionete cujas cordas foram cortadas.

Rocky engoliu o susto. O asiático olhou para a forma desmoronada a seus pés. Abaixou-se e pegou Lawson pelo... porra, parecia o pescoço. Como se pega um filhote de cachorro ou algo assim. Pela pele da nuca.

Puta merda, pensou Rocky. Melhor relatar isso.

Sem o menor esforço, o asiático começou a carregar Lawson em direção ao carro. Com uma única mão. Como se o cara fosse uma maleta ou algo assim. Rocky procurou o celular.

Merda, tinha deixado no carro.

Ok, Rocky, raciocine! O carro que o asiático estava dirigindo. Era um Honda Accord. Placa de Nova Jersey. Tentou decorar o número. Vigiou enquanto o sujeito abria o bagageiro. Ele jogou Lawson lá dentro como se fosse um saco de roupa suja.

Ai, cara, e agora?

As ordens de Rocky eram precisas. Nada de ataques. Quantas vezes ouvira aquilo? Seja o que for, apenas observe. Não se meta.

Não sabia o que fazer.

Deveria só seguir?

De jeito nenhum. Jack Lawson estava na mala. Rocky não conhecia o sujeito. Não sabia por que o estava seguindo. Imaginava que haviam sido contratados para segui-lo pela razão de sempre – a mulher desconfiava que estivesse tendo um caso. Isso era uma coisa. Seguir e comprovar a infidelidade. Mas aquilo...?

Lawson fora atacado. Pelo amor de Deus, aquele Jackie Chan marombeiro o trancara no bagageiro. Rocky teria de assistir àquilo tudo de braços cruzados?

Não.

Mesmo depois de tudo que tinha feito, de tudo que tinha se tornado, não ia deixar aquilo passar. Imagine se perdesse o asiático de vista? Se não houvesse ar suficiente no porta-malas do carro? Se Lawson estivesse seriamente ferido e fosse morrer?

Rocky precisava fazer alguma coisa.

Deveria chamar a polícia?

O asiático fechou o porta-malas e se dirigiu para o banco do motorista.

Tarde demais para chamar alguém. Precisava agir.

Continuava a ter 1,95 metro de altura e a pesar 118 quilos. Não era um lutador de *wrestling*, com todas aquelas lutas coreografadas, mas de vale-tudo. Um guerreiro de verdade. Não estava armado, mas sabia tomar conta de si.

Começou a correr na direção do carro.

– Ei! – gritou. – Ei, você! Para aí!

O asiático – à medida que se aproximava, pôde ver que era quase um garoto – olhou para ele. Sua expressão não mudou. Só observava enquanto Rocky corria em sua direção. Não se mexeu. Não tentou entrar no carro e dar a partida. Aguardava pacientemente.

– Ei!

O garoto asiático permaneceu imóvel.

Rocky parou a um metro dele. Seus olhos se encontraram. Ele não gostou do que viu. Tinha jogado futebol contra alguns caras realmente insanos. Lutara no ringue de vale-tudo contra malucos que ficavam felizes ao sentir dor. Olhara nos olhos de verdadeiros psicopatas – caras que chegavam ao orgasmo machucando pessoas. Nada, porém, se parecia com aquilo. Tinha a impressão de estar olhando nos olhos de... uma coisa que não era viva. Uma pedra, talvez. Algum tipo de objeto inanimado. Não havia medo, piedade, razão.

– Posso ajudar em alguma coisa? – perguntou o garoto asiático.

– Eu vi... Tira o cara da mala.

– Claro – anuiu o garoto, com um gesto de cabeça.

Olhou para o porta-malas. Rocky também. Foi quando Eric Wu atacou.

Rocky nem sequer viu o golpe. O asiático se abaixou, girou o quadril para conseguir mais impulso e deu um soco no rim do oponente. Rocky já tinha apanhado antes. E tinha sido socado no rim por homens duas vezes maiores que ele. Mas nada que se comparasse àquilo. Parecia um golpe de marreta.

Ele bufou, mas permaneceu de pé. Wu se aproximou e golpeou o fígado de Rocky com algo sólido. Parecia um espeto de churrasco. A dor o inundou.

A boca se abriu, mas o grito não saiu. Rocky caiu no chão. Wu se agachou a seu lado. A última coisa que Rocky viu – a última coisa que veria – foi o rosto de Eric Wu, calmo e sereno enquanto colocava as mãos sob suas costelas.

Lorraine, pensou Rocky. E depois mais nada.

capítulo 5

GRACE SE FLAGROU EM meio a um grito. Tentou se erguer. A luz ainda estava acesa no corredor. Uma silhueta estava de pé na porta. Não era Jack.

Ela despertou, ainda arfando. Um sonho. Sabia disso. Em algum nível fugaz, tivera conhecimento disso da metade até o final. Já sonhara com aquilo antes, várias vezes, mas havia muito tempo que não sonhava. Talvez por causa do aniversário de casamento que se aproximava.

Tentou relaxar. Não conseguiu. O sonho sempre tinha os mesmos começo e fim. As variações só ocorriam no meio.

Nele, Grace estava no antigo Boston Garden. O palco se encontrava bem à sua frente. Havia uma barreira de ferro, baixa, talvez na altura da cintura, como uma grade que se podia usar para prender a bicicleta. Ela estava encostada nisso.

No alto-falante se ouvia "Pale Ink", algo impossível, porque o show ainda não tinha começado. Aquela música era o grande sucesso da Jimmy X Band, o disco mais vendido do ano. Ainda se ouvia no rádio o tempo todo. Seria tocada ao vivo, não uma gravação para passar o tempo de espera. Mas, se aquele sonho fosse um filme, "Pale Ink" seria a trilha sonora.

Estaria Todd Woodcroft, seu namorado na época, ao lado dela? Às vezes imaginava estar segurando sua mão – embora nunca tivessem sido o tipo de casal que andava de mãos dadas – e, depois que tudo dava errado, a sensação de frio na barriga quando a mão dele escapava da sua. Na realidade, Todd provavelmente estava a seu lado. No sonho, mas só ocasionalmente. Dessa vez não, ele não estava lá. Tinha escapado ileso daquela noite. Nunca o culpou pelo que acontecera a ela. Não havia nada que pudesse ter feito. Todd nunca a visitou no hospital. Também não o culpava por isso. Tratava-se de um romance de faculdade já no fim, não era um caso de almas gêmeas. Quem precisava de uma cena àquela altura do campeonato? Quem iria querer terminar com uma garota no hospital? Era melhor para os dois, pensava ela, deixar a coisa acabar por si só.

No sonho, Grace sabe que a tragédia está para acontecer, mas não faz nada para impedi-la. Seu eu onírico não dá nenhum aviso nem tenta ir em direção à saída. Perguntou-se muitas vezes por quê, mas era assim que os sonhos funcionavam, não era? A pessoa fica impotente mesmo sabendo o que vai acontecer, escrava de algum mecanismo automático no inconsciente. Ou talvez a resposta seja mais simples: não havia tempo. No sonho, a tragédia começa em segundos. Na realidade, de acordo com testemunhas, Grace e os outros tinham permanecido na frente daquele palco por mais de quatro horas.

O ânimo da multidão havia passado da empolgação à impaciência e à agitação antes de se tornar hostil. Jimmy X, cujo nome verdadeiro era James Xavier Farmington, roqueiro deslumbrante, com uma cabeleira gloriosa, era esperado no palco às oito e meia, embora todos soubessem que só iria aparecer depois das nove. Já era quase meia-noite. A princípio, a multidão clamava seu nome. Então tivera início um coro de vaias. Dezesseis mil pessoas, inclusive aquelas como Grace, que tiveram a sorte de conseguir lugar junto ao palco, levantaram-se de uma vez só, exigindo que o show começasse. Dez minutos se passaram antes de os alto-falantes darem enfim algum retorno. A multidão, tendo voltado ao estado anterior de agitação febril, enlouqueceu.

Mas a voz que vinha pelo alto-falante não anunciou a banda. Com um tom monótono, avisou que o show daquela noite tinha sido adiado, por pelo menos mais uma hora. Nenhuma explicação. Durante um momento, ninguém se mexeu. O silêncio tomou conta da plateia.

Era aí que o sonho começava, em meio àquela calma antes da devastação. Lá estava Grace outra vez. Quantos anos tinha? Na ocasião tinha 21, mas no sonho parecia ser mais velha. Era uma Grace diferente, correlata, casada com Jack, mãe de Emma e Max, mas que também estava naquele show no último ano de faculdade. Novamente, era assim que as coisas funcionavam nos sonhos, uma realidade dual, um eu paralelo sobrepondo-se ao verdadeiro.

Será que aquilo tudo, esses momentos de sonho, surgia de memórias reprimidas, ou do que ela lera após a tragédia? Grace não sabia. Provavelmente, desconfiava havia muito, era uma combinação das duas coisas. Os sonhos abrem caminho para as lembranças, não? Quando estava acordada, não conseguia se lembrar de nada daquela noite – nem dos dias que a antecederam, na verdade. A última coisa de que se recordava era ter estudado para uma prova final de ciências políticas, que havia feito cinco dias antes. Algo normal, garantiam os médicos, no tipo de traumatismo craniano que tivera. Mas o inconsciente era um terreno estranho. Talvez os sonhos fossem lembranças de verdade. Talvez fossem imaginação. Muito provavelmente, como na maioria dos sonhos e até das lembranças, eram as duas coisas.

De qualquer forma, seja a partir da memória ou de notícias na imprensa, foi nesse momento exato que alguém disparou um tiro. Depois outro. E mais outro.

Isso foi antes de existir varredura com detectores de metal no acesso aos estádios. Qualquer um podia entrar com uma arma. Durante um tempo, houve um grande debate sobre a origem dos tiros. Os malucos das teorias da conspiração ainda discutiam o assunto, como se a arena tivesse sido palco do assassinato de JFK. Seja como for, a multidão de jovens, já frenética, surtou. Gritaram. Quebraram. Correram em direção às saídas.

Correram em direção ao palco.

Grace estava no lugar errado. Sua cintura fora esmagada pelo topo de uma barra de ferro, que entrou em sua barriga. Não conseguia se soltar. A multidão berrou e se aglomerou. O garoto a seu lado – mais tarde ficaria sabendo que tinha 19 anos e se chamava Ryan Vespa – não levantou as mãos a tempo. Bateu na grade num ângulo ruim.

Grace viu – mais uma vez, fora apenas no sonho ou na realidade também? – o sangue jorrar da boca do rapaz. A barreira de metal cedeu, por fim. Virou. Ela caiu no chão. Tentou firmar o pé, levantar-se, mas a corrente de humanos gritando a empurrou de volta ao chão.

Essa parte, Grace sabia que era real. Essa parte, estar soterrada sob um monte de pessoas, a assombrava mais que os sonhos.

A correria continuava. Pessoas marchavam sobre ela. Pisoteavam seus braços e pernas. Tropeçavam e caíam, estatelando-se nela como tijolos de concreto. O peso aumentava. Esmagando-a. Dezenas de corpos desesperados, esperneando, rastejando sobre ela.

Gritos enchiam o ar. Grace estava embaixo de tudo isso. Enterrada. Não havia mais luz. Corpos demais em cima dela. Era impossível se mover. Estava sufocando. Como se tivesse sido enterrada no concreto. Como se fosse tragada para baixo d'água.

Havia muito peso sobre ela. Parecia que uma mão gigante pressionava sua cabeça, esmagando-lhe o crânio, como se faz com um copo descartável.

Não tinha saída.

E aí, felizmente, o sonho terminava. Grace acordou, ainda resfolegando.

Na realidade, só despertou quatro dias depois, sem se lembrar de quase nada. A princípio, pensou que fosse a manhã da prova final de ciências políticas. Os médicos esclareceram calmamente a situação. Grace ficara muito ferida. Teve, entre outras coisas, uma fratura de crânio. Isso, achavam eles, explicava as dores de cabeça e a perda de memória. Não se tratava de um caso de amnésia, de memórias reprimidas ou de qualquer elemento psicológico. O cérebro tinha sido danificado, o que acontece com frequência nesse tipo de traumatismo craniano severo e perda de consciência. Perder a noção das horas, e até dos dias, não era incomum. Grace também teve fraturas no fêmur, na tíbia e em três costelas. O joelho se partira em dois. O quadril havia saído do lugar.

Em meio à nebulosidade dos analgésicos, acabou por saber que tivera "sorte". Dezoito pessoas, com idades entre 14 e 26 anos, tinham morrido na confusão que a mídia batizou de Massacre de Boston.

A silhueta junto à porta disse:

– Mamãe?

Era Emma.

– Oi, coração.

– Você estava gritando.

– Está tudo bem. As mamães também têm pesadelos de vez em quando.

– Cadê o papai? – perguntou Emma, ainda no escuro.

Grace conferiu o relógio de cabeceira. Eram quase 4h45 da madrugada. Dormira por quanto tempo? Não mais que dez, quinze minutos.

– Ele já vai chegar.

Emma não se moveu.

– Você está bem? – perguntou Grace.

– Posso dormir com você?

Quanto sonho ruim esta noite, pensou Grace, e levantou o cobertor.

– Claro, meu bem.

Emma se aninhou no lado da cama que pertencia a Jack. Grace pôs o cobertor sobre a filha. Manteve o olhar no relógio de cabeceira. Às 7 horas em ponto – ela observou o visor digital sair de 6:59 –, deixou o pânico tomar conta.

Jack nunca havia feito algo desse tipo. Se tivesse sido uma noite normal, se ele tivesse vindo até ela e dito que ia ao mercado, feito algum trocadilho sem graça antes de sair, alguma coisa sobre melões e bananas, algo engraçado e idiota no gênero, já teria pegado o telefone e ligado para a polícia.

Mas a noite anterior não fora normal. Houvera aquela fotografia. Houvera sua reação. E nenhum beijo de despedida.

Emma se mexeu a seu lado. Max entrou minutos depois, esfregando os olhos. Em geral, era Jack quem fazia o café da manhã, porque acordava mais cedo. Grace conseguiu preparar uma refeição matinal – cereais com banana fatiada – e desviar das perguntas sobre a ausência do pai. Enquanto estavam ocupados engolindo o café, ela se esgueirou até o ateliê e tentou ligar para o escritório de Jack, mas ninguém atendeu o telefone. Era muito cedo.

Ela se enfiou em um blusão Adidas de Jack e os levou até o ponto de ônibus. Emma costumava abraçá-la antes de subir no veículo, mas já estava grande demais para isso. Entrou depressa, antes que Grace pudesse balbuciar alguma idiotice materna sobre a filha já estar muito crescida para abraços, mas não para visitar a mamãe quando se sentia assustada à noite. Max ainda a abraçava, mas foi algo rápido e com uma falta de entusiasmo retumbante. Os dois entraram e a porta do ônibus fechou, como se os estivesse engolindo.

Grace protegeu os olhos do sol com a mão e, como sempre, ficou olhando o ônibus até que virasse na Bryden Road. Mesmo então, depois de tanto tempo, ainda tinha vontade de entrar no carro e segui-lo, só para garantir que aquela caixa amarela de latão, aparentemente frágil, chegaria em segurança à escola.

O que havia acontecido com Jack?

Ela começou a voltar para casa, mas depois, pensando melhor, correu para o carro e deu partida. Alcançou o ônibus na Heights Road e o seguiu pelo resto do caminho até a escola Willard. Estacionou e ficou vendo as crianças desembarcarem. Quando Emma e Max apareceram, sobrecarregados com as mochilas, sentiu a costumeira palpitação. Sentou-se ereta e esperou até que os dois subissem a escada e desaparecessem pelas portas da escola.

E depois, pela primeira vez em muito tempo, chorou.

Grace havia imaginado policiais em roupas civis. Dois deles. Era sempre assim na televisão. Um seria o veterano rude. O outro, jovem e bonito. Bobeiras da TV. A polícia municipal havia mandado um agente do tipo que detém as pessoas por excesso de velocidade, com uniforme e carro combinando.

Ele se apresentara como oficial Daley. Era realmente jovem, muito jovem, com traços de acne no rosto de bebê. Os músculos indicavam que frequentava a academia. A manga curta parecia um torniquete sobre os bíceps inchados. Falava com uma paciência irritante, em um tom monótono de policial de subúrbio, como se estivesse fazendo uma palestra para uma turma de primário sobre como andar de bicicleta com segurança.

Chegara dez minutos depois de ela ligar para o número de casos policiais sem emergência. Em circunstâncias normais, o atendente lhe pediria que fosse até lá e preenchesse um formulário. Mas, por acaso, o oficial Daley estava na área, então poderia dar uma passada na casa dela. Que sorte.

Daley pegou uma folha de papel tamanho carta e a colocou sobre a mesa de centro. Puxou a caneta e começou a fazer perguntas.

– O nome da pessoa desaparecida?

– John Lawson. Mas todos o chamam de Jack.

Ele começou a preencher uma lista.

– Endereço e número de telefone?

Ela os informou.

– Local de nascimento?

– Los Angeles, Califórnia.

Daley perguntou altura, peso, cor dos olhos e do cabelo, sexo (sim, perguntou mesmo). Se tinha alguma cicatriz, marca ou tatuagem. Também perguntou sobre algum destino provável.

– Não sei – respondeu Grace. – Foi por isso que chamei vocês.

O oficial anuiu.

– Imagino que seu marido esteja acima da idade de emancipação?

– Como?

– Tem mais de 18 anos.

– Sim.

– Isso torna a coisa mais difícil.

– Por quê?

– Estamos com um regulamento novo para preencher o formulário de pessoa desaparecida. Foi atualizado faz só duas semanas.

– Não sei se estou entendendo.

Ele soltou um suspiro dramático.

– Bem, para pôr alguém no sistema, a pessoa tem que cumprir alguns requisitos. – Daley pegou outra folha de papel. – Seu marido é deficiente?

– Não.

– Está em perigo?

– Como assim?

Daley leu o papel:

– "Uma pessoa maior de idade que está desaparecida e em companhia de outra, em circunstâncias que indiquem risco para a segurança física dele/dela."

– Não sei. Já lhe disse. Ele saiu ontem à noite...

– Isso seria um "não" – disse Daley, examinando o papel. – Número três. Involuntário. Como sequestro ou rapto.

– Não sei.

– Certo. Número quatro. Vítima de catástrofe. Como incêndio ou acidente de avião.

– Não.

– E a última categoria. Ele é jovem? Bem, já eliminamos essa. – Ele largou a folha. – É isso aí. Não se pode pôr a pessoa no sistema se ela não se encaixa numa dessas categorias.

– Então se alguém desaparece assim, vocês não fazem nada?

– Eu não colocaria a coisa nesses termos, senhora.

– E como colocaria?

– Não temos nenhuma prova de que houve algum tipo de crime. Se tivermos, vamos aprofundar imediatamente a investigação.

– Então não vai fazer nada agora?

Daley soltou a caneta. Inclinou-se para a frente, os braços apoiados sobre as pernas. Sua respiração era pesada.

– Posso falar com franqueza, Sra. Lawson?

– Por favor.

– Na maioria desses casos... Mais que isso, na verdade. Eu diria que em 99 de cada cem casos, o marido só está dando umas voltas por aí. Talvez por causa de problemas conjugais. Talvez por causa de uma amante. O marido não quer ser encontrado.

– Não é o caso aqui.

– E em 99 de cada cem casos, é isso que ouvimos da esposa – afirmou o oficial, fazendo um gesto com a cabeça.

Aquele tom condescendente estava começando a irritá-la. Grace não se sentia à vontade para confiar naquele jovem. Não lhe dissera tudo, como se considerasse contar a verdade completa uma traição. Além disso, ao pensar melhor naquela história toda, que impressão ela passaria?

Ora, vejamos, encontrei essa foto estranha no meio do meu filme, revelado na Photomat, do pomar de maçãs, em Chester, certo? E meu marido disse que não era ele ali, e, na verdade, é difícil ter certeza porque a fotografia é antiga, e depois disso Jack saiu de casa...

– Sra. Lawson?

– Sim.

– A senhora entendeu o que eu disse?

– Acho que sim. Que estou histérica. Meu marido foi embora. Estou usando a polícia para arrastá-lo de volta. Não é mais ou menos isso?

Ele permaneceu impassível.

– A senhora precisa entender. Não podemos investigar a fundo até termos uma prova de que um crime foi cometido. São regras estabelecidas pelo NCIC. – Ele apontou novamente para a folha de papel e disse, num tom muito grave: – É o centro nacional de informações criminais.

Ela quase revirou os olhos.

– Mesmo que encontremos seu marido, não vamos lhe dizer onde está. Este é um país livre. Ele é maior de idade. Não podemos forçá-lo a voltar.

– Tenho consciência disso.

– Podemos dar uns telefonemas, talvez fazer umas perguntas discretas.

– Ótimo.

– Vou precisar da marca do veículo e do número da placa.

– É um Ford Windstar.

– Cor?

– Azul-escuro.

– Ano?

Ela não lembrava.

– Número da placa?

– Começa com *M*.

O oficial Daley ergueu o olhar. Grace se sentiu idiota.

– Tenho uma cópia dos documentos lá em cima – disse ela. – Posso dar uma olhada.

– Vocês usam cobrança eletrônica nos pedágios?

– Sim, usamos E-ZPass, sim.

O oficial Daley balançou a cabeça e anotou.

Grace subiu e encontrou a pasta. Fez outra cópia dos documentos do carro com o scanner e a entregou ao policial. Ele anotou algo e lhe fez mais algumas perguntas. Ela se ateve aos fatos: Jack havia chegado do trabalho, ajudado a pôr as crianças na cama, depois saíra, provavelmente para ir ao mercado... e isso era tudo.

Depois de cinco minutos, Daley pareceu satisfeito. Sorriu e disse a Grace que não se preocupasse. Ela o olhava fixamente.

– Entraremos em contato com a senhora daqui a algumas horas. Se ainda não soubermos de nada, vamos conversar mais um pouco.

Ele foi embora. Grace ligou de novo para o escritório de Jack. Ninguém atendeu. Olhou o relógio. Quase dez da manhã. A Photomat estaria abrindo agora. Bom.

Tinha algumas perguntas a fazer a Josh, o Penugem Branca.

capítulo 6

CHARLAINE SWAIN COLOCOU A lingerie nova, comprada pela internet – um baby-doll Regal Lace com fio dental combinando –, e levantou o blecaute da janela.

Havia alguma coisa errada.

O dia era terça-feira. A hora, 10h30 da manhã. Os filhos de Charlaine estavam na escola. O marido, Mike, estaria em sua mesa de trabalho na cidade, o telefone apoiado entre o ombro e o ouvido, os dedos ocupados em enrolar e desenrolar as mangas da camisa, o colarinho cada dia mais apertado, mas o ego grande demais para admitir que precisava de um tamanho maior.

O vizinho, um esquisitão medonho chamado Freddy Sykes, devia estar em casa.

Charlaine olhou para o espelho. Não fazia isso muitas vezes. Não havia necessidade de se lembrar de que tinha mais de 40 anos. A imagem que viu ainda estava em forma, concluiu sem sombra de dúvida –, com a ajuda do baby-doll com bojo –, mas a parte que antes era considerada farta e curvilínea tinha amolecido e se tornado flácida. Ah, Charlaine malhava. Tinha aula de ioga – a "ioga" daquele ano era *tae bo* ou *step* – três dias por semana, pela manhã. Ela se mantinha em forma, lutando contra o óbvio e o inevitável, tentando segurar as pontas mesmo quando tudo estava desabando.

O que acontecera a ela?

Vamos esquecer o físico um instante. A jovem Charlaine Swain havia sido um dínamo. Tinha paixão pela vida. Era ambiciosa e empreendedora. Todo mundo dizia. Com ela, sempre havia no ar uma faísca, um crepitar, e, em algum lugar, de alguma forma, a vida – comum, cotidiana – acabara com aquilo.

Seria culpa das crianças? De Mike? Houve uma época em que o marido não conseguia largá-la, quando um baby-doll daqueles o deixava de olhos esbugalhados, com água na boca. Agora, quando ela passava desfilando a seu lado, ele mal levantava a cabeça.

Quando isso havia começado?

Não conseguia precisar. Sabia que o processo havia sido gradual, uma mudança tão lenta a ponto de ser quase imperceptível, até, meu Deus, tornar-se um fato consumado. A culpa não tinha sido toda dele. Ela bem sabia. Sua energia diminuíra, em especial durante os anos de gravidez, os períodos de amamentação, o esgotamento causado pelos bebês. Era natural, imaginava. Todas passavam por isso. Mesmo assim, desejaria ter se esforçado mais, antes que essas mudanças temporárias se tornassem indiferentes e duradouras.

As lembranças, no entanto, ainda estavam lá. Mike costumava ser romântico, surpreendê-la, desejá-la. Costumava – sim, isso pode parecer vulgar – "mandar ver" na cama. Agora o que queria era eficiência, algo mecânico e preciso – a escuridão, um gemido, certo alívio, o sono.

Quando conversavam, era sobre as crianças – o horário das aulas, qual dos dois ia pegá-los na escola, o dever de casa, as consultas com o dentista, as partidas de beisebol, a programação do basquete, os dias de jogos. Mas isso não era só culpa de Mike. Quando Charlaine tomava café com as vizinhas – os encontros na Starbucks, todas levando a filharada –, as conversas eram só sobre filhos, tão piegas, tão chatas, que sentia vontade de gritar.

Charlaine Swain estava se sentindo sufocada.

A mãe – rainha ociosa dos almoços de country-club – dizia-lhe que a vida era assim, que Charlaine tinha tudo que uma mulher podia querer, que suas expectativas eram simplesmente irreais. O mais triste era que a mãe talvez estivesse certa.

Conferiu a maquiagem. Passou mais batom, blush, depois se recostou, fazendo uma avaliação. Sim, parecia uma prostituta. Pegou um analgésico, o equivalente do coquetel da mãe na hora do almoço, e engoliu. Observou-se então com mais atenção no espelho, inclusive com um semicerrar dos olhos.

Estaria ainda a antiga Charlaine em algum lugar ali?

Havia essa mulher que morava a dois quarteirões, uma boa mãe de dois filhos, como ela. Dois meses antes, essa boa mãe caminhara até o trilho do trem de Glen Rock e cometera suicídio, jogando-se, às 11h10 da manhã, na frente do expresso de Bergen, rumo ao sul. Uma história horrível. Todo mundo só falou naquilo durante semanas. Como pôde aquela mulher, aquela boa mãe de dois filhos, abandonar as crianças assim? Como pôde ser tão egoísta? Apesar disso, enquanto Charlaine fofocava com as amigas suburbanas, sentia uma pontada de inveja. Para aquela boa mãe, tudo havia acabado. Tinha de haver algum alívio nisso.

Onde estava Freddy?

Charlaine ficava esperando por aquele momento, terças às 10 horas, e talvez isso fosse o mais triste de tudo. Sua reação inicial às espiadas de Freddy fora de repugnância e raiva. Quando e como esses sentimentos se transformaram em consentimento e até, que Deus a perdoasse, excitação? Não, pensou ela. Não era excitação. Era... outra coisa. Ponto final. Tratava-se de uma faísca. Algo para sentir.

Ela esperou que a cortina dele subisse também.

Isso não aconteceu.

Estranho. Pensando bem, Freddy Sykes nunca usava o blecaute. Suas casas davam uma para outra de fundos, de forma que só eles podiam olhar para as respectivas janelas. Ele nunca baixava o corta-luz. Para quê?

Seu olhar vagou pelas outras janelas. Todos os blecautes estavam baixados. Curioso. O do que ela imaginava ser um escritório – jamais tinha, é claro, posto os pés naquela casa – estava bem cerrado.

Estaria Freddy viajando? Teria se mudado?

Charlaine Swain flagrou seu reflexo na janela e sentiu outra onda de vergonha. Pegou um roupão – do marido, atoalhado e gasto – e o vestiu. Perguntou-se se Mike estaria tendo algum caso, se outra mulher teria esgotado seu outrora insaciável apetite sexual, ou se ele simplesmente não estava mais interessado nela. Tentou imaginar o que seria pior.

Onde estava Freddy?

Que degradante, um patético fundo do poço, o fato de que aquilo significasse tanto para ela. Olhou para a casa.

Havia movimento.

Leve. Uma sombra havia passado ao lado de uma das cortinas. Mas foi só um movimento. Talvez, só talvez, Freddy estivesse realmente espiando de novo, elevando, por assim dizer, seu nível de excitação. Poderia ser isso, não? A maioria dos voyeurs gozava escondido, valorizava o aspecto *à espreita* do ato que os excitava. Talvez apenas não quisesse que ela o visse. Talvez estivesse disfarçadamente observando-a naquele exato momento.

Seria isso?

Ela afrouxou o roupão e o deixou escorregar pelos ombros. O tecido atoalhado cheirava a suor masculino e a resquícios envelhecidos da colônia que comprara para Mike havia, quem sabe, oito ou nove anos. Charlaine sentiu lágrimas nos olhos. Mas não se virou.

Outra coisa apareceu de repente entre as cortinas da janela. Algo... azul?

Ela forçou a vista. O que era aquilo?

O binóculo. Onde estava? Mike guardava uma caixa cheia de porcarias desse tipo no armário. Ela a encontrou, revirou o conteúdo de fios elétricos, adaptadores e desencavou o Leica. Lembrava-se de quando o haviam comprado. Estavam fazendo um cruzeiro pelo Caribe. A parada foi em uma das Ilhas Virgens – não se recordava de qual – e fora uma compra espontânea. Por isso se lembrava do binóculo, por causa da espontaneidade daquele ato trivial.

Charlaine acomodou o instrumento nos olhos. O foco era automático, de forma que não havia nada a ajustar. Precisou de um ou dois segundos para encontrar o espaço entre a janela e a cortina. A mancha azul ainda estava lá. Viu o brilho e seus olhos se fecharam. Devia ter imaginado.

A televisão. Freddy tinha ligado a TV.

Estava em casa.

Charlaine não se moveu. Não sabia mais como se sentia. A apatia voltara. Seu filho Clay gostava de tocar uma música do filme *Shrek*, sobre um cara que fazia um L com os dedos sobre a testa, remetendo à palavra *loser*, fracassado. Freddy Sykes era isso. E agora ele, esse tipo arrepiante e nojento, esse fracassado de marca maior, preferia ver televisão a seu corpo em trajes íntimos.

Ainda havia algo estranho.

Todas as cortinas baixadas. Por quê? Morava ao lado da casa de Sykes fazia oito anos. Mesmo quando a mãe dele estava viva, os blecautes não ficavam baixados nem as cortinas fechadas. Charlaine deu outra olhada com o binóculo.

A televisão fora desligada.

Ela ficou parada, esperando que algo acontecesse. Freddy havia perdido a hora, achava. O corta-luz se abriria agora. Os dois começariam seu ritual pervertido.

Mas não foi o que aconteceu.

Charlaine ouviu um leve ronco de motor e soube imediatamente do que se tratava. A porta elétrica da garagem de Freddy fora ativada.

Ela se aproximou da janela. Ouviu o barulho de um carro dando partida, e depois o castigado Honda de Freddy saiu. O sol batia no para-brisa. O brilho a cegou. Protegeu os olhos com a mão.

O carro andou e o clarão passou. Pôde ver quem estava dirigindo.

Não era Freddy.

Algum instinto fundamental e primitivo mandou Charlaine se esconder. Ela o fez, abaixando-se e rastejando até o roupão. Apertou o tecido atoalhado contra o corpo. O cheiro – aquela combinação de Mike e colônia velha – pareceu então estranhamente reconfortante.

Charlaine foi para o lado da janela. Aproximou as costas da parede e olhou para fora.

O Honda Accord tinha parado. O motorista – um asiático ao volante – estava olhando para sua janela.

Charlaine rapidamente colou o corpo à parede de novo. Ficou imóvel, prendendo a respiração. Ficou assim até ouvir o carro andar outra vez. E depois, só por segurança, permaneceu abaixada mais dez minutos.

Quando olhou de novo, o carro já tinha ido embora.

A casa ao lado estava silenciosa.

capítulo 7

ERAM EXATAMENTE 10H05 DA manhã quando Grace chegou à Photomat.

Josh, o Penugem Branca, não estava. Na verdade, não havia ninguém. A placa na vitrine, colocada provavelmente na noite anterior, dizia FECHADO.

Ela conferiu os horários de funcionamento. Abria às 10 horas. Esperou. Às 10h20, o primeiro freguês, uma mulher com cerca de 30 anos e ar aflito, viu a placa de FECHADO, leu os horários e tentou abrir a porta. Suspirou de forma muito dramática. Grace deu de ombros para demonstrar empatia. A mulher foi embora às pressas. Grace esperou.

A loja ainda estava fechada às 10h30, e Grace percebeu que aquilo era um mau sinal. Decidiu ligar outra vez para o escritório de Jack. O celular continuava caindo na caixa de mensagens – era sinistro ouvir a voz dele gravada, tão formal –, então tentou Dan. Afinal de contas, os dois haviam se falado na noite anterior. Talvez o amigo tivesse alguma pista.

Ela ligou para o número de trabalho do amigo.

– Alô?

– Oi, Dan, é Grace.

– Ei! – disse ele, um tanto entusiasmado demais. – Ia mesmo ligar para você.

– Ah, é? – Grace ficou surpresa.

– Onde Jack está?

– Não sei.

Ele hesitou e disse:

– Quando você diz que não sabe...

– Você ligou para ele ontem à noite, certo?

– Sim.

– Sobre o que conversaram?

– Vamos fazer uma apresentação hoje à tarde. Sobre os estudos com o Phenomytol.

– Mais alguma coisa?

– O que você quer dizer com "mais alguma coisa"? Tipo o quê?

– Tipo sobre o que mais vocês falaram.

– Nada. Queria perguntar a ele sobre um slide do PowerPoint. Por quê? O que está acontecendo, Grace?

– Ele saiu depois disso.

– E?

– Não o vi mais desde então.

– Espera, quando você diz que não o viu mais...?

– Estou querendo dizer que ele não voltou para casa, não ligou, e não faço ideia de onde está.

– Meu Deus! Você chamou a polícia?

– Chamei.

– E?

– E nada.

– Meu Deus. Estou indo até aí. Já chego.

– Não precisa – disse ela. – Estou bem.

– Tem certeza?

– Absoluta. Tenho umas coisas para fazer – hesitou Grace, trocando o telefone de ouvido, insegura quanto ao que ia dizer. – Jack tem estado bem?

– Você está se referindo ao trabalho?

– A tudo.

– Sim, claro, é o Jack. Você sabe.

– Não notou nada estranho?

– Nós dois estamos estressados por causa desses testes com os novos medicamentos, se é a isso que você está se referindo. Mas nada de estranho. Grace, tem certeza de que não quer que eu vá até aí?

Um bipe soou no telefone dela. Chamada em espera.

– Preciso desligar, Dan. Tem alguém na outra linha.

– Provavelmente Jack. Me ligue se precisar de alguma coisa.

Ela desligou e olhou para o identificador de chamadas. Não era Jack. Pelo menos, não do celular dele. Era um número bloqueado.

– Alô?

– Sra. Lawson, aqui é o oficial Daley. Alguma notícia do seu marido?

– Não.

– Tentamos ligar para sua casa.

– Eu estou na rua.

Houve uma pausa.

– Onde a senhora está?

– Na cidade.

– Onde na cidade?

– Na loja da Photomat.

Uma pausa mais longa.

– Não quero ser chato, mas esse não é um lugar estranho para a senhora estar num momento em que está preocupada com seu marido?

– Oficial Daley?

– Sim?

– Existe uma invenção recente. Se chama celular. Na verdade, o senhor acaba de ligar para ele.

– Não quis ser...

– O senhor teve alguma notícia do meu marido?

– É justamente por isso que estou ligando. Meu capitão está aqui agora. Ele gostaria de ter uma segunda conversa com a senhora.

– Segunda?

– Sim.

– Esse é o procedimento padrão?

– Claro – afirmou o oficial, de forma nada convincente.

– O senhor descobriu alguma coisa?

– Não. Quero dizer, nada com que precise se preocupar.

– O que quer dizer com isso?

– O capitão Perlmutter e eu precisamos de mais informações, Sra. Lawson.

Outro cliente da Photomat, uma mulher quase loira, com luzes recentes nos cabelos, mais ou menos da idade de Grace, aproximou-se da loja vazia. Pôs as mãos em concha ao redor nos olhos e olhou para dentro. Franziu a testa e foi embora.

– Vocês dois estão na delegacia agora? – perguntou ela.

– Sim.

– Chego aí em três minutos.

O capitão Perlmutter perguntou:

– Há quanto tempo a senhora e seu marido moram aqui?

Os três estavam espremidos em uma sala mais adequada a um zelador de escola do que a um delegado da polícia municipal. Os policiais de Kasselton haviam instalado a delegacia na ex-biblioteca da cidade, um prédio cheio de história e tradição, mas com muito pouco conforto. O capitão Stu Perlmutter estava sentado à sua mesa. Recostou-se à primeira pergunta, descansando as mãos sobre a considerável barriga. O oficial Daley se encontrava recostado ao umbral da porta, tentando parecer confortável.

Grace respondeu:

– Há quatro anos.

– Gostam daqui?

– Bastante.

– Ótimo – disse Perlmutter sorrindo, como o professor que aprova uma resposta. – E vocês têm filhos, certo?

– Temos.

– De que idade?

– Oito e seis.

– Oito e seis – repetiu ele, com um sorriso nostálgico. – Poxa, essas idades são excelentes. Não são mais bebês nem são adolescentes ainda.

Grace decidiu esperar para ver aonde ele queria chegar.

– Sra. Lawson, seu marido já desapareceu antes?

– Não.

– Estão tendo problemas no casamento?

– Nenhum.

Perlmutter lhe lançou um olhar cético. Quase deu uma piscadela.

– Tudo perfeito, não é?

Grace não disse nada.

– Como a senhora e seu marido se conheceram?

– Perdão?

– Perguntei...

– O que isso tem a ver?

– Só estou tentando entender.

– Entender o quê? O senhor descobriu alguma coisa ou não?

– Por favor. – Perlmutter abriu o que devia acreditar ser um sorriso irresistível. – Preciso entender um pouco as coisas. Para entender um pouco o contexto, ok? Onde a senhora e Jack Lawson se conheceram?

– Na França.

Ele anotou.

– A senhora é artista, certo, Sra. Lawson?

– Sou.

– Estava no exterior estudando arte?

– Capitão Perlmutter?

– Sim.

– Sem querer ofender, essa linha de interrogatório é bizarra.

Perlmutter olhou para Daley e encolheu os ombros, indicando que suas intenções eram as melhores possíveis.

– Talvez a senhora esteja certa.

– O senhor descobriu alguma coisa ou não?

– Acho que o oficial Daley lhe explicou que seu marido é maior de idade, que não somos realmente obrigados a lhe contar nada.

– Sim, explicou.

– Certo. Bem, não acreditamos que tenha acontecido algo de mau a ele, se essa é a sua preocupação.

– O que o faz dizer isso?

– Não há evidência que aponte para isso.

– Isso quer dizer – retorquiu ela – que vocês não encontraram nenhuma mancha de sangue nem qualquer coisa do gênero.

– Correto. Mas, além disso – Perlmutter olhou de novo para Daley –, descobrimos algo que, bem, provavelmente não devemos lhe contar.

Grace se ajeitou na cadeira. Obrigou-se a olhá-lo nos olhos, mas ele não a encarava.

– Eu ficaria muito feliz em saber o que vocês descobriram.

– Não foi muita coisa.

Ela aguardou.

– O oficial Daley ligou para o escritório do seu marido. Ele não está lá, é claro. Tenho certeza de que a senhora já sabe disso. Também não ligou para avisar que estava doente. Então decidimos investigar um pouquinho mais. Informalmente, claro.

– Certo.

– A senhora ajudou muito nos dando o número do E-ZPass dele. A que horas a senhora disse que seu marido saiu ontem à noite?

– Por volta das dez.

– E achou que talvez ele tivesse ido ao mercado.

– Não sabia. Ele não me disse.

– Ele levantou e saiu, simplesmente?

– Isso.

– E a senhora não perguntou em nenhum momento aonde ele estava indo?

– Eu estava no andar de cima. Só ouvi o barulho do carro partindo.

– Ok, é isso que preciso saber.

Perlmutter tirou a mão da pança. A cadeira rangeu quando ele se inclinou para a frente.

– A senhora ligou para o celular dele. Quase que imediatamente. Correto?

– Sim.

– Bem, veja, esse é o problema. Por que ele não atendeu sua ligação? Quer dizer, no caso de ele realmente querer falar com a senhora?

Grace percebeu aonde ele queria chegar com aquilo.

– Acha que seu marido, não sei, se envolveu em um acidente logo depois? Ou que alguém talvez o tenha pegado minutos depois de ele sair de casa?

Ela não tinha, na verdade, pensado nessas hipóteses.

– Não sei.

– A senhora costuma dirigir pela New York Thruway?

A mudança de assunto a desconcertou.

– Não muito, mas já passei por lá.

– Já foi a Woodbury Commons?

– O shopping dos *outlets*?

– Isso.

– Já.

– Quanto tempo imagina que se leva para chegar lá?

– Meia hora. Ele foi para lá?

– Acho que não, não a essa hora. Depois das dez, as lojas estão todas fechadas. Mas ele usou o E-ZPass no pedágio daquela saída, precisamente às 22h26. Isso leva à Route 17, e é como se vai para Poconos. Com uma margem de dez minutos para mais ou para menos, temos um cenário em que seu marido sai de casa e vai nessa direção. Dali, ora, quem sabe para onde ele foi? São só 25 quilômetros até a Interstate 84. De lá é possível ir direto para a Califórnia, caso seja essa sua intenção.

Ela aguardava.

– Então ligue os pontos, Sra. Lawson. Seu marido sai de casa. A senhora liga imediatamente. Ele não atende. Depois de mais ou menos meia hora, sabemos que ele está dirigindo em Nova York. Se alguém o tivesse atacado ou se ele tivesse se envolvido em algum acidente, bem, não teria como ele ter sido sequestrado e depois ter usado o E-ZPass em um período de tempo tão curto. Entende o que estou dizendo?

– Que eu sou uma histérica largada pelo marido? – disse Grace, olhando-o nos olhos.

– Isso não tem nada a ver com o que estou dizendo. É que... Bem, não podemos realmente investigar mais a fundo neste momento. A menos que... – Ele se inclinou um pouco mais. – Sra. Lawson, tem alguma outra coisa que talvez possa nos ajudar aqui?

Grace tentou não se empertigar. Olhou para trás. O oficial Daley não havia se mexido. Ela tinha uma cópia da fotografia estranha na bolsa. Pensou em Josh, o Penugem Branca, e no fato de a loja não ter aberto. Era hora de contar. Pensando bem, deveria ter falado com Daley sobre aquilo assim que ele apareceu.

– Não sei se isso tem alguma relevância – começou ela, enfiando a mão na bolsa.

Tirou a cópia da fotografia e a passou a Perlmutter, que pegou os óculos de leitura, limpando-os com a barra da camisa, e os colocou no nariz. Daley fez a volta e se inclinou sobre o ombro do capitão. Ela contou como encontrara a foto em meio às outras. Os dois policiais a olharam como se ela tivesse pegado uma navalha e começado a raspar a cabeça.

Quando ela terminou, o capitão Perlmutter apontou para a foto e disse:

– Tem certeza de que esse é seu marido?

– Quase certeza.

– Mas não tem certeza?

– Tenho certeza absoluta.

Ele assentiu do modo como as pessoas fazem quando acham que estão falando com um maluco.

– E as outras pessoas na foto? A jovem em que marcaram um X?

– Não conheço.

– Mas seu marido disse que não era ele, certo?

– Certo.

– Então, se não é ele, bem, esta foto é irrelevante. E se for ele – Perlmutter tirou os óculos –, então ele mentiu para a senhora. Correto, Sra. Lawson?

Seu celular tocou. Grace o pegou rapidamente e verificou o número.

Era Jack.

Por um instante, ficou completamente imóvel. Ela quis pedir licença, mas Perlmutter e Daley permaneceram olhando para ela. Pedir privacidade não era o caso ali. Grace apertou o botão de atender e levou o telefone ao ouvido.

– Jack?

– Oi.

O som de sua voz deveria tê-la enchido de alívio. Mas isso não aconteceu. Jack disse:

– Tentei ligar para casa. Onde você está?

– Onde *eu* estou?

– Escuta, não posso falar muito. Lamento ter fugido.

Seu tom de voz tentava ser casual, mas não estava conseguindo.

– Preciso de alguns dias – disse ele.

– Do que você está falando?

– Onde você está, Grace?

– Na delegacia.

– Você chamou a polícia?

Seus olhos encontraram os de Perlmutter. Ele contorcia os dedos, como se quisesse dizer: *Me dá o telefone, minha senhora. Eu cuido disso.*

– Escuta, Grace, me dê só uns dias. Eu... – Jack ficou calado. E depois disse algo que fez seu medo aumentar dez vezes. – Preciso de um pouco de espaço.

– Espaço – repetiu ela.

– Sim. Um pouco de espaço. Só isso. Por favor, diga à polícia que sinto muito. Preciso ir agora. Ok? Volto logo.

– Jack?

Ele não respondeu.

– Eu amo você.

Mas ele já tinha desligado.

capítulo 8

Espaço. jack disse que precisava de espaço. Estava tudo errado.

Sem falar que "precisar de espaço" era um daqueles termos enfadonhos, nauseantes, piegas, algo tão "nova era" quanto "somos todos um". Era mais que inexpressivo – "precisar de espaço" –, era um eufemismo horrível para "estou *tão* em outra". Talvez fosse uma pista, mais ia muito além disso.

Grace tinha voltado para casa. Balbuciara uma desculpa para Perlmutter e Daley. Os dois olharam para ela com pena e lhe disseram que aquilo fazia parte do trabalho. Disseram que sentiam muito. Ela fez um gesto solene de concordância e saiu.

Havia descoberto algo crucial com o telefonema.

Jack estava metido em problemas.

Sua reação não havia sido exagerada. O desaparecimento do marido não tinha nada a ver com uma tentativa de fuga do casamento ou com medo de compromisso. Não tinha sido um acidente. Não fora esperado nem planejado. Ela pegara a foto na loja. Jack a tinha visto e se mandado.

E agora estava correndo grave perigo.

Seria impossível explicar isso à polícia. Em primeiro lugar, não iriam acreditar. Diriam a ela que estava iludida ou que sua ingenuidade era indício de alguma deficiência intelectual. Talvez não na sua frente. Talvez fingissem concordar com ela, o que seria tremendamente irritante e uma perda de tempo. Iriam se convencer de que Jack já estava fugindo antes da ligação. Sua explicação não os faria mudar de ideia.

E talvez fosse melhor assim.

Grace estava tentando ler nas entrelinhas. Jack ficara preocupado com o envolvimento da polícia. Isso era óbvio. Quando disse que estava na delegacia, o espanto na voz dele foi real. Não era fingimento.

Espaço.

Essa era a pista principal. Se tivesse dito que ia ficar fora uns dias, esbravejando, que estava fugindo com alguma *stripper* que conhecera no Satin Dolls, ok, poderia não acreditar nele, mas estaria tudo no terreno das possibilidades. Mas Jack não tinha dito aquilo. Fora específico quanto a suas razões para desaparecer. Chegou a repetir.

Jack precisava de espaço.

Códigos conjugais. Todos os casais têm. A maioria era bem simplória. Por exemplo, havia uma cena no filme de Billy Crystal *A arte de fazer rir* em que o comediante fazia um espetáculo – Grace não conseguia lembrar o nome, mal se lembrava do filme – no qual apontava para um velho com um topete postiço horrível e dizia: "Isso é um aplique? Eu mesmo fiquei na dúvida." Desde que assistiram ao filme, toda vez que ela e Jack viam um homem com um possível aplique, um se virava para o outro e dizia "Eu mesmo fiquei na dúvida", esperando um sinal de concordância ou discordância. Os dois começaram a usar a frase para qualquer realce estético – plásticas de nariz, implantes de silicone em seios, o que fosse.

A origem de "precisar de espaço" era um pouco mais picante.

Apesar da situação em que se encontrava, as bochechas de Grace ficaram coradas com a lembrança. O sexo sempre fora muito bom com Jack, mas em qualquer relacionamento longo existem altos e baixos. Aquilo havia acontecido dois anos antes, durante um período de intensa alta. Uma fase de criatividade física, por assim dizer. De criatividade pública, para ser mais específico.

Houvera um amasso rápido numa espécie de vestiário de um desses salões de beleza chiques. Uma manipulação por baixo do casaco em uma galeria privativa durante um suntuoso musical na Broadway. Mas foi no meio de um encontro particularmente ousado em uma cabine telefônica vermelha em estilo britânico, em um lugar tão impensável quanto uma tranquila rua de Allendale, Nova Jersey, que Jack falou de repente, ofegando:

– Preciso de espaço.

Grace tinha olhado para ele e dito:

– O quê?

– Foi isso que eu disse. Chega para trás! O telefone está machucando meu pescoço!

Os dois riram. Grace fechou os olhos, lembrando, um ligeiro sorriso pairando nos lábios. "Preciso de espaço" havia sido acrescentado ao arsenal de linguagem conjugal exclusiva dos dois. Jack não usaria aquela frase por acaso. Estava enviando alguma mensagem, alertando-a, dando a entender que estava dizendo algo que não era verdade.

Ok, qual era a verdade então?

Para começar, ele não podia falar à vontade. Tinha alguém escutando. Quem? Haveria alguém com ele – ou ele estaria com medo porque ela chamara a polícia? Esperava que a última hipótese fosse a correta, que estivesse sozinho e simplesmente não quisesse envolvimento com os agentes da lei.

Mas, após considerar todos os fatos, essa possibilidade pareceu improvável.

Se estivesse livre para falar à vontade, por que não ligara de novo? A essa altura ele saberia que ela já teria saído da delegacia. Se estivesse bem, sozinho, telefonaria para dizer o que estava acontecendo. Mas não tinha feito isso.

Conclusão: Jack estava com alguém e com grandes problemas.

Ele queria que Grace reagisse ou aguardasse? Pelo que conhecia de Jack – e considerando que havia dado um sinal –, ele saberia que a reação dela não seria ficar calma e dormir tranquilamente. Não era do feitio dela. Jack a entendia. Grace tentaria encontrá-lo.

Estava provavelmente contando com aquilo.

Claro que tudo não passava de conjectura. Conhecia bem o marido – será que não? –, de modo que essas hipóteses eram mais que mera fantasia. Porém, quanto mais? Talvez estivesse apenas justificando sua decisão de fazer alguma coisa.

Não importava. De uma forma ou de outra, estava envolvida.

Grace pensou no que já tinha ficado sabendo. Jack pegara a New York Thruway com o Ford Windstar. Quem eles conheciam por ali? Por que teria escolhido aquele caminho tão tarde da noite?

Não fazia ideia.

Calma.

Vamos começar do início: Jack chega em casa e vê a fotografia. Foi o que desencadeou tudo. A foto. Ele a vê no balcão da cozinha. Ela começa a fazer perguntas. Jack recebe uma ligação de Dan. Depois vai para o seu escritório...

Aí está. O escritório.

Grace disparou pelo corredor. *Escritório* era uma palavra muito elaborada para uma varanda fechada. O reboco estava rachando em alguns pontos. No inverno, havia sempre uma corrente e, no verão, uma falta sufocante de qualquer coisa que se assemelhasse a ar. Tinha fotografias das crianças em porta-retratos baratos e duas de suas pinturas em molduras caras. Aquele escritório lhe parecia estranhamente impessoal. Nada ali falava sobre o passado do ocupante principal daquele cômodo – nenhum suvenir, nenhuma bola assinada pelos amigos, nenhuma foto de uma partida de duplas num campo de golfe. Não fosse por alguns brindes farmacêuticos – canetas, blocos, um clipe de papel –, não haveria nenhuma indicação de quem Jack era, além de ser seu marido, pai de dois filhos e pesquisador.

Mas talvez isso fosse realmente tudo.

Grace se sentia estranha, xeretando. Sempre se esforçaram, pensou, em respeitar a privacidade um do outro. Cada um tinha um cômodo só seu. Grace se sentia bem assim. Chegara a se convencer de que era saudável. Agora se questionava sobre olhar para o outro lado. Questionava se a origem tinha sido um desejo de conceder privacidade a Jack – precisar de espaço?! – ou o medo de ver algo que não queria.

O computador estava ligado e on-line. A página inicial de Jack era o site "oficial" de Grace Lawson. Ela olhou para a cadeira por um momento, cinza, ergonômica, comprada na Staples local, imaginando-o ali, ligando o computador todas as manhãs, sendo saudado pelo rosto da esposa. A página inicial do site trazia uma foto glamorosa dela, cercada de várias amostras de seu trabalho. Farley, o agente, insistira recentemente que Grace incluísse a fotografia em todos os artigos à venda porque, de acordo com suas palavras, "Você é uma graça". Ela concordou, relutante. A aparência sempre tinha sido usada pelas artes para promover o trabalho. No palco e no cinema, ora, a importância da aparência era óbvia. Até escritores, com retratos brilhosos e retocados, olhos escuros chamejantes de nova voz da literatura, faturavam em cima da aparência. Mas o mundo de Grace – o da pintura – mantivera-se razoavelmente imune a essa pressão, ignorando a beleza física do criador, talvez porque aquela forma de arte tivesse tudo a ver com o físico.

Porém, não mais.

Naturalmente, o artista aprecia a importância da estética. Ela faz mais que alterar a percepção. Altera a realidade. Um exemplo básico: se Grace fosse uma pessoa sem atrativos, as equipes de TV não teriam monitorado seus sinais vitais após ser resgatada do Massacre de Boston. Se não tivesse um belo físico, nunca teria sido apelidada de "pobre sobrevivente", a vítima, o "Anjo Esmagado", como foi chamada na manchete de um tabloide. Sempre mostravam sua imagem enquanto davam os boletins médicos. A imprensa – na verdade, o país – exigia atualizações constantes de seu estado. As famílias das vítimas a visitavam no hospital, passavam um tempo com ela, procuravam em seu rosto vestígios espectrais dos filhos perdidos.

Será que teriam feito o mesmo se ela não fosse atraente?

Grace não queria especular. Mas era como um crítico de arte muito honesto havia lhe dito: "Temos pouco interesse por uma tela com pouco apelo estético – por que seria diferente com um ser humano?"

Antes mesmo do Massacre de Boston, Grace já queria ser artista. Mas faltava algo – indefinível e impossível de explicar. A experiência toda ajudara a alçar sua sensibilidade artística a um outro nível. Sim, sabia como isso soava pretensioso. Tinha desdenhado aquele papo de escola de arte: o artista precisa sofrer pela sua arte; precisa da tragédia para imprimir consistência ao trabalho. Isso sempre lhe soara falso, mas agora começava a entender que não era de todo despropositado.

Sem que sua opinião consciente mudasse, o trabalho adquirira aquela imprecisão do sublime. Havia mais emoção, mais vida, mais... voracidade. Estava mais sinistro, raivoso, vivo. As pessoas se perguntavam muitas vezes se ela não teria pintado cenas daquele dia horrível. A resposta simples era um único retrato – um rosto jovem, tão cheio de esperança que era possível antever sua destruição –, porém a resposta mais verdadeira era que o Massacre de Boston matizava e coloria tudo que ela tocava.

Grace se sentou à mesa de Jack. O telefone estava à sua direita. Ela o pegou e decidiu tentar primeiro a coisa mais simples: apertar o botão de rediscagem.

O aparelho – um modelo novo da Panasonic que ela comprara na Radio Shack – tinha uma tela LCD, de modo que era possível ver o número rediscado e o código de área, 212. Nova York. Aguardou. No terceiro toque, uma mulher atendeu e disse:

– Burton e Crimstein, escritório de advocacia.

Grace ficou meio sem saber o que dizer.

– Alô?

– Aqui é Grace Lawson.

– Para onde transfiro sua chamada?

Boa pergunta.

– Quantos advogados trabalham na firma?

– Realmente não sei dizer. Quer que eu a transfira para algum deles?

– Sim, por favor.

Houve uma pausa. A voz tinha agora certo tom de impaciência.

– Algum em particular?

Grace olhou para o identificador de chamadas. Havia vários números. Só então viu. Em geral, as ligações interurbanas tinham onze números. Mas ali havia quinze, incluindo um asterisco. Ficou pensando. Se Jack tivesse feito a ligação, teria sido tarde da noite. As recepcionistas não estariam mais trabalhando. Jack provavelmente apertou o botão do asterisco e escolheu um ramal.

– Senhora?

– Ramal 463 – disse ela, lendo na tela.

– Vou passar a ligação.

O telefone tocou três vezes.

– Ramal de Sandra Koval.

– Sra. Koval, por favor.

– Quem deseja falar com ela?

– Meu nome é Grace Lawson.

– Qual é o assunto?

– Meu marido, Jack.

– Um momento, por favor.

Grace segurava o telefone. Trinta segundos depois, a mesma voz falou:

– Sinto muito. A Sra. Koval está numa reunião.

– É urgente.

– Sinto muito...

– Só vou tomar um segundo do tempo dela. Diga-lhe que é muito importante.

O suspiro foi intencionalmente audível.

– Um momento, por favor.

A música de fundo era uma versão pasteurizada de "Smells Like Teen Spirit", do Nirvana. Era estranhamente relaxante.

– Em que posso ajudá-la? – a voz era profissionalismo puro.

– Sra. Koval?

– Sim?

– Meu nome é Grace Lawson.

– O que a senhora quer?

– Meu marido, Jack Lawson, ligou para o seu escritório ontem.

Ela não respondeu.

– Ele está desaparecido.

– Como?

– Meu marido está desaparecido.

– Lamento saber disso, mas não vejo...

– A senhora sabe onde ele está, Sra. Koval?

– Por que cargas-d'água eu saberia?

– Ele fez uma ligação ontem à noite. Antes de desaparecer.

– E?

– Eu apertei o botão de rediscagem. E apareceu esse número.

– Sra. Lawson, este escritório emprega mais de duzentos advogados. Ele pode ter ligado para qualquer um deles.

– Não. O número do seu ramal está aqui, na tela do telefone. Ele ligou para a senhora.

Nenhuma resposta.

– Sra. Koval?

– Eu.

– Por que meu marido telefonou para a senhora?

– Não tenho mais nada a lhe dizer.

– Sabe onde ele está?

– Sra. Lawson, já ouviu falar em confidencialidade advogado-cliente?

– Naturalmente.

Mais silêncio.

– Está dizendo que meu marido telefonou em busca de orientação legal?

– Não posso discutir essa situação com a senhora. Adeus.

capítulo 9

GRACE NÃO DEMOROU MUITO a ligar os pontos.

A internet pode ser uma ferramenta maravilhosa quando usada da maneira correta. Grace procurou no Google o nome "Sandra Koval" por fóruns de notícias e imagens. Entrou na página do Burton e Crimstein. Havia mini-biografias de todos os advogados do escritório. Sandra Koval se formara em Northwestern. Havia obtido o diploma de advogada na UCLA. Com base em seus anos de estudo, Sandra devia ter uns 42 anos. Era casada, de acordo com o site, com um tal de Harold Koval. Tinham três filhos.

Moravam em Los Angeles.

Aquela foi a descoberta.

Grace pesquisara um pouco mais, à moda antiga: com o telefone. As peças haviam começado a se juntar. O problema era que o conjunto não fazia sentido.

O percurso até Manhattan levara menos de uma hora. A recepção do Burton e Crimstein ficava no quinto andar. A recepcionista/segurança deu-lhe um sorriso sem abrir a boca.

– Sim?

– Meu nome é Grace Lawson. Vim falar com Sandra Koval.

A recepcionista fez uma ligação, falando praticamente aos sussurros. Um instante depois, disse:

– A Sra. Koval já vem.

Foi meio que uma surpresa. Grace estava preparada para fazer ameaças ou aceitar uma longa espera. Já sabia qual era a aparência de Koval – havia uma foto sua na página do Burton e Crimstein –, então também considerava a hipótese de ter de enfrentá-la na saída da firma.

Por fim, Grace decidira correr o risco. Pegou o carro e foi até Manhattan sem aviso. Ela não só tinha a sensação de que precisaria lançar mão do elemento surpresa, como também queria muito confrontar Sandra Koval cara a cara. Curiosidade, quem sabe? Talvez necessidade. Mas Grace tinha que ver aquela mulher pessoalmente.

Ainda era cedo. Emma recebera um convite para brincar depois da escola. Max ia a um "programa de aperfeiçoamento" naquele dia. Não precisaria buscá-los pelas próximas horas.

A área da recepção do Burton e Crimstein era em parte no estilo dos advogados de antigamente – muito mogno caro, carpetes suntuosos, assentos forrados com tapeçaria, o tipo de decoração que denuncia o valor dos honorários – e em parte como a parede de celebridades do Sardi's. Fotografias, a maioria retratando Hester Crimstein, a famosa advogada da TV, adornavam o ambiente. Ela tinha um programa no canal Court sugestivamente chamado de *Crimstein e o crime*. As fotos incluíam a Sra. Crimstein com uma constelação de atores, políticos, clientes e, bem, combinações das três coisas.

Grace estava examinando uma fotografia de Hester, ao lado de uma atraente mulher de pele olivácea, quando uma voz atrás dela disse:

– É Esperanza Diaz. Uma lutadora profissional falsamente acusada de assassinato.

Grace se virou.

– Little Pocahontas – falou.

– Como?

Grace apontou para a foto.

– Seu nome de lutadora era Little Pocahontas.

– Como sabe?

Grace deu de ombros.

– Sou rainha do conhecimento inútil.

Por um momento, encarou abertamente Sandra Koval, que pigarreou e fez um gesto teatral, olhando para o relógio.

– Não tenho muito tempo. Por favor, me acompanhe.

Nenhuma das duas falou enquanto atravessavam um corredor e entravam em uma sala de reuniões. Havia uma mesa longa, com cerca de vinte cadeiras, um viva-voz cinza no meio, daqueles que parecem um polvo caído. Sobre um aparador no canto via-se uma variedade de refrigerantes e água mineral.

Sanda Koval manteve distância. Cruzou os braços e fez um gesto que significava "E então?".

– Pesquisei um pouco sobre você – disse Grace.

– Quer sentar?

– Não.

– Se importa se eu sentar?

– Fique à vontade.

– Alguma coisa para beber?

– Não.

Sandra Koval se serviu de uma Coca Diet. Ela era mais uma mulher alinhada do que atraente ou bonita. O cabelo estava tomando um tom grisalho que a favorecia. A silhueta era esbelta, lábios grossos. Tinha uma postura de "dane-se o mundo" que fazia os adversários saberem que se sentia confortável por ser ela mesma e mais do que preparada para a batalha.

– Por que não estamos no seu escritório? – perguntou Grace.

– Você não gosta desta sala?

– É grande demais.

Sandra Koval deu de ombros.

– Você não tem escritório aqui, não é?

– Você é que está dizendo.

– Quando liguei, a mulher atendeu "ramal de Sandra Koval".

– Sim.

– Ramal, ela disse. Ramal. Não escritório.

– E isso diz alguma coisa?

– Por si só, não – respondeu Grace. – Mas olhei o site da firma. Você mora em Los Angeles. Perto do escritório Burton e Crimstein da Costa Oeste.

– É verdade.

– É a sua base. Você está aqui de visita. Por quê?

– Um processo criminal – informou ela. – Um homem inocente está sendo acusado injustamente.

– Não é sempre assim?

– Não – esclareceu Sandra Koval, devagar. – Nem sempre.

Grace se aproximou dela e disse:

– Você não é advogada de Jack. É irmã dele.

Sandra Koval olhou para o refrigerante.

– Liguei para a sua faculdade de direito. Eles confirmaram o que eu já suspeitava. Sandra Koval é seu nome de casada. A mulher que se formou lá se chamava Sandra Lawson. Confirmei a informação através da LawMar Securities. A empresa do seu avô. Sandra Koval aparece como membro da diretoria.

– Meu Deus, estamos diante de um Sherlock. – E sustentou um sorriso que não demonstrava nenhum senso de humor.

– Então, cadê ele? – perguntou Grace.

– Há quanto tempo vocês estão casados?

– Dez anos.

– E nesse tempo todo, quantas vezes Jack falou sobre mim?

– Quase nunca.

– Exatamente. Então por que eu saberia onde ele está? – interpôs Sandra Koval, abrindo os braços em indagação.

– Porque ele ligou para você.

– Você é que está dizendo.

– Apertei o botão de rediscagem.

– Certo, você já me disse isso no telefone.

– Está dizendo que ele não ligou para você?

– Quando essa suposta ligação ocorreu?

– Suposta?

Sandra Koval deu de ombros.

– Sempre a advogada.

– Ontem à noite. Por volta das dez.

– Bem, essa é a sua resposta, então. Só que eu não estava aqui.

– Onde estava?

– No meu hotel.

– Mas Jack ligou para o seu ramal.

– Se ligou, ninguém atendeu. Não a essa hora. A ligação cairia na caixa postal.

– Você ouviu as mensagens hoje?

– Claro. E não, não havia nenhuma de Jack.

Grace tentou digerir a informação.

– Quando foi a última vez que você falou com Jack?

– Já faz muito tempo.

– Quanto tempo?

Ela desviou o olhar.

– Não nos falamos desde que ele foi para o exterior.

– Isso faz quinze anos.

Sandra Koval tomou outro gole.

– Como ele ainda saberia seu número? – perguntou Grace.

Ela não respondeu.

– Sandra?

– Vocês moram em 221 North End Avenue, em Kasselton. Têm duas linhas, uma para o telefone e a outra para o fax – disse Sandra, e repetiu os dois números de cor.

As duas mulheres se entreolharam.

– Mas você nunca ligou.

Sua voz era suave:

– Nunca.

O viva-voz emitiu um som agudo e de lá saiu uma pergunta:

– Sandra?

– Sim?

– Hester quer falar com você na sala dela. – Ainda o viva-voz.

– Já vou. – Sandra Koval interrompeu o contato visual. – Tenho que ir agora.

– Por que Jack tentaria ligar para você?

– Não sei.

– Ele está metido em alguma confusão.

– Você já disse.

– Ele desapareceu.

– Não é a primeira vez, Grace.

A sala parecia menor agora.

– O que aconteceu entre vocês dois?

– Não cabe a mim dizer.

– Não me venha com essa.

Sandra se mexeu na cadeira.

– Você disse que ele desapareceu?

– Sim.

– E não ligou?

– Na verdade, ligou.

Aquilo deixou Sandra intrigada.

– E o que ele disse?

– Que precisava de espaço. Mas não era isso que queria dizer. Era um código.

A expressão de Sandra ficou tensa. Grace pegou a fotografia e a colocou sobre a mesa. Foi como se o ar na sala acabasse. Sandra Koval olhou para a foto e Grace pôde ver seu corpo se agitar.

– Que diabo é isso?

– Engraçado – disse Grace.

– O quê?

– Foi exatamente a palavra que Jack usou quando viu essa foto.

Sandra ainda contemplava a foto.

– Esse é ele, certo? No meio, de barba? – perguntou Grace.

– Não sei.

– Claro que sabe. Quem é a loura ao lado?

Grace deixou cair na mesa a ampliação da mulher jovem. Sandra Koval levantou os olhos.

– Onde você conseguiu isso?

– Na Photomat – explicou ela rapidamente.

O rosto de Sandra Koval se fechou. Não estava acreditando naquela história.

– É ou não é Jack?

– Não sei dizer. Nunca o vi de barba.

– Por que ele ligaria para você logo depois de ver essa foto?

– Não sei, Grace.

– Você está mentindo.

Sandra Koval se levantou.

– Tenho uma reunião.

– O que aconteceu com Jack?

– Por que você tem tanta certeza de que ele não foi embora?

– Somos casados. Temos dois filhos. Você, Sandra, tem uma sobrinha e um sobrinho.

– E eu tinha um irmão – interpôs ela. – Talvez nenhuma de nós duas conheça Jack muito bem.

– Você o ama?

Sandra ficou parada, os ombros caídos.

– Deixe isso pra lá, Grace.

– Não posso.

Meneando a cabeça, Sandra foi para a porta.

– Vou encontrá-lo – afirmou Grace.

– Não tenha tanta certeza.

E foi embora.

capítulo 10

OK, PENSOU CHARLAINE, CUIDE da sua vida.

Ela puxou a cortina e pôs de novo o jeans e o suéter. Colocou o baby-doll de volta na gaveta, bem devagar, por alguma razão dobrando-o cuidadosamente. Como se Freddy fosse notar se estivesse amarrotado. Certo.

Pegou uma garrafa de água com gás e misturou com um pouco do suco de frutas do filho. Sentou-se em um banco à bancada de mármore da cozinha. Olhou para o copo. Desenhou círculos com o dedo sobre a condensação. Depois se fixou na geladeira Sub-Zero, o novo modelo 690 de aço inoxidável. Não havia nada nela – nenhuma foto de criança, da família, marca de dedo, nenhum ímã. Quando tinham a velha Westinghouse amarela, a porta era cheia dessas coisas. Tinha vida e cor. A cozinha reformada, que ela desejara tanto, era estéril, sem vida.

Quem seria o cara asiático dirigindo o carro de Freddy?

Não que ela prestasse muita atenção nele, mas o vizinho recebia poucas visitas. Na verdade, não conseguia se lembrar de nenhuma. O que não significava que ele não recebesse nenhuma, é claro. Ela não passava o dia todo vigiando a casa. No entanto, a vizinhança tinha uma rotina toda própria. Uma vibração, pode-se dizer. Uma vizinhança é uma entidade, um organismo, e era possível sentir quando algo estava fora do lugar.

O gelo da sua bebida estava derretendo. Charlaine não tinha tomado um gole sequer. Precisava sair para comprar comida. As camisas de Mike já deviam estar prontas na lavanderia. Ia almoçar com a amiga Myrna no Baumgart's, na Franklin Avenue. Clay tinha aula de caratê com Mestre Kim depois da escola.

Ela percorreu mentalmente a lista de afazeres e tentou colocá-la em ordem. Tarefas bobas. Haveria tempo antes do almoço para comprar os mantimentos e voltar para casa? Provavelmente não. Os congelados derreteriam no carro. Essa incumbência teria de esperar.

Ela parou. Para o inferno tudo isso.

Freddy devia estar no trabalho agora.

As coisas sempre funcionaram assim. A pequena dança pervertida deles durava das 10 às 10h30 mais ou menos. Às 10h45, Charlaine sempre ouvia a porta da garagem se abrir. Observava o Honda Accord sair. Freddy trabalhava, ela sabia, na H&R Block. Ficava no mesmo shopping da Blockbuster onde ela alugava DVDs. Sua mesa ficava perto da janela. Evitava passar por ali, mas às vezes, quando estacionava, dava uma espiada e o via olhando para fora, o lápis descansando apoiado no lábio, perdido.

Charlaine pegou as Páginas Amarelas e procurou o número. Um homem que se identificou como supervisor disse que o Sr. Sykes não estava, mas que devia chegar a qualquer momento.

– Ele me disse que estaria aí a esta hora – disse ela, fingindo estar aborrecida. – Ele não chega normalmente às 11 horas?

O supervisor confirmou.

– Cadê ele então? Estou precisando desses números.

O supervisor se desculpou e garantiu que o Sr. Sykes lhe telefonaria no momento em que chegasse à mesa. Ela desligou.

E agora?

Ainda tinha alguma coisa errada.

E daí? O que era Freddy Sykes para ela? Nada. De certa forma, menos que nada. Era um lembrete dos seus fracassos. Um sintoma de como havia se tornado patética. Não lhe devia nada. Além do mais, bastava imaginar o que aconteceria se alguém a pegasse xeretando. Se, de alguma forma, a verdade viesse à tona.

Charlaine olhou para a casa de Freddy. A verdade vindo à tona.

De repente, aquilo já não a incomodava tanto.

Pegou um casaco e foi para a casa dele.

capítulo 11

ERIC WU VIRA A mulher de lingerie na janela.

A noite anterior fora longa para ele. Não tinha previsto nenhuma interferência, e mesmo que o homem grande – viu na carteira que seu nome era Rocky Conwell – não fosse nenhuma ameaça, precisava se livrar do corpo e de outro carro. Isso significava uma viagem extra a Central Valley, Nova York.

Antes de tudo, as coisas mais importantes. Depositou Rocky Conwell na mala do Toyota Celica. Colocou Jack Lawson, que ele havia enfiado na mala do Honda Accord, na parte de trás do Ford Windstar. Assim que os corpos foram ocultados, Wu trocou as placas, livrou-se do E-ZPass e voltou com o Ford Windstar até Ho-Ho-Kus. Estacionou a minivan na garagem de Freddy Sykes. Ainda havia tempo para pegar um ônibus até Central Valley. Revistou o carro de Conwell. Satisfeito por não ver nada, foi até o estacionamento da Route 17. Encontrou uma vaga afastada, perto da cerca. Um carro ficar parado lá durante dias, até semanas, era normal. O cheiro acabaria por chamar atenção, mas ia demorar.

O estacionamento ficava a apenas 5 quilômetros da casa de Sykes, em Ho--Ho-Kus. Wu voltou caminhando. No dia seguinte bem cedo, levantou-se e pegou um ônibus até Central Valley. Foi buscar o Honda Accord de Sykes. Na volta, fez um pequeno desvio e passou pela residência dos Lawson.

Havia uma radiopatrulha na entrada.

Wu considerou a situação. Não ficou muito preocupado, mas talvez tivesse que cortar qualquer envolvimento policial pela raiz. E sabia exatamente o que fazer.

Retornou com o carro até a residência de Freddy e ligou a TV. Gostava de ver televisão de dia. Apreciava programas do tipo *Springer* e *Ricki Lake*. A maioria das pessoas detestava. Ele não. Só uma sociedade realmente notável, livre, podia permitir que esse tipo de bobagem fosse ao ar. Além disso, asneiras o deixavam feliz. Achava que a fraqueza das pessoas o deixava forte. O que poderia ser mais reconfortante e divertido?

Durante um comercial – o tema do programa, de acordo com a legenda: "Mamãe não me deixa colocar um piercing no mamilo!" –, ele se levantou. Era hora de resolver o potencial problema com a polícia.

Wu não precisou tocar em Jack Lawson. Tudo que precisou dizer foi:

– Sei que você tem dois filhos.

Lawson cooperou. Fez uma ligação para o celular da esposa e disse que precisava de espaço.

Às 10h45 – com Wu assistindo a uma briga entre mãe e filha em um palco enquanto uma multidão gritava "Jerry!" –, recebeu um telefonema de um conhecido da prisão.

– Tá tudo bem?

Ele respondeu que sim.

Tirou o Honda Accord da garagem. Nessa hora notou a mulher que morava ao lado de pé na janela. Estava usando lingerie. Wu não daria muita importância à cena – uma mulher ainda em roupas íntimas após as 10 horas da manhã –, mas alguma coisa no jeito como ela se esquivou...

Poderia ter sido uma reação natural. A mulher fica desfilando de lingerie, esquece de baixar a cortina e depois vê um estranho. Muitas pessoas, talvez a maioria, se escondem ou se cobrem. Então aquilo talvez não significasse nada.

Mas a mulher se movera muito rápido, como se estivesse em pânico. Além disso, não havia se mexido logo que o carro saiu, apenas quando viu Wu. Se estivesse com medo de ser vista, não teria fechado a cortina ou se abaixado assim que escutou ou viu o carro?

Wu ficou pensando naquilo. Na verdade, pensou naquilo o dia todo.

Pegou o celular e ligou para o último número que havia chamado.

Uma voz atendeu:

– Problemas?

– Não acredito. – Wu deu meia-volta com o carro em direção à casa de Sykes. – Mas pode ser que eu chegue atrasado.

capítulo 12

GRACE NÃO QUERIA FAZER a ligação.

Ainda estava em Nova York. Havia uma lei que proibia o uso de celulares ao volante, exceto quando era possível ficar com as mãos livres, embora isso nada tivesse a ver com sua hesitação. Com uma das mãos no volante, vasculhou com a outra o chão do carro. Encontrou o fone de ouvido, desenredou o fio e enfiou o auscultador bem fundo no ouvido.

Seria aquilo mais seguro que segurar o celular?

Ela ligou o telefone. Embora não ligasse para aquele número havia anos, ainda o tinha na agenda. Para emergências, imaginava. Como aquela.

Atenderam no primeiro toque.

– Sim?

Sem nome, alô ou saudação.

– Aqui é Grace Lawson.

– Um momento.

A espera não foi longa. Primeiro ouviu a estática e depois:

– Grace?

– Olá, Sr. Vespa.

– Por favor, me chame de Carl.

– Certo, Carl.

– Você recebeu minha mensagem? – perguntou ele.

– Recebi – afirmou ela, mas não disse a Carl Vespa que isso não tinha nada a ver com o motivo de estar ligando agora. Havia eco na linha. – Onde você está? – perguntou.

– No meu jato. Estamos a cerca de uma hora de Stewart.

Tratava-se de um aeroporto e base da força aérea que ficava a uma hora e meia da casa dela.

Silêncio.

– Alguma coisa errada, Grace?

– Você disse para eu ligar se precisasse.

– E agora, quinze anos depois, você precisa?

– Acho que sim.

– Bem. E o momento não poderia ser melhor. Tem algo que quero lhe mostrar.

– O que é?

– Escuta, você está em casa?

– Estou chegando.

– Pego você daqui a mais ou menos duas horas. Podemos conversar então, ok? Você tem alguém para ficar com as crianças?

– Posso procurar.

– Se não conseguir, deixo meu assistente na sua casa. Até já, então.

Carl Vespa desligou. Grace continuou dirigindo. Perguntou-se o que ele poderia querer dela agora. E se teria sido uma boa ideia ligar para ele. Apertou o primeiro número de ligação rápida do seu telefone – o celular de Jack –, mas ninguém atendeu.

Grace teve outra ideia. Ligou para a amiga que não gostava de *ménage à trois*, Cora.

– Você não namorou um cara que trabalhava com spam de e-mails? – perguntou.

– Namorei – respondeu Cora. – Um esquisitão obsessivo chamado, olha só, Gus. Foi difícil me livrar dele. Tive que usar uma arma secreta que guardo para essas ocasiões.

– O que você fez?

– Falei que ele tinha o pinto pequeno.

– Ai!

– Como eu disse: é uma arma secreta. Sempre funciona, mas muitas vezes tem efeitos colaterais.

– Talvez eu precise da ajuda dele.

– Que tipo de ajuda?

Grace não sabia exatamente como dizer. Decidiu concentrar-se na loura com o X no rosto, sobre a qual nutria fortes suspeitas de já ter visto antes.

– Encontrei uma fotografia... – começou ela.

– Certo.

– E tem uma mulher nela. Provavelmente no final da adolescência, ou com vinte e poucos anos.

– Sim.

– É uma foto antiga. Eu diria que deve ter uns quinze, vinte anos. De qualquer forma, preciso descobrir quem é a garota. Estava pensando que talvez pudesse enviar a fotografia como spam. Em um e-mail perguntando se alguém a reconhece, para um projeto de pesquisa ou algo assim. Sei que a maioria das pessoas deleta esses e-mails, mas se algumas olharem, não sei, quem sabe eu consigo uma resposta.

– É um pouco improvável.

– Sim, também acho.

– E, uau! Sem contar a quantidade de gente bizarra que vai sair da toca. Imagine as respostas.

– Tem alguma ideia melhor?

– Na verdade, não. Acho que talvez funcione. Por falar nisso, veja que não estou perguntando a você por que precisa descobrir a identidade da mulher numa foto de quinze, vinte anos atrás.

– Já sei.

– Queria que ficasse anotado, só para constar.

– Anotado. É uma longa história.

– Precisa conversar com alguém a respeito?

– Talvez. E talvez também precise de alguém para ficar com as crianças durante algumas horas.

– Estou disponível e sozinha. – Pausa. – Ai, tenho que parar de falar essas coisas.

– Onde está Vickie?

Vickie era a filha de Cora.

– Vai passar a noite na mansão de meia-tigela, com meu ex e a esposa cara de cavalo.

Grace riu a contragosto.

– Meu carro está na oficina – disse Cora. – Dá para você me pegar no caminho?

– Passo aí depois que pegar Max.

Grace passou pelo programa de aperfeiçoamento Montessori e pegou o filho. Max estava prestes a chorar, por ter perdido algumas das suas figurinhas Yu-Gi-Oh! para um colega de turma em alguma brincadeira boba. Ela tentou animá-lo, mas o filho não entrou no clima. Grace desistiu. Ajudou-o a vestir o casaco. O gorro havia sumido. Assim como uma das luvas. Outra mãe sorria e assoviava enquanto encasacava seu pequenino com uma boina (tricotada a mão, sem dúvida), um cachecol e, sim, luvas, tudo combinando. Ela olhou para Grace e fingiu um sorriso solidário. Grace não a conhecia, mas era intensa a aversão que sentia pela mulher.

Ser mãe, pensou Grace, parecia muito com ser artista – uma insegurança eterna, a sensação constante de ser uma farsa e a certeza de que todos são melhores que você. As mães que paparicavam demais os filhos, que se desincumbiam de suas tarefas monótonas com aquele sorriso de dona de casa perfeita, com uma paciência sobrenatural – aquelas que sempre, *sempre* têm os materiais certos para trabalhos de casa ideais... Grace desconfiava que essas mulheres eram profundamente perturbadas.

Cora estava esperando na entrada de sua casa rosa-chiclete. Todos no quarteirão odiavam aquela cor. Houve uma época em que uma vizinha, uma sujeitinha cheia de não me toques chamada Missy, começara um abaixo-assinado exigindo que ela repintasse a casa. Tinha visto a chata recolhendo assinaturas em um jogo de futebol do primário. Grace então pediu para dar uma olhada, rasgou o papel e foi embora.

A cor não era exatamente do seu gosto, mas um lembrete para as Missys do mundo: controlem-se.

Cora, de salto agulha, cambaleou até eles. Estava vestida de forma um pouco mais recatada – um blusão sobre roupa de ginástica –, mas não importava. Algumas mulheres transpiram sexo, mesmo quando vestem um saco de aniagem. Cora era uma delas. Quando se movia, curvas novas se formavam enquanto as antigas desapareciam. Cada frase enunciada por sua voz rouca, por mais inócua que fosse, adquiria um sentido duplo. Cada inclinação de cabeça parecia um convite.

Cora entrou e se virou para Max, que estava no banco de trás.

– Ei, bonitão.

O menino resmungou sem levantar a cabeça.

– Igual ao meu ex – disse ela, virando-se para a frente outra vez. – Você está com a foto?

– Sim.

– Liguei para o Gus. Ele topou.

– Você prometeu alguma coisa em troca?

– Lembra do que eu disse sobre a maldição do quinto encontro? Bem, você está livre sábado à noite?

Grace olhou para ela.

– Brincadeira.

– Óbvio.

– Bem. Gus disse para escanear a foto e mandar para ele por e-mail. Ele pode criar um endereço eletrônico anônimo para você receber as respostas. Ninguém vai saber quem você é. O texto deve ser o menor possível, só dizendo que um jornalista está escrevendo uma história e precisa saber a origem da foto. Está bem assim?

– Claro, obrigada.

Elas chegaram em casa. Max subiu a escada batendo os pés e gritou para baixo:

– Posso ver *Bob Esponja*?

Grace disse que sim. Como todos os pais, ela inventara regras estritas sobre não permitir que os filhos vissem TV durante o dia. E como todos os pais, sabia também que regras existem para ser quebradas. Cora foi direto para o armário da cozinha e fez café. Grace estava pensando sobre qual foto mandar e decidiu usar a ampliação do lado direito, da loura com o X no rosto e da ruiva à esquerda. Deixou de fora a imagem de Jack – supondo-se que aquele *fosse* ele. Ainda não queria envolvê-lo. Chegou à conclusão de que duas pessoas aumentavam as chances de descobrir suas identidades e tornava o pedido menos parecido com o ato de um stalker.

– Posso fazer uma observação? – disse Cora, olhando para a foto original.

– Sim.

– Isso é muito esquisito.

– Esse cara aqui – apontou Grace –, o de barba. Quem você acha que parece?

Cora deu uma olhada.

– Acho que pode ser Jack.

– Pode ou é?

– Você é que sabe.

– Jack sumiu.

– Como assim?

Ela contou a história a Cora, que escutou batendo no tampo da mesa as unhas excessivamente longas, pintadas com esmalte cor de sangue. Quando Grace terminou, ela disse:

– Claro que você sabe minha péssima opinião sobre os homens.

– Sei.

– Acho que a maioria está dois níveis abaixo de cocô de cachorro.

– Sei disso também.

– Então a resposta óbvia é que sim, essa é uma foto de Jack. Sim, essa lourinha, olhando como se ele fosse um deus, é alguma paixão antiga. Sim, Jack e essa Maria Madalena aí estão tendo um caso. Alguém, talvez o marido atual dela, quer que você fique sabendo disso e enviou a foto. E tudo terminou quando Jack percebeu que você ia descobrir a verdade.

– E foi por isso que ele fugiu?

– Claro.

– Isso não ajuda muito, Cora.

– Você tem alguma teoria melhor?

– Estou trabalhando nisso.

– Muito bem – disse Cora –, porque essa não me convence também. Só estou divagando. A regra é a seguinte: os homens são a escória. Jack, no entanto, sempre me pareceu a exceção que confirma a regra.

– Te adoro, você sabe.

Cora fez que sim com a cabeça.

– Todo mundo me adora.

Grace ouviu um barulho e olhou pela janela. Uma extensa limusine, de um preto reluzente, deslizou pelo acesso para carros com a suavidade de um corista da Motown. O chofer, um homem com cara de rato e porte de galgo, apressou-se em abrir a porta de trás do carro.

Carl Vespa havia chegado.

Apesar dos boatos sobre sua vocação para se parecer com personagens de *Os Sopranos*, ele não se vestia com roupas aveludadas, brilhosas e envernizadas. Preferia roupas cáquis, casacos esportivos Joseph Abboud e sapatos sem meia. Tinha sessenta e poucos anos, mas parecia dez anos mais jovem. O cabelo quase na altura do ombro era de um tom louro-grisalho diferenciado. O rosto era bronzeado e tinha o tipo de suavidade encerada que sugere o uso de Botox. Os dentes eram agressivamente encapados, como se os caninos frontais tivessem tomado hormônios de crescimento.

Fez um gesto de cabeça para dar alguma ordem ao motorista galgo e se aproximou da casa sozinho. Grace abriu a porta para recebê-lo. Carl dispensou-lhe um sorriso cheio de dentes resplandecentes. Ela retribuiu, contente por vê-lo. Ele a cumprimentou com um beijo no rosto. Não trocaram uma palavra sequer. Não precisavam delas. Carl segurou-lhe as mãos e a observou. Grace viu que seus olhos começaram a marejar.

Max se postou ao lado da mãe. Vespa a soltou e deu um passo para trás.

– Max – começou Grace –, esse é o Sr. Vespa.

– Olá, Max.

– O carro é seu? – perguntou o menino.

– Sim.

Ele olhou para o automóvel e depois para Vespa.

– Tem TV dentro?

– Tem.

– Uau.

Cora pigarreou.

– Ah, essa é minha amiga Cora.

– Encantado – disse Vespa.

Cora olhou para o carro e depois para Carl.

– Você é solteiro?

– Sou.

– Uau.

Grace repetiu as instruções para o cuidado das crianças pela sexta vez. Cora fingiu escutar. Grace deu-lhe 20 dólares para pedir uma pizza e um pão de queijo, pelo qual Max havia se apaixonado nos últimos tempos. A mãe de uma coleguinha traria Emma para casa em uma hora.

Grace e Vespa foram para a limusine. O motorista com cara de rato já tinha aberto a porta para eles. Indicando o chofer, Carl apresentou:

– Esse é Cram.

Grace teve de sufocar um grito quando ele apertou sua mão.

– Prazer – disse Cram.

Seu sorriso evocava cenas de um documentário do Discovery Channel sobre predadores marinhos. Ela entrou primeiro.

Havia copos de cristal Waterford e um decantador do mesmo jogo, cheio até a metade de um líquido cor de caramelo e aspecto exuberante. Havia, como dito antes, um televisor. À frente do assento de Grace havia um aparelho de DVD e um de CD, com várias bandejas; controles de climatização; e botões em número suficiente para confundir até um piloto de avião. A coisa toda – os cristais, a garrafa, os aparelhos eletrônicos – era ostensiva, mas talvez as pessoas quisessem isso mesmo numa limusine comprida.

– Aonde a gente vai? – perguntou ela.

– É um pouco difícil de explicar. – Estavam lado a lado, virados para a frente do automóvel. – Prefiro mostrar, se não se importa.

Carl tinha sido o primeiro pai perdido a surgir diante da sua cama de hospital. Assim que Grace saiu do coma, o primeiro rosto que viu foi o dele. Não sabia quem era, nem onde estava, ou que dia era. Mais de uma semana havia desaparecido do seu banco de memória. Ele acabou ficando em seu quarto de hospital durante vários dias, dormindo na cadeira. Fazia questão de cercá-la de muitas flores. Fazia questão de lhe proporcionar uma bela vista, música tranquila, analgésicos o bastante e enfermeiras particulares. Quando Grace pôde comer, providenciou para que os funcionários do hospital não lhe servissem a lavagem padrão.

Ele nunca lhe pediu que contasse detalhes daquela noite porque, na verdade, ela não podia dar nenhum. Ao longo dos meses que se seguiram, conversaram durante horas. Carl contava histórias, a maioria sobre suas falhas como pai. Usara sua influência para conseguir entrar no quarto do hospital na primeira noite. Subornara a segurança – curiosamente, a empresa que prestava serviços ao hospital era controlada pelo crime organizado – e depois simplesmente se acomodou no quarto dela.

No final, outros pais fizeram o mesmo. Era estranho. Queriam ficar a seu lado. Só isso. Encontravam consolo naquilo. O filho de cada um deles tinha morrido na presença de Grace, e era como se uma pequena parte de suas almas, do filho ou da filha perdidos para sempre, ainda vivesse de alguma forma dentro dela. Não fazia sentido e, no entanto, ela achava que entendia.

Aqueles pais destruídos vinham conversar sobre os filhos mortos, e Grace escutava. Achava que, no mínimo, lhes devia aquilo. Sabia que esses relacionamentos podiam ser prejudiciais, mas não havia como mandá-los embora. A verdade era que ela não tinha família. Aquela atenção a nutriu por um período. Eles precisavam de um filho, e ela, de pais. Não era assim tão simples – o mal-estar desse jogo de projeções –, mas Grace não tinha certeza de que houvesse uma explicação melhor.

A limusine rumava agora ao sul pela Garden State Parkway. Cram ligou o rádio. Música clássica, um concerto para violino, aparentemente, saiu pelos alto-falantes.

Vespa disse:

– Você sabe, é claro, que o aniversário está chegando.

– Sei – falou ela, apesar de ter feito o máximo para ignorar.

Quinze anos. Quinze anos desde aquela noite terrível no Boston Garden. Os jornais tinham publicado todas as matérias esperadas, do tipo "Por onde andam?". Pais e sobreviventes lidavam com aquilo de formas diferentes. A maioria participava porque sentia que era um modo de manter viva a lembrança do que acontecera. Lera reportagens de partir o coração sobre os Garrisons, os Reeds e os Weiders. O segurança Gordon MacKenzie, a quem se atribuía o salvamento de muitas vidas por ter arrombado as saídas de emergência, trabalhava agora como capitão de polícia em Brookline, subúrbio de Boston. Até Carl Vespa permitira uma foto dele e da esposa, Sharon, sentados no quintal, parecendo, os dois, eviscerados.

Grace tomara outro caminho. Com a carreira artística a pleno vapor, não queria de jeito nenhum dar a impressão de estar faturando em cima da tragédia. Tinha sido ferida, isso era tudo, e exagerar a coisa fazia com que ela se lembrasse daqueles atores decadentes que saem da obscuridade para chorar lágrimas de crocodilo por um colega de profissão odiado que morreu de repente. Não queria participar daquilo. A atenção deveria ser dada aos mortos e àqueles que ficaram para trás.

– Ele deve entrar de novo em liberdade condicional – informou Vespa. – Estou falando de Wade Larue.

Ela sabia, naturalmente.

A responsabilidade pelo tumulto daquela noite recaíra sobre Wade Larue, naquele momento um preso da penitenciária Walden, nos arredores de Albany, Nova York. Foi ele quem disparou os tiros, instaurando o pânico. O argumento da defesa era interessante. Diziam que Larue não tinha feito aquilo – desconsiderando o fato de que resíduos de pólvora foram encontrados em suas mãos, que a arma lhe pertencia, as balas eram compatíveis com ela, e que testemunhas o haviam visto disparar –, mas, *se* tivesse feito, estaria drogado demais para se lembrar. Ah, e se nenhum desses argumentos bastasse, Wade não poderia imaginar que atirar com uma arma causaria a morte de dezoito pessoas e ferimentos em dezenas de outras.

O caso se revelou controverso. Os promotores o acusaram de dezoito homicídios dolosos, mas o júri não viu as coisas assim. O advogado de Larue acabou negociando um acordo, transformando a acusação em dezoito homicídios culposos. Ninguém estava muito preocupado com a sentença. O filho único de Carl Vespa morrera naquela noite. Quem não se lembrava do que aconteceu quando o filho de Gotti foi morto num acidente de carro? Do motorista, um pai de família, nunca mais se ouviu falar. Destino semelhante, a maioria das pessoas concordava, teria Wade Larue, exceto que dessa vez o grande público provavelmente aplaudiria o desfecho.

Por um tempo, ele foi mantido em isolamento na penitenciária Walden. Grace não acompanhou de perto a história, mas os pais das vítimas – como Carl Vespa – ainda ligavam e escreviam o tempo todo. Precisavam vê-la de vez em quando. Como sobrevivente, ela havia se transformado em uma espécie de receptáculo que carregava os mortos. Além da recuperação física, essa pressão emocional – responsabilidade aterradora e impossível – foi em grande parte a razão da ida de Grace para o exterior.

No fim, Larue foi colocado com os outros presos. Dizem que ele foi espancado e estuprado pelos detentos, mas, por alguma razão, sobreviveu. Carl decidira poupá-lo. Talvez fosse um sinal de compaixão. Ou exatamente o contrário. Grace não sabia.

Vespa disse:

– Ele finalmente parou de alegar inocência total. Você soube disso? Agora admite que disparou a arma porque se descontrolou quando as luzes se apagaram.

Fazia sentido. Quanto a ela, havia visto Wade Larue apenas uma vez. Fora chamada a depor, embora o testemunho não tivesse nada a ver com culpa ou inocência – ela quase não tinha lembrança nenhuma do pânico, muito menos de quem disparara a arma –, mas tudo a ver com inflamar o ânimo dos jurados. No entanto, não queria vingança. Para ela, Larue estava fora de si, drogado, era um punk chapado, mais digno de pena que de ódio.

– Você acha que ele vai ser solto? – perguntou ela.

– Ele está com uma advogada nova, que é muito boa.

– E se ela conseguir soltá-lo?

Vespa sorriu.

– Não acredite em tudo que você lê sobre mim. – Depois acrescentou: – Além disso, Wade não é o único culpado por aquela noite.

– Como assim?

Ele abriu a boca, mas ficou em silêncio. Então falou:

– É como eu já disse. Prefiro lhe mostrar.

Algo em seu tom dizia que era para mudar de assunto.

– Você falou que é solteiro.

– Como?

– Você disse para minha amiga que é solteiro – respondeu Grace.

Ele balançou o dedo. Não havia aliança.

– Sharon e eu nos divorciamos há dois anos.

– Sinto muito.

– Foi difícil durante muito tempo. – Ele deu de ombros e olhou para o lado. – Como vai sua família?

– Tudo bem.

– Senti certa hesitação.

Talvez ela também tivesse contraído sua postura.

– No telefone, você disse que precisava da minha ajuda.

– Acho que sim.

– O que está errado, então?

– Meu marido... – Ela se deteve. – Acho que ele está metido em alguma confusão.

Grace contou a história. Ele ficou olhando para a frente, evitando seu olhar. Balançava a cabeça vez ou outra, mas as reações pareciam estranhamente fora de contexto. Sua expressão não mudava, o que era curioso. Carl era, em geral, mais vivaz. Depois que ela acabou de falar, ele não disse nada durante um bom tempo.

– A fotografia está aqui com você? – perguntou Vespa.

– Está.

Grace a mostrou. A mão dele, notou ela, tremia ligeiramente. Carl ficou olhando para a foto por um longo tempo.

– Posso ficar com ela? – perguntou.

– Pode. Tenho cópias.

O olhar de Vespa ainda estava fixado na imagem.

– Você se importa se eu fizer algumas perguntas pessoais?

– Acho que não.

– Você ama seu marido?

– Muito.

– Ele ama você?

– Ama.

Carl só vira Jack uma vez. Enviara um presente quando eles se casaram. Mandava presentes nos aniversários de Emma e Max também. Grace lhe escrevia bilhetes de agradecimento e doava os presentes para a caridade. Não se importava por ter ligações com ele, mas não queria ver os filhos... – Como era mesmo o termo? ...maculados por aquela associação.

– Vocês dois se conheceram em Paris, certo?

– No sul da França, na verdade. Por quê?

– E como se encontraram de novo?

– Qual a diferença?

Ele hesitou por um segundo longo demais.

– Acho que estou tentando saber quanto você conhece seu marido.

– Estamos casados há dez anos.

– Entendo. – Ele se remexeu no banco. – Vocês estavam lá de férias quando se encontraram?

– Não sei se chamaria aquilo exatamente de férias.

– Você estava estudando. Pintando.

– Sim.

– E, bem, estava fugindo, principalmente.

Ela não disse nada.

– E Jack? – continuou Vespa. – Por que estava lá?

– Pela mesma razão, acho.

– Estava fugindo também?

– Sim.

– De quê?

– Não sei.

– Posso dizer o óbvio, então?

Ela aguardou.

– Essa coisa da qual ele estava fugindo – Carl fez um gesto na direção da fotografia – acabou encontrando ele.

A ideia já havia passado pela cabeça de Grace.

– Isso faz muito tempo.

– Assim como o Massacre de Boston. A sua fuga. Isso fez com que tudo desaparecesse?

No espelho retrovisor ela viu Cram olhando-a, esperando a resposta. Ela permaneceu imóvel.

– Nada fica no passado, Grace. Você sabe disso.

– Amo meu marido.

Ele balançou a cabeça.

– Vai me ajudar?

– Você sabe que sim.

O carro saiu da Garden State Parkway. À frente, Grace viu uma enorme estrutura insípida com uma cruz em cima. Parecia um hangar de aeroporto. Um cartaz em neon dizia que ainda havia ingressos disponíveis para os "Concertos com o Senhor". Uma banda chamada Rapture estaria tocando. Cram parou a limusine em um estacionamento do tamanho de uma pequena cidade.

– O que estamos fazendo aqui?

– Nos encontrando com Deus – respondeu Carl Vespa. – Ou talvez com Seu oposto. Vamos entrar, quero lhe mostrar uma coisa.

capítulo 13

Aquilo era loucura, pensou Charlaine.

Seus pés se moviam com firmeza em direção ao quintal de Freddy Sykes, sem que ela pensasse ou sentisse nada. Chegou a passar por sua cabeça que poderia estar se colocando em perigo por desespero, ávida por algum tipo de drama em sua vida. Mas tudo bem, e daí? Realmente, quando pensava sobre isso, o que de pior poderia lhe acontecer? Supondo que Mike descobrisse. Iria deixá-la? Seria tão ruim assim?

Queria ser flagrada?

Ah, já bastava de autoanálises amadoras. Bater na porta de Freddy não iria machucar, a pretexto de boa vizinhança. Dois anos antes, Mike instalara no quintal uma paliçada com cerca de 1,20 metro de altura. Havia desejado uma mais alta, mas as normas da prefeitura não permitiam, a menos que se tivesse piscina.

Charlaine abriu o portão que separava seu quintal do de Freddy. Estranho. Era a primeira vez. Nunca o tinha aberto antes.

À medida que se aproximava da porta dos fundos, percebia como a casa estava deteriorada. A pintura estava descascando; o jardim parecia descuidado. O mato crescia entre as rachaduras do pavimento. Havia trechos de grama morta por todo lado. Ela se virou e contemplou a própria casa. Nunca a tinha visto daquele ângulo. Também parecia em más condições.

Estava na porta dos fundos de Freddy.

Ok, e agora?

Bate, sua burra.

Ela bateu. Começou de leve. Nenhuma resposta. Bateu mais forte. Nada. Encostou o ouvido na porta. Como se aquilo fosse adiantar. Como se fosse ouvir um grito abafado ou algo no gênero.

Não ouviu nenhum som.

Os blecautes ainda estavam baixados, mas havia frestas. Pôs um olho em uma abertura e espiou. A sala tinha um sofá verde-limão tão surrado que parecia estar derretendo. Havia uma poltrona reclinável de cor castanha a um canto. A televisão parecia nova. A parede ostentava quadros antigos de palhaços. O piano estava cheio de antigas fotografias em preto e branco. Via-se uma de casamento. Dos pais de Freddy, imaginou Charlaine. Havia uma do noivo extremamente belo em um uniforme do Exército. Tinha outra foto ainda do mesmo homem, com um sorriso no rosto, segurando um bebê. Depois o homem – o soldado, noivo – desaparecia. O restante era de Freddy sozinho ou com a mãe.

A sala era imaculada – não, preservada. Fixada em uma bolha temporal, sem uso, intocada. Havia uma coleção de pequenas estatuetas sobre uma mesinha. Mais fotografias também. Uma vida, pensou Charlaine. Freddy Sykes tinha uma vida. Era um pensamento estranho, mas lá estava.

Charlaine deu a volta em direção à garagem. Tinha uma janela nos fundos, com uma cortina fina, de renda falsa. Ela se pôs na ponta dos pés. Os dedos se agarraram ao parapeito. A madeira era tão velha que quase cedeu. Crostas de tinta se desprenderam feito caspa.

Olhou para dentro da garagem.

Havia outro carro.

Não era um carro, na verdade. Era uma minivan. Um Ford Windstar. Quando você mora em uma cidade como aquela, acaba conhecendo todos os modelos.

Freddy Sykes não tinha um Ford Windstar.

Talvez seu jovem hóspede asiático tivesse. Fazia sentido, não?

Ela não se convenceu.

E agora?

Charlaine olhou para o chão e se perguntou o que fazer. Pensava nisso desde que decidira se aproximar da casa. Já sabia, antes de deixar a segurança de sua cozinha, que não haveria resposta para suas batidas. Sabia também que espreitar pelas janelas – espiando o espião? – não daria certo.

A pedra.

Estava ali, no que já tinha sido uma horta. Vira Freddy usá-la certa vez. Não era de verdade. Uma imitação apenas, para guardar chaves. Já haviam se tornado tão comuns que os criminosos agora provavelmente procuravam por elas antes de revistar debaixo do capacho.

Charlaine se abaixou, pegou a pedra e a virou. Só precisava deslizar o pequeno painel para trás e retirar a chave. Foi o que fez. A chave repousava agora em sua mão, brilhando ao sol.

Aquele era o caminho. O caminho sem volta.

Charlaine foi para a porta dos fundos.

capítulo 14

AINDA EXIBINDO SEU SORRISO de predador marinho, Cram abriu uma das portas e Grace saltou da limusine. Carl Vespa saiu pela outra. A grande placa de neon listava uma afiliação de igrejas de que ela nunca tinha ouvido falar. O lema, de acordo com vários cartazes em torno do edifício, parecia indicar que aquela era a "Casa de Deus". Se fosse verdade, Ele poderia ter usado um arquiteto mais criativo. A estrutura ostentava todo o esplendor e a receptividade de um mercadão de beira de estrada.

O interior era pior ainda – brega o bastante para fazer a mansão de Elvis Presley parecer discreta. O carpete, que cobria todo o chão, tinha um tom vermelho vivo, adequado para um batom chamativo. O papel de parede era mais escuro, com matiz de sangue, um fundo aveludado com adornos de centenas de estrelas e cruzes. O efeito deixou Grace tonta. A capela principal ou casa de adoração – ou, mais adequadamente, plateia – tinha bancos de igreja em vez de cadeiras. Pareciam desconfortáveis. Seria para estimular as pessoas a ficarem de pé? O lado cínico de Grace desconfiou que a razão pela qual todas as cerimônias religiosas faziam as pessoas ficarem, de forma esporádica, de pé não tinha nada a ver com devoção, mas com manter os fiéis acordados.

Assim que entrou na plateia, Grace sentiu o coração palpitar.

O altar sobre rodinhas, decorado em verde e dourado, como os uniformes de líderes de torcida, estava sendo retirado do palco. Ela procurou pastores com apliques de cabelo malfeitos, mas não viu nenhum. A banda – Grace deduziu que fosse a Rapture – estava se preparando. Carl parou em frente a ela, o olhar fixado no palco.

– Essa é a sua igreja? – perguntou Grace.

Os lábios dele se entreabriram em um ligeiro sorriso.

– Não.

– Tem certeza de que não é fã do, ah, Rapture?

– Vamos chegar mais perto do palco – disse Vespa, sem responder à pergunta.

Cram foi na frente. Havia seguranças, mas eles abriam caminho como se o motorista fosse tóxico.

– O que está acontecendo aqui? – perguntou Grace.

Carl continuou descendo a escada. Quando chegaram ao equivalente ao poço da orquestra no teatro – como se chamam os melhores assentos numa igreja? –, ela olhou para cima e teve outra noção do tamanho do lugar. Tratava-se de um enorme teatro de arena. O palco ficava no centro, cercado por todos os lados. Grace sentiu um aperto na garganta.

Estava disfarçado sob um manto religioso, mas não havia erro.

Aquilo parecia um concerto de rock.

Vespa segurou sua mão.

– Está tudo bem.

Mas não estava. Ela sabia. Fazia quinze anos que não ia a um show ou evento esportivo num local do tipo "arena". Ela gostava de ir a shows. Lembrava-se de ver Bruce Springsteen e a E Street Band no centro de convenções de Asbury Park, durante o ensino médio. O que lhe parecia estranho, algo que já percebia desde aquela época, era que a linha que separava um show de rock e um serviço religioso fervoroso era meio tênue. Houve um momento, quando Bruce tocou "Meeting Across the River", seguida por "Jungleland" – duas das preferidas de Grace –, em que ela estava de pé, olhos fechados, uma camada de suor no rosto, simplesmente não mais ali, perdida, movendo-se em êxtase. O mesmo êxtase que via na TV quando um pastor fazia a multidão ficar de pé, balançando as mãos erguidas.

Adorava aquela sensação. E sabia que não queria experimentá-la outra vez.

Grace soltou a mão de Carl. Ele balançou a cabeça, como se entendesse.

– Calma – disse, gentilmente.

Grace mancava atrás dele. A dificuldade para andar, achava ela, estava ficando mais pronunciada. A perna latejava. Psicológico. Sabia disso. Espaços pequenos não lhe davam medo; auditórios grandes, sobretudo os lotados de pessoas, davam. O lugar estava praticamente vazio, graças a Ele Que Mora Aqui, mas sua imaginação começou a puxar briga e forneceu a comoção que se encontrava ausente.

O som agudo, saído de um amplificador, deixou-a imóvel. Alguém estava passando o som.

– O que significa tudo isso? – perguntou ela a Vespa.

A expressão dele era estática. Carl virou para a esquerda. Grace o seguiu. Sobre o palco havia algo similar aos placares de jogos esportivos, que anunciava que o Rapture estava no meio de uma turnê de três semanas e que a banda era "O Que Deus Ouve".

A banda então entrou no palco para passar o som. Reuniram-se no centro, tiveram uma conversa breve e começaram a tocar. Grace ficou surpresa. Eles tinham um som muito bom. As letras eram melosas, cheias de referências a céus, asas abertas e ascensões. Eminem disse a uma namorada em potencial para "sentar sua bunda bêbada nessa merda de acesso ao palco". As letras do Rapture, à sua própria maneira, eram igualmente irritantes.

A vocalista era mulher. Seu cabelo louro platinado tinha franja, e ela cantava com os olhos voltados para o céu. Parecia ter 14 anos. Um guitarrista tocava à sua direita. Era mais heavy metal, sobretudo com os dread locks e uma tatuagem gigante de uma cruz no bíceps direito. Tocava com firmeza, golpeando as cordas, como se elas o tivessem irritado.

Quando houve uma trégua, Carl Vespa disse:

– Essa música é de Doug Bondy e Madison Seelinger.

Ela deu de ombros.

– Doug Bondy compôs a música. Madison Seelinger, a cantora ali em cima, escreveu a letra.

– E o que isso tem a ver comigo?

– Doug Bondy é o baterista.

Eles foram para a lateral do palco, a fim de ter uma visão melhor. A música recomeçou. Os dois ficaram ao lado de um alto-falante. Os ouvidos de Grace sofriam com a batida, mas, sob circunstâncias normais, ela teria apreciado o som. Doug Bondy, o baterista, estava praticamente oculto atrás da barreira de pratos e caixas que o cercava.

Ela foi mais para o lado. Podia vê-lo melhor então. Estava mandando ver, como se diz; os olhos fechados, o rosto em paz. Parecia mais velho que os outros membros da banda. Tinha cabelo curto. O rosto sem barba. Óculos pesados, ao estilo de Elvis Costello.

Grace sentiu a palpitação no peito aumentar.

– Quero ir para casa – disse.

– É ele, não é?

– Quero ir para casa.

O baterista ainda estava surrando a bateria, perdido na música, quando se virou e a viu. Seus olhos se encontraram. E ela soube. Ele também.

Era Jimmy X.

Grace não esperou. Saiu mancando em direção à porta. A música a perseguiu.

– Grace?

Era Vespa. Ela o ignorou e saiu pela porta de emergência. O ar frio entrou em seus pulmões. Ela o inspirou, tentando fazer a tontura passar. Cram estava lá fora, como se soubesse que ela sairia por aquela porta. Sorriu para ela.

Carl veio atrás dela.

– É ele, né?

– E se for?

– E se... – repetiu Vespa, surpreso. – Ele não é inocente aqui. É tão culpado quanto...

– Quero ir para casa.

Carl ficou parado, como se ela tivesse lhe dado um tapa.

Ligar para ele fora um erro. Agora sabia. Tinha sobrevivido, se recuperado. Claro, mancava. Havia os pesadelos ocasionais. Mas estava bem. Dera a volta por cima. Eles, os pais, nunca dariam. Percebeu isso desde o primeiro dia – o dano nos olhos deles –, e, enquanto houvera certo progresso, vidas tinham sido vividas, os cacos foram recolhidos, mas os danos nunca desapareceram. Olhou para Vespa – nos olhos – e os viu outra vez.

– Por favor – disse. – Só quero ir para casa.

capítulo 15

WU VIU QUE A pedra para esconder chaves estava vazia.

Estava aberta, no caminho que levava à porta dos fundos, de cabeça para baixo, como um caranguejo agonizante. A chave não estava mais lá. Lembrou-se da primeira vez que havia se aproximado de uma casa arrombada. Tinha 6 anos. A cabana – de apenas um cômodo, sem água encanada – era sua. O governo de Kim não se preocupara com delicadezas, tais como chaves. Botaram a porta abaixo e arrastaram sua mãe. Wu a encontrou dois dias depois. Eles a haviam enforcado em uma árvore. Ninguém tinha permissão para retirá-la, sob pena de morte. Um dia depois, os pássaros a encontraram.

A mãe fora injustamente acusada de ter traído o Grande Líder, mas culpa ou inocência era irrelevante. Ela serviu de exemplo, no fim das contas. É isso que acontece com os que nos desafiam. Prestem atenção: é isso que acontece com qualquer um que consideramos que *talvez* esteja nos desafiando.

Ninguém acolheu Eric, de 6 anos. Nenhum orfanato o abrigou. O Estado não o tutelou. Eric Wu fugiu. Dormia nas florestas. Comia o que encontrava nas latas de lixo. Sobreviveu. Aos 13, foi preso por roubo e jogado na cadeia. O chefe dos guardas, um homem mais desonesto que todos aqueles sob sua responsabilidade, viu o potencial de Wu. E assim começou.

Ele olhou para a pedra vazia.

Alguém tinha entrado.

Olhou para a casa ao lado. Podia apostar que era a mulher que morava lá. Ela gostava de espiar pela janela. Saberia onde Freddy Sykes escondia a chave.

Ele considerou suas opções. Havia duas.

Primeira, poderia simplesmente ir embora.

Jack Lawson estava na mala. Wu tinha um carro. Podia sair, roubar outro, começar sua viagem e estabelecer residência em algum lugar.

Problema: havia digitais suas dentro da casa, assim como Freddy Sykes, severamente machucado, talvez já morto. A mulher de lingerie, se é que era ela, poderia identificá-lo também. Wu tinha acabado de sair da prisão e estava sob condicional. A procuradoria federal o tinha como suspeito de crimes terríveis, mas não dispunham de provas. Fizeram então um acordo em troca de seu testemunho. Ele cumprira sentença em uma penitenciária de segurança máxima em Walden, Nova York. Comparada ao que vivenciara em sua terra natal, a prisão mais parecia o hotel Four Seasons.

Mas isso não significava que quisesse voltar.

Não, a primeira opção não servia. Restava apenas a segunda.

Silenciosamente, Wu abriu a porta e entrou.

Na limusine, o silêncio recaiu sobre Grace e Carl Vespa.

Ela se lembrava da última vez que tinha visto o rosto de Jimmy X – quinze anos antes, no hospital. Ele fora obrigado a fazer uma visita, um *meet and greet* arquitetado pelo empresário, mas não conseguiu nem olhar para ela, muito menos falar. Ficou de pé ao lado da cama, um buquê de flores na mão, a cabeça baixa, como um garotinho esperando o professor repreendê-lo. Ela não disse uma palavra. No final, Jimmy lhe entregou as flores e foi embora.

Ele saiu do ramo e desapareceu. Diziam que tinha se mudado para uma ilha particular, perto de Fiji. Agora, quinze anos depois, ali estava Jimmy em Nova Jersey, tocando bateria em uma banda de rock evangélica.

Quando entraram na rua dela, Vespa disse:

– Não melhorou nada, você sabe.

Grace olhou pela janela.

– Jimmy X não atirou.

– Sei disso.

– O que você quer dele então?

– Ele nunca se desculpou.

– E isso bastaria?

Carl pensou e disse:

– Tem um garoto que sobreviveu. David Reed. Lembra-se dele?

– Lembro.

– Estava ao lado de Ryan. Um encostado no outro. Mas, quando começou o empurra-empurra, esse garoto, Reed, conseguiu de algum jeito ser erguido até o ombro de alguém. E alcançou o palco.

– Eu sei.

– Lembra-se do que os pais dele disseram?

Ela lembrava, mas ficou calada.

– Que Jesus ergueu o filho deles. Que era a vontade de Deus. – O tom de

Carl não tinha se modificado, mas Grace podia sentir o ódio oculto como o sopro de uma fornalha. – Veja bem, o Sr. e a Sra. Reed rezaram e Deus atendeu. Foi um milagre, eles disseram. Deus olhou para o filho deles, foi o que ficaram repetindo. Como se Deus não tivesse tido vontade nem disposição para salvar o meu filho.

Eles ficaram em silêncio. Grace queria dizer a ele que muitas pessoas boas morreram naquele dia, pessoas com pais bons que rezavam, que Deus não discrimina. Mas Vespa sabia disso tudo. Não serviria de conforto.

Quando entraram no acesso da garagem, a noite já estava caindo. Grace podia ver a silhueta de Cora e das crianças na janela da cozinha. Carl disse:

– Quero ajudar você a encontrar seu marido.

– Nem sei o que você pode fazer.

– Você ficaria surpresa – falou ele. – Você tem meu número. Se precisar de alguma coisa, me liga. A qualquer hora, não me importo. Estou às ordens.

Cram abriu a porta. Vespa a acompanhou até a entrada.

– Vou manter contato – disse ele.

– Obrigada.

– Vou transferir Cram para cá para vigiar sua casa.

Ela olhou para o motorista. Ele esboçou um sorriso.

– Não precisa.

– Eu ficaria feliz – replicou Carl.

– Não, realmente, não quero. Por favor.

Vespa refletiu sobre aquilo.

– E se você mudar de ideia...?

– Você vai ficar sabendo.

Ele se virou para ir embora. Grace o observou ir até o carro e se perguntou sobre a prudência de se fazer pactos com o diabo. Cram abriu a porta. A limusine pareceu engolir Vespa inteiro. O motorista a cumprimentou com um gesto de cabeça. Grace não se mexeu. Considerava-se muito boa em ler as pessoas, mas Carl havia mudado sua percepção. Nunca viu nem sentiu qualquer indicação de algo mau nele. No entanto, sabia que existia.

O mal, o verdadeiro mal, era assim.

Cora esquentou a água para preparar macarrão. Despejou uma lata de molho de tomate em uma panela e depois chegou perto do ouvido de Grace.

– Vou dar uma olhada nos e-mails para ver se conseguimos alguma resposta – sussurrou ela.

Grace anuiu. Estava ajudando Emma com o dever de casa e se esforçando ao máximo para fingir interesse. A filha estava usando uma camisa de basquete Jason Kid Nets. Dizia que seu nome era Bob. Queria ser atleta. Grace não sabia o que pensar daquilo, mas achava melhor que comprar revistas para garotas adolescentes e ver a filha suspirando por *boy bands*.

A professora de Emma, Sra. Lamb – uma jovem que envelhecia cada vez mais rápido –, estava fazendo as crianças trabalharem na tabuada. Estavam no seis. Grace testou a filha. Quando chegou ao seis vezes sete, Emma fez uma longa pausa.

– Você tinha que saber isso de cor – falou.

– Por quê? Posso usar a calculadora.

– A questão não é essa. É preciso saber a tabuada de cor para quando se começa a multiplicar números com vários dígitos.

– A professora não diz que tem que decorar.

– Mas você devia.

– Mas a professora...

– Seis vezes sete.

E daí por diante.

Max tinha de encontrar alguma coisa para pôr na "caixa secreta". Era necessário colocar algo nela – nesse caso, um disco de hóquei – e fornecer três pistas para que os colegas adivinhassem o que era. Pista um: a cor é preta. Pista dois: é usado num esporte. Pista três: gelo. Nada mais justo.

Cora voltou do computador balançando a cabeça. Nada ainda. Pegou uma garrafa de Lindemans, um Chardonnay australiano barato, porém decente, e tirou a rolha. Grace foi pôr as crianças na cama.

– Cadê o papai? – perguntou Max.

Emma se juntou ao irmão.

– Escrevi o verso de hóquei para o meu poema.

Grace disse algo vago sobre Jack ter que trabalhar. As crianças pareceram desconfiadas.

– Adoraria ouvir o poema – falou ela.

Com um pouco de má vontade, Emma pegou o diário.

"Bastão de hóquei, bastão de hóquei,
Você está gostando desse placar?
Quando você é usado para lançar,
Sente vontade de mais?"

Emma ergueu o olhar.

– Uau! – exclamou Grace, e bateu palmas, mas não era tão boa quanto Jack em fingir entusiasmo.

Deu um beijo de boa-noite em cada um e desceu. A garrafa de vinho estava aberta. Ela e Cora começaram a beber. Sentia falta de Jack. Não fazia nem 24 horas que tinha ido embora – já ficara ausente mais tempo que isso várias vezes, durante viagens a negócio – e, no entanto, uma espécie de desânimo já tomava conta da casa. Alguma coisa parecia perdida, irremediavelmente. Seu desaparecimento se tornara uma dor física.

As duas beberam um pouco mais. Grace estava pensando nas crianças. Pensava na vida, em uma vida inteira sem Jack. Para proteger os filhos do sofrimento, faz-se qualquer coisa. Perder Jack, sem dúvida, a deixaria arrasada. Mas tudo bem. Aguentaria. Sua dor, porém, não seria nada comparada à das duas crianças lá em cima, que, ela sabia, estavam acordadas, sentindo que havia algo errado.

Olhou para as fotografias que enfeitavam as paredes.

Cora se aproximou dela.

– Ele é um homem bom.

– É.

– Você está bem?

– Bebi muito – respondeu Grace.

– Nem tanto assim, se quer minha opinião. Onde o Sr. Mafioso levou você?

– Para ver uma banda de rock evangélica.

– Para um primeiro encontro, está ótimo.

– É uma longa história.

– Sou toda ouvidos.

Mas Grace fez que não com a cabeça. Não queria pensar em Jimmy X. Uma ideia lhe sobreveio. Ficou ruminando, deixando assentar.

– O que foi? – perguntou Cora.

– Talvez Jack tenha dado mais de um telefonema.

– Além daquele para a irmã, é isso?

– É.

Cora fez que sim com a cabeça.

– Você recebe a fatura do telefone pela internet?

– Ainda não.

– Então chegou a hora. – Cora se levantou, e era possível notar uma ligeira vacilação em seu andar: o vinho aquecera suas pernas. – Qual operadora vocês usam para interurbanos?

– Cascade.

As duas voltaram ao computador de Jack. Cora se sentou diante da mesa, estalou os dedos e começou a trabalhar. Entrou na página da Cascade. Grace lhe deu as informações necessárias – endereço, CPF, número do cartão de crédito. Elas criaram uma senha. A Cascade enviou um e-mail para a conta de Jack, confirmando que ele optara pela fatura on-line.

– Conseguimos – disse Cora.

– Não entendi.

– Agora você pode ver e pagar a conta de telefone pela internet.

Grace olhou por sobre o ombro da amiga.

– Essa é a conta do mês passado.

– Sim.

– Mas não vai ter as ligações de ontem à noite.

– Hum. Verdade. Vou solicitar a desse por e-mail. Podemos também ligar para a Cascade e pedir.

– Eles não funcionam 24 horas. – Grace chegou mais perto do monitor. – Deixa eu ver se ele ligou para a irmã antes de ontem à noite.

Seus olhos percorreram a lista. Nada. Nenhum número desconhecido. Isso já não lhe parecia estranho, espionar o marido, a quem amava e no qual confiava, embora, por si só, fosse uma coisa estranha.

– Quem paga as contas? – perguntou Cora.

– Jack paga a maioria.

– A conta de telefone chega aqui?

– Sim.

– Você olha?

– Claro.

Cora fez que sim com a cabeça.

– Jack tem celular, certo?

– Tem.

– E essa conta?

– O que tem?

– Você olha?

– Não, é dele.

Cora sorriu.

– O que foi?

– Quando meu ex estava me traindo, usava o celular, porque eu nunca olhava a conta.

– Jack não está me traindo.

– Mas pode estar escondendo uns segredos, certo?

– Pode ser – admitiu Grace. – Ok, provavelmente.

– Então, onde ele guardaria as contas do celular?

Grace examinou um arquivo de pastas. Ele guardava as contas da Cascade. Ela foi para a letra *V*, de Verizon Wireless, a operadora do celular. Nada.

– Não estão aqui.

Cora esfregou as mãos.

– Hum, suspeito. – A amiga estava começando a se interessar pelo negócio. – Então vamos fazer aquela coisa que eles fazem e que nós também fazemos.

– E o que fazemos exatamente?

– Vamos supor que Jack esteja escondendo algo de você. Provavelmente ele destruiria as contas no momento em que as recebesse, certo?

Grace confirmou com um aceno de cabeça.

– Isso é tão bizarro.

– Mas não estou certa?

– Está, se Jack estiver escondendo algum segredo de mim...

– Todo mundo tem segredos, Grace. Você deve saber disso. Não vai me dizer que isso tudo é uma surpresa para você.

Aquela verdade teria feito Grace hesitar, mas não havia tempo para indulgências.

– Ok, vamos supor então que Jack tenha destruído as contas do celular... Como podemos consegui-las?

– Exatamente como acabei de fazer com o fixo. Vamos criar outra conta on-line, dessa vez na Verizon Wireless.

Cora começou a digitar.

– Cora?

– Sim?

– Posso perguntar uma coisa?

– Manda.

– Como você sabe fazer isso tudo?

– Experiência. – Ela parou de digitar e olhou para Grace. – Como você acha que descobri sobre meu ex e a vaca?

– Você os espionou?

– Claro. Comprei um livro chamado *Espionando otários,* ou algo assim. Está tudo lá. Queria ter certeza de que tinha conhecimento de todos os fatos, antes de enfrentar a cara de bunda dele.

– E o que ele disse quando você mostrou a conta?

– Que sentia muito. Que não faria aquilo outra vez. Que ia largar a Ivana dos Peitos de Silicone e nunca mais vê-la.

Grace observava a amiga digitar.

– Você o ama mesmo, não é?

– Mais que a própria vida – acrescentou Cora, ainda teclando. – Que tal abrir outra garrafa de vinho?

– Só se não formos dirigir esta noite.

– Quer que eu durma aqui?

– A gente não deve dirigir, Cora.

– Ok, fechado.

Grace levantou e sentiu a cabeça rodar por causa da bebida. Foi para a cozinha. Cora muitas vezes bebia demais, mas, naquela noite, estava contente por se juntar a ela. Abriu outra garrafa de Lindemans. O vinho estava tão quente que pôs uma pedra de gelo em cada taça. Incomum, mas as duas o preferiam gelado.

Quando Grace voltou ao escritório, a impressora estava em atividade. Entregou a taça a Cora e se sentou. Ficou contemplando o vinho e começou a balançar a cabeça.

– O que foi? – perguntou a amiga.

– Finalmente conheci a irmã de Jack.

– E?

– Sandra Koval. Antes, não sabia nem o nome dela.

– Você nunca perguntou a Jack sobre ela?

– Na verdade, não.

– Por quê?

Grace tomou um gole.

– Não sei muito bem como explicar.

– Tente.

Ela levantou a cabeça e perguntou-se como exprimir aquilo.

– Achei que seria saudável, sabe? Manter a privacidade de certos aspectos de cada um. Eu estava fugindo de uma coisa. E ele nunca insistiu em saber sobre isso.

– E você também nunca insistiu com ele?

– Não era só isso.

– O que era, então?

Grace refletiu.

– Nunca entrei nessa de "nós não temos segredos". Jack vinha de uma família rica e não queria mais saber dela. Tinha havido algum desentendimento. Era só o que eu sabia.

– Eram ricos de quê?

– Como assim?

– Como ficaram ricos?

– Eles têm um tipo de companhia de seguros. O avô de Jack foi quem começou. Eles têm fundos fiduciários, opções, ações preferenciais e coisas do gênero. Nada do tipo Onassis, mas o suficiente, acho. Jack não tem nada a ver com isso. Não participa. Não toca no dinheiro. Ele arrumou as coisas de forma que o fundo pule uma geração.

– Então Emma e Max é que vão herdar?

– Sim.

– E o que você acha disso?

Grace deu de ombros e disse:

– Me toquei de uma coisa.

– Sou toda ouvidos.

– Sabe por que nunca insisti com Jack? Não tinha nada a ver com respeitar a privacidade.

– E o que era então?

– Eu o amava, mais do que qualquer homem que já conheci...

– Sinto que lá vem um porém.

Grace sentiu as lágrimas chegando aos olhos.

– Mas era tudo tão frágil... Está fazendo sentido? Quando fiquei com ele, e isso vai parecer uma idiotice... Quando fiquei com Jack, foi a primeira vez que me senti feliz desde, não sei, desde que meu pai morreu.

– Você já sofreu muito na vida – disse Cora.

Grace não disse nada, então Cora prosseguiu.

– Você tinha medo de perder isso. Não queria se abrir para mais nada.

– Escolhi a ignorância?

– Ei, a ignorância é supostamente uma bênção, certo?

– Você acredita nisso?

Cora deu de ombros.

– Se eu não tivesse desconfiado daquele idiota, ele provavelmente teria tido o caso e depois o deixaria de lado. Talvez eu ainda estivesse vivendo com o homem que amo.

– Você ainda pode aceitá-lo de volta.

– Não.

– Por que não?

Cora pensou um pouco.

– Preciso da ignorância, acho.

Ela pegou a taça e tomou um grande gole.

A impressora parou de zumbir. Grace pegou as folhas e começou a examiná-las. Conhecia a maior parte dos números de telefone. Na verdade, quase todos.

Mas teve um que saltou imediatamente a seus olhos.

– O código de área 603 é de onde? – perguntou Grace.

– Não sei. Qual é o número?

Grace mostrou no monitor. Cora colocou o cursor em cima.

– O que você está fazendo?

– Se você clica no número, eles dizem quem ligou – respondeu a amiga.

– Sério?

– Cara, em que século você vive? Já existe cinema com som, sabia?

– É só clicar?

– E você fica sabendo de tudo. A menos que o número não conste da lista.

Cora clicou com o botão esquerdo do mouse. Surgiu uma janela dizendo:

NÃO HÁ REGISTRO DESTE NÚMERO

– É isso aí. Não está na lista.

Grace olhou para o relógio.

– São só 21h30 – disse ela. – Não é tarde para ligar.

– No caso de marido desaparecido, não. Nem um pouco tarde.

Grace pegou o telefone e digitou o número. Um ruído agudo, não muito diferente daquele no show do Rapture, atingiu seu tímpano. E depois: "O número chamado" – a voz robótica o repetiu – "não existe. Não há mais informações disponíveis."

Grace franziu a testa.

– O que aconteceu?

– Quando foi que Jack ligou para esse número pela última vez?

Cora checou.

– Três semanas atrás. A ligação durou dezoito minutos.

– O número foi cancelado.

– Hum, código de área 603 – disse Cora, entrando em outra página.

Digitou "código de área 603" e deu enter. A resposta veio imediatamente.

– É de New Hampshire. Espera, vamos fazer uma busca no Google.

– Procurar New Hampshire no Google?

– Não. O número do telefone.

– O que vai acontecer?

– O número não consta da lista, certo?

– Certo.

– Espera aí, vou te mostrar uma coisa. Nem sempre funciona, mas dá uma olhada. – Cora digitou o número do telefone de Grace no Google. – Isso vai buscar em toda a internet esses dois números em uma sequência. Não só em catálogos telefônicos, onde ele não vai aparecer porque, como você disse, seu número não consta na lista. Mas...

Havia um resultado. Era a página de um prêmio de arte oferecido pela Universidade Brandeis, onde Grace havia estudado. Cora clicou no link. O nome e o número de Grace apareceram.

– Você foi jurada de algum prêmio de pintura?

Grace assentiu e explicou:

– Eles estavam dando uma bolsa em artes.

– Sim, aí está você. Nome, endereço e telefone, junto com os outros jurados. Você deve ter dado a eles.

Grace fez que sim com a cabeça.

– Jogue foras as suas fitas cassete e seja bem-vinda à era da informação – ironizou Cora. – E agora que sei seu nome, posso fazer um milhão de buscas diferentes. Seu site vai aparecer. O da universidade que você cursou. Um monte de coisa. Vamos tentar então com esse número aí, 603...

Os dedos de Cora entraram outra vez em ação. Ela deu enter.

– Aguenta aí. Encontramos alguma coisa. – Ela se aproximou da tela e leu: – Bob Dodd.

– Bob?

– Sim. Não é Robert. É o apelido, Bob. – Cora olhou para Grace. – Você reconhece esse nome?

– Não.

– O endereço é uma caixa postal em Fitzwilliam, New Hampshire. Já foi lá?

– Não.

– E Jack?

– Acho que não. Ele fez faculdade em Vermont, pode ter visitado New Hampshire, mas nunca estivemos lá juntos.

Ouviu-se um som vindo do andar de cima. Max estava gritando durante o sono.

– Vai lá – disse Cora. – Vou ver o que consigo descobrir sobre nosso amigo Bob.

Enquanto Grace subia até o quarto do filho, sentiu outra dor profunda no peito: Jack era o vigia noturno da casa. Era ele quem lidava com pesadelos e pedidos de água; quem segurava a testa das crianças às 3 horas da madrugada quando acordavam para, hum, vomitar. Durante o dia, Grace ficava encarregada de cuidar dos resfriados, medir a temperatura, esquentar a canja, enfiar goela abaixo o xarope. O turno da noite era de Jack.

Max estava soluçando quando ela chegou ao quarto. Era um choro suave agora, um choramingo, que de certa forma dava mais pena que o mais alto dos gritos. Grace abraçou o filho. O corpo pequeno tremia. Balançou-o para a frente e para trás e o acalmou suavemente. Sussurrou-lhe que a mamãe estava ali, que estava tudo bem, que ele estava protegido.

Max precisou de um tempo para se tranquilizar. Ela o levou até o banheiro. Mesmo com pouco menos de 6 anos, ele já fazia xixi como homem – ou seja, deixava respingar tudo para fora do vaso. O menino balançava, dormindo de pé. Quando terminou, Grace o ajudou a puxar para cima o pijama temático de *Procurando Nemo*. Ela o pôs outra vez na cama, cobrindo-o, e perguntou se ele queria lhe contar seu sonho. Max negou com a cabeça e dormiu de novo.

Grace ficou observando o peito pequeno se mover. Parecia tanto com o pai...

Depois de um tempo, desceu. Não ouvia nenhum som. Cora não estava mais teclando no computador. Grace entrou no escritório. A cadeira estava vazia. A amiga estava num canto. Segurava firmemente a taça de vinho.

– Cora?

– Já sei por que o telefone de Bob Dodd foi cancelado.

Havia uma tensão na voz de Cora que Grace nunca tinha ouvido. Esperou que a amiga continuasse, mas ela pareceu se encolher no canto.

– O que aconteceu?

Cora tomou um gole rápido.

– Segundo uma matéria no *New Hampshire Post*, Bob Dodd morreu. Foi assassinado há duas semanas.

capítulo 16

Eric wu entrou na casa de Sykes.

Estava escura. Ele havia deixado todas as luzes apagadas. O intruso – a pessoa que tirara a chave da pedra falsa – não as tinha acendido. Wu refletiu sobre aquilo.

Imaginou que o invasor fosse a mulher enxerida, a da lingerie. Seria esperta o bastante para saber que não devia acender as luzes?

Ele se deteve. Se não acender as luzes foi intencional, deixar o esconderijo de chaves tão à vista também teria sido?

Alguma coisa não encaixava.

Ele se abaixou e passou por trás da poltrona reclinável. Parou e escutou. Nada. Se alguém estivesse na casa, Wu ouviria os passos. Esperou um pouco mais.

Nada.

Wu refletiu sobre aquilo. Teria o intruso entrado e saído?

Tinha dúvidas. Uma pessoa que se arriscasse a entrar com uma chave que estava escondida iria dar uma olhada na casa. Provavelmente descobriria Freddy Sykes no banheiro do andar de cima. Pediria ajuda. Ou, se fosse embora, se não tivesse encontrado nada de errado, colocaria a chave de volta na pedra. Mas não foi o caso.

Qual era a conclusão mais lógica então?

O intruso ainda estava na casa. Escondido.

Wu caminhou com cuidado. Havia três saídas. Fez questão de trancar as três. Duas das portas tinham trinco. Com cuidado, deslizou-os para travá-los. Pegou cadeiras da sala de jantar e as pôs em frente a todas as três saídas. Queria que algo, qualquer coisa, bloqueasse ou pelo menos retardasse uma fuga fácil.

Prender o adversário.

A escada era acarpetada. Isso facilitava caminhar em silêncio. Wu queria conferir o banheiro, para ver se Freddy Sykes ainda estava na banheira. Pensou de novo sobre o fato de a falsa pedra estar tão à vista. Nada fazia sentido naquele esquema. Quanto mais considerava o assunto, mais devagar andava.

Tentou analisar com cuidado. Começar do zero: uma pessoa que sabe onde Sykes esconde sua chave abre a porta. Ele ou ela entra. E aí? Se encontrasse Freddy, entraria em pânico. Chamaria a polícia. Se não o encontrasse, bem, iria embora. Poria a chave de volta na pedra e a colocaria no mesmo lugar.

Mas nenhuma dessas coisas havia acontecido.

O que Wu poderia concluir?

A única outra possibilidade que lhe vinha à mente – a menos que estivesse esquecendo algo – era que o intruso tivesse de fato encontrado Sykes exatamente quando Wu entrou na casa. Não houvera tempo de pedir ajuda, apenas de se esconder.

Mas esse cenário também tinha problemas. O intruso não teria acendido uma luz? Talvez. Poderia ter acendido, mas, depois que viu Wu se aproximar, teria apagado e se escondido.

No banheiro, com Sykes.

Wu estava no quarto principal. Podia ver a fresta sob a porta do banheiro. A luz estava apagada. Nunca subestime o inimigo, lembrou-se. Havia cometido erros recentemente. Muitos erros. Primeiro, Rocky Cornwell. Fora muito descuidado ao permitir que ele o seguisse. Erro número um. Segundo, tinha sido visto pela mulher da casa ao lado. Descuidado outra vez.

E agora isso.

Era duro lançar um olhar crítico sobre si mesmo, mas Wu tentou. Não era infalível. Só os idiotas acreditam nisso. Talvez o tempo passado na prisão o tivesse enferrujado. Não importava. Precisava de foco. Precisava se concentrar.

Havia mais fotografias no quarto de Sykes. O aposento fora da mãe por cinquenta anos. Wu sabia disso pelas conversas on-line. O pai tinha morrido na Guerra da Coreia, quando Freddy ainda era criança. A mãe nunca conseguira superar a perda. As pessoas reagem de formas diferentes à morte de um ente querido. A Sra. Sykes havia decidido morar com seu fantasma em vez de viver com os vivos. Passou o resto da vida naquele mesmo quarto – na mesma cama até – que dividira com o marido soldado. Dormia apenas em um lado do colchão, Freddy tinha dito. Nunca deixou ninguém, nem mesmo o pequeno Sykes, quando tinha um pesadelo, tocar o lado da cama onde o amado tinha dormido.

A mão de Wu estava agora na maçaneta.

O banheiro, sabia ele, era pequeno. Tentou imaginar algum ângulo que a pessoa pudesse usar para atacar. Não havia. Wu tinha uma arma na mochila. Perguntou-se se deveria pegá-la. Se o intruso estivesse armado, seria um problema.

Excesso de confiança? Talvez. Mas ele achou que não precisava de arma.

Virou a maçaneta e empurrou a porta com força.

Freddy Sykes ainda estava na banheira. A mordaça na boca. Os olhos fechados. Wu se perguntou se estaria morto. Provavelmente. Não tinha ninguém ali. Não havia lugar para se esconder. Ninguém viera salvar Freddy.

Wu foi em direção à janela. Olhou para a casa ao lado.

A mulher – aquela da lingerie – estava lá.

Na casa dela. De pé em frente à janela.

Ela o olhou também.

Foi quando Wu ouviu uma porta de carro bater. Não havia sirene, mas ao olhar para o acesso dos carros, viu as luzes da patrulha.

A polícia estava lá.

Charlaine Swain não era louca.

Assistia a filmes. Lia livros. Muitos. Escapismo, pensara. Diversão. Uma forma de amenizar o tédio cotidiano. Mas talvez aqueles filmes e livros tivessem sido curiosamente didáticos. Quantas vezes não havia gritado para a heroína corajosa – a beldade inocente, magra, de cabelos muito negros – que não entrasse naquela maldita casa?

Muitas. Então, agora, na sua vez... Não, não, de jeito nenhum. Charlaine Swain não cometeria aquele erro.

Estivera diante da porta dos fundos de Freddy, olhando para aquela pedra de esconder chaves. Não havia entrado graças a seu treinamento cinematográfico e literário, mas também não conseguiu "deixar para lá". Tinha algo errado. Um homem estava em dificuldades. Não era possível ignorar uma coisa dessas.

Então teve uma ideia.

Era realmente simples. Tirou a chave do esconderijo. Estava em seu bolso naquele momento. Deixou a pedra bem à vista, não porque quisesse que o asiático a visse, mas para ter um pretexto para chamar a polícia.

No momento em que ele entrou na casa de Freddy, ela ligou para a central de emergência da polícia.

– Tem alguém na casa do vizinho – disse.

A desculpa: a pedra estava jogada no caminho.

Agora a polícia estava lá.

Uma patrulha entrara no quarteirão. A sirene não estava ligada. O carro não ia a toda, só um pouco acima do limite. Charlaine arriscou uma olhada para a casa de Freddy.

O asiático a observava.

capítulo 17

GRACE OLHOU COM ATENÇÃO a manchete.

– Ele foi assassinado?

Cora assentiu.

– Como?

– Levou um tiro na cabeça na frente da esposa. Estilo crime organizado, foi o que disseram, seja lá o que isso significa.

– Eles já pegaram o assassino?

– Não.

– Quando?

– Quando ele foi morto?

– Sim, quando?

– Quatro dias depois de Jack ligar para ele.

Cora se dirigiu outra vez ao computador. Grace ficou pensando na data.

– Não poderia ter sido Jack.

– Entendo.

– Seria impossível. Jack não viaja para fora do estado há mais de um mês.

– Você que acha.

– O que você quer dizer com isso?

– Nada, Grace. Estou do seu lado, ok? Eu também acho que Jack não matou ninguém, mas, cá entre nós, vamos pensar friamente.

– Como assim?

– Parando com essa besteira de "não viaja para fora do estado". New Hampshire não é a Califórnia. São quatro horas de carro. De avião, é uma hora.

Grace esfregou os olhos.

– E mais uma coisa – continuou Cora. – Sei por que ele está listado como Bob, não Robert.

– Por quê?

– Ele era repórter. Era assim que assinava. Bob Dodd. O Google listou 126 resultados para o nome dele nos últimos três anos, para o *New Hampshire Post*. No obituário disseram que ele era... Onde está a frase? Aqui: "Um astuto jornalista investigativo, famoso por suas revelações controversas." Parece que a máfia de New Hampshire acabou com ele para que calasse a boca.

– E você acha que não é esse o caso?

– Quem sabe? Depois de dar uma olhada nos artigos, eu diria que Bob Dodd era uma espécie de repórter "do lado do consumidor". Do tipo que descobre técnicos de máquina de lavar louça que enganam senhoras de idade, fotógrafos de casamento que fogem com o adiantamento, esse tipo de coisa.

– Pode ter deixado alguém irritado.

O tom de voz de Cora era neutro.

– Sim, pode ser. E o quê? Você acha que foi uma coincidência Jack ter ligado para o cara antes de ele morrer?

– Não, não tem coincidência nenhuma aí. – Grace tentava processar o que estava ouvindo. – Espera.

– O quê?

– A foto. Tem cinco pessoas nela. Três mulheres, dois homens. É só uma especulação...

Cora já estava digitando.

– Talvez Bob Dodd fosse uma delas?

– Dá para pesquisar por imagens, certo?

– Já estou fazendo isso.

Seus dedos voavam, o cursor apontava, o mouse deslizava. Havia duas páginas, um total de doze resultados para fotos de Bob Dodd. A primeira página mostrava um caçador de mesmo nome que morava em Wisconsin. Na segunda – no décimo primeiro resultado –, elas encontraram a fotografia de uma mesa, em um evento de caridade em Bristol, New Hampshire.

Bob Dodd, repórter do *New Hampshire Post*, era o primeiro rosto à esquerda.

Elas não precisaram examinar de perto. Bob Dodd era negro. Todos na foto misteriosa eram brancos.

Grace franziu o cenho.

– Mas tem que haver alguma ligação.

– Vou ver se consigo descobrir uma minibiografia dele. Talvez tenham estudado juntos na universidade ou algo assim.

Ouviu-se um leve bater na porta da frente. Grace e Cora se entreolharam.

– Está tarde – disse a amiga.

Outra vez a batida, ainda leve. Havia campainha. Quem quer que estivesse lá tinha preferido não tocar. Devia saber que ela tinha filhos. Grace se levantou e Cora a seguiu. À porta, ela acendeu a luz de fora e espiou

123

pela janela. Poderia ter ficado mais surpresa, mas achou que estava mais que isso.

– Quem é? – perguntou Cora.

– O homem que mudou minha vida – respondeu Grace, com suavidade.

Ela abriu a porta. Jimmy X estava parado nos degraus, olhando para baixo.

Wu teve que rir.

Aquela mulher. Assim que viu as luzes da sirene, ele ligou os pontos. A engenhosidade dela era admirável e irritante.

Não havia tempo para isso.

O que fazer...?

Jack Lawson estava amarrado na mala do carro. Wu percebeu então que deveria ter fugido no momento em que viu a pedra aberta. Mais um erro. Quantos mais poderia se dar ao luxo de cometer?

Minimizar os danos. Era a saída ali. Não havia como impedir tudo – ou seja, os danos. Ficaria no prejuízo. Pagaria um preço. As digitais estavam pela casa. A vizinha provavelmente já teria dado à polícia uma descrição sua. Sykes, vivo ou morto, seria encontrado. Não havia nada que pudesse fazer em relação a isso também.

Conclusão: se fosse pego, iria ficar na cadeia por um longo tempo.

A viatura estacionou na entrada para carros.

Wu entrou em modo de sobrevivência. Desceu correndo. Pela janela, viu a viatura parando. Já estava escuro, mas a rua se encontrava bem iluminada. Um negro alto, uniformizado, saltou. A arma permanecia no coldre.

Um ponto positivo.

O policial negro ainda nem chegara à porta da frente quando Wu a abriu com um largo sorriso.

– Posso ajudá-lo com alguma coisa, oficial?

Ele não sacou a arma. Wu havia contado com isso. Aquele era um bairro residencial na vasta extensão americana conhecida como subúrbio. Um policial de Ho-Ho-Kus provavelmente atendia a algumas centenas de chamados por possíveis arrombamentos durante a carreira. A maioria, se não todos, era alarme falso.

– Recebemos um chamado por uma possível invasão de domicílio – disse o oficial.

Wu franziu o cenho, fingindo confusão. Deu um passo para fora, mas manteve distância. Ainda não, pensou. Não se mostre ameaçador. Seus movimentos eram intencionalmente lacônicos, em ritmo lento.

– Espere, já sei. Esqueci minha chave. Alguém deve ter me visto entrando pelos fundos.

– O senhor mora aqui, senhor...?

– Chang – completou Wu. – Sim, moro. Ah, mas a casa não é minha, se é isso que está querendo dizer. O dono é meu companheiro, Frederick Sykes.

Wu arriscou então outro passo.

– Entendo – falou o policial. – E o Sr. Sykes está...

– No andar de cima.

– Posso vê-lo, por favor?

– Claro, entre.

Wu deu as costas ao oficial. Subiu os degraus da entrada gritando:

– Freddy? Freddy, se veste. A polícia está aqui.

Não precisou dar meia-volta. Sabia que o policial estava atrás dele a apenas 5 metros. Wu entrou na casa. Segurou a porta e deu o que considerava um sorriso efeminado ao oficial – cuja identificação dizia Richardson –, que caminhou em direção à entrada.

Quando estava a apenas um metro de distância, Wu deu o bote.

O oficial hesitara, talvez pressentindo alguma coisa, mas era tarde demais. O golpe, dirigido ao meio do estômago, foi desferido com a palma da mão. Richardson se dobrou como uma cadeira de praia. Wu se aproximou. Queria só incapacitá-lo, não matar.

Um policial ferido já esquenta os ânimos. Um morto faz o calor aumentar dez vezes.

O oficial estava curvado. Wu o atingiu atrás das pernas. Richardson caiu de joelhos. Eric usou a técnica do ponto de pressão. Enterrou as juntas dos dedos indicadores nos dois lados da cabeça de Richardson, movendo-as para cima e para dentro da cavidade do ouvido, sob a orelha, área conhecida como Triplo Aquecedor 17. É preciso encontrar o ângulo certo. Quando se usa força total, é possível matar a pessoa. É necessária grande precisão aí.

Os olhos de Richardson ficaram brancos. Wu interrompeu a pressão. O policial caiu como uma marionete cujas cordas tivessem sido cortadas.

O nocaute não duraria muito. Wu pegou as algemas no cinto do oficial e o acorrentou à coluna da escada. Depois arrancou o radiotransmissor que estava preso no ombro dele.

Pensou na mulher da casa ao lado. Ela estaria observando.

Com certeza chamaria a polícia de novo. Ficou analisando aquilo, porém não havia mais tempo. Se tentasse atacar, ela o veria e trancaria a porta. Ia demorar muito. Sua melhor aposta seria, naquela situação, usar os fatores tempo e surpresa. Correu para a garagem e entrou na minivan de Lawson. Examinou o porta-malas.

Jack estava lá.

Wu foi para o banco do motorista. Tinha um plano.

Charlaine teve um mau presságio no momento em que viu o policial saltar do carro.

Para começar, estava sozinho. Imaginara mais uma vez que fosse como na TV, em que sempre havia dois policiais, parceiros – *Starsky e Hutch*, *Adam-12*, Briscoe e Green. Percebeu então que tinha cometido um erro. Seu telefonema fora casual demais. Deveria ter dito que vira algo ameaçador, bizarro, de forma que viessem mais desconfiados e preparados. Em vez disso soara apenas como uma vizinha bisbilhoteira, uma desocupada com nada melhor para fazer do que chamar a polícia por qualquer coisinha.

A linguagem corporal do policial estava toda errada também. Fora em direção à porta relaxado e casual, sem a menor preocupação. Charlaine não conseguia ver a porta da frente de onde estava, apenas o acesso para carros. Quando o oficial sumiu de vista, ela sentiu um frio na barriga.

Pensou em gritar alguma advertência. O problema – e isso podia soar estranho – eram as novas janelas que havia mandado instalar no ano anterior. Abriam verticalmente, com uma manivela. Quando conseguisse abrir os dois trincos e acioná-la, bem, o oficial já estaria fora de vista. E, na verdade, o que poderia gritar? Que tipo de advertência? O que ela sabia, no fim das contas?

Então resolveu esperar.

Mike estava em casa. No andar de baixo, no escritório, assistindo aos Yankees. A noite em separado. Os dois não viam mais televisão juntos. A forma como ele ficava trocando de canal era enlouquecedora. Gostavam de programas diferentes. Mas, na verdade, não achava que fosse isso. Ela podia assistir a qualquer coisa. Ainda assim Mike ia para o escritório; Charlaine ficava com o quarto. Assistiam à TV sozinhos, no escuro. Não sabia quando aquilo havia começado. As crianças não estavam em casa naquela noite – o irmão de Mike as levara ao cinema –, mas, quando estavam, cada uma ficava em seu quarto. Charlaine tentava limitar o tempo de internet delas, mas era impossível. Na sua juventude, os amigos se falavam pelo telefone durante horas. Agora conversavam e sabe Deus mais o que faziam pelo computador.

126

Era isso que sua família se tornara – quatro entidades separadas, no escuro, interagindo umas com as outras apenas quando necessário.

Ela viu a luz se acender na garagem de Sykes. Pela janela, aquela coberta de renda fina, Charlaine podia ver uma sombra. Movimento. Na garagem. Por quê? Não havia necessidade de o policial estar lá. Ela pegou o telefone e digitou o número da central de emergência enquanto ia para a escada.

– Liguei para vocês um tempo atrás – disse ao telefonista.

– Sim?

– Sobre uma invasão na casa do meu vizinho.

– Um oficial está atendendo a solicitação.

– É, eu sei. Eu o vi chegar.

Silêncio. Ela se sentiu uma idiota.

– Acho que pode ter acontecido algo.

– O que a senhora viu?

– Acho que pode ter sido atacado. O seu policial. Mande mais alguém rápido, por favor.

Desligou. Quanto mais explicasse, mais bobo soaria o relato.

O ruído familiar começou. Charlaine sabia o que era. A porta elétrica da garagem de Freddy. O homem tinha feito alguma coisa com o oficial. E agora ia fugir.

E foi então que ela decidiu tomar uma atitude realmente burra.

Pensou de novo nas heroínas magras e se perguntou se alguma delas, mesmo a mais burra, já teria feito algo tão colossalmente idiota. Apostava que não. Sabia que depois, quando pensasse na decisão que estava por tomar – supondo que sobrevivesse –, iria rir e talvez, apenas talvez, sentir um pouco mais de respeito pelas protagonistas que entravam em casas escuras, só de calcinha e sutiã.

Eis a questão: o rapaz asiático estava fugindo. Havia ferido Freddy e um oficial; disso estava certa. Quando os policiais chegassem, ele já teria ido. Não iriam encontrá-lo. Seria tarde demais.

E se escapasse de vez, o que aconteceria então?

Ele a havia visto. Sabia disso. Pela janela. Provavelmente já havia deduzido que fora ela quem chamara a polícia. Freddy poderia estar morto. O policial também. Quem era a única testemunha restante?

Charlaine.

Ele voltaria para matá-la, não? Mesmo que não, mesmo que decidisse deixá-la em paz, bem, na melhor das hipóteses, ela viveria com medo.

Ficaria nervosa à noite. Procuraria sua presença na multidão durante o dia. Talvez ele tentasse se vingar. Quem sabe fosse atrás de Mike ou das crianças...

Não podia deixar isso acontecer. Tinha que detê-lo agora.

Mas como?

Tudo bem que quisesse impedir sua fuga, mas era preciso se ater à realidade. O que podia fazer? Eles não tinham arma em casa. Não dava para correr até lá fora, pular nas costas do homem e tentar cravar as unhas nos olhos dele. Não, precisava ser mais inteligente que isso.

Era necessário segui-lo.

Parecia ridículo, mas era preciso pensar no seguinte: se ele escapasse, o resultado seria o medo. Um terror puro, autêntico, provavelmente interminável, até ele ser capturado, o que poderia nunca acontecer. Charlaine vira o rosto do homem, seus olhos. Não podia viver com aquilo.

Segui-lo – colar nele, como diziam na TV – fazia sentido, considerando as alternativas. Iria segui-lo de carro. Manteria distância. Estaria com o celular. Poderia dizer à polícia onde estava. O plano não era segui-lo por muito tempo, só até a polícia assumir o caso. Naquele momento, se não agisse, sabia o que aconteceria: eles iriam chegar e o asiático já teria ido embora.

Não havia alternativa.

Quanto mais pensava, menos maluca parecia a ideia. Estaria num carro em movimento, confortavelmente atrás dele, no celular com um telefonista da central de emergências da polícia.

Isso não era mais seguro que deixá-lo escapar?

Desceu correndo.

– Charlaine?

Era Mike. Estava ali, na cozinha, em frente à pia, comendo biscoito com manteiga de amendoim. Ela parou um instante. Os olhos dele a sondaram de uma forma que só ele fazia, de uma forma que só ele era capaz. Voltou à época de Vanderbilt, quando tinham se apaixonado. O jeito como olhava para ela então, e o jeito como a olhava agora. Mike era mais magro naquele tempo, e muito bonito. Mas o olhar e os olhos eram os mesmos.

– Qual o problema? – perguntou.

– Preciso... – Ela parou, recuperando o fôlego. – Preciso ir a um lugar.

Os olhos dele. Sondando. Lembrou-se da primeira vez que o vira, naquele dia ensolarado em Centennial Park, Nashville. Quão longe tinham ido? Mike ainda via. Ainda a enxergava de uma maneira que ninguém nunca tinha feito. Por um momento, Charlaine não conseguiu se mover. Pensou que fosse chorar. Mike deixou os biscoitos caírem na pia e foi na direção dela.

– Eu dirijo – disse ele.

capítulo 18

GRACE E O FAMOSO roqueiro conhecido como Jimmy X estavam sozinhos no cômodo que era meio escritório e meio quarto de brinquedos. O Game Boy de Max estava de cabeça para baixo. O compartimento da bateria tinha quebrado, de modo que as pilhas ficavam presas com fita adesiva. O cartucho do jogo, atirado ao lado como se tivesse sido cuspido, era chamado de Super Mario Cinco, o que, de acordo com o olhar menos que sofisticado de Grace, parecia a mesma coisa que os outros quatro Super Mario.

Cora os havia deixado sozinhos e retornara à sua função de detetive virtual. Jimmy ainda não falara. Estava sentado, com os braços apoiados nas coxas, a cabeça baixa, fazendo Grace lembrar-se da primeira vez que o tinha visto, no quarto do hospital, um pouco depois de ter recuperado a consciência.

Ele queria que ela falasse primeiro. Grace percebeu. Mas não tinha nada a dizer.

– Desculpa ter vindo tão tarde – disse Jimmy.

– Pensei que você tivesse uma apresentação esta noite.

– Já acabou.

– Cedo – falou ela.

– Os shows terminam às nove da noite. É como os produtores gostam.

– Como descobriu meu endereço?

Jimmy deu de ombros.

– Acho que sempre soube.

– E o que isso significa?

Ele não respondeu, e ela não insistiu. Durante alguns segundos, o ambiente ficou em silêncio absoluto.

– Não sei como começar – hesitou Jimmy. Depois, após uma breve pausa, acrescentou: – Você ainda manca.

– Belo começo – retrucou ela.

Ele tentou sorrir.

– Sim, manco.

– Por causa do...?

– Sim.

– Sinto muito.

– Me adaptei.

Uma sombra perpassou o rosto dele. A cabeça, que ele havia por fim tido a coragem de levantar, baixou de novo, como se tivesse aprendido a lição.

As maçãs do rosto de Jimmy continuavam salientes. Os famosos cachos louros haviam desaparecido por razões genéticas ou pelo fio da navalha, Grace não conseguiu identificar. Estava mais velho, naturalmente. A juventude ficara para trás, e ela se perguntava se aquilo também havia acontecido a ela.

– Perdi tudo naquela noite – começou ele. Depois parou e balançou a cabeça. – Não me expressei bem. Não vim aqui em busca de desculpas.

Ela não disse nada.

– Você se lembra de quando fui vê-la no hospital?

Ela fez que sim com a cabeça.

– Tinha lido todas as matérias de jornal. Artigos de revista. Assistido a todas as reportagens na TV. Posso falar a você de todos os garotos que morreram naquela noite. Cada um deles. Conheço seus rostos. Fecho os olhos e ainda os vejo.

– Jimmy?

Ele levantou de novo a cabeça.

– Você não deveria estar contando isso para mim. Esses garotos tinham famílias.

– Sei disso.

– Não sou eu quem tem de absolver você.

– Você acha que vim aqui para isso?

Grace não respondeu.

– É que... – Ele meneou a cabeça. – Não sei por que vim, ok? Vi você hoje. Na igreja. E deu para notar que sabia quem eu sou. – Jimmy inclinou a cabeça para o lado. – Como você conseguiu me encontrar?

– Não fui eu.

– Foi o cara que estava com você?

– Carl Vespa.

– Ai, meu Deus! – Ele fechou os olhos. – O pai de Ryan.

– Sim.

– Ele levou você até lá?

– Levou.

– O que ele quer?

Grace pensou naquilo.

131

– Acho que nem ele sabe.

Então foi a vez de Jimmy ficar em silêncio.

– Ele acha que merece um pedido de desculpa – emendou Grace.

– Acha?

– O que ele quer realmente é o filho de volta.

A atmosfera estava pesada. Jimmy se mexeu na cadeira. O rosto dele estava lívido.

– Tentei, você sabe. Me desculpar, quero dizer. Ele está certo quanto a isso. Devo isso a todos eles. É o mínimo. E não estou falando daquela foto idiota, que tirei com você no hospital. Meu empresário que quis aquilo. Eu estava tão drogado que me deixei levar. Mal podia ficar de pé.

Ele olhou para Grace. Ainda tinha o mesmo olhar intenso que o transformara em um queridinho da MTV.

– Você se lembra de Tommy Garrison?

Ela se lembrava. Ele havia morrido na correria. Seus pais eram Ed e Selma.

– A foto dele me comoveu. Quer dizer, todas me comoveram, claro. Aquelas vidas estavam só começando... – Ele parou de novo, respirou bem fundo e tentou outra vez: – Mas Tommy parecia meu irmão caçula. Não conseguia tirá-lo da cabeça. Fui então até a casa de Tommy. Queria pedir desculpa aos pais...

Ele fez uma pausa.

– E o que aconteceu?

– Cheguei lá. Nos sentamos à mesa da cozinha. Lembro que fui apoiar o cotovelo, e tudo balançou. O chão era de linóleo, metade já estava descascando. O papel de parede, um amarelo florido horroroso, também estava descascando. Tommy era o único filho deles. Olhei para suas vidas, seus rostos vazios... Não aguentei.

Ela não disse nada.

– Foi quando fugi.

– Jimmy?

Ele olhou para Grace.

– Para onde você foi?

– Vários lugares.

– Por quê?

– Por que o quê?

– Por que abriu mão de tudo?

Ele deu de ombros.

– Para falar a verdade, eu não tinha tanta coisa assim. O ramo da música, bem, não vou entrar no assunto. Vamos dizer apenas que ainda não tinha ganhado muito dinheiro. Eu era novo. Demora um tempo para a grana começar a entrar de verdade. E eu não estava nem aí pra isso. Só queria cair fora.

– Para onde você foi então?

– Comecei pelo Alasca. Trabalhei limpando peixe, por incrível que pareça. Fiz isso por quase um ano. Depois fui viajar. Toquei com umas duas bandas pequenas, de bar. Em Seattle, encontrei um grupo de hippies velhos. Eles faziam identidades falsas para membros do Weather Underground, esse tipo de coisa. Conseguiram documentos novos para mim. O lugar mais próximo daqui em que estive foi num cassino em Atlantic City, quando toquei com uma banda de *covers*, durante um tempo. Tropicana. Tingi o cabelo. Fiquei só na bateria. Ninguém me reconheceu, ou, se me reconheceram, não deram muita bola.

– Você era feliz?

– Quer saber a verdade? Não. Queria voltar. Fazer algum tipo de reparação e seguir em frente. Mas, quanto mais eu ficava longe, mais difícil se tornava e mais ainda eu queria voltar. O negócio todo era um círculo vicioso. E aí conheci a Madison.

– A vocalista do Rapture?

– É. A Madison. Dá para acreditar nesse nome? É conhecido agora. Lembra aquele filme *Splash, uma sereia em minha vida*, com o Tom Hanks e a... Como é mesmo o nome dela?

– Daryl Hannah – respondeu Grace automaticamente.

– Certo, a sereia loura. Lembra aquela cena em que o Tom Hanks está tentando inventar um nome para ela e fica dizendo um monte, tipo Jennifer ou Stephanie? E eles estão passando pela Madison Avenue, então ele menciona o nome da rua e ela quer que aquele seja seu nome. E o cinema inteiro ria, certo, uma mulher chamada Madison. Agora esse nome está entre os dez mais.

Grace o deixou falar.

– Ela nasceu numa fazenda em Minnesota. Fugiu para Nova York aos 15 anos, acabou drogada e sem casa em Atlantic City. Foi parar num abrigo para menores fugitivos e sem teto. Encontrou Jesus. Sabe como é, trocou um vício por outro e começou a cantar. A voz dela parece a de uma Janis Joplin angelical.

– Ela sabe quem você é?

– Não. Sabe como Shania Twain mantém o Mutt Lange nos bastidores? Era isso que eu queria. Gosto de trabalhar com ela. Gosto da música, mas queria ficar longe dos holofotes. Pelo menos é o que digo para mim mesmo. Madison é de uma timidez doentia. Não canta se eu não estiver no palco. Ela vai superar isso, mas por enquanto acho que a bateria é um disfarce muito bom.

Ele deu de ombros e tentou sorrir. Havia ainda traços do antigo carisma infalível.

– Acho que estava errado.

Os dois ficaram em silêncio por um instante.

– Ainda não estou entendendo – disse Grace.

Jimmy olhou para ela.

– Já falei antes que não sou a pessoa certa para redimir você. Sério. Mas a verdade é que não foi você quem disparou a arma naquela noite.

Ele ficou imóvel.

– O The Who, depois daquele pânico em Cincinnati, se recuperou. E os Stones também, quando aquele Hell Angel matou um cara no show deles. Estão tocando até hoje. Entendo que seja preciso ficar longe durante um tempo, um ou dois anos...

Jimmy olhou para a direita.

– Tenho que ir embora.

Ficou de pé.

– Vai desaparecer outra vez? – perguntou Grace.

Ele hesitou e depois enfiou a mão no bolso. Tirou um cartão e lhe entregou. Havia dez dígitos nele e nada mais.

– Não tenho endereço de casa nem de nada, só esse celular.

Virou-se e foi na direção da porta. Grace não o seguiu. Sob circunstâncias normais, poderia tê-lo posto para fora, mas, no fim das contas, sua visita foi um evento isolado, não muito importante na situação atual. Seu passado tinha um atrativo curioso, e isso era tudo. Especialmente agora.

– Se cuida, Grace.

– Você também, Jimmy.

Ela ficou sentada no escritório, sentindo a exaustão começar a pesar sobre os ombros, perguntando-se onde estaria Jack naquele momento.

E Mike dirigiu de fato. O asiático dispunha de quase um minuto de vantagem, mas o que havia de bom naquele tortuoso empreendimento imobiliário de becos sem saída, condomínios e terrenos lindamente arborizados – essa maravilhosa extensão traiçoeira que é o subúrbio – era que existia apenas uma rua de entrada e saída.

Naquele trecho de Ho-Ho-Kus, todas as ruas levavam à Hollywood Avenue.

Charlaine inteirou Mike da situação o mais rápido possível. Contou a ele a maior parte da história, como tinha olhado pela janela, visto o homem e ficado desconfiada. Ele escutava sem interromper. Havia furos do tamanho de uma cratera no relato. Para começar, ela deixara de fora a razão de estar olhando pela janela, por exemplo. Mike devia ter percebido esses furos, mas por ora não fez perguntas.

Charlaine examinou seu perfil e lembrou-se da primeira vez que se viram. Era caloura na Universidade Vanderbilt. Havia um parque em Nashville, não muito longe do campus, com uma réplica do Parthenon, aquele de Atenas. Construída originalmente em 1897 para a Exposição Universal, a estrutura era considerada a cópia mais fiel do famoso local em cima da Acrópole. Quem quisesse saber como fora o verdadeiro Parthenon no seu apogeu deveria ir a Nashville, no Tennessee.

Com apenas 18 anos, lá estava ela sentada em um tépido dia de outono, contemplando a construção e imaginando como deveria ter sido na Grécia Antiga, quando uma voz disse:

– Não funciona, não é?

Ela se virou. Mike estava com as mãos nos bolsos. Parecia tão belo.

– Desculpa?

Ele deu um passo mais para perto, um meio sorriso nos lábios, movendo-se com uma confiança que a atraía. Fez um gesto com a mão na direção da enorme estrutura.

– É uma réplica exata, certo? Você olha para ela, e era isso que eles viam, os grandes filósofos como Platão e Sócrates, e fico pensando... – Ele se deteve e deu de ombros. – Será que isso é tudo?

Charlaine sorriu. Viu os olhos dele se abrirem e soube que o sorriso acertara em cheio.

– Não sobra nada para a imaginação – disse ela.

Mike inclinou a cabeça.

– Como assim?

– Quando veem as ruínas do verdadeiro Parthenon, as pessoas tentam imaginar como ele seria. Mas a realidade, que é essa, nunca vai estar à altura do que a imaginação da gente cria.

Mike balançou a cabeça devagar, pensando naquilo.

– Você não concorda? – perguntou ela.

– Tenho outra teoria – respondeu Mike.

– Gostaria de ouvir.

Ele chegou mais perto e se agachou.

– Faltam fantasmas.

Então foi ela quem inclinou a cabeça para o lado.

– Você precisa da história. Precisa das pessoas com as suas sandálias caminhando por aí. Precisa dos anos, do sangue, das mortes, do suor de, digamos, quatrocentos anos antes de Cristo. Sócrates nunca discursou aí. Platão nunca debateu teorias nessas portas. As réplicas não têm fantasmas. São corpos sem alma.

A jovem Charlaine sorriu outra vez.

– Você usa essa cantada com todas as garotas?

– Essa é nova, na verdade. Estou testando. É boa?

Ela levantou a mão, com a palma para baixo, e a balançou.

– Mais ou menos.

Charlaine nunca esteve com outro homem desde esse dia. Durante anos, retornaram ao falso Parthenon no aniversário deles. Aquele era o primeiro ano em que não tinham ido.

– Aí está ele – apontou Mike.

O Ford Windstar estava indo para oeste pela Hollywood Avenue, em direção à Route 17. Charlaine estava outra vez ao telefone com uma atendente da emergência policial, que finalmente a levava a sério.

– Perdemos o contato por rádio com nosso oficial que estava na cena – dizia ela.

– Ele está indo para a Route 17, ao sul da entrada da Hollywood Avenue – falou Charlaine. – Está dirigindo um Ford Windstar.

– Número da placa?

– Não consigo ver.

– Estamos com policiais se dirigindo às duas cenas. Pode parar de seguir agora.

Ela baixou o telefone.

– Mike?

– Tudo bem – disse ele.

Ela se recostou no assento e pensou na própria casa, em fantasmas e em corpos sem alma.

* * *

Eric Wu não era surpreendido facilmente.

Ser seguido pela mulher da casa ao lado com aquele que supunha ser o marido, isso realmente era algo que não teria previsto. Perguntava-se como lidar com a situação.

A mulher.

Ela lhe armara uma cilada. Agora o seguia. Havia chamado a polícia. Eles tinham mandado um oficial. Soube então que ela ligaria outra vez.

Entretanto, Wu decidira criar uma distância suficiente entre ele e a casa de Sykes antes que a polícia atendesse o chamado da mulher. Quando se tratava de rastrear veículos, os agentes da lei estavam longe de ser onipotentes. Era só pensar no franco-atirador de Washington, alguns anos antes. Eles tinham centenas de oficiais. Bloquearam rodovias. Durante um tempo vergonhosamente longo, foram incapazes de localizar dois amadores.

Se Wu conseguisse a vantagem de ficar alguns quilômetros à frente, estaria salvo.

Mas havia um problema.

Aquela mulher outra vez.

Ela e o marido o estavam seguindo. Podiam contar à polícia aonde ele estava indo, em que rua se encontrava, que direção tomava. Não conseguiria pôr distância entre ele e as autoridades.

Conclusão: Wu tinha que detê-los.

Viu a placa indicando o shopping Paramus Park Mall e pegou a rampa de retorno da estrada. A mulher e o marido o seguiram. Era tarde da noite. As lojas estavam fechadas. O estacionamento, vazio. Wu entrou. A mulher e o marido mantiveram distância.

Isso era bom.

Porque era hora de pagar para ver.

Tinha uma arma, uma Walther PPK. Não gostava de usá-la. Não que fosse medroso. Era simplesmente porque preferia as mãos. Não fazia feio com uma arma, mas era um especialista com as mãos. Tinha perfeito controle sobre elas. Faziam parte dele. Com uma arma, era obrigado a confiar em mecanismos, em um recurso externo. Wu não gostava disso.

Mas compreendia a necessidade.

Parou o carro. Certificou-se de que a arma estava carregada. Destrancou a porta. Segurou o cabo, saltou do veículo e mirou.

* * *

– Que diabo ele está fazendo? – perguntou Mike.

Charlaine observou o Ford Windstar entrar no estacionamento do shopping. Não havia outros carros. Estava tudo muito iluminado, banhado pelo brilho das lâmpadas fluorescentes. Ela podia ver à frente Sears, Office Depot, Sports Authority.

O Ford Windstar parou.

– Fique longe – disse Charlaine.

– Estamos num carro com tranca – replicou Mike. – O que ele pode fazer?

O asiático se movia com fluidez e graça, no entanto, havia também algo de deliberado, como se cada movimento tivesse sido cuidadosamente planejado com antecedência. Era uma combinação estranha, a maneira como andava, quase inumana. Mas, naquele momento, o homem estava de pé ao lado do carro, o corpo todo imóvel. O braço esticado para a frente, só o braço; o restante permanecia tão inalterado que mais parecia ilusão de ótica.

E então o para-brisa explodiu.

O barulho foi súbito e ensurdecedor. Charlaine gritou. Algo espirrou em seu rosto, uma coisa molhada, pegajosa. Havia agora um cheiro de cobre no ar. Ela se abaixou instintivamente. O vidro do para-brisa caiu sobre sua cabeça. Alguma coisa desabou sobre ela, esmagando-a.

Era Mike.

Ela gritou de novo. O grito se misturou ao som de outro tiro sendo disparado. Precisava sair, levá-los dali. Mike não se mexia. Charlaine o tirou de cima dela e arriscou levantar a cabeça.

Outra bala passou raspando por ela.

Não fazia a menor ideia de onde tinha ido parar. A cabeça estava outra vez abaixada. Havia um grito em seus ouvidos. Alguns segundos se passaram. Charlaine arriscou um olhar por fim.

O homem estava vindo em sua direção.

E agora?

Escapar. Fugir. Era o único pensamento que lhe ocorria.

Como?

Engatou a marcha a ré no carro. O pé de Mike ainda estava no freio. Ela se abaixou mais. Esticou a mão e agarrou seu tornozelo frouxo, tirando o pé do freio. Ainda enfiada na área dos pedais, Charlaine conseguiu pôr a mão no acelerador. Empurrou com toda a força. O carro deu um tranco para trás. Ela não conseguia se mexer. Não tinha ideia da direção para a qual estavam indo.

Mas estavam se movendo.

Manteve a mão pressionada. O carro sacolejou sobre alguma coisa, um meio-fio, talvez. O impacto fez sua cabeça bater na marcha. Usando os ombros, tentava manter o volante firme. A mão esquerda ainda pressionava o acelerador. Bateram em outro obstáculo. Ela insistiu. O caminho estava mais regular agora. Mas só por um instante. Charlaine ouviu um som de buzina, uma cantada de pneu e freio, e o barulho terrível de carros derrapando sem controle.

Houve outro impacto. Algo rangeu de forma horrível e depois, segundos mais tarde, veio a escuridão.

capítulo 19

A COR NO ROSTO DO oficial Daley havia desaparecido.

Perlmutter se sentou, ereto.

– O que foi?

Daley olhava para a folha de papel em suas mãos como se temesse que ela fosse fugir.

– Alguma coisa não faz sentido aqui, capitão.

Quando Perlmutter começara a trabalhar como policial, odiava o turno da noite. O silêncio e a solidão lhe davam nos nervos. Tinha sido criado em uma família grande, um entre sete irmãos, e gostava daquela vida. Ele e a esposa, Marion, planejavam ter uma família grande também. Ele já tinha tudo esquematizado – os churrascos, os fins de semana treinando com um filho ou outro, as reuniões da escola, os filmes com a família às sextas à noite, as noites de verão no portão. Era a vida que havia levado, crescendo no Brooklyn, mas com a diferença de ser em uma casa maior, em um bairro de família.

A avó costumava repetir ditados iídiches. O favorito de Stu Perlmutter era: "O homem planeja e Deus gargalha." Marion, a única mulher que amara, morreu de uma embolia súbita aos 31 anos. Estava na cozinha, fazendo um sanduíche para Sammy – o único filho dos dois – quando sofreu o ataque. Já estava morta antes de chegar ao chão.

A vida de Perlmutter praticamente acabou naquele dia. Fez o que pôde para criar Sammy, mas a verdade era que não o fez de coração. Amava o garoto e gostava do trabalho, mas sempre vivera para Marion. O trabalho havia se tornado seu consolo. Ficar em casa com Sammy o fazia se lembrar de Marion e de tudo que nunca tiveram. Ali, sozinho, quase dava para esquecer.

Tudo isso fazia já muito tempo. Sammy agora estava na faculdade. Havia se tornado um homem bom, apesar da ausência afetiva do pai. Havia nisso algo a ser considerado, mas Perlmutter não sabia o quê.

Fez sinal a Daley para que se sentasse.

– O que foi então?

– Aquela mulher. Grace Lawson.

– Ah – disse Perlmutter.

– Ah?

– Também estava pensando nela.

– Tem alguma coisa no caso dela que está incomodando o senhor, capitão?

– Sim.

– Pensei que fosse só a mim.

Perlmutter inclinou a cadeira para trás.

– Você sabe quem ela é?

– A Sra. Lawson?

– Sim.

– É uma artista.

– Mais que isso. Você notou como ela manca?

– Sim.

– Seu nome de casada é Grace Lawson. Mas o nome de solteira, acho, era Grace Sharpe.

Daley olhou para ele sem expressão.

– Já ouviu falar alguma vez no Massacre de Boston?

– Espera, está se referindo àquela confusão em um show de rock?

– Mais que uma confusão, mas sim. Muita gente morreu.

– Ela estava lá?

Perlmutter fez que sim com a cabeça.

– Ficou muito machucada também. Passou um tempo em coma. A imprensa deu a ela os quinze minutos de fama e mais um pouco.

– Quanto tempo faz isso?

– O quê? Quinze, dezesseis anos, talvez.

– Mas você se lembra?

– A notícia foi grande. E eu era muito fã da Jimmy X Band.

– Você? – disse Daley, parecendo surpreso.

– Ei, nem sempre fui velho.

– Já ouvi um CD deles. Muito bom. No rádio ainda toca "Pale Ink" o tempo todo.

– Uma das melhores músicas de todos os tempos.

Marion gostava da Jimmy X Band. Perlmutter sempre se lembrava dela ouvindo "Pale Ink", a todo volume, num walkman antigo; os olhos fechados, os lábios se movendo enquanto acompanhava a canção, em silêncio. Ele piscou para afastar a imagem.

– E o que aconteceu com eles?

– O massacre destruiu a banda. Eles se separaram. Jimmy X, não lembro mais o verdadeiro nome dele, era o líder e quem fazia todas as músicas. Largou tudo e foi embora. – Perlmutter apontou para o pedaço de papel na mão de Daley. – O que é isso, afinal?

– É sobre o que quero falar com você.

– Tem alguma coisa a ver com o caso Lawson?

– Não sei. – E então: – Tem, talvez.

Perlmutter pôs as mãos atrás da cabeça.

– Pode falar.

– DiBartola recebeu uma ligação cedo esta noite – começou Daley. – Outro caso de marido desaparecido.

– Alguma semelhança com Lawson?

– Não. Quero dizer, a princípio, não. O cara já nem era mais marido dela. Um ex. E não tem a ficha exatamente limpa.

– É indiciado?

– Cumpriu pena por agressão.

– Nome?

– Rocky Conwell.

– Rocky? De verdade?

– Sim, é o que está escrito na certidão de nascimento.

– Esses pais! – A expressão de Perlmutter se contorceu. – Espera, por que esse nome me soa familiar?

– Ele jogou um tempo no futebol profissional.

Perlmutter vasculhou a memória e deu de ombros.

– E qual é o problema?

– Bem, como eu disse, esse caso parece mais clichê que o de Lawson. Ex-marido que devia levar a esposa para fazer compras hoje de manhã. Não é nada. Menos que nada. Mas DiBartola vai ao encontro da tal esposa. O nome dela é Lorraine. Bem, e ela é uma gracinha. Você conhece DiBartola.

– É um porco – xingou Perlmutter em meio a um aceno de cabeça. – Está entre os dez piores, segundo as estatísticas.

– Certo. Aí ele pensou: ora, vamos fazer a vontade dela, certo? Ela é separada, nunca se sabe. Talvez sobrasse alguma coisa para ele.

– Muito profissional – ironizou Perlmutter, o cenho franzido. – Prossiga.

– É aí que a coisa fica estranha. – Daley passou a língua nos lábios. – DiBartola fez a coisa mais simples. Checou o E-ZPass.

– Como você.

– *Exatamente* como eu.

– Como assim?

– Teve uma confirmação. – Daley deu outro passo para dentro na sala. – Rocky Conwell cruzou o pedágio, Saída 16, na New York Thruway. Exatamente às 22h26 ontem à noite.

Perlmutter olhou para ele.

– Mesma hora e lugar que Jack Lawson.

O capitão examinou o relatório.

– Você tem certeza disso? DiBartola não teria sem querer checado o mesmo número que a gente ou alguma coisa assim?

– Checou duas vezes. Não tem nenhum erro. Conwell e Lawson cruzaram o pedágio exatamente na mesma hora. Só podiam estar juntos.

Perlmutter ficou pensando naquilo e balançou a cabeça.

– Não.

Daley pareceu confuso.

– Você acha que é coincidência?

– Dois carros separados, cruzando o pedágio na mesma hora? Improvável.

– E o que você acha disso então?

– Não tenho certeza – respondeu Perlmutter. – Vamos supor que, não sei, os dois fugiram juntos. Ou Conwell sequestrou Lawson. Ou, porra, Lawson sequestrou Conwell. Sei lá. Eles estariam no mesmo carro. Só um E-ZPass teria sido usado, não os dois.

– Verdade.

– Mas eles estavam em carros separados. Isso é que não entendo. Os dois caras, em carros separados, cruzam o pedágio na mesma hora. E agora os dois estão desaparecidos.

– Exceto pelo fato de que Lawson ligou para a esposa – acrescentou Daley. – Precisava de espaço, lembra?

Os dois ficaram pensando naquilo.

– Quer que eu ligue para a Sra. Lawson? – perguntou Daley. – Para saber se ela conhece esse tal de Conwell?

Perlmutter mordeu o lábio inferior e considerou a ideia.

– Ainda não. Além do mais, já está tarde. Ela tem filhos.

– O que vamos fazer então?

– Investigar um pouco mais. Vamos falar primeiro com a ex-esposa de

Rocky Conwell. E ver se descobrimos alguma ligação entre o ex e Lawson. Dê uma investigada no carro dele e veja se encontramos algo.

O telefone tocou. Daley estava de telefonista também. Ele atendeu, escutou e depois se virou para Perlmutter.

– Quem era?

– O Phil, da delegacia de Ho-Ho-Kus.

– Algum problema?

– Eles acham que pode haver um policial ferido. Querem nossa ajuda.

capítulo 20

BEATRICE SMITH ERA UMA viúva de 53 anos.

Eric Wu estava outra vez no Ford Windstar. Pegou a Ridgeway Avenue na direção norte da Garden State Parkway. Dobrou à esquerda na Interstate 287 e foi para a ponte Tappan Zee. Saiu em Armonk, Nova York. Deslocava-se por ruas secundárias agora. Sabia exatamente aonde estava indo. Havia cometido erros, sim, mas os fundamentos ainda estavam do seu lado.

Um deles era: ter uma residência reserva no esquema.

O marido de Beatrice Smith fora um cardiologista conhecido, tendo cumprido inclusive um mandato de prefeito. Tinham muitos amigos, mas eram todos "casais" amigos. Quando Maury – esse era o nome do marido – morreu de um ataque súbito do coração, esses amigos mantiveram contato por um ou dois meses e depois foram sumindo. O filho único, que era médico como o pai, vivia em San Diego com a esposa e três filhos. Ela manteve a casa, a mesma que tinha compartilhado com Maury, mas era grande e solitária. Pensava em vendê-la e se mudar para Manhattan, mas os preços estavam altos demais no momento. E ela tinha medo. Armonk era tudo que conhecia. Não seria trocar a cruz pela caldeira?

Beatrice havia confidenciado isso tudo on-line para o fictício Kurt McFaddon, um viúvo da Filadélfia que estava pensando em se mudar para Nova York. Wu entrou na rua dela e diminuiu a velocidade. O entorno era silencioso, arborizado e muito privativo. Já era tarde. Uma entrega falsa não funcionaria a essa hora. Não haveria tempo nem mesmo necessidade de sutilezas. Wu não poderia manter essa anfitriã viva.

Não havia nada que ligasse Beatrice Smith a Freddy Sykes.

Em suma, ela não poderia ser encontrada. Nunca.

Wu estacionou o carro, colocou as luvas – nada de digitais dessa vez – e se aproximou da casa.

capítulo 21

ÀS 5 DA MANHÃ, Grace colocou o roupão – o de Jack – e desceu. Sempre usava as roupas do marido. Ele pedia gentilmente uma lingerie, mas ela preferia a parte de cima de seus pijamas.

– E aí? – perguntava, posando como uma modelo.

– Não está mal – respondia Jack –, mas por que não experimenta usar só a parte de baixo? *Isso*, sim, seria um look.

Ela balançou a cabeça à lembrança e entrou no escritório.

A primeira coisa que fez foi checar o e-mail que estavam usando para receber as respostas do spam com a fotografia. O que viu a surpreendeu.

Nenhuma resposta.

Nem uma única.

Como assim? Era razoável, acreditava ela, que ninguém reconhecesse as mulheres na foto. Preparara-se para essa possibilidade. Mas agora já tinham enviado centenas de milhares de e-mails para as pessoas. Mesmo com proteção contra spam e sabe-se lá mais o quê, *alguém* devia ter respondido, nem que fosse para dizer um desaforo, alguma idiotice vinda de alguma pessoa com tempo de sobra, aborrecida com a enxurrada de spams da qual precisava se livrar.

Alguém.

Mas não havia recebido uma resposta sequer.

O que pensar daquilo?

A casa estava silenciosa. Emma e Max ainda dormiam. Cora roncava de barriga para cima e boca aberta.

Hora de fazer outra coisa, pensou Grace.

Sabia que Bob Dodd, o repórter assassinado, era sua melhor e, talvez, única pista. Além disso, muito efêmera. Não tinha seu contato telefônico, o nome de nenhum parente, nem sequer o endereço. No entanto, ele fora repórter de um jornal razoavelmente importante, o *New Hampshire Post*. Decidiu que esse era o melhor começo.

Os jornais não fecham – pelo menos, era o que Grace pensava. Alguém tinha que estar à frente da mesa de reportagens do *Post*, caso alguma notícia importante surgisse. Isso sugeria também que o jornalista de plantão, trabalhando às 5 horas da manhã, poderia estar entediado e mais propenso a falar com ela. Pegou o telefone.

Grace não estava certa quanto à abordagem. Considerou várias perspectivas, inclusive fingir que era uma repórter escrevendo uma matéria, pedindo a ajuda de um colega, mas não sabia se conseguiria falar da forma certa.

Por fim, resolveu tentar se manter o mais perto possível da verdade.

Apertou *67 para bloquear a identificação da ligação. O jornal tinha uma linha de chamadas grátis. Grace não a usou. Não era possível bloquear o número quando se usava esse tipo de linha. Havia aprendido isso em algum lugar e guardado em algum recanto da memória, o mesmo onde armazenara a informação sobre Daryl Hannah ter feito *Splash, uma sereia em minha vida*, e Esperanza Diaz ser a lutadora chamada Little Pocahontas. Era a mesma gaveta que a ajudava, nas palavras de Jack, a ser a "rainha do conhecimento inútil".

As duas primeiras ligações para o *New Hampshire Post* não deram em nada. O cara na mesa de reportagens simplesmente não podia ser incomodado. Ele na verdade não conhecia Bob Dodd e mal conseguia escutá-la. Grace aguardou vinte minutos e tentou novamente. Dessa vez, a chamada foi direcionada para outro setor, onde uma mulher que soava muito jovem informou a Grace que acabara de entrar para o jornal, que era seu primeiro emprego na vida, que não havia conhecido Bob Dodd, mas nossa! Fora terrível o que tinha acontecido com ele.

Grace checou de novo os e-mails. Nada ainda.

– Mamãe!

Era Max.

– Mamãe, vem rápido!

Grace subiu correndo a escada.

– Que foi, meu bem?

Max se sentou na cama e apontou para o pé.

– Meu dedo do pé está crescendo muito rápido.

– Seu dedo?

– Olha.

Ela se aproximou dele e sentou.

– Está vendo?

– Vendo o quê, meu amor?

– O segundo dedo – começou ele. – Está maior que o dedão. Está crescendo muito rápido.

Grace sorriu.

– É normal, meu bem.

– É?

– Muita gente tem o segundo dedo mais comprido que o dedão. Seu pai tem isso.

– Mentira!

– Verdade! O segundo dedo dele é mais comprido que o dedo grandão na ponta – contou Grace, e isso pareceu tranquilizá-lo. Ela sentiu outra pontada. Perguntou: – Quer ver *The Wiggles*?

– Isso é coisa de criancinha.

– Então vamos ver o que está passando no canal da Disney, ok?

Era a hora de *Rolie Polie Olie*, e Max se acomodou no sofá para assistir. Ele gostava de usar as almofadas como cobertores, fazendo a maior confusão. Grace não estava nem aí. Ela tentou o *New Hampshire Post* novamente. Dessa vez, pediu para falar com o departamento das matérias de capa.

O homem que atendeu tinha uma voz que parecia um pneu velho em uma estrada de cascalho.

– Qual é o problema?

– Bom dia – saudou Grace, com excesso de animação, sorrindo no telefone como uma idiota.

O cara fez um barulho que, traduzido livremente, dizia: *Desembucha*.

– Estou tentando conseguir informações sobre Bob Dodd.

– Quem está falando?

– Prefiro não dizer.

– Deve estar brincando, certo? Escuta, querida, vou desligar agora se...

– Espera um segundo. Não posso dar detalhes, mas se isso se tornar um furo de reportagem...

– Furo de reportagem? A senhora acabou de dizer furo de reportagem?

– Sim.

O homem começou a gargalhar.

– Você acha que eu sou o cão de Pavlov ou algo assim? Só dizer furo de reportagem e eu vou salivar.

– Só preciso saber sobre Bob Dodd.

– Por quê?

– Porque meu marido está desaparecido e acho que isso pode ter alguma coisa a ver com o assassinato de Bob.

Isso fez o cara hesitar.

– Está brincando comigo, certo?

– Não – disse Grace. – Escuta, só preciso encontrar alguém que conhecia Bob Dodd.

A voz ficou mais suave então.

– Eu conhecia.

– Você o conhecia bem?

– O suficiente. O que você quer?

– Você sabe com que ele estava trabalhando?

– Escute, a senhora tem alguma informação sobre o assassinato de Bob? Porque, se tiver, esqueça essa bobagem de furo de reportagem e conte à polícia.

– Não é nada disso.

– E o que é então?

– Eu estava examinando umas contas de telefone antigas. Meu marido conversou com Bob Dodd um pouco antes de ele morrer.

– E seu marido é?

– Não vou contar. Provavelmente foi só uma coincidência.

– Mas a senhora disse que seu marido está desaparecido.

– Sim.

– E sua preocupação é tanta que se deu o trabalho de rastrear uma chamada telefônica antiga?

– É tudo que tenho – respondeu Grace.

Houve uma pausa.

– Preciso de algo melhor que isso – disse o homem.

– Acho que não tenho.

Silêncio.

– Ah, que mal tem isso? Não sei de nada. Bob não me confidenciava nada.

– A quem confidenciava então?

– Você pode tentar a esposa dele.

Grace quase se estapeou. Como pôde não ter pensado em algo tão óbvio? Estava dando mole.

– Sabe como posso encontrá-la?

– Não tenho certeza. Só a vi, o quê? Uma vez, talvez duas.

– Qual o nome dela?

– Jillian. É com *J*, acho.

– Jillian Dodd?

– Acho que sim.

Ela anotou.

– Tem outra pessoa que a senhora pode tentar. O pai de Bob, Robert Senior. Deve estar com uns 80 anos, mas acho que os dois eram muito próximos.

– Tem o endereço dele?

– Tenho, ele mora em uma clínica geriátrica em Connecticut. Mandamos as coisas de Bob para lá.

– Coisas?

– Eu mesmo esvaziei as gavetas dele. Coloquei as coisas numa caixa de papelão.

Grace franziu o cenho.

– E mandou para a clínica geriátrica do pai?

– Mandei.

– Por que não para Jillian, a esposa?

Houve uma ligeira hesitação.

– Na verdade, não sei. Acho que surtou depois do assassinato. Ela testemunhou tudo. Espera um segundo, vou achar o número da clínica geriátrica. A senhora mesma pode perguntar.

Charlaine quis sentar ao lado da cama de hospital.

Aparecia sempre no cinema e na TV – esposas dedicadas sentadas à cabeceira da cama, segurando a mão dos maridos amados –, mas naquele quarto não havia cadeira desse tipo. A única ali era baixa demais, do tipo que virava cama ao se abrir e, sim, poderia vir a calhar mais tarde, mas agora, exatamente agora, Charlaine só queria se sentar e segurar a mão do marido.

Ficou de pé. De vez em quando, sentava na beira da cama, mas temia incomodar Mike. Então se levantava outra vez. E talvez fosse bom. Talvez fosse uma espécie de penitência.

A porta se abriu. Estava de costas para ela. Não se deu o trabalho de virar. Uma voz de homem, que nunca tinha ouvido antes, disse:

– Como está se sentindo?

– Estou bem.

– A senhora teve sorte.

Ela assentiu.

– Sinto-me como se tivesse ganhado na loteria.

Charlaine levantou a mão e tocou a bandagem da testa. Alguns pontos e, possivelmente, uma leve concussão. Foi tudo que sofrera durante o acidente. Arranhões, hematomas e uns pontos.

– Como está seu marido?

Ela não se dignou a responder. A bala havia atingido Mike no pescoço.

Ele ainda não recuperara a consciência, embora os médicos a tivessem informado que acreditavam que o pior já tinha passado, qualquer que fosse o sentido disso.

– O Sr. Sykes vai sobreviver – disse o homem atrás dela. – Graças à senhora, a quem ele deve a vida. Mais algumas horas naquela banheira e...

O homem – ela imaginava que fosse mais um oficial de polícia – se calou. Por fim, Charlaine se virou e o encarou. Sim, um policial. E de uniforme. O escudo no braço dizia que era do departamento de polícia de Kasselton.

– Já conversei com os investigadores de Ho-Ho-Kus – disse ela.

– Eu sei.

– Não tenho mais nada a dizer, oficial...?

– Perlmutter – completou ele. – Capitão Stuart Perlmutter.

Ela se voltou de novo para a cama. Mike estava sem camisa. O abdômen subia e descia como se estivesse sendo inflado em um posto de gasolina. Estava acima do peso, e o ato de respirar – o mero ato de respirar – parecia lhe demandar um esforço indevido. Deveria ter cuidado mais da saúde. Ela deveria ter insistido com ele nisso.

– Quem está com seus filhos? – perguntou Perlmutter.

– O irmão e a cunhada de Mike.

– Quer que traga alguma coisa para a senhora?

– Não.

Charlaine segurou de outro jeito a mão do marido.

– Eu estava lendo seu depoimento.

Ela continuou calada.

– A senhora se importa se eu fizer mais algumas perguntas?

– Não sei se estou entendendo – revelou Charlaine.

– Como?

– Moro em Ho-Ho-Kus. O que Kasselton tem a ver com isso?

– Só estou ajudando.

Ela fez que sim com a cabeça, embora não soubesse por quê.

– Entendi.

– Segundo seu depoimento, a senhora estava olhando pela janela do quarto quando viu o esconderijo de chaves, no caminho da porta dos fundos do Sr. Sykes. Está correto?

– Sim.

– E foi por isso que chamou a polícia?

– Sim.

151

– A senhora conhece o Sr. Sykes?

Ela deu de ombros, mantendo os olhos no abdômen que subia e descia.

– Só de dizer "oi".

– Como vizinho, a senhora quer dizer?

– Isso.

– Quando foi a última vez que falou com ele?

– Não falei. Quero dizer, nunca falei de fato com ele.

– Só o "oi" de vizinho.

Ela confirmou com a cabeça.

– E a última vez que isso aconteceu?

– Que lhe disse "oi"?

– Sim.

– Não sei. Uma semana atrás, talvez.

– Estou um pouco confuso, e talvez a senhora possa me ajudar aqui. Viu um esconderijo de chaves largado no caminho e resolveu chamar a polícia só por isso?

– Vi movimento também.

– Como?

– Movimento. Algo se mexendo na casa.

– Como se tivesse alguém lá dentro?

– Sim.

– Como sabia que não era o Sr. Sykes?

Ela se virou.

– Não sabia. Mas vi também o esconderijo de chaves.

– Caído ali. À vista de todos.

– Sim.

– Entendo. E juntou dois mais dois?

– Certo.

Perlmutter balançou a cabeça como se finalmente tivesse entendido.

– E se tivesse sido o *Sr. Sykes* quem usou o esconderijo de chaves, ele não o teria simplesmente jogado no meio do caminho. Foi esse seu pensamento?

Charlaine não disse nada.

– Porque, veja, isso me parece estranho, Sra. Swain. Esse cara que entrou na casa e atacou o Sr. Sykes. Por que ele deixaria a pedra lá fora, para todo mundo ver? Ele não a teria escondido ou levado para dentro com ele?

Silêncio.

– E tem mais. O Sr. Sykes recebeu os ferimentos pelo menos 24 horas antes de o encontrarmos. A senhora acha que o esconderijo de chaves ficou lá fora, no caminho, esse tempo todo?

– Não sei.

– Não, acho que não. A senhora não ficaria olhando tanto para o quintal dele assim.

Charlaine apenas olhou para o policial.

– Por que a senhora e seu marido seguiram o cara que entrou na casa de Sykes?

– Já contei ao oficial que...

– Estava tentando ajudar, para que nós não o perdêssemos.

– Eu estava com medo também.

– De quê?

– De que ele soubesse que eu chamei a polícia.

– Por que se preocuparia com isso?

– Eu estava olhando da janela. Quando a polícia chegou. Ele se virou e me viu.

– E pensou que ele iria atrás da senhora?

– Não sei. Eu estava assustada, só.

Perlmutter deu outra vez aquela balançada de cabeça.

– Acho que faz sentido. Quer dizer, algumas partes. Bem, a gente tem que aceitar, mas é normal. A maioria dos casos não faz sentido.

Ela lhe deu de novo as costas.

– A senhora disse que ele estava dirigindo um Ford Windstar.

– Exatamente.

– Ele saiu da garagem nesse veículo, certo?

– Sim.

– A senhora viu a placa?

– Não.

– Hum. Por que acha que ele fez isso?

– Isso o quê?

– Estacionar na garagem.

– Não faço ideia. Talvez para que ninguém visse o carro.

– É, ok, isso faz sentido.

Charlaine segurou novamente a mão do marido. Lembrou-se da última vez que tinham dado as mãos. Dois meses antes, quando foram ver uma comédia romântica com Meg Ryan. Curiosamente, Mike era fã de filmes "água com açúcar". Seus olhos ficavam cheios de lágrimas durante esses filmes românticos ruins. Na vida real, ela só conseguia se lembrar de vê-lo chorando uma vez, quando o pai morreu. Mas, no cinema, ficava sentado no escuro e era possível notar um ligeiro tremor em seu rosto; depois, sim, as lágrimas começavam. Naquela noite, ele esticara a mão e pegara a dela, e do que Charlaine se lembrava mais – e que a atormentava agora – era de ter ficado impassível. Mike havia tentado entrelaçar os dedos dos dois, mas ela movera os seus o suficiente para impedi-lo. Porque significava muito pouco para Charlaine – na verdade, nada – aquele policial acima do peso, com um tufo de cabelo encobrindo a calvície, tentando se comunicar com ela.

– O senhor poderia ir embora agora? – perguntou ela a Perlmutter.

– A senhora sabe que não posso.

Ela fechou os olhos.

– Sei sobre seu problema com a receita federal.

Ela ficou imóvel.

– Na verdade, a senhora telefonou para a H&R Block hoje de manhã para falar sobre isso, estou certo? Era onde o Sr. Sykes trabalhava.

Ela não queria soltar a mão, mas foi como se Mike a tivesse tirado.

– Sra. Swain?

– Aqui, não – interpôs Charlaine. Ela soltou a mão do marido e se pôs de pé. – Na frente do meu marido, não.

capítulo 22

OS RESIDENTES DE CLÍNICAS geriátricas estão sempre lá e ficam felizes ao receber visitas. Grace ligou para o número e uma mulher desenvolta atendeu.

– Casa de Repouso Starshine!

– Eu queria uma informação sobre o horário de visita – disse Grace.

– Não temos! – exclamou ela, o que parecia ser seu costume.

– Como?

– Não temos horário de visita. A visitação é aberta, 24 horas por dia, sete dias por semana.

– Ah. Eu gostaria de visitar o Sr. Robert Dodd.

– Bobby? Ora, vou passar a ligação para o quarto dele. Ah, espera! São oito horas. Ele está na aula de ginástica. Bobby gosta de se manter em forma.

– Tem como marcar uma visita?

– Visita?

– Sim.

– Não há necessidade. É só passar aqui.

O percurso levaria um pouco menos de duas horas. Seria melhor do que tentar explicar pelo telefone, sobretudo porque ela não fazia ideia do que queria perguntar a ele. De qualquer forma, os idosos são melhores pessoalmente.

– Será que ele vai estar aí hoje de manhã?

– Ah, claro. Bobby parou de dirigir faz dois anos. Vai estar aqui, sim.

– Obrigada.

– Foi um prazer.

À mesa do café da manhã, Max enfiava fundo a mão na caixa de cereais. Aquela imagem – do filho procurando o brinde que vinha no pacote – a fez hesitar. Era tão normal. As crianças sentem as coisas. Grace sabia disso. Mas às vezes, bem, elas ficavam maravilhosamente alheias. Naquele momento, sentiu-se grata por isso.

– Você já pegou o brinde – disse ela.

Max parou.

– Já?

– Tantas caixas, um brinquedo tão vagabundo...

– O quê?

A verdade era que havia feito a mesma coisa quando era pequena – vasculhar a caixa em busca do prêmio ordinário. Pensando bem, da mesma marca de cereal.

– Deixa para lá.

Ela fatiou uma banana e misturou no prato de cereais. Grace sempre tentava ser esperta nesse momento, colocando gradualmente mais banana e menos cereal. Disfarçadamente, acrescentou cereais que continham menos açúcar, mas Max percebeu logo.

– Emma, acorda! Agora!

Um gemido. A filha ainda era pequena demais para começar com o problema de sair da cama. Grace só começara a partir do ensino médio. Ok, talvez mais para o final do fundamental. Mas, com certeza e definitivamente, não tinha sido aos 8 anos. Pensou em seus pais, mortos há tanto tempo. Às vezes, uma das crianças fazia alguma coisa que remetia Grace à mãe ou ao pai. Emma crispava os lábios de forma tão semelhante à avó que aquilo às vezes a deixava impressionada. O sorriso de Max era como o do seu pai. Era possível ver o eco genético, e ela nunca descobriu se isso era reconfortante ou apenas um lembrete doloroso.

– Emma, agora!

Um som. Poderia ser o de uma criança saindo da cama.

Grace começou a preparar o lanche. Max gostava de comprar na escola, o que para a mãe era uma facilidade. Preparar lanches de manhã era um saco. Houve uma época em que Emma comprava na escola também, mas alguma coisa recentemente a deixara enojada, algum cheiro indiscernível no refeitório, causando-lhe uma aversão tão forte que a fazia sentir ânsia de vômito. Passou a comer do lado de fora, mesmo no frio, mas o cheiro, percebeu logo, também estava na comida. Agora permanecia no refeitório e carregava com ela uma merendeira do Batman.

– Emma!

– Estou indo.

Ela apareceu em seu traje padrão: short esportivo marrom; tênis All Star Converse azul, de cano longo; e uma camiseta do time New Jersey Nets. Nada combinando, o que poderia ser justamente a ideia. Emma não usava nada que lembrasse o estereótipo de feminilidade. Colocar um vestido requeria, em geral, uma negociação de magnitude só vista no Oriente Médio, e muitas vezes com resultados igualmente violentos.

– O que você quer de lanche? – perguntou Grace.

– Manteiga de amendoim e geleia.

Grace apenas a olhou.

Emma se fez de inocente.

– O que foi?

– Quanto tempo faz que você está nessa escola?

– Hein?

– Quatro anos, certo? Um ano de jardim de infância. E agora está na terceira série. Isso dá quatro anos.

– E?

– Nesse tempo todo, quantas vezes você me pediu para levar manteiga de amendoim para a escola?

– Não sei.

– Umas cem, talvez.

Ela deu de ombros.

– E quantas vezes eu já disse a você que sua escola não permite manteiga de amendoim, porque algumas crianças podem ter reações alérgicas?

– Ah, é.

– Ah, é.

Grace olhou para o relógio. Ela tinha uns lanches pré-prontos, processados, asquerosos, que deixava à mão para emergências – ou seja, quando não tinha tempo nem vontade de preparar nada. As crianças, é claro, adoravam. Ela perguntou em voz baixa a Emma se ela queria levar um desses – em voz baixa porque, se Max ouvisse, isso significaria o fim da compra de seus lanches. Emma aceitou graciosamente e enfiou tudo na merendeira do Batman.

Os três se sentaram para tomar o café da manhã.

– Mamãe?

Era Emma.

– Sim?

– Quando você e papai se casaram... – Ela parou.

– O que tem isso?

Emma recomeçou.

– Quando você e papai se casaram... No final, quando o cara disse agora você pode beijar a noiva...

– Certo.

– Bem... – Emma inclinou a cabeça e fechou um olho. – Você foi obrigada?

– A beijá-lo?

– É.

– Obrigada? Não, acho que não. Eu queria.

– Mas a gente tem que beijar? – insistiu Emma. – Não pode só dizer "Toca aqui!" e bater na mão um do outro?

– Bater na mão um do outro?

– Em vez de beijar. Se virar um para o outro e bater na mão.

Ela demonstrou.

– Acho que sim. Se você quiser.

– É o que eu quero – disse Emma com firmeza.

Grace os levou até o ponto de ônibus. Dessa vez, não seguiu o veículo. Ficou no lugar e mordeu o lábio inferior. A aparência de calma estava outra vez sumindo. Agora que Emma e Max tinham ido para a escola, podia se permitir isso.

Quando voltou para casa, Cora já tinha acordado, ido para o computador e estava resmungando.

– O que você quer que eu traga para você? – perguntou Grace.

– Um anestesista – respondeu ela. – De preferência, hétero, mas não é essencial.

– Eu estava pensando em alguma coisa como um café.

– Melhor ainda.

Os dedos de Cora dançavam sobre o teclado. Os olhos se semicerraram. Franziu o cenho.

– Tem alguma coisa errada aqui – avisou a amiga.

– Você está falando dos spams, certo?

– Não estamos recebendo nenhuma resposta.

– Também notei isso.

Cora se recostou. Grace se pôs ao lado dela e começou a morder uma cutícula. Após alguns segundos, a amiga se inclinou para a frente.

– Deixa eu tentar uma coisa.

Ela criou uma mensagem, digitou alguma coisa e enviou.

– O que foi isso?

– Mandei um e-mail para o nosso endereço de spam. Quero ver se chega.

Elas esperaram. Não apareceu nenhum e-mail.

– Hum. – Cora se recostou. – Ou alguma coisa está errada com o sistema de e-mails...

– Ou?

– Ou Gus ainda está aborrecido por causa daquele comentariozinho.

158

– Como descobrimos qual das duas coisas está acontecendo?

Cora continuava olhando para o computador.

– Com quem você estava no telefone antes?

– Com a clínica geriátrica de Bob Dodd pai. Vou fazer uma visita a ele agora de manhã.

– Bom – disse Cora, com o olhar ainda na tela.

– O que está fazendo?

– Estou verificando uma coisa – respondeu ela.

– O quê?

– Provavelmente nada, só uma coisa nas contas de telefone. – Cora voltou a digitar. – Ligo para você se descobrir algo.

Perlmutter deixou Charlaine com o desenhista do condado de Bergen. Tinha arrancado dela a verdade, desencavando assim um segredinho sórdido que era melhor deixar enterrado. Ela tinha razão em esconder. Não ajudava em nada. Na melhor das hipóteses, aquela revelação embaraçosa só servia para desviar a atenção.

Estava sentado, escreveu a palavra "Windstar" no bloco de notas e passou os quinze minutos seguintes fazendo círculos em torno dela.

Um Ford Windstar.

Kasselton não era nenhuma cidadezinha entediante. Tinha 38 policiais na folha de pagamento. Lidavam com roubos. Verificavam carros suspeitos. Mantinham os problemas de drogas na escola – drogas de garotos de subúrbio – sob controle. Ocupavam-se dos casos de vandalismo. Cuidavam de congestionamentos na cidade, estacionamento ilegal, acidentes de automóvel. Faziam o possível para manter a decadência urbana de Paterson, a apenas 5 quilômetros da fronteira de Kasselton, a uma distância segura. Atendiam a uma quantidade enorme de alarmes falsos, vindos de dispositivos tecnológicos como detectores de movimento caríssimos.

Perlmutter nunca havia disparado seu revólver de trabalho, exceto no estande. Na verdade, jamais sacara a arma em serviço. Tinha havido apenas três mortes nas últimas três décadas que se encaixavam na categoria "suspeitas", e os três culpados foram presos em questão de horas. Um deles foi um ex-marido que ficou bêbado e decidiu demonstrar seu amor eterno planejando matar a mulher que supostamente adorava, antes de usar a espingarda em si mesmo. O ex-marido mencionado obteve êxito na primeira parte – deu dois tiros na cabeça da ex –, porém, como em tudo o mais de sua vida patética, fez confusão na segunda parte. Havia trazido apenas duas balas. Uma hora depois, estava preso. A segunda morte suspeita foi a de um adolescente brigão, esfaqueado por uma vítima magricela, um aluno do ensino fundamental atormentado por suas agressões. O garoto franzino cumpriu três anos num centro de detenção para menores, onde aprendeu o verdadeiro significado do que é ser intimidado e atormentado. O último caso foi o de um homem que estava morrendo de câncer, que implorou à esposa de 48 anos que acabasse com seu sofrimento. Ela o fez. Foi sentenciada à condicional, e Perlmutter desconfiou que foi bom para ela.

Em relação a ferimentos por arma de fogo, bem, já tinha havido vários em Kasselton, mas quase todos foram autoinfligidos. Perlmutter não ligava muito para política. Não estava certo quanto aos supostos benefícios do controle de armamento, mas sabia por experiência própria que uma arma comprada com fins de proteção para o lar tinha mais probabilidade – muito, muito, muito, muito mais – de ser usada pelo dono para cometer suicídio do que para impedir uma invasão de domicílio. Na verdade, em todos aqueles anos a serviço da lei, Perlmutter nunca tinha visto um caso em que a arma da casa fora usada para balear, deter ou assustar um invasor. Os suicídios por armas de fogo, bem, eram mais comuns do que as pessoas queriam admitir.

Ford Windstar. Ele fez outro círculo em torno do nome.

Agora, após todos esses anos, Perlmutter tinha um caso envolvendo tentativa de homicídio, sequestro bizarro, agressão violenta – e, suspeitava ele, muito mais. Começou a fazer rabiscos novamente. Escreveu o nome *Jack Lawson* no canto superior esquerdo da folha; *Rocky Conwell* no superior direito. Os dois homens, possivelmente desaparecidos, haviam cruzado uma praça de pedágio de um estado vizinho, à mesma hora. Desenhou uma linha que ia de um nome a outro.

Primeira conexão.

Perlmutter escreveu *Freddy Sykes* embaixo, à esquerda; *Mike Swain* à direita. Baleado, tentativa de homicídio. A ligação entre aqueles dois homens, a segunda, era óbvia. A esposa de Swain tinha visto o responsável pelas duas ações, um asiático parrudo que ela fazia parecer filho do vilão Odd Job, no filme antigo de James Bond.

Mas nada conectava realmente os quatro casos. Nada ligava os dois homens desaparecidos ao trabalho do rebento de Odd Job. Exceto talvez por uma coisa.

O Ford Windstar.

Jack Lawson estava dirigindo um Ford Windstar azul quando desapareceu. O mini Odd Job também estava dirigindo um Ford Windstar azul quando deixou a residência de Sykes e atirou em Swain.

Uma conexão tênue, na melhor das hipóteses. Falar de "Ford Windstar" naquele subúrbio era como falar de "silicone" em uma boate de striptease. Não era muito para dar prosseguimento, mas, quando se levava em conta a história da cidade, o fato de que pais de família estáveis não desapareciam simplesmente, de que tanta atividade nunca tinha lugar numa cidade como Kasselton... Não, não era uma ligação forte, mas suficiente para fazer Perlmutter chegar a uma conclusão: aquilo tudo estava relacionado.

Não fazia ideia de como nem queria pensar muito sobre o assunto ainda. Melhor deixar o pessoal técnico e os caras do laboratório fazerem seu trabalho primeiro, vasculharem a casa de Sykes em busca de impressões digitais e pelos. Melhor deixar o artista terminar o desenho. Deixar Veronique Baltrus, gênio em computadores, esquadrinhar a máquina de Sykes. Era cedo demais para dar palpites.

– Capitão?

Era Daley.

– Alguma novidade?

– Encontramos o carro de Rocky Conwell.

– Onde?

– Sabe aquele estacionamento na Route 17?

Perlmutter tirou os óculos de leitura.

– Aquele no fim da rua?

Daley confirmou com a cabeça.

– Sei que não faz sentido. Sabemos que ele saiu do estado, certo?

– Quem encontrou?

– Pepe e Pashaian.

– Diga a eles para cercarem a área – replicou Perlmutter, levantando-se. – Vamos examinar o veículo nós mesmos.

capítulo 23

GRACE PÔS UM CD do Coldplay para tocar durante o trajeto, na esperança de que aquilo a distraísse. Deu certo e não deu. Em determinado nível, compreendia exatamente o que estava acontecendo com ela, sem necessidade de interpretações. Mas a verdade era dura demais. Encará-la, nua e crua, seria paralisante. Provavelmente era dali que vinha o surrealismo – autopreservação, necessidade de proteger e até de filtrar o que se via. O surrealismo lhe dava forças para seguir em frente, ir atrás da verdade, encontrar o marido, em oposição à perspectiva realista, árida, bruta e solitária, que a fazia querer se encolher em posição fetal, ou talvez gritar até que a internassem.

O celular tocou. Instintivamente olhou para a tela antes de apertar o viva-voz. Mais uma vez, não era Jack, mas Cora. Grace atendeu e disse:

– Oi.

– Não vou rotular as notícias de más nem de boas, então deixa eu perguntar: você quer ouvir primeiro as que são estranhas ou as muito estranhas?

– As estranhas.

– Não consigo encontrar Gus, aquele do pinto pequeno. Não está atendendo o telefone. Todas as ligações caem na caixa postal.

O Coldplay começou a cantar uma música chamada "Shiver". Grace mantinha as duas mãos no volante, na posição exata de dez para as duas. Seguia pela pista do meio e respeitava à risca o limite de velocidade. Carros passavam voando, à direita e à esquerda.

– E as notícias muito estranhas?

– Lembra como tentamos ver as ligações de duas noites atrás? Aquelas que Jack poderia ter feito?

– Sim.

– Bem, liguei para a operadora de celular. Fingi que era você. Imaginei que não fosse se importar.

– Imaginou certo.

– Ótimo. De qualquer forma, não foi de grande ajuda. O único telefonema que Jack deu, nos últimos três dias, foi para o seu celular ontem.

– A ligação que fez quando eu estava na delegacia.

– Isso.

– E o que tem isso de estranho?

– Nada. A parte estranha se refere ao seu telefone fixo.

Silêncio. Estava em Merritt Parkway, as mãos no volante, ainda na mesma posição.

– O que tem o fixo?

– Você sabe do telefonema para o escritório da irmã, né? – perguntou Cora.

– Sei. Descobri quando apertei a rediscagem.

– E a irmã... Como é mesmo o nome dela?

– Sandra Koval.

– Sandra Koval, isso. Ela disse a você que não estava lá. Que eles não conversaram.

– Sim.

– A ligação durou nove minutos.

Um pequeno tremor percorreu Grace. Forçou as mãos a permanecerem na mesma posição.

– Portanto, mentiu.

– É o que parece.

– Então, o que Jack disse a ela?

– E o que ela respondeu?

– E por que mentiu sobre isso?

– Desculpe por ter que dar a notícia – lamentou-se Cora.

– Não, foi bom.

– O que você acha?

– É uma pista. Antes disso, Sandra era um beco sem saída. Agora sabemos que está envolvida de alguma forma.

– O que você vai fazer?

– Não sei – respondeu Grace. – Confrontá-la, acho.

Elas se despediram, e Grace desligou. Dirigiu um pouco mais, tentando imaginar os possíveis cenários. Começou a tocar "Trouble" no CD do Coldplay. Ela parou num posto. Em Nova Jersey não havia autosserviço. Por um momento, Grace permaneceu sentada no carro, sem se dar conta de que ela mesma tinha de abastecer.

Comprou uma garrafa de água gelada na loja de conveniência do posto e deixou o troco na caixinha. Queria pensar mais naquilo, no envolvimento da irmã de Jack, mas não havia tempo para sutilezas.

Grace se lembrava do número do escritório de advocacia Burton e Crimstein. Pegou o telefone e ligou. Dois toques depois, pediu que a passassem para o ramal de Sandra Koval. Surpreendeu-se quando a própria atendeu.

– Alô?

– Você mentiu para mim.

Não houve resposta. Grace estava voltando para o carro.

– A ligação durou nove minutos. Você conversou com Jack.

Mais silêncio.

– O que está acontecendo, Sandra?

– Não sei.

– Por que Jack ligou para você?

– Vou desligar agora. Por favor, não entre mais em contato comigo.

– Sandra?

– Você disse que ele já ligou para você.

– Sim.

– Meu conselho é esperar até que ligue outra vez.

– Não quero seu conselho, Sandra. Quero saber o que ele disse a você.

– Acho que você devia parar.

– Parar o quê?

– Você está falando do celular?

– Sim.

– Onde você está?

– Em um posto de gasolina em Connecticut.

– Por quê?

– Sandra, quero que me escute.

Houve um barulho de estática. Grace esperou que passasse. Terminou de abastecer o tanque e pegou a nota.

– Você foi a última pessoa a falar com meu marido antes de ele desaparecer. Mentiu para mim sobre isso. E não quer me contar o que ele disse. Por que eu devo lhe contar alguma coisa?

– Muito justo, Grace. Agora me escute. Vou dar um último conselho antes de desligar: vá para casa e tome conta dos seus filhos.

A ligação foi interrompida. Grace estava de volta ao carro. Apertou a rediscagem e pediu que a passassem para o escritório de Sandra. Ninguém atendeu. Tentou de novo. Mesma coisa. E agora? Aparecer pessoalmente outra vez?

Ela saiu do posto de gasolina. Cinco quilômetros depois, viu uma placa que dizia CASA DE REPOUSO STARSHINE. Grace não estava certa quanto ao que esperar. Uma clínica geriátrica do tempo de sua juventude, achava ela, um daqueles prédios de apenas um andar, só de tijolinhos, o epítome do conteúdo sobre a forma, o que, de uma maneira perversa, a fazia pensar nas escolas de ensino básico. A vida, meu Deus, era cíclica. As pessoas começavam a vida em um desses prédios simples de tijolinhos e terminavam ali também. Voltas e voltas e voltas.

Mas a Casa de Repouso Starshine era um hotel vitoriano falso, de três andares. Tinha torres, pórticos e o amarelo brilhante das senhoras de outrora, tudo isso contra um fundo pavoroso de alumínio. O terreno em volta era cultivado ao ponto de tudo parecer bem-cuidado demais, quase de plástico. O lugar pretendia ser alegre, mas parecia forçado. O efeito geral fazia Grace se lembrar do Epcot Center, na Disney – uma boa reprodução que nunca se passaria pela coisa real.

No pórtico de entrada, uma senhora de idade estava sentada numa cadeira de balanço. Lia o jornal. Deu bom-dia a Grace, que retribuiu. O saguão também tentava induzir a recordações de um hotel de épocas passadas. Havia pinturas a óleo em molduras espalhafatosas, que pareciam o tipo de coisa que se compra em uma liquidação. Era óbvio que se tratava de reproduções de clássicos, mesmo que nunca se tivesse visto o *Almoço dos remadores*, de Renoir, ou *Nighthawks*, de Hopper.

O saguão estava surpreendentemente cheio. Havia pessoas de idade, é claro, muitas, em vários estágios de degeneração. Umas andavam sem ajuda, outras arrastavam os pés; umas caminhavam de bengala, outras usavam andador; e havia aquelas em cadeira de rodas. Muitas pareciam ativas; outras dormiam.

O saguão era limpo e iluminado, mas mesmo assim – e Grace se odiou por pensar isso – ainda tinha aquele cheiro de gente idosa, de sofá mofado. Eles tentavam encobrir usando alguma coisa com aroma de cereja, que fazia Grace se lembrar daqueles aromatizadores em forma de árvore pendurados em táxis, mas existem cheiros que não são possíveis de mascarar.

Uma jovem singular – de seus vinte e poucos anos – estava sentada atrás de uma mesa que também pretendia ser da época, mas parecia algo comprado em loja de móveis baratos. Ela sorriu para Grace.

– Bom dia. Sou Lindsey Barclay.

Era a pessoa da voz ao telefone.

– Estou aqui para ver o Sr. Dodd – informou Grace.

– Bob está no quarto. Segundo andar, quarto 211. Eu acompanho a senhora.

Lindsey se levantou. Tinha uma beleza que apenas os jovens têm, com aquele entusiasmo e um sorriso que pertencem exclusivamente aos inocentes ou aos recrutadores de seitas.

– A senhora se importa se formos pela escada? – perguntou ela.

– Nem um pouco.

Vários residentes pararam e disseram oi. Lindsey tinha tempo para cada um deles, retribuindo animadamente cada cumprimento, embora Grace, a cínica, não conseguisse evitar se perguntar se aquilo não era um pouco de exibicionismo para visitantes. E Lindsey sabia o nome de todos. Sempre com algo a dizer, alguma coisa pessoal, e os residentes davam a impressão de gostar.

– Parece que a maioria é mulher – observou Grace.

– Quando eu estava na escola, informaram que a média nacional nas clínicas geriátricas é de cinco mulheres para cada homem.

– Uau.

– Pois é. Bobby brinca dizendo que esperou a vida inteira por esse tipo de proporção.

Grace sorriu.

Ela fez um gesto com a mão.

– Ah, mas é só conversa. A esposa, que ele chama de "sua Maudie", morreu há quase trinta anos. Acho que depois disso ele nunca mais olhou para outra mulher.

Então ficaram em silêncio. O corredor era pintado de verde-floresta e rosa, e nas paredes havia gravuras habituais de Rockwell, cachorros jogando pôquer, fotos em preto e branco de filmes antigos como *Casablanca* e *Pacto sinistro*. Grace seguia atrás, mancando. Lindsey percebeu – por meio de olhares rápidos –, mas, como a maioria das pessoas, não disse nada.

– Temos vários bairros aqui na Starlight – explicou Lindsey. – É como chamamos os corredores. Bairros. Cada um tem um tema diferente. Este pelo qual estamos passando agora se chama Nostalgia. Supomos que os residentes achem isso reconfortante.

Elas pararam diante de uma porta. Uma placa à direita dizia "B. Dodd". Ela bateu.

– Bobby?

Nenhuma resposta. Ela abriu a porta mesmo assim. As duas entraram em um quarto pequeno, mas confortável. Havia uma minicozinha à direita. Sobre uma mesa de centro, colocada em um ângulo ideal para ser vista tanto da porta como da cama, estava uma grande fotografia em preto e branco de uma mulher estonteante, que lembrava um pouco Lena Horne. Teria talvez 40 anos, mas era possível ver que a foto era antiga.

– Essa é a Maudie dele.

Grace fez que sim com a cabeça, perdida por um momento naquela imagem de moldura prateada. Pensou de novo em "seu Jack". Pela primeira vez, permitiu-se considerar o impensável: ele poderia nunca mais voltar para casa. Era algo que vinha evitando desde o instante em que ouvira a mini-van saindo. Talvez nunca mais visse Jack, abraçasse, risse das suas piadas bobas, ou seja, talvez não envelhecesse com ele – o que era um pensamento bastante apropriado ali.

– A senhora está bem?

– Ótima.

– Bob deve estar com Ira no Reminiscência. Eles jogam cartas.

Elas foram saindo do quarto.

– Reminiscência é o nome de outro, ah, bairro?

– Não. É como chamamos o terceiro andar, que é para os residentes que têm Alzheimer.

– Ah.

– Ira não reconhece os próprios filhos, mas ainda joga pôquer bem.

Estavam de volta ao corredor. Grace notou um agrupamento de imagens ao lado da porta de Bobby Dodd. Ela se aproximou para ver melhor. Era uma daquelas molduras para exibir objetos. Havia medalhas do Exército, uma bola de beisebol já marrom de tão velha e fotografias de todas as épocas da vida do homem. Uma delas era a do filho assassinado, Bob Dodd, a mesma que ela tinha visto no computador, na noite anterior.

Lindsey disse:

– Vitrine de lembranças.

– Legal – comentou Grace, porque não sabia o que dizer.

– Todo paciente tem uma ao lado da porta. É uma forma de deixar todo mundo saber algo sobre você.

Grace assentiu com a cabeça. Resumir uma vida inteira em uma vitrine de 30x20 centímetros. Como tudo o mais naquele lugar, conseguia ser adequado e sinistro ao mesmo tempo.

Para chegar ao andar Reminiscência era necessário pegar um elevador que funcionava com senha.

– Para que os residentes não vaguem por aí – explicou Lindsey, o que também se encaixava no estilo "faz sentido, mas dá medo" daquele lugar.

O andar Reminiscência era confortável, bem equipado, bem atendido e aterrorizante. Alguns residentes eram funcionais, mas a maioria murchava em cadeiras de rodas, como flores morrendo. Alguns ficavam eretos e arrastavam os pés. Outros resmungavam coisas para si. Todos tinham aquele ar vidrado, como se olhassem algo a 100 metros.

Uma mulher, de seus oitenta e muitos anos, balançava as chaves, caminhando para o elevador.

Lindsey perguntou:

– Onde você está indo, Cecile?

A velha virou-se para ela.

– Tenho que ir pegar Danny na escola. Já deve estar esperando por mim.

– Não tenha pressa – avisou Lindsey. – Ainda faltam duas horas para acabar a aula.

– Tem certeza?

– Claro. Escuta, vamos almoçar e depois você pode ir pegar Danny, ok?

– Ele tem aula de piano hoje.

– Eu sei.

Um funcionário veio e levou Cecile. Lindsey observou a paciente se afastando.

– Usamos a terapia da validação com os pacientes de Alzheimer em estado avançado – comentou ela.

– Terapia da validação?

– Não brigamos com eles nem tentamos fazer com que encarem a realidade. Por exemplo, não digo a ela que Danny agora é um banqueiro de 62 anos, com três netos. Tentamos só redirecioná-los.

Elas caminharam por um corredor – não, um "bairro" – cheio de bonecos de bebês em tamanho real. Havia uma mesa de trocar fralda e ursinhos de pelúcia.

– Bairro Berçário – explicou ela.

– Elas brincam de bonecas?

– As que têm uma funcionalidade mais alta. Isso ajuda a prepará-las para as visitas dos bisnetos.

– E as outras?

Lindsey continuou caminhando.

– Algumas pensam que são jovens mamães. Isso ajuda a tranquilizá-las.

Inconscientemente, ou talvez não, elas apertaram o passo. Segundos depois, Lindsey disse:

– Bobby?

Bobby Dodd se levantou da mesa de jogo. Primeira palavra que veio à cabeça de Grace: enérgico. Parecia vivaz e bem-disposto. Tinha a pele muito negra, rugas profundas como as que se veem nos jacarés. Vestia-se com elegância: blazer de tweed, mocassim de duas cores, plastrão vermelho e lenço combinando. O cabelo grisalho era cortado curto e penteado com gel.

Tinha um ar contente, mesmo após Grace ter explicado que queria conversar com ele sobre o filho assassinado. Ela procurou por sinais de desolação – um umedecimento nos olhos, um tremor na voz –, mas Bobby Dodd não demonstrou nada. Sim, claro que eram generalizações, mas será que a morte e as grandes tragédias não atingiam os idosos tão duramente quanto o restante de nós? Ela ficou se perguntando. Eles se agitavam com facilidade por coisas pequenas – engarrafamentos, filas em aeroportos, serviços mal prestados. Mas era como se as coisas grandes não os atingissem. Haveria algum estranho egoísmo que vinha com a idade? Encontrar-se mais perto do inevitável – segundo essa perspectiva – faria a pessoa internalizar, bloquear ou ignorar as grandes calamidades? Será que a fragilidade não aceita os grandes golpes, e, portanto, um mecanismo de defesa, um instinto de sobrevivência, entra em cena?

Bobby Dodd queria ajudar, mas não sabia realmente como. Grace pôde ver isso logo. O filho costumava visitá-lo duas vezes por mês. Sim, as coisas de Bob haviam sido embaladas e enviadas para ele, mas não se dera o trabalho de abri-las.

– Estão no depósito – disse Lindsey a Grace.

– O senhor se importa se eu der uma olhada?

Bobby Dodd bateu de leve em sua perna.

– Nem um pouco, filha.

– Vamos precisar enviar as coisas para a senhora – acrescentou Lindsey. – O depósito não fica aqui.

– É muito importante.

– Posso mandar tudo até amanhã.

– Obrigada.

Lindsey deixou-os sozinhos.

– Sr. Dodd...

– Bobby, por favor.

– Bobby – emendou Grace –, quando foi a última vez que seu filho o visitou?

– Três dias antes de ser morto.

As palavras vieram rápido e sem hesitação. Ela viu por fim um tremor por trás da fachada e pensou nas suas elucubrações anteriores, sobre a velhice tornando as tragédias menos dolorosas. Será que apenas fazia a máscara funcionar melhor?

– Ele pareceu diferente, de alguma forma?

– Diferente?

– Mais distraído, alguma coisa assim.

– Não. – E depois acrescentou: – Ou, pelo menos, não notei.

– Sobre o que vocês conversaram?

– Nunca tínhamos muito a dizer. Às vezes falávamos sobre a mãe dele. A maior parte do tempo, ficávamos vendo TV. Temos TV a cabo aqui, sabia?

– Jillian vinha com ele?

– Não.

Disse aquilo rápido demais. Algo em sua expressão se fechou.

– Ela veio alguma vez?

– Algumas.

– Mas não da última?

– Não.

– Isso o surpreendeu?

– Não, *isso* – grande ênfase – não me surpreendeu.

– O que o surpreendeu então?

Ele olhou para o lado e mordeu o lábio inferior.

– Ela não ter ido ao funeral.

Grace achou que tinha ouvido errado. Bobby Dodd fez que sim com a cabeça, como se pudesse ler seus pensamentos.

– Isso mesmo. A própria esposa.

– Estavam tendo problemas conjugais?

– Se estavam, Bob não me disse nada.

– Eles tinham filhos?

– Não. – Ele arrumou o plastrão e olhou para outro lado durante um momento. – Por que você está interessada nisso tudo, Sra. Lawson?

– Grace, por favor.

Ele não disse nada. Olhou para ela com olhos que falavam de sabedoria e tristeza. Talvez a resposta para a frieza dos mais velhos seja bem mais simples: aqueles olhos tinham visto o mal. E não queriam ver mais.

– Meu marido está desaparecido – disse Grace. – Acho, não sei, que os dois casos estão conectados.

– Qual o nome do seu marido?

– Jack Lawson.

Bobby balançou a cabeça. O nome não lhe dizia nada. Ela perguntou se ele tinha um número de telefone ou alguma ideia de como podia entrar em contato com Jillian Dodd. Ele balançou outra vez a cabeça. Os dois se dirigiram para o elevador. Bobby não sabia a senha, então um funcionário desceu com eles. Foram do terceiro ao primeiro andar em silêncio.

Quando chegaram à porta, Grace lhe agradeceu por recebê-la.

– Seu marido. A senhora o ama, não?

– Muito.

– Espero que seja mais forte que eu.

Então Bobby Dodd se afastou. Grace pensou na foto com moldura prateada no quarto, a da sua Maudie, e depois foi embora.

capítulo 24

PERLMUTTER SE DEU CONTA de que não tinham nenhum direito legal de abrir o carro de Rocky Conwell. Mandou Daley encostar.

– DiBartola está de serviço?

– Não.

– Ligue para a esposa de Rocky Conwell. Pergunte se ela tem a chave do carro. Diga que o encontramos e queremos a permissão dela para dar uma olhada.

– Ela é ex-esposa. Tem algum direito?

– O suficiente para o que precisamos – respondeu Perlmutter.

– Certo, então.

Daley agiu rápido. A esposa colaborou. Eles pararam ao lado do edifício Maple Garden, em Maple Street. Daley saltou e pegou a chave. Cinco minutos depois, os dois chegavam ao estacionamento.

Não havia razão para desconfiar de nenhum delito. O máximo que poderia acontecer, tendo encontrado o carro ali, em um estacionamento público, era levá-los à conclusão oposta. As pessoas estacionavam ali e iam para outros lugares. Um ônibus transportava os fartos e exauridos até o coração de Manhattan. Outro os levava à extremidade norte da famosa ilha, perto da ponte George Washington. Havia ainda linhas que os deixavam nos três principais aeroportos das proximidades – JFK, LaGuardia e Newark Liberty – e, finalmente, em qualquer lugar do mundo. Portanto, encontrar o carro de Rocky Conwell não induzia ninguém a suspeitar de qualquer delito.

Ao menos, não a princípio.

Pepe e Pashaian, os dois policiais que estavam vigiando o veículo, não tinham detectado nada. O olhar de Perlmutter se virou na direção de Dailey. Nada em seu rosto também. Todos tinham um ar de complacência, como se esperassem que aquilo não fosse levar a lugar nenhum.

Pepe e Pashaian levantaram os cintos e caminharam até Perlmutter.

– Ei, capitão.

O chefe mantinha o olhar no carro.

– Quer que a gente comece a interrogar os caixas do estacionamento? – perguntou Pepe. – Talvez um deles se lembre de vender o tíquete a Conwell.

– Acho que não – disse Perlmutter.

Os três homens mais jovens notaram alguma coisa na voz do superior. Entreolharam-se e deram de ombros. O capitão não deu nenhuma explicação.

O veículo de Conwell era um Toyota Celica. Um carro pequeno, modelo antigo. Mas o tamanho e a idade não importavam, na verdade. Nem o fato de que havia ferrugem nas rodas, que faltassem duas calotas, que as outras duas estivessem tão sujas que não era possível ver onde terminava o metal e começava a borracha. Não, nada disso preocupava Perlmutter.

Ele olhou a parte traseira do carro e pensou naqueles delegados de cidades pequenas de filmes de horror, aquelas cidades em que há algo muito estranho acontecendo, onde os habitantes começam a agir de forma anormal, o número de vítimas continua aumentando, e ele, aquele bom agente da lei, esperto, leal, mas despreparado para o que está acontecendo, está impotente para fazer qualquer coisa a respeito. Era isso que Perlmutter sentia então, porque a traseira do carro, a área da mala, estava baixa.

Baixa demais.

Havia apenas uma explicação. Tinha algo pesado no porta-malas.

Poderia ser qualquer coisa, claro. Rocky Conwell tinha sido jogador de futebol americano. Provavelmente se exercitava com pesos. Talvez estivesse levando halteres. A resposta podia ser simples: o bom e velho Rocky carregando seus pesos. Talvez os estivesse trazendo de volta para o apartamento térreo, em Maple Street, aquele em que sua ex morava. Ela estava preocupada com ele. Estavam se reconciliando. Talvez Rocky tivesse carregado o carro – ok, não o veículo inteiro, só o porta-malas, porque Perlmutter podia ver que não havia nada no banco de trás –, talvez o tivesse carregado de coisas para voltar a morar com ela.

Perlmutter balançou o chaveiro enquanto chegava mais perto do Toyota Celica. Daley, Pepe e Pashaian vinham atrás. O capitão olhou para o molho de chaves. A esposa de Rocky – achava que seu nome era Lorraine, mas não estava certo – tinha um chaveiro que era um capacete de futebol do time da Penn State. Parecia antigo e arranhado. Mal se via o Nittany Lion. Perlmutter se perguntou em que ela pensava quando olhava para o chaveiro, por que ainda o usava.

Ele parou diante da mala e cheirou o ar. Nenhuma indicação. Pôs a chave no trinco e girou. A fechadura abriu, o som ecoou. Perlmutter começou a levantar a tampa. O ar escapando era quase audível. E agora, sim, o cheiro era inconfundível.

Alguma coisa volumosa tinha sido espremida dentro do porta-malas, como um travesseiro grande demais. Sem advertência nenhuma, essa coisa se soltou como um palhaço gigante de uma caixa surpresa. Perlmutter deu um pulo para trás quando a cabeça saiu primeiro, batendo com força no pavimento.

Não importava, claro. Rocky Conwell já estava morto.

capítulo 25

E AGORA?

Antes de tudo, Grace estava faminta. Cruzou a ponte George Washington, pegou a saída para a Jones Road e parou num restaurante chinês chamado, muito curiosamente, Baumgart's, para beliscar alguma coisa. Comeu em silêncio, sentindo-se mais sozinha que nunca, e tentou repassar mentalmente a situação. O que havia acontecido? Dois dias antes – haviam sido só dois mesmo? –, ela pegara umas fotos na Photomat. A vida era boa. Tinha um marido que adorava e dois filhos maravilhosos e curiosos. Tinha tempo para se dedicar à pintura. Todos tinham saúde e dinheiro suficiente no banco. Aí vira uma fotografia antiga e agora...

Grace havia quase esquecido Josh, o Penugem Branca.

Fora ele quem havia revelado o filme e deixado misteriosamente a loja não muito tempo depois de ela ter pegado as fotos. Só podia ter sido ele, Grace estava certa disso, quem colocara a maldita fotografia no meio do pacote.

Ela pegou o celular, procurou o número da Photomat de Kasselton e fez a ligação. No terceiro toque, o telefone foi atendido.

– Photomat.

Grace não disse nada. Não havia dúvida. Reconheceria em qualquer lugar aquele "fala, *brother*" entediado. Era Josh Penugem Branca. Estava de volta à loja.

Ela pensou em desligar, mas talvez, de alguma forma – não havia como saber –, isso o deixaria com a pulga atrás da orelha. Faria com que fugisse. Grace modificou a voz, dando-lhe um toque melódico, e perguntou a que horas fechavam.

– Tipo seis – disse Penugem Branca.

Ela agradeceu, mas ele já havia desligado. A conta chegou. Grace pagou e tentou não correr até o carro. A Route 4 estava completamente livre. Ela passou em velocidade pela miríade de shoppings e encontrou uma vaga não muito distante da Photomat. O celular tocou.

– Alô?

– É Carl Vespa.

– Ah, oi.

– Lamento por ontem. Por ter jogado você daquele jeito em Jimmy X.

Ela ponderou se lhe contava sobre a visita tarde da noite e decidiu que aquele não era o momento.

– Não, tudo bem.

– Sei que você não se importa, mas parece que Wade Larue vai ser solto.

– Talvez seja a coisa certa – disse ela.

– Talvez – concordou ele, mas soava como quem estava longe de ser convencido. – Tem certeza de que não quer algum tipo de proteção?

– Absoluta.

– Se mudar de ideia...

– Eu te ligo.

Houve uma pausa engraçada.

– Alguma notícia do seu marido?

– Não.

– Ele tem irmã?

Grace mudou de faixa.

– Sim. Por quê?

– O nome dela é Sandra Koval?

– Sim. O que ela tem a ver com isso?

– Converso com você depois.

Ele desligou. Grace ficou olhando para o telefone. Que diabo era aquilo? Ela balançou a cabeça. Seria inútil ligar de volta. Grace tentou se concentrar outra vez.

Agarrou a bolsa e correu mancando para a Photomat. A perna doía. Andar era uma tortura. Parecia que havia alguém no chão, agarrado a seu tornozelo, e que ela tinha de arrastá-lo. Continuou. Estava a três lojas de distância quando um homem de terno se pôs em seu caminho.

– Sra. Lawson?

Um pensamento insólito passou pela cabeça de Grace quando olhou para o estranho: seu cabelo cor de areia tinha quase a mesma cor do terno. Parecia que os dois eram feitos do mesmo material.

– Em que posso ajudá-lo? – disse ela.

O homem enfiou a mão no bolso do paletó e tirou uma fotografia, levantando-a à altura de seu rosto a fim de que pudesse vê-la.

– A senhora postou isto na internet?

Era a foto misteriosa, cortada, da loura e da ruiva.

– Quem é o senhor?

O homem de cabelo cor de areia falou:

– Meu nome é Scott Duncan. Sou da Procuradoria-Geral dos Estados Unidos.

Ele apontou para a loura, que estava olhando para Jack, com o X desenhado no rosto.

– Esta – disse Scott Duncan – é uma foto da minha irmã.

capítulo 26

PERLMUTTER HAVIA COMUNICADO O fato a Lorraine Conwell com o máximo de delicadeza possível.

Já dera más notícias várias vezes. Em geral, envolviam acidentes de automóvel na Route 4 ou na Garden State Parkway. Ela se debulhou em lágrimas ao ouvir, mas depois uma espécie de entorpecimento tomou conta dela e secou seus olhos.

Os estágios do luto: o primeiro é supostamente a negação. Errado. O primeiro é justamente o contrário: a aceitação total. A pessoa recebe a má notícia e entende muito bem o que está sendo dito. Compreende que o ente querido – cônjuge, pai, filho – não vai mais voltar para casa, que se foi para sempre, sua vida acabou, e que nunca, nunca mais vai vê-lo outra vez. Isso se entende em um segundo. As pernas fraquejam. O coração para.

Esse é o primeiro passo – não só a aceitação, não só a compreensão, mas a verdade completa. Os seres humanos não foram feitos para suportar esse tipo de dor. É quando começa então a negação, que chega logo, remediando as feridas ou ao menos as encobrindo. Mas ainda assim há o momento, felizmente rápido, o verdadeiro Estágio Um, em que a notícia é recebida e o abismo se abre, e, por mais horrível que seja, compreende-se tudo.

Lorraine Conwell se sentou, rígida. Havia um tremor em seus lábios. Os olhos estavam secos. Parecia pequena e solitária, e Perlmutter precisou se controlar para não passar o braço em volta dela e puxá-la mais para perto.

– Rocky e eu – começou ela. – Íamos voltar a viver juntos.

Solidário, Perlmutter fez um gesto de cabeça.

– É minha culpa, sabe? Coloquei ele para fora de casa. Não devia ter feito isso. – Aqueles olhos violeta alcançaram Perlmutter. – Quando nos conhecemos, ele era diferente, sabe? Ele tinha sonhos. Era seguro de si. Mas, quando não pôde continuar a jogar, isso o consumiu. Eu não conseguia lidar com aquilo.

Perlmutter anuiu novamente. Queria ajudá-la, ficar com ela, mas não tinha realmente tempo para a história completa de uma vida. Precisava seguir adiante, sair dali.

– Havia alguém que quisesse prejudicar Rocky? Ele tinha inimigos?

Ela negou com a cabeça.

– Não. Nenhum.

– Ele cumpriu sentença.

– Sim. Foi uma bobagem. Se meteu em uma briga de bar. A coisa ficou fora de controle.

Perlmutter olhou para Daley. Os dois sabiam sobre a confusão. Já estavam investigando a ocorrência, checando se a vítima tinha procurado vingança recentemente. Não parecia ser o caso.

– Rocky estava trabalhando?

– Sim.

– Onde?

– Em Newark. Trabalhava na fábrica da Budweiser. Aquela perto do aeroporto.

– A senhora nos ligou ontem – disse Perlmutter.

Ela confirmou, o olhar fixado à frente.

– Falou com um oficial chamado DiBartola.

– Sim. Ele foi muito simpático.

Certo.

– A senhora disse a ele que Rocky não tinha voltado para casa depois do trabalho.

Ela fez que sim com a cabeça.

– Ligou de manhã cedo. Disse que ele tinha trabalhado na noite anterior.

– Correto.

– Ele trabalhava no turno da noite na fábrica?

– Não. Ele tinha arrumado um segundo emprego. – Ela se retorceu um pouco. – Informal.

– Fazendo o quê?

– Trabalhava para uma senhora.

– Fazendo o quê?

Ela usou o dedo para limpar uma lágrima.

– Rocky não falava muito sobre isso. Ele entregava intimações, acho, coisas desse tipo.

– Sabe o nome dessa senhora?

– É um nome estrangeiro. Não sei pronunciar.

Perlmutter não precisou pensar muito.

– Indira Khariwalla?

– Isso mesmo. – Lorraine Conwell olhou para ele. – O senhor a conhece?

Ele conhecia. Já fazia muito tempo, mas, sim, ele a conhecia muito bem.

* * *

Grace entregou a Scott Duncan a fotografia em que apareciam todas as cinco pessoas. Ele não conseguia parar de contemplar, especialmente a imagem da irmã. Passou o dedo sobre o rosto dela. Grace mal podia olhar para ele.

Estavam então na casa de Grace, sentados na cozinha. Conversavam já fazia quase meia hora.

– Você conseguiu isso há dois dias? – perguntou Scott Duncan.

– Sim.

– E depois seu marido... Ele é esse aqui, certo? – Scott apontou para a imagem de Jack.

– Sim.

– Ele fugiu?

– Desapareceu – corrigiu ela. – Não fugiu.

– Certo. Você acha que ele foi o quê? Sequestrado?

– Não sei o que aconteceu com ele. Só sei que está em alguma dificuldade. O olhar de Duncan permanecia fixado na foto antiga.

– Por que ele deu algum tipo de aviso? Algo como precisar de espaço?

– Sr. Duncan, eu gostaria de saber como o senhor encontrou essa foto. E como me descobriu, por falar nisso.

– A senhora enviou isso via algum tipo de spam. Alguém reconheceu a foto e a encaminhou para mim. Rastreei a origem do remetente e o pressionei um pouco.

– É por isso que não recebemos nenhuma resposta?

Duncan assentiu.

– Eu queria falar com você primeiro.

– Já contei tudo que sabia. Estava indo tirar satisfação com o cara da Photomat quando o senhor apareceu.

– Vamos interrogá-lo, não se preocupe.

Ele não conseguia tirar os olhos da fotografia. Grace mantivera a conversa o tempo todo. Duncan não lhe havia contado nada, exceto que a mulher da foto era sua irmã. Grace apontou para o X no rosto.

– Conte um pouco sobre ela.

– Seu nome era Geri. O nome lhe diz alguma coisa?

– Lamento, mas não.

– Seu marido nunca a mencionou? Geri Duncan.

– Não que eu me lembre. – Depois: – Você disse "era".

– O quê?

– Disse "era". Seu nome *era* Geri.

Duncan confirmou.

– Ela morreu num incêndio quando tinha 21 anos. No dormitório da faculdade.

Grace gelou.

– Ela estudou em Tufts, certo?

– Estudou. Como ficou sabendo?

Agora fazia sentido o rosto da garota parecer familiar. Grace não a conhecera, mas os jornais publicaram a foto. Na época, Grace estava fazendo fisioterapia e devorando jornais.

– Lembro-me de ler sobre isso. Não foi um acidente? Um curto-circuito ou alguma coisa assim?

– Foi isso que pensei. Até três meses atrás.

– O que mudou?

– A Procuradoria dos Estados Unidos capturou um homem conhecido como Monte Scanlon. Assassino profissional. Sua tarefa foi fazer com que tudo parecesse um acidente.

Grace tentou assimilar aquilo.

– E você só ficou sabendo disso três meses atrás?

– Sim.

– Fez alguma investigação?

– Ainda estou investigando, mas leva muito tempo. – Seu tom de voz ficou mais baixo. – Não há muitas pistas depois desses anos todos.

Grace se virou.

– Descobri que Geri estava namorando na época um garoto da área, chamado Shane Alworth. Esse nome lhe diz alguma coisa?

– Não.

– Tem certeza?

– Tenho.

– Shane Alworth tinha ficha na polícia, nada sério, mas dei uma verificada.

– E?

– E ele sumiu.

– Sumiu?

– Não há sinal dele. Não encontro nenhum registro de trabalho. Nenhuma referência a Shane Alworth na lista da receita federal. Nenhum uso do seu CPF.

– Há quanto tempo?

– Há quanto tempo ele desapareceu?

– Sim.

– Pesquisei os últimos dez anos. E nada. – Duncan enfiou a mão no bolso do paletó e tirou outra foto, entregando-a a Grace. – Reconhece?

Ela olhou detidamente para a fotografia. Não havia dúvida. Era o outro cara da foto dela. Grace olhou para ele esperando uma confirmação. Duncan fez que sim com a cabeça.

– Sinistro, não é?

– Onde você conseguiu isso? – perguntou ela.

– Com a mãe de Shane Alworth. Ela diz que o filho vive em uma cidadezinha no México. Que é missionário ou algo assim, e que é por isso que o nome dele não aparece. Shane tem também um irmão que mora em St. Louis. Trabalha como psicólogo. Ele confirma o que a mãe diz.

– Mas você não acredita nisso.

– Você acredita?

Grace pôs a foto misteriosa em cima da mesa.

– Então sabemos alguma coisa sobre três pessoas na foto – disse ela, mais para si que para Duncan. – Temos sua irmã, que foi assassinada. O namorado, Shane Alworth, esse cara aqui, que está desaparecido. Temos meu marido, que também desapareceu logo depois de ver essa foto. Estou certa?

– Totalmente.

– Que mais a mãe dele disse?

– Que Shane estava incomunicável, na floresta Amazônica, achava ela.

– Floresta Amazônica? No México?

– Pelo visto não sabe geografia.

Grace balançou a cabeça e apontou para a foto.

– Sobram as duas outras mulheres então. Alguma pista de quem são elas?

– Não, ainda não. Mas sabemos mais agora. A ruiva está para ser localizada muito em breve. A outra, que está de costas para a câmera, não sei se um dia descobriremos quem é.

– Você descobriu mais alguma coisa?

– Na verdade, não. Mandei exumar o corpo de Geri. Isso levou algum tempo. Uma autópsia completa está sendo feita, para ver se é possível descobrir alguma prova física, mas é algo improvável. Esta – ele segurou a foto da internet – é a primeira pista real que tenho.

Ela não gostou da nota de esperança em sua voz.

– Pode ser apenas uma foto – comentou Grace.

– Você não acredita que seja só isso.

Grace pôs as mãos na mesa.

– O senhor acha que meu marido tem alguma coisa a ver com a morte da sua irmã?

Duncan coçou o queixo.

– Boa pergunta – respondeu.

Ela aguardou.

– Alguma coisa a ver com essa história, provavelmente. Mas não acho que a tenha matado, se é isso que está perguntando. Algo aconteceu com eles muito tempo atrás. Não sei o quê. Minha irmã morreu em um incêndio. Acho que seu marido fugiu para o exterior. Você disse França, não foi?

– Sim.

– E Shane Alworth também. Está tudo ligado. Tem que estar.

– Minha cunhada sabe de alguma coisa.

Scott Duncan fez que sim.

– Você disse que ela é advogada?

– Sim, trabalha no escritório Burton e Crimstein.

– Isso não é bom. Conheço Hester Crimstein. Se ela não quiser contar nada, não vou poder fazer muita pressão.

– E o que vamos fazer?

– Vamos continuar colocando lenha na fogueira.

– Lenha na fogueira?

Ele assentiu:

– Colocar lenha na fogueira é a única forma de fazer algum progresso.

– Então deveríamos começar por Josh, da Photomat – aconselhou Grace. – Foi ele quem me deu essa fotografia.

Duncan se levantou.

– Já é um plano.

– O senhor vai lá agora?

– Sim.

– Quero ir junto.

– Então vamos.

– Que surpresa! Capitão Perlmutter. A que devo este prazer?

Indira Khariwalla era pequena e mirrada. A pele escura – ela era, como o nome indicava, da Índia, mais especificamente de Mumbai – havia come-

183

çado a endurecer e engrossar. Ainda era atraente, mas não a sedutora que fora na juventude.

– Há quanto tempo – disse ele.

– Sim. – O sorriso, que já tinha sido deslumbrante, agora custava a se abrir, quase rachando a pele. – Mas prefiro não falar do passado.

– Eu também.

Quando Perlmutter começou a trabalhar em Kasselton, deram-lhe como parceiro um veterano, a um ano de se aposentar, chamado Steve Goedert, um cara ótimo. Daí nasceu uma amizade profunda. O colega tinha três filhos, todos já crescidos, e uma esposa chamada Susan. Perlmutter não sabia como Goedert conheceu Indira, mas os dois começaram um caso. Susan descobriu.

Melhor nem lembrar o processo feio de divórcio.

Goedert ficou completamente sem dinheiro depois que os advogados terminaram a ação. Acabou trabalhando como investigador particular, com uma curiosidade: especializou-se em infidelidade. Ou ao menos era o que ele dizia. Na opinião de Perlmutter, era uma enganação – uma arapuca, e das piores. Ele usava Indira como isca. Ela se aproximava do marido, seduzia-o e depois Goedert tirava fotos. Perlmutter mandou parar com aquilo. Fidelidade não era um jogo. Não se brincava testando um homem dessa forma.

Goedert devia saber que aquilo era errado. Entregou-se de corpo e alma à bebida e nunca mais a largou. Ele tinha arma em casa contra invasores, que, no fim, também teve aquele uso diferente. Após sua morte, Indira passou a dirigir os negócios sozinha. Assumiu a agência e manteve o nome Goedert na porta.

– Há quanto tempo – repetiu ela, em voz baixa.

– Você o amava?

– Não é da sua conta.

– Você arruinou a vida dele.

– Você acha que tenho tanto poder assim sobre um homem? – Ela se mexeu na cadeira. – O que posso fazer por você, capitão Perlmutter?

– Você tem um empregado chamado Rocky Conwell.

Ela não respondeu.

– Sei que ele é informal. Não tenho nada com isso.

Ainda não. Ele mostrou uma foto Polaroid nua e crua do cadáver de Conwell.

Os olhos de Indira passaram casualmente pela foto, prontos para descartá-la, e depois se fixaram na imagem:

– Meu Deus.

Perlmutter aguardou, mas ela não disse nada. Olhou durante mais um tempo e depois deixou a cabeça cair para trás.

– A esposa diz que ele trabalhava para você.

Ela confirmou.

– O que ele fazia?

– O turno da noite.

– E o que fazia no turno da noite?

– Em geral, reintegração de posse. Entregava algumas intimações também.

– Que mais?

Ela ficou calada.

– Havia coisas no carro dele. Encontramos uma câmera de longo alcance e um binóculo.

– E daí?

– Ele estava vigiando alguém?

Indira o encarou. Seus olhos estavam úmidos.

– Você acha que ele morreu trabalhando?

– É a suposição mais lógica, mas só vou saber com certeza depois que você me contar o que ele estava fazendo.

Ela virou o rosto para o lado. Começou a se balançar na cadeira.

– Ele estava trabalhando anteontem?

– Estava.

Mais silêncio.

– O que ele estava fazendo, Indira?

– Não posso dizer.

– Por que não?

– Tenho clientes. Eles têm direitos. Você conhece a regra, Stu.

– Você não é advogada.

– Não, mas posso trabalhar para um.

– Você está dizendo que esse caso foi produto de um trabalho para advogados?

– Não estou dizendo nada.

– Quer dar outra olhada na fotografia ?

Ela quase sorriu.

– Você acha que isso vai me fazer falar? – Indira olhou de novo. – Não vejo sangue nenhum – disse.

– Não tinha.

– Ele não levou nenhum tiro?

– Não. Não há nenhum ferimento a arma nem a faca.

Ela pareceu confusa.

– Como ele foi morto então?

– Não sei ainda. Está na mesa de autópsia. Mas tenho um palpite. Quer ouvir?

Ela não queria. Mas concordou com a cabeça bem devagar.

– Ele morreu sufocado.

– Você está dizendo que alguém o asfixiou?

– Duvido. Não há marcas no pescoço.

Ela franziu o cenho.

– Rocky era grande. Forte como um touro. Deve ter sido veneno, algo assim.

– Não creio. O legista disse que havia lesões sérias na laringe.

Ela pareceu confusa outra vez.

– Em outras palavras, a garganta dele foi esmagada que nem casca de ovo.

– Você está dizendo que ele foi estrangulado a mão?

– Não sabemos.

– Ele era forte demais para isso – repetiu ela.

– Quem ele estava seguindo? – perguntou Perlmutter.

– Permita que eu faça uma ligação. Espere no corredor.

Ele aguardou. Não por muito tempo.

Quando Indira voltou, afirmou, com voz entrecortada:

– Não posso dizer nada. Lamento.

– Ordens do advogado?

– Não posso dizer.

– Vou voltar. E com um mandado.

– Boa sorte – retrucou ela, virando-se.

E Perlmutter achou que talvez estivesse sendo sincera.

capítulo 27

GRACE E SCOTT DUNCAN voltaram à Photomat. O coração de Grace parou quando entraram e ela não viu Penugem Branca.

O subgerente Bruce, no entanto, estava. Ele estufou o peito. Quando Duncan se identificou, o peito esvaziou.

– Josh saiu para o almoço – disse ele.

– O senhor sabe aonde ele foi?

– Ele costuma ir ao Taco Bell. No final do quarteirão.

Grace conhecia. Ela saiu primeiro, às pressas, com medo de perder outra vez a pista. Duncan a seguiu. Assim que entrou no Taco Bell, um cheiro de banha de porco se ergueu para atacá-la, e ela viu Josh.

Igualmente importante: Josh a viu. Seus olhos se esbugalharam.

Scott estava a seu lado.

– Aquele ali?

Grace confirmou.

Josh Penugem Branca estava sentado sozinho. A cabeça inclinada, o cabelo caído na cara feito uma cortina. Sua expressão – e Grace achava que ele só tinha aquela – era sisuda. Ele deu uma mordida no taco como se a comida tivesse insultado seu grupo grunge preferido. O fone de ouvido estava no lugar. O fio, mergulhado na vasilha do molho. Grace odiava parecer uma velha amarga, mas ter esse tipo de música tocando diretamente no ouvido o dia todo provavelmente não fazia bem. Ela gostava de música. Quando estava sozinha, aumentava o som, cantava junto, dançava, tudo isso. Então não era a música nem o volume. Mas quais efeitos causava à saúde mental de um jovem ter uma música, provavelmente agressiva e dissonante, martelando no ouvido o tempo todo? Um confinamento auditivo, paredes solitárias de som, para citar Elton John, inevitável. Nenhum ruído da vida era admitido. Nenhuma conversa. Uma trilha sonora artificial para a vida.

Não podia ser saudável.

Josh baixou a cabeça, fingindo que não os vira. Ela o observou enquanto se aproximavam. Era muito jovem. Parecia digno de pena, sentado ali, sozinho daquele jeito. Pensou em suas esperanças, seus sonhos, e em como já parecia estabelecido na longa estrada da desilusão. Pensou na mãe de Josh, em quanto tentou e em quanto se preocupava. Pensou no próprio filho, seu pequeno Max, e em como lidaria com aquilo se ele começasse a resvalar naquela direção.

Ela e Duncan pararam em frente à mesa de Josh. Ele deu outra mordida no taco e depois levantou os olhos devagar. A música que vinha do fone era tão alta que Grace conseguia até ouvir a letra. Alguma coisa sobre vagabundas e prostitutas. Duncan tomou a iniciativa. Ela permitiu.

– Você reconhece essa senhora? – perguntou.

Josh deu de ombros e diminuiu o volume.

– Tire isso – disse Duncan. – Agora.

Ele obedeceu, mas o fez bem devagar.

– Perguntei a você se reconhece essa senhora.

Josh deu uma olhada em Grace.

– É, acho que sim.

– De onde a conhece?

– Do trabalho.

– Você trabalha na Photomat, correto?

– É.

– E a Sra. Lawson aqui é uma cliente.

– Foi o que eu disse.

– Você se lembra da última vez que ela esteve na loja?

– Não.

– Tente se lembrar.

Ele deu de ombros outra vez.

– Pode ter sido dois dias atrás?

Novamente, o gesto com os ombros.

– Pode ser.

Duncan estava com o envelope da Photomat.

– Você revelou este rolo de filme, correto?

– Se você está dizendo.

– Não, estou perguntando. Olha o envelope.

Ele olhou. Grace permanecia imóvel. Josh não tinha perguntado a Duncan quem ele era nem o que os dois queriam. Ela ficou pensando naquilo.

– É, revelei esse filme.

Duncan tirou a fotografia em que a irmã aparecia e a colocou na mesa.

– Você colocou essa foto no pacote da Sra. Lawson?

– Não – respondeu Josh.

– Tem certeza?

– Total certeza.

Grace esperou um pouco. Sabia que ele estava mentindo. Resolveu falar pela primeira vez.

– Como sabe? – perguntou.

Os dois olharam para ela. Josh disse:

– Hein?

– Como você revela os filmes?

Josh repetiu:

– Hein?

– Você põe o rolo naquela máquina – explicou Grace. – E elas saem numa pilha. Depois você coloca a pilha no envelope. Não é assim?

– É.

– Você olha cada foto que revela?

Ele não disse nada. Olhou em volta como quem pede ajuda.

– Já vi você trabalhando – continuou Grace. – Você lê revistas. Ouve sua música. Não confere as fotos. Então minha pergunta é a seguinte, Josh: como sabe quais fotos estavam naquela pilha?

Josh olhou para Duncan. Nenhuma ajuda daquele lado. Voltou-se para ela.

– É estranho, só isso.

Grace aguardou.

– Essa foto parece ter cem anos ou mais. O tamanho é o mesmo, mas o papel não é Kodak. É isso que quero dizer. Nunca tinha visto ela antes. – Josh gostou daquilo. Seus olhos se iluminaram, tomando gosto pela mentira. – É, olha só, foi o que achei que ele quis dizer. Quando perguntou se eu tinha colocado a foto no envelope. Se eu já tinha visto ela antes.

Grace apenas o olhava.

– Olha só, não sei o que passa pela máquina. Mas nunca vi aquela foto. É tudo que sei, ok?

– Josh? – interveio Duncan.

O garoto se voltou para ele.

– A foto foi parar no envelope da Sra. Lawson. Você tem alguma ideia de como isso aconteceu?

– Talvez ela tenha levado a foto.

– Não – disse Duncan.

Elaboradamente, Josh deu de ombros mais uma vez. Devia ter ombros muito fortes pela quantidade de exercício que faziam.

– Diga como funciona – pediu Duncan –, como você revela as fotos.

– É como ela disse. Ponho o filme na máquina, e ela faz o resto. Só ajusto o tamanho e a quantidade.

– Quantidade?

– Uma cópia de cada negativo, duas cópias, quanto for.

– E elas saem em uma pilha?

– É.

Josh ficou mais relaxado, era um terreno mais confortável.

– E depois você as põe num envelope?

– Isso. No mesmo envelope que o cliente preencheu. Depois arquivo em ordem alfabética. Só isso.

Duncan olhou para Grace. Ela não disse nada. Ele pegou o distintivo.

– Você sabe o que significa esse distintivo, Josh?

– Não.

– Significa que trabalho para a Procuradoria-Geral dos Estados Unidos. Que posso tornar sua vida muito triste se você me aborrecer. Está entendendo?

Josh pareceu um pouco assustado. Conseguiu concordar com um movimento de cabeça.

– Portanto, vou lhe perguntar mais uma vez: você sabe alguma coisa sobre essa foto?

– Não. Juro. – Ele olhou ao redor. – Tenho que voltar para o trabalho agora.

Ele se pôs de pé. Grace barrou seu caminho.

– Por que você saiu do trabalho mais cedo outro dia?

– Hein?

– Mais ou menos uma hora depois de eu ter pegado as fotos, voltei à loja. Você não estava. E no outro dia de manhã, também. O que aconteceu?

– Fiquei doente – respondeu ele.

– É?

– É.

– Está melhor agora?

– Acho que sim.

Ele começou a forçar a passagem.

– Porque – continuou Grace – seu gerente disse que você teve uma emergência de família. Foi isso que disse a ele?

– Tenho que voltar para o trabalho – falou Josh, e dessa vez conseguiu passar por ela, quase correndo para a porta.

* * *

Beatrice Smith não estava em casa.

Eric Wu entrou sem problemas. Examinou o lugar. Não havia ninguém. Ainda de luvas, ligou o computador. O gerenciador de informações pessoais dela – um eufemismo para agenda – era o Time & Chaos. Ele abriu e checou seu calendário.

Beatrice Smith estava visitando o filho, médico, em San Diego. Só voltaria dali a dois dias – tempo mais que suficiente para salvar sua vida. Wu pensou naquilo, os ventos inconstantes do destino. Não podia fazer nada. Conferiu o calendário de Beatrice Smith dois meses para trás e dois para a frente. Não havia nenhuma viagem de um dia só agendada. Se ele tivesse vindo em qualquer outro dia, ela estaria morta. Wu gostava de pensar assim, em como, com muita frequência, as pequenas coisas, aquelas inconscientes, que não podemos saber nem controlar, alteram nossa vida. Chamam isso de destino, sorte, o inesperado, Deus. Ele achava fascinante.

Beatrice Smith tinha uma garagem para dois carros. Seu Land Rover marrom ocupava o lado direito. O esquerdo estava vazio. Havia uma mancha de óleo no chão. Era aí, imaginou Wu, que Maury costumava estacionar o carro dele. Ela deixava o espaço vazio agora – Wu não pôde deixar de pensar na mãe de Freddy Sykes e na história dos lados da cama. Estacionou ali. Abriu a mala. Jack Lawson parecia trêmulo. Desamarrou suas pernas para que ele pudesse andar. As mãos permaneceram atadas na altura dos pulsos. Levou-o para dentro. Jack caiu duas vezes. A circulação das pernas ainda não tinha voltado. Ajudou-o a se levantar pelo colarinho da camisa.

– Vou tirar a mordaça – avisou Wu.

Lawson balançou a cabeça. Wu podia ver em seus olhos. Jack estava destruído. Não o tinha machucado muito – ainda não –, mas quando se passa muito tempo no escuro, sozinho com os próprios pensamentos, a mente se vira para dentro e faz a festa. Era sempre uma coisa perigosa. O segredo da serenidade, sabia Wu, era se manter ativo, seguindo em frente. Quando se está em movimento, não se pensa em culpa ou inocência. Não se pensa no passado, nos sonhos, nas alegrias nem nas frustrações. A pessoa só se preocupa com a sobrevivência. Ferir ou ser ferido. Matar ou ser morto.

Wu retirou a mordaça. Lawson não implorou, não suplicou, nem fez perguntas. Aquele estágio já passara. Wu amarrou suas pernas a uma cadeira. Deu uma busca na copa e na geladeira. Os dois comeram em silêncio.

Quando acabaram, Wu lavou os pratos e deixou tudo limpo. Jack permanecia amarrado à cadeira.

O celular de Wu tocou.

– Sim?

– Estamos com um problema.

Wu aguardou.

– Quando você o pegou, ele estava com uma cópia daquela foto, certo?

– Certo.

– E ele disse que não havia outras cópias?

– Disse.

– Ele estava errado.

Wu não disse nada.

– A esposa tem uma cópia da foto. E está mostrando em todos os lugares.

– Entendi.

– Você dá um jeito nisso?

– Não – respondeu ele. – Não posso retornar à área.

– Por que não?

Wu não respondeu.

– Esquece que pedi isso. Vamos usar o Martin. Ele tem as informações sobre os filhos dela.

Wu não falou nada. Não gostava da ideia, mas guardou para si.

– Vamos dar um jeito nisso – disse a voz ao telefone antes de desligar.

capítulo 28

GRACE DISSE:

– Josh está mentindo.

Estavam de volta à Main Street. Nuvens pesadas ameaçavam, mas por ora a umidade governava o dia. Scott Duncan apontou com o queixo na direção de algumas lojas adiante.

– Uma Starbucks cairia bem – sugeriu ele.

– Espera. Você não acha que ele está mentindo?

– Está nervoso. Tem uma diferença.

Duncan abriu a porta de vidro. Grace entrou. Havia uma fila. Sempre havia fila na Starbucks. O sistema de som tocava uma coisa antiga, o gorjeio de alguma cantora de blues, poderia ser Billie Holiday, Dinah Washington ou Nina Simone. A música terminou, substituída por alguma garota com violão: Jewel, Aimee Mann ou Lucinda Williams.

– E as inconsistências dele? – perguntou Grace.

Duncan franziu o cenho.

– O que foi? – disse ela.

– Você acha que o nosso amigo Josh parece do tipo que coopera de boa vontade com as autoridades?

– Não.

– O que você esperava que ele dissesse então?

– O chefe contou que ele teve uma emergência na família. E ele nos disse que estava doente.

– É uma inconsistência – concordou ele.

– Mas?

Duncan deu de ombros de forma exagerada, imitando Josh.

– Já trabalhei em muitos casos. Sabe o que aprendi sobre as inconsistências?

Ela fez que não com a cabeça. Atrás deles, o leite espumava; a máquina fazia aquele barulho de aspirador de carro.

– Elas existem. Ficaria mais desconfiado se não houvesse nenhuma. A verdade é sempre vaga. Se a história dele tivesse sido bem contada, ficaria mais preocupado. Questionaria a possibilidade de ele ter ensaiado. Manter uma mentira consistente não é tão difícil, mas no caso desse cara, se você perguntasse duas vezes a ele o que tinha comido no café da manhã, ele se confundiria.

A fila andou. O barista perguntou o que queriam beber. Duncan olhou para Grace. Ela pediu um café gelado, sem água. Duncan balançou a cabeça e disse:

– Dois, por favor.

Pagou usando um cartão pré-pago da Starbucks. Eles esperaram pelas bebidas no balcão.

– Então você acha que ele estava sendo sincero? – perguntou Grace.

– Não sei. Mas não achei que deu bandeira em nada que disse.

Grace não tinha tanta certeza.

– Só pode ter sido ele.

– Por quê?

– Não tinha mais ninguém.

Eles pegaram as bebidas e encontraram uma mesa perto da janela.

– Recapitule tudo para mim – pediu Duncan.

– Recapitular o quê?

– Volta. Você pegou as fotos com Josh. Você as olhou imediatamente?

Os olhos de Grace se ergueram e ela olhou para a direita. Tentava lembrar os detalhes.

– Não.

– Ok, aí você pegou o envelope. Pôs na bolsa ou fez o quê?

– Fiquei com ele na mão.

– E depois?

– Entrei no carro.

– O envelope ainda estava com você?

– Sim.

– Onde?

– Entre os dois bancos da frente.

– Aonde você foi?

– Pegar Max na escola.

– Parou no caminho?

– Não.

– As fotos ficaram com você o tempo todo?

Grace sorriu, apesar de tudo.

– Parece que estou sendo interrogada pela polícia federal antes de pegar um avião.

– Eles não fazem mais tantas perguntas.

– Já faz tempo que não pego um avião.

Ela sorriu de um jeito meio simplório e percebeu por que tinha feito esse desvio fútil na conversa. Ele também. Tinha visto algo – algo em que não desejava se aprofundar.

– O que foi? – perguntou Duncan.

Ela meneou a cabeça. Ele falou.

– Talvez eu não tenha sido capaz de perceber se Josh estava escondendo alguma coisa ou não. Você, no entanto, é mais fácil de interrogar. O que está acontecendo?

– Nada.

– Espera aí, Grace.

– As fotos nunca saíram das minhas mãos.

– Mas?

– Escuta, isso é uma perda de tempo. Sei que foi Josh. Só pode ter sido.

– Mas?

Ela respirou fundo.

– Só vou falar uma vez, para que a gente possa descartar essa hipótese e continuar tocando a vida.

Duncan anuiu.

– Houve uma pessoa que *pode*, e estou enfatizando a palavra *pode*, ter tido acesso às fotos.

– Quem?

– Eu estava sentada no carro esperando Max. Abri o envelope e olhei as primeiras fotos. Depois minha amiga Cora entrou.

– Entrou no carro?

– Sim.

– Onde?

– No banco do carona.

– E as fotos estavam na frente, entre os bancos?

– Não, não mais – sua voz assumiu um tom de irritação. Não estava gostando daquilo. – Acabei de dizer a você que tinha olhado as fotos.

– Mas você as soltou.

– Depois, sim, acho.

– Pôs no console?

– Acho que sim. Não lembro.

– Então ela teve acesso.

– Não. Eu estava lá o tempo todo.

– Quem saiu primeiro?

– Nós duas saímos ao mesmo tempo, acho.

– Você manca.

Grace olhou para ele.

– E daí?

– E daí que saltar do carro deve exigir um pouco mais de esforço.

– Salto perfeitamente.

– Espera aí, Grace, pensa comigo. É possível, não estou dizendo que seja provável, que, enquanto você estava saltando, sua amiga tenha colocado a foto no envelope.

– É possível, claro. Mas ela não colocou.

– De jeito nenhum?

– De jeito nenhum.

– Você confia nela totalmente?

– Sim. Mas, mesmo que não confiasse, pense no seguinte: o que ela estaria fazendo? Andando por aí com a foto, na esperança de me encontrar com um envelope de fotos recém-reveladas?

– Não necessariamente. Talvez seu plano fosse plantar a foto na sua bolsa, no porta-luvas, debaixo do banco, não sei. Aí ela viu o envelope com as fotos e...

– Não. – Grace levantou a mão. – Não é por aí. Cora não faria isso. É perda de tempo seguir por esse caminho.

– Qual é o sobrenome dela?

– Isso não tem importância.

– Só me diga e eu te deixo em paz.

– Lindley. Cora Lindley.

– Ok – disse ele. – Vou te deixar em paz.

E anotou o nome num bloquinho.

– E agora? – perguntou Grace.

Duncan olhou para o relógio.

– Tenho que voltar para o trabalho.

– E o que eu faço?

– Vasculhe a casa. Se o seu marido estava escondendo alguma coisa, talvez você tenha a sorte de encontrar.

– Sua sugestão é que eu espione meu marido?

– Jogue lenha na fogueira, Grace. – Ele se virou em direção ao carro. – Fique atenta. Volto a falar com você em breve, prometo.

capítulo 29

A VIDA NÃO PARA.

Grace precisava comprar comida. Isso poderia soar estranho levando-se em consideração as circunstâncias. Os dois filhos, estava certa quanto a isso, sobreviveriam, encantados, com uma dieta ininterrupta de entrega de pizzas, mas ainda assim precisavam do básico: leite, suco de laranja (do tipo com cálcio, mas nunca, jamais, com bagaço), uma dúzia de ovos, frios, duas caixas de cereal, pão de forma, macarrão, uma lata de molho de tomate. Coisas desse tipo. Poderia até ser bom ir ao mercado. Estava certa de que fazer uma coisa banal, tão anestesicamente normal, seria, se não reconfortante, ao menos meio terapêutico.

Ela foi para o King's, na Franklin Boulevard. Grace não cultivava fidelidade a supermercados. Os amigos tinham preferências e jamais sonhariam em fazer compras em outro lugar. Cora gostava do A&P, em Midland Park. A vizinha adorava o Whole Foods, em Ridgewood. Outros conhecidos prefeririam o Stop & Shop, em Waldwick. Sua escolha era mais ao acaso porque, com toda a franqueza, onde quer que fizesse compras, o suco de laranja Tropicana continuaria sendo o suco de laranja Tropicana.

Nesse caso, o King's era o que ficava mais perto da Starbucks. Decisão tomada.

Pegou um carrinho e fingiu que era uma cidadã qualquer em um dia qualquer. Mas não durou muito. Começou a pensar em Scott Duncan, na irmã dele e no que tudo aquilo significava.

Onde, perguntava-se, isso tudo vai dar?

Primeira coisa: a suposta "conexão Cora". Ela descartou essa opção. Simplesmente não poderia ser. Duncan não conhecia Cora. Ser desconfiado fazia parte do trabalho dele. Grace a conhecia. Cora era excêntrica, não havia dúvida, mas fora justamente isso, mais que qualquer outra coisa, o que a havia feito simpatizar com ela. Tinham se conhecido numa apresentação na escola, assim que os Lawson se mudaram para a cidade. Enquanto os filhos apresentavam suas péssimas atuações, as duas foram obrigadas a ficar de pé no saguão porque nenhuma delas havia chegado cedo o bastante para conseguir um assento. Cora se inclinou então para ela e murmurou:

– Foi mais fácil conseguir um lugar na primeira fila para assistir a Bruce Springsteen.

Grace rira e, assim, aos poucos a amizade começou.

Mas, deixando de lado esse ponto de vista tendencioso, que motivo Cora poderia ter? As apostas ainda estavam em Josh, Penugem Branca. Sim, era natural que estivesse nervoso. Sim, ele provavelmente era contra autoridades. Mas tinha mais coisa ali, Grace estava certa disso. Então, esqueça Cora. Concentre-se em Josh. Descubra aí uma razão.

Max estava em uma fase de bacon. Havia agora um tipo novo, pré-preparado, que ele tinha comido na casa de um amigo. Queria que a mãe comprasse para ele. Grace estava verificando as informações nutricionais do produto. Como o restante do país, ela se concentrava em diminuir o consumo de carboidratos. Esse não apresentava nada. Nenhum carboidrato. Sódio em quantidade suficiente para salgar um grande espelho d'água. Mas nenhum carboidrato.

Estava conferindo os ingredientes – uma miscelânea interessante de palavras que ela precisaria procurar no dicionário – quando sentiu, de verdade, o olhar de alguém sobre ela. Ainda segurando a caixa na altura dos olhos, lentamente mudou o foco da visão. No corredor, perto da geladeira de salsichas e salames, havia um homem parado, olhando-a fixamente, sem disfarçar. Não havia mais ninguém naquele setor. Era de estatura mediana, pouco menos que 1,80 metro. Fazia dois dias, no mínimo, que nenhum barbeador encostava em seu rosto. Estava usando jeans, camiseta marrom e um casaco preto Members Only. O boné trazia a logo da Nike.

Grace nunca vira o cara antes. Ele a encarou mais um momento antes de falar. A voz era pouco mais que um sussurro.

– Sra. Lamb – disse o homem. – Sala 17.

Por um instante, Grace não compreendeu as palavras. Ficou apenas parada ali, incapaz de se mover. Não era o caso de que não o tivesse ouvido – ela tinha –, mas as palavras pareceram tão fora de contexto, tão fora do lugar, vindas dos lábios daquele estranho, que sua mente não conseguiu realmente compreender o significado.

A princípio, ao menos. Durante um segundo ou dois. Depois a ficha caiu... *Sra. Lamb. Sala 17...*

A Sra. Lamb era a professora de Emma. A sala 17 era a sala de aula da filha.

O homem já estava se afastando apressadamente pelo corredor.

– Espera! – gritou Grace. – Ei!

O cara virou em um corredor. Ela saiu atrás dele. Tentou pegar velocidade, mas o defeito físico, aquele maldito defeito, não a deixava ir rápido. Ela chegou ao fim do corredor, à parede de trás, ao lado dos cortes de frango. Olhou para a esquerda e para a direita.

Nenhum sinal do homem.

E agora?

Sra. Lamb. Sala 17...

Tomou a direita, examinando os corredores enquanto andava. Meteu a mão no bolso, procurou um pouco e encontrou o celular.

Fique calma, disse para si mesma. Ligue para a escola.

Tentou apertar o passo, mas a perna pesava como uma barra de chumbo. Quanto mais se apressava, mais pronunciado ficava o defeito. Quando tentou realmente correr, parecia Quasímodo subindo para o campanário. Não importava, claro, a aparência. O problema era funcional: não estava indo rápido o bastante.

Sra. Lamb. Sala 17...

Se ele fez alguma coisa com minha filha, se sequer olhou feio para ela...

Grace chegou ao último corredor, uma seção refrigerada onde ficavam laticínios e ovos, a mais distante da entrada, de forma a encorajar as compras por impulso. Deu meia-volta, na direção da frente da loja, na esperança de encontrá-lo quando refizesse o caminho. Mexia no telefone enquanto andava, tarefa nada fácil, examinando a lista de números salvos para ver se tinha o da escola.

Não tinha.

Droga. Grace apostava que as outras mães – as boas mães, aquelas de sorriso alegre e que faziam os trabalhos manuais perfeitos para os filhos apresentarem na escola – tinham o número do telefone da escola pré--programado para chamadas rápidas.

Sra. Lamb. Sala 17...

Tente a telefonista, idiota.

Ela digitou os números. Quando chegou ao final do corredor, examinou os caixas.

Nenhum sinal do homem.

No telefone, uma voz grave de James Earl Jones anunciava: "Telefonia Verizon, disque o ramal desejado ou aguarde." Depois, um sinal. Uma voz de mulher então: "Para atendimento em inglês, permaneça na linha, por favor. Para espanhol, tecle dois."

E foi então, escutando a opção para espanhol, que avistou outra vez o homem.

Ele estava do lado de fora. Grace podia vê-lo pelo vidro. Ainda usava o boné e o casaco preto. Caminhava de maneira casual, casual demais, assoviando até, e balançando os braços. Ela já ia atrás de novo quando algo – na mão dele – fez seu sangue congelar.

Não podia ser.

Novamente, não conseguiu compreender de imediato. A visão, o estímulo que o olho estava enviando ao cérebro, não fazia sentido, como se a informação causasse algum tipo de curto-circuito. No entanto, não por muito tempo. Apenas durante um segundo ou dois.

A mão de Grace, a que estava segurando o celular, caiu. O homem continuava a andar. O terror – diferente de qualquer coisa que já tivesse experimentado antes, que fazia o Massacre de Boston parecer um parque de diversões – endureceu e bateu contra seu peito. O cara já estava quase fora de vista. Exibia um sorriso. Ainda assoviava. Os braços balançavam.

E na mão direita, a que estava mais perto da janela, ele segurava uma merendeira do Batman.

capítulo 30

— SRA. LAWSON – DISSE Sylvia Steiner, diretora da Willard School, para Grace, naquela voz que as diretoras usam quando estão lidando com pais histéricos –, Emma está bem. E Max também.

Quando Grace chegou à porta do King's, o homem com a merendeira do Batman já tinha sumido. Ela começou a gritar, pedir ajuda, mas os outros fregueses a olhavam como se ela tivesse escapado do hospício da cidade. Não havia tempo para explicar. Ela capengou às pressas até o automóvel, ligou para a escola enquanto dirigia a uma velocidade que teria intimidado até um piloto de Fórmula 1 e entrou direto no escritório principal.

– Falei com as professoras dos dois. Eles estão em sala de aula – informou a diretora.

– Quero vê-los.

– Claro, é um direito seu, mas posso dar uma sugestão? – Sylvia Steiner falava tão devagar que Grace queria enfiar a mão em sua garganta e arrancar as palavras. – Tenho certeza de que a senhora passou por um susto terrível, mas respire fundo algumas vezes. Acalme-se primeiro. Vai assustar seus filhos se eles a virem assim.

Uma parte de Grace queria agarrar aquele penteado complacente, aprumado, certinho demais e arrancá-lo da cabeça da diretora. Mas outra, a maior, percebia que a mulher estava falando a verdade.

– Só preciso vê-los – disse.

– Entendo. Que tal isso? Podemos dar uma olhada neles pelo vidro. Está bem assim para você, Sra. Lawson?

Grace fez que sim com a cabeça.

– Venha, então, eu lhe acompanho.

A diretora Steiner lançou um olhar para a mulher que estava trabalhando na recepção, a Sra. Dinsmont, que fez de tudo para não revirar os olhos. Toda escola tem uma mulher assim, que vê tudo, na recepção. Alguma lei estadual deve ter tornado isso obrigatório.

Os corredores eram explosões de cores. A arte de crianças sempre partia o coração de Grace. Os trabalhos eram como instantâneos, um momento que não volta mais, um cartão-postal da vida que nunca vai se repetir. Suas habilidades artísticas vão amadurecer e mudar. A inocência vai se perder, preservada apenas em pinturas feitas com o dedo ou no colorido que ultrapassava as margens, na caligrafia irregular.

Elas chegaram primeiro à sala de Max. Grace pôs o rosto no vidro. Viu o filho imediatamente. Estava de costas para ela, de cabeça erguida, sentado de pernas cruzadas em uma roda no chão. A professora, Srta. Lyons, encontrava-se em uma cadeira. Lia um livro ilustrado, segurando-o no alto para que as crianças pudessem ver.

– Tudo certo? – perguntou a diretora Steiner.

Grace aquiesceu.

Elas seguiram pelo corredor. Grace viu o número 17...

Sra. Lamb. Sala 17...

... na porta. Sentiu outro tremor e tentou não correr. A diretora Steiner já tinha notado sua deficiência. A perna doía de uma forma que não acontecia havia anos. Ela olhou pelo vidro. A filha estava lá, exatamente onde deveria estar. Grace precisou lutar contra as lágrimas. Emma estava cabisbaixa. Na boca, a extremidade do lápis que tinha a borracha. Mastigava-a, imersa em pensamentos. Por que, perguntou-se Grace, ficamos tão emocionados quando observamos nossos filhos sem que eles saibam? O que estamos tentando ver exatamente?

E agora?

Respirações profundas. Calma. As crianças estavam bem. Isso era o principal. Pense nisso. Seja racional.

Chame a polícia. Esse era o passo lógico.

A diretora Steiner fingiu tossir. Grace olhou para ela.

– Sei que vai parecer loucura – advertiu Grace –, mas preciso ver a merendeira de Emma.

Grace esperou um olhar de surpresa ou exasperação, mas não, Sylvia Steiner apenas fez que sim com a cabeça. Não perguntou por quê – na verdade, não questionara de nenhuma forma seu comportamento bizarro. Grace ficou agradecida.

– Todas as merendeiras ficam guardadas no refeitório – explicou ela. – Cada turma tem sua caixa. Quer que lhe mostre?

– Quero. Obrigada.

Todas as caixas estavam enfileiradas por ordem de série. Elas encontraram uma grande, azul, escrita "Susan Lamb, Sala 17", e começaram a vasculhá-la.

– Como ela é? – perguntou a diretora Steiner.

Quando ia responder, Grace a viu. Batman. A palavra *POW!* em maiúsculas amarelas. Levantou-a devagar para ver. O nome de Emma estava escrito embaixo.

– É essa?

Grace assentiu.

– Está muito na moda este ano.

Foi necessário um grande esforço para não apertar a merendeira contra o peito. Ela a colocou de volta, como se fosse um cristal veneziano. As duas retornaram ao escritório principal em silêncio. Grace se sentiu tentada a levar as crianças para casa. Eram duas e meia. Elas sairiam em meia hora, de qualquer forma. Mas não, não iria funcionar. Provavelmente, só as deixaria assustadas. Precisava de tempo para pensar, analisar sua reação, e, quando considerou isso, concluiu que Emma e Max estariam mais seguros ali, cercados por outros.

Grace agradeceu outra vez à diretora. Elas deram um aperto de mãos.

– Algo mais que eu possa fazer? – perguntou Sylvia Steiner.

– Não, creio que não.

Grace saiu. Ficou parada do lado de fora, na calçada. Fechou os olhos por um momento. O medo não estava se dissipando, mas se tornando sólido, transformando-se em um ódio puro, primitivo. Podia sentir o calor lhe subindo pelo pescoço. Degenerado. Aquele degenerado tinha ameaçado sua filha.

E agora?

A polícia. Devia chamá-la. Era uma medida óbvia. O telefone estava na mão. Já ia ligar quando um simples pensamento a deteve: o que diria exatamente?

Oi, eu estava no supermercado hoje, veja só, e tinha um cara perto da seção de embutidos. Bem, ele sussurrou o nome da professora da minha filha. Isso, a professora. Ah, e o número da sala de aula. Sim, na seção de embutidos, bem ali, junto das carnes Oscar Mayer. E aí o cara fugiu. Mas depois o avistei com a merendeira da minha filha. Fora do supermercado. O que ele estava fazendo? Só andando, acho. Bem, não, não era, na verdade, a merendeira da Emma. Era igual. Do Batman. Não, ele não fez nenhuma ameaça clara. Como? Sim, sou a mesma mulher que disse que o marido tinha sido sequestrado ontem. Certo, depois ele me ligou e falou que precisava de espaço. Sim, sou eu, a mesma histérica...

Havia outra opção?

Ela pensou em tudo outra vez. A polícia já achava que ela era maluca. Poderia convencê-los do contrário? Talvez. O que os policiais fariam, de qualquer forma? Designariam um homem para vigiar seus filhos o tempo todo? Quase impossível, mesmo que conseguisse de algum modo fazê-los compreender a urgência.

Depois se lembrou de Scott Duncan.

Ele trabalhava na Procuradoria-Geral dos Estados Unidos. Era como ser um policial federal, certo? Devia ter influência. Poder. E, o principal, acreditaria nela.

Duncan havia lhe dado o número de seu celular. Ela procurou no bolso. Estava vazio. Teria deixado no carro? Provavelmente. Não importava. Ele dissera que estava voltando para o trabalho. A Procuradoria-Geral ficava em Newark, imaginava. Lá ou em Trenton. Trenton era muito longe para se ir de carro. Melhor tentar Newark primeiro. Ele devia estar lá agora.

Ela parou e virou o rosto para a escola. As crianças estavam lá dentro. Pensamento insólito, mas era verdade. Elas passavam os dias ali, longe dela, naquela caixa de tijolos, e uma parte de Grace achava aquilo estranhamente opressivo. Ela ligou para a telefonista e pediu o número da Procuradoria--Geral em Newark. Pagou 35 centavos a mais para que a telefonista completasse a ligação.

– Procuradoria dos Estados Unidos para o estado de Nova Jersey.

– Scott Duncan, por favor.

– Aguarde um instante.

Dois toques, e uma voz feminina disse ao telefone:

– Goldberg.

– Estou procurando Scott Duncan.

– Que caso?

– Como?

– Em referência a que caso?

– Caso nenhum. Só preciso falar com o Sr. Duncan.

– Posso perguntar sobre o quê?

– É assunto pessoal.

– Sinto muito, mas não tenho como ajudá-la. Scott Duncan não trabalha mais aqui. Estou cobrindo a maioria dos seus casos. Se eu puder lhe prestar algum auxílio nisso...

Grace afastou o telefone da orelha. Olhou para o objeto como se estivesse a uma longa distância. Apertou o botão para encerrar a chamada. Entrou no carro e observou de novo o prédio de tijolos, em que seus filhos estavam abrigados naquele momento. Contemplou-o durante um longo tempo, perguntando-se se haveria alguém em quem poderia confiar de verdade antes de decidir o que fazer.

Pegou novamente o telefone. Digitou um número.

– Sim?

– Aqui é Grace Lawson.

Três segundos depois, Carl Vespa disse:

– Está tudo bem?

– Mudei de ideia – respondeu ela. – Preciso da sua ajuda.

capítulo 31

— **O** NOME DELE É ERIC WU.

Perlmutter voltara ao hospital. Estava correndo atrás de um mandado que obrigasse Indira Khariwalla a contar quem era seu cliente, mas o promotor do condado estava interferindo mais que o esperado. Nesse meio-tempo, os rapazes do laboratório faziam seu trabalho. As digitais haviam sido enviadas ao NCIC, e agora, se Daley estivesse certo, já tinham a identidade do criminoso.

– Ele é fichado? – perguntou Perlmutter.

– Saiu de Walden há três meses.

– Por?

– Assalto a mão armada – respondeu Daley. – Wu fez um acordo no caso Scope. Liguei e me informei. Esse cara é bem barra-pesada.

– Como assim, barra-pesada?

– De você se cagar de medo. Se dez por cento das histórias sobre ele forem verdade, vou passar a dormir de luz acesa.

– Sou todo ouvidos.

– Ele cresceu na Coreia do Norte. Ficou órfão muito novo. Passou um tempo trabalhando nas prisões secretas do Estado para dissidentes políticos. Tem um talento especial para fazer pressão em certos pontos do corpo, sei lá. Foi o que fez com Sykes, um troço desses de kung-fu, que praticamente quebrou a coluna dele. Ele sequestrou a esposa de um cara, ficou com ela cerca de duas horas. Aí ligou para o marido e disse a ele que escutasse. A mulher começou a gritar. Depois ela falou para o marido que tinha ódio dele. Começou a xingá-lo. Foi a última coisa que ouviu da esposa.

– Ele matou a mulher?

O rosto de Daley nunca parecera tão solene.

– Esse foi o problema. Não matou.

A temperatura na sala caiu uns dez graus.

– Não estou entendendo.

– Wu a libertou. Ela nunca mais falou. Agora fica sentada se balançando em algum lugar por aí. Se o marido chega perto, ela surta e começa a gritar.

– Meu Deus... – Perlmutter sentiu um arrepio percorrer seu corpo. – Você tem uma luzinha dessas sobrando?

– Tenho mais uma, sim, mas estou usando as duas.

– Mas qual o interesse desse cara em Freddy Sykes?

– Não faço ideia.

Charlaine Swain apareceu no corredor. Não tinha deixado o hospital desde o tiroteio. Eles haviam finalmente conseguido que ela falasse com Sykes. Fora uma cena estranha. Freddy ficou chorando. Charlaine tentou obter alguma informação. Funcionou, de certa forma. Sykes parecia não saber de nada. Não fazia a menor ideia de quem era o agressor ou por que alguém iria querer machucá-lo. Era apenas um modesto contador que morava sozinho – não parecia estar na mira de ninguém.

– Tudo está ligado – comentou Perlmutter.

– O capitão tem alguma teoria?

– Mais ou menos. Umas ideias aqui e ali.

– Vamos ouvir.

– Começa com os registros do E-ZPass.

– Ok.

– Temos Jack Lawson e Rocky Conwell passando pelo pedágio ao mesmo tempo – continuou Perlmutter.

– Certo.

– Acho que agora sabemos por quê. Conwell estava trabalhando para um investigador particular.

– Sua amiga Índia de Tal.

– Indira Khariwalla. E ela não é minha amiga. Mas isso não importa. A única coisa que realmente faz sentido aqui é que Conwell foi contratado para seguir Lawson.

– *Ipso facto*, isso explica o horário de utilização do E-ZPass.

Perlmutter concordou, tentando ligar os pontos.

– E o que acontece em seguida? Conwell acaba morto. O legista disse que provavelmente ele morreu naquela noite, antes da meia-noite. Sabemos que cruzou o pedágio às 22h26. Então, em algum momento logo depois disso, Rocky Conwell foi vítima de violência. – Perlmutter esfregou o rosto. – O suspeito lógico seria Jack Lawson. Ele percebe que está sendo seguido. Encara Conwell e o mata.

– Faz sentido – concordou Daley.

– Só que não faz. Pensa. Rocky Conwell media 1,95 metro, pesava 118 quilos e estava em ótima forma. Você acha que um cara como Lawson conseguiria matá-lo com tanta facilidade? Só com a mão?

– Meu Deus! – Daley entendeu então. – Eric Wu?

Perlmutter fez que sim com a cabeça.

– Faz sentido. De algum modo, Conwell deu de cara com Wu, que o matou, meteu seu corpo na mala e o deixou no estacionamento. Charlaine Swain disse que Wu estava dirigindo um Ford Windstar. Mesmo modelo e mesma cor que o carro de Jack Lawson.

– Então qual é a ligação entre Lawson e Wu?

– Não sei.

– Talvez Wu trabalhe para ele.

– Pode ser. Não sabemos. Temos certeza, no entanto, que Lawson está vivo... Ou ao menos estava depois do assassinato de Conwell.

– Certo, porque ligou para a esposa. Quando ela estava na delegacia. E o que aconteceu depois?

– Eu gostaria muito de saber.

Perlmutter observou Charlaine Swain. Estava parada no corredor, olhando o quarto do marido pelo vidro. Ele pensou em se aproximar, mas o que poderia dizer?

Daley o cutucou e os dois se viraram para ver a oficial Veronique Baltrus sair do elevador. Ela já estava no departamento fazia três anos. Aos 38, tinha o cabelo preto sempre desgrenhado e um bronzeado constante. Vestia um uniforme policial padrão, tão sexy quanto qualquer coisa com cinturão e coldre poderia ser, mas nas horas livres preferia roupas de academia, de lycra, que mostravam a ausência total de barriga. Era mignon, de olhos escuros, e todos os caras da delegacia, até Perlmutter, tinham uma queda por ela.

Veronique Baltrus era bonita e ao mesmo tempo perita em computadores – uma combinação de acelerar o coração. Seis anos antes, ela trabalhava em uma loja de roupa de banho, em Nova York, quando a perseguição começou. O perseguidor ligava para ela. Mandava e-mails. Assediava-a no trabalho. Sua principal arma era o computador, o melhor esconderijo dos anônimos e covardes. A polícia não tinha efetivo suficiente para caçá-lo. Acreditavam também que o perseguidor, quem quer que fosse, provavelmente ficaria só naquilo.

Mas não ficou.

Em uma noite calma de outono, Veronique Baltrus foi covardemente atacada. O agressor escapou. Ela se recuperou. Já sendo boa com computadores, aperfeiçoou ainda mais suas habilidades e se tornou uma especialista. Usou o novo conhecimento para caçar o agressor – ele continuava a mandar e-mails, aventando a possibilidade de ir até ela de novo – e levá-lo à justiça. Veronique deixou o trabalho na loja e se tornou oficial de polícia.

Agora, embora Veronique Baltrus usasse uniforme e trabalhasse em turnos regulares, era a perita em computadores não oficial do condado. Ninguém no departamento, além de Perlmutter, conhecia sua história pregressa. Foi uma das exigências quando ela se candidatou ao emprego.

– Conseguiu alguma coisa? – perguntou ele.

Veronique Baltrus sorriu. Tinha um belo sorriso. A queda que Perlmutter tinha por ela não era como a dos outros homens. Não se baseava apenas na atração física. Ela foi a primeira mulher a fazê-lo sentir alguma coisa desde a morte de Marion. Ele não tomava nenhuma iniciativa. Seria antiprofissional, antiético. E, verdade seja dita, Veronique era muuuuuuuuita areia para seu caminhão.

Ela fez um gesto para o fim do corredor, na direção de Charlaine Swain.

– Deveríamos agradecer a ela.

– Como assim?

– Al Singer.

Esse, Sykes havia dito a Charlaine, tinha sido o nome que Eric Wu usou ao fingir estar fazendo a entrega. Quando ela perguntou quem era Al Singer, Freddy estremeceu um pouco e negou conhecer qualquer Sr. Singer. Disse que abriu a porta por curiosidade. Perlmutter falou:

– Pensei que Al Singer fosse um nome falso.

– Sim e não – replicou Veronique. – Vasculhei o computador do Sr. Sykes. Ele se registrou em um site de encontros e vinha se correspondendo regularmente com um homem chamado Al Singer.

A expressão de Perlmutter se fechou.

– Um site de encontros gay?

– Bissexual, na verdade. Qual o problema?

– Nenhum. Então Al Singer era o quê? O amante on-line?

– Al Singer não existe. Era um codinome.

– Isso não é comum on-line, sobretudo em um site de encontros gay? Usar codinome?

– Sim, é – concordou Veronique. – É o que estou querendo dizer. O seu Sr. Wu fingiu que estava fazendo uma entrega. E usou este nome, Singer. Como ele poderia saber sobre Al Singer a menos que...?

– Você está dizendo que Eric Wu é Al Singer?

Veronique anuiu e pôs as mãos nos quadris.

– Essa é minha hipótese, claro. Acho o seguinte: Wu ficava on-line. Usava o nome Al Singer. Dessa forma, conhecia pessoas, vítimas em potencial. Nesse caso, conheceu Freddy Sykes. Entrou na sua casa e o agrediu. Na minha opinião, ele o mataria no final.

– Você acha que ele já fez isso antes?

– Sim.

– Então ele é o quê? Uma espécie de serial killer de bissexuais?

– Isso eu não sei. Mas se encaixa no padrão que encontrei no computador. Perlmutter pensou naquilo.

– Esse Al Singer tem algum outro parceiro on-line?

– Mais três.

– Algum deles já foi agredido?

– Não, ainda não. Estão todos vivos.

– O que faz você pensar então que é algo recorrente?

– É cedo demais para afirmar qualquer coisa com certeza. Mas Charlaine Swain nos fez um grande favor. Wu estava usando o computador de Sykes. Provavelmente planejava destruí-lo antes de ir embora, mas ela o afugentou antes que tivesse tempo. Estou juntando os pedaços agora, mas existe outra personalidade on-line aí. Ainda não sei o nome, mas ele está agindo no yenta-match.com. De judeus solteiros.

– Como sabemos que não é o próprio Freddy Sykes?

– Porque a pessoa acessou esse site nas últimas 24 horas.

– Então só pode ter sido Wu.

– Sim.

– Ainda não entendo. Por que ele partiria para outro site de encontros?

– Para encontrar mais vítimas – respondeu ela. – Acho que é assim que funciona: esse Wu tem um monte de nomes e personalidades diferentes em um monte de sites de encontros diferentes. Quando ele, vamos dizer, usa um, como Al Singer, não volta mais lá. Ele usou Al Singer para chegar a Freddy Sykes, e deve saber que um investigador pode rastreá-lo.

– Então ele para de usar o Al Singer.

– Isso. Mas ele usa outros nomes em outros sites. Então está pronto para a próxima vítima.

– Você já tem algum desses outros nomes?

– Estou chegando lá – disse Baltrus. – Só preciso de um mandado para o yenta-match.com.

– Você acha que algum juiz vai emitir?

– A única identidade que sabemos que Wu acessou recentemente é a do site yenta-match.com. Acho que ele estava procurando a próxima vítima. Se conseguirmos uma lista com os nomes que usou e os de quem contatou...

– Continue pesquisando.

– É o que vou fazer.

Veronique Baltrus foi embora. Apesar de ser errado – afinal de contas, era seu superior –, Perlmutter sentiu falta de Marion enquanto via Veronique partir.

capítulo 32

Dez minutos depois, o motorista de Carl Vespa – o infame Cram – encontrou Grace a dois quarteirões da escola.

Chegou a pé. Ela não sabia como, nem onde ele tinha estacionado o carro. Estava ali parada, olhando de longe para a escola, quando sentiu um tapinha no ombro. Deu um pulo, o coração disparado. Quando se virou e viu seu rosto, bem, a visão não foi exatamente reconfortante.

Cram arqueou as sobrancelhas.

– A senhora ligou?

– Como chegou aqui?

Cram balançou a cabeça. De perto, agora que podia dar uma boa olhada nele, o cara era mais horrível ainda do que ela lembrava. A pele tinha marcas de varíola. O nariz e a boca pareciam um focinho de animal, tudo isso somado ao sorriso automático de predador marinho. Cram era mais velho do que ela pensava, devia ter quase 60 anos. Era esguio, no entanto. Tinha o olhar alucinado que ela sempre associara a uma psicose séria, mas havia um consolo nesse elemento de perigo imediato: era o tipo de cara que alguém só quer ao seu lado em uma guerra.

– Conte-me tudo – disse Cram.

Grace começou com Scott Duncan e depois passou para a história do supermercado. Contou o que o homem com barba por fazer tinha dito, contou sobre ter saído em disparada pelo corredor e sobre a merendeira do Batman. Cram mastigava um palito de dentes. Tinha dedos finos. As unhas eram compridas demais.

– Como ele era?

Ela o descreveu o melhor que pôde. Quando terminou, Cram cuspiu o palito e balançou a cabeça.

– Sério? – questionou ele.

– O quê?

– Um casaco Members Only? O que é isso, 1986?

Grace não riu.

– Você está segura agora – falou ele. – Seus filhos estão seguros.

Ela acreditou nele.

– A que horas eles saem?

– Às três.

– Ótimo. – Ele olhou para a escola. – Meu Deus, eu odiava esse lugar.

– Você estudou ali?

Cram assentiu.

– Me formei na Willard, em 1957.

Ela tentou imaginá-lo um garotinho indo para aquela escola. A imagem não surgia. Ele começou a se afastar.

– Espere – interveio Grace. – O que quer que eu faça?

– Que pegue seus filhos e vá para casa.

– Onde você vai estar?

Cram abriu um sorriso.

– Por perto.

E depois foi embora.

Grace esperava na cerca. As mães começavam a chegar, se aglomerar, conversar. Ela cruzou os braços, tentando irradiar uma energia do tipo "fiquem longe". Havia dias em que conseguia participar da algazarra. Aquele não era um deles.

O celular tocou. Ela o colocou no ouvido e disse alô.

– Entendeu a mensagem agora?

A voz era de homem e disfarçada. Grace sentiu um arrepio no couro cabeludo.

– Pare de observar, de fazer perguntas e de ficar mostrando a foto. Ou vamos levar Emma primeiro.

Clique.

Grace não gritou. Não faria isso. Guardou o telefone. As mãos tremiam. Olhou para elas como se pertencessem a outra pessoa. Não conseguia parar o tremor. Os filhos sairiam dali a pouco. Ela enfiou as mãos nos bolsos e tentou forçar um sorriso. Não conseguiu. Mordeu o lábio inferior para não chorar.

– Ei, está tudo bem?

A voz a assustou. Era Cora.

– O que você está fazendo aqui? – perguntou Grace.

As palavras saíram com certa violência.

– O que você acha? Vim pegar Vickie.

– Pensei que ela estava com o pai.

Cora pareceu intrigada.

– Só a noite passada. Ele a deixou aqui na escola hoje de manhã. Meu Deus, que diabo aconteceu?

– Não posso falar.

Cora não soube como reagir àquilo. O sinal tocou. As duas se viraram. Grace não sabia o que pensar. Sabia que Scott Duncan estava errado sobre Cora – mais que isso, agora sabia que ele era um mentiroso – e, ainda assim, a suspeita em relação à amiga, uma vez levantada, não cessava. Não conseguia deixá-la de lado.

– Escuta, só estou assustada, ok?

Cora aquiesceu. Vickie apareceu primeiro.

– Se precisar de mim...

– Obrigada.

Cora se afastou sem mais nenhuma palavra. Grace esperou sozinha, procurando os rostos familiares na enxurrada de crianças que saíam pela porta. Emma deu um passo à luz do sol e protegeu os olhos. Quando viu a mãe, o rosto se abriu num sorriso. Acenou.

Grace suprimiu um grito de alívio. Enfiou os dedos no alambrado, apertando com força, controlando-se para não sair correndo e envolver Emma em um abraço.

Quando Grace, Emma e Max chegaram em casa, Cram já estava na porta.

Emma esboçou uma pergunta à mãe, mas, antes que Grace pudesse responder, Max disparou pelo caminho. Só parou na frente de Cram e inclinou o pescoço para observar o sorriso de predador marinho.

– Ei – disse o menino ao motorista de Vespa.

– Ei.

Max falou:

– Você era o cara dirigindo aquele carrão, né?

– É.

– É legal dirigir aquele carrão?

– Muito.

– Eu sou o Max.

– Eu sou o Cram.

– Nome legal.

– É. É, sim.

Max fechou o punho e o ergueu. Cram fez a mesma coisa, e eles bateram um contra o outro, junta contra junta, em uma nova espécie de saudação. Grace e Emma terminaram de percorrer o caminho.

– Cram é um amigo da família – explicou Grace. – Vai me ajudar um pouco.

Emma não gostou daquilo.

– Ajudar com o quê?

Ela fez cara de má na direção de Cram, o que, diante das circunstâncias, era compreensível e rude ao mesmo tempo, mas aquele não era o momento para ensinar boas maneiras.

– Cadê o papai?

– Viajando a trabalho – respondeu Grace.

Emma não disse mais nada. Entrou em casa e correu para o andar de cima. Max olhou para Cram.

– Posso perguntar uma coisa?

– Claro.

– Todos os seus amigos chamam você de Cram?

– Sim.

– Só Cram?

– Isso. Um nome só. – Ele mexeu as sobrancelhas. – Que nem Cher ou Fabio.

– Quem?

Cram riu.

– Por que eles chamam você assim? – perguntou Max.

– Por que me chamam de Cram?

– É.

– Por causa dos meus dentes, olha.

Ele abriu bem a boca. Quando Grace tomou coragem para olhar, foi surpreendida por uma visão que parecia o experimento maluco de um ortodontista desequilibrado. Os dentes eram todos apinhados à esquerda, quase amontoados. Parecia haver muitos deles. Bolsões vazios, cor de rosa, onde deveria haver dentes, espalhavam-se pelo lado direito da boca.

– *Cram* é "abarrotado" em inglês – explicou ele. – Entendeu?

– Uau – retrucou Max. – Isso é muito legal.

– Querem saber como meus dentes ficaram assim?

Grace aproveitou a deixa.

– Não, obrigado.

Cram olhou para Grace.

– Boa resposta.

Cram. Ela deu outra olhada naqueles dentes pequenos demais.

– Max, você não tem dever de casa?

– Ai, mamãe.

– Agora – disse ela.

Max olhou para Cram.

– Depois a gente conversa.

Os dois se cumprimentaram outra vez com os punhos fechados, antes de Max sair correndo com a naturalidade de uma criança de 6 anos. O telefone tocou. Grace verificou quem chamava. Era Scott Duncan. Resolveu deixar a secretária eletrônica atender – era mais importante conversar com Cram. Eles foram para a cozinha. Havia dois homens sentados à mesa. Grace parou de súbito. Nenhum dos dois olhou para ela. Estavam cochichando entre si. Ela ia dizer algo, mas Cram fez sinal para que saíssem.

– Quem são eles?

– Trabalham pra mim.

– Fazendo o quê?

– Não se preocupe com isso.

Ela obedeceu, porque havia assuntos mais importantes para tratar naquele momento.

– Recebi uma ligação do cara – disse ela. – No meu celular.

Grace contou a ele o que a voz no telefone dissera. A expressão de Cram não se modificou. Quando ela terminou, ele puxou um cigarro.

– Se importa se eu fumar?

Ela disse que não ligava.

– Não vou fazer isso dentro de casa.

Grace olhou em volta.

– É por isso que estamos aqui fora?

Cram não respondeu. Acendeu o cigarro, deu um trago longo e deixou a fumaça sair pelas narinas. Grace olhou para o quintal do vizinho. Não havia ninguém. Um cachorro latiu. O ruído de um cortador de grama rasgava o ar, parecendo um helicóptero.

Grace olhou para ele.

– Você já ameaçou pessoas, né?

– Já.

– Então, se eu fizer o que ele mandou, se eu parar, você acha que ele vai nos deixar em paz?

– Provavelmente. – Cram deu um trago tão profundo que parecia estar fumando maconha. – Mas a pergunta mais importante é: por que eles querem que você pare?

– Como assim?

– Você deve ter chegado perto. Deve ter tocado em algum nervo.

– Não consigo imaginar como.

– Sr. Vespa ligou. Quer se encontrar com você hoje à noite.

– Para quê?

Cram deu de ombros.

Ela olhou novamente para o lado.

– Você está preparada para mais notícias ruins? – perguntou.

Ela se virou para ele.

– Seu escritório. Aquele lá nos fundos.

– O que tem ele?

– Está grampeado. Tem um dispositivo de escuta e uma câmera.

– Uma câmera? – Ela não conseguia acreditar. – Na minha casa?

– É. Câmera oculta. Está num livro da estante. Fácil de descobrir quando se procura. É possível conseguir uma em qualquer loja de artigos de espionagem. Você já deve ter visto on-line. A pessoa esconde em um relógio ou detector de fumaça, esse tipo de coisa.

Grace tentou assimilar aquilo.

– Alguém está espionando a gente?

– Sim.

– Quem?

– Não faço ideia. Não acho que seja a polícia. É amador demais. Meus rapazes deram uma olhada rápida no resto da casa. Até agora, nada.

– Há quanto tempo... – Ela tentava compreender o que Cram estava contando. – Há quanto tempo a câmera e esse... Dispositivo de escuta, é isso? Há quanto tempo eles estão aí?

– Não tem como saber. Por isso a tirei de casa. Para que pudéssemos conversar à vontade. Sei que tem acontecido um monte de coisas, mas está preparada para lidar com isso agora?

Ela fez que sim com a cabeça, embora tivesse a sensação de estar girando.

– Ok, primeira coisa. O equipamento. Não é muito sofisticado. O alcance é de uns 30 metros no máximo. Se for em tempo real, vai para uma van ou algo no gênero. Você notou alguma van estacionada na rua por um período de tempo longo?

– Não.

– Também achei que não. Provavelmente vai tudo para um gravador.

– Que nem um VCR?

– Igual a um VCR.

– E ele tem que estar a 30 metros da casa?

– Sim.

Ela olhou em volta, como se estivesse no jardim.

– Com que frequência eles precisariam trocar a fita?

– A cada 24 horas.

– Alguma ideia de onde esteja?

– Ainda não. Às vezes o gravador fica escondido no porão ou na garagem. Provavelmente eles têm acesso à casa, para poder trocar a fita por uma nova.

– Espera aí. O que você quer dizer com "ter acesso à casa"?

Ele deu de ombros.

– De algum jeito, eles colocaram a câmera e o grampo aqui dentro, certo?

O ódio voltou, subindo, queimando por detrás de seus olhos. Grace começou a olhar para os vizinhos. Acesso à casa. Quem tinha acesso à casa? E uma voz baixa respondeu...

Cora.

Não, de jeito nenhum. Grace descartou a hipótese.

– Precisamos encontrar esse gravador então.

– Precisamos.

– E depois vamos esperar e vigiar – completou ela. – Vamos ver quem pega a fita.

– É uma maneira de lidarmos com a situação – retrucou Cram.

– Você tem alguma sugestão melhor?

– Na verdade, não.

– E depois o quê? Seguimos o cara e vemos aonde a pista nos leva?

– É uma possibilidade.

– Mas...?

– É arriscado. Poderíamos perdê-lo.

– O que você faria?

– Se fosse comigo, eu o pegaria e lhe faria umas perguntas difíceis.

– E se ele se recusasse a responder?

Cram ainda exibia o sorriso de predador marinho. Era sempre uma visão horrível o rosto daquele homem, mas Grace estava começando a se acostumar. Ela percebeu também que ele não a assustava intencionalmente; o que havia acontecido à sua boca transformara aquilo na sua expressão natural. Aquele rosto dizia tanta coisa... Fazia sua pergunta se tornar retórica.

Grace quis protestar, dizer que era civilizada e que eles lidariam com aquilo de forma legal e ética. Mas, em vez disso, falou:

– Eles ameaçaram minha filha.

– Ameaçaram.

Ela encarou Cram.

– Não posso fazer o que eles pediram. Mesmo que quisesse. Não posso simplesmente me retirar e deixar tudo como está.

Cram não disse nada.

– Não tenho escolha, não é? Preciso enfrentá-los.

– Não vejo outro jeito.

– Você sabia disso o tempo todo.

Cram inclinou a cabeça para a direita.

– Você também.

O celular dele tocou. Cram o abriu, mas não falou nada, nem alô. Alguns segundos depois, fechou o telefone e disse:

– Tem alguém entrando de carro.

Ela olhou pela porta de tela. Um Ford Taurus parou. Scott Duncan saltou e se aproximou da casa.

– Você o conhece? – perguntou Cram.

– É Scott Duncan.

– O cara que mentiu, dizendo que trabalhava na Procuradoria-Geral dos Estados Unidos?

Grace assentiu.

– Talvez seja melhor eu ficar por perto – disse Cram.

Eles permaneceram do lado de fora. Scott Duncan estava ao lado de Grace. Cram havia se afastado. Duncan lhe lançava olhares de esguelha.

– O que é isso?

– Você não quer saber.

Grace olhou para Cram. Ele entendeu a mensagem e entrou na casa. Ela e Scott ficaram sozinhos.

– O que você quer? – perguntou ela.

Duncan sentiu a diferença no tom de voz dela.

– Alguma coisa errada, Grace?

– Só estou surpresa por você já ter saído do trabalho. Imaginava que se tivesse muito que fazer na Procuradoria-Geral dos Estados Unidos.

Ele não disse nada.

– O gato comeu sua língua, Sr. Duncan?

– Você ligou para o meu escritório.

Ela tocou o nariz com o dedo indicador, sinalizando um golpe em cheio. Depois:

– Ah, espere. Uma correção: liguei para a Procuradoria-Geral dos Estados Unidos. Aparentemente você não trabalha lá.

– Não é o que você está pensando.

– Que esclarecedor.

– Eu deveria ter contado logo.

– Então conte.

– Tudo que eu disse é verdade.

– Exceto a parte sobre trabalhar na Procuradoria-Geral. Isso não era verdade, era? Ou a Sra. Goldberg estava mentindo?

– Quer que eu explique ou não?

Sua voz tinha um tom metálico agora. Grace fez um gesto para que continuasse.

– O que contei a você é verdade. Eu trabalhava lá. Três meses atrás, esse assassino, o tal de Monte Scanlon, insistiu em se encontrar comigo. Ninguém conseguia entender por quê. Eu era um advogado desimportante, que trabalhava com corrupção na política. Por que um assassino de aluguel insistiria em falar unicamente comigo? Foi quando ele me contou.

– Que matou sua irmã.

– Sim.

Ela aguardou. Eles se dirigiram para a varanda e se sentaram. Cram os observava de uma janela. Deixava o olhar perambular na direção de Scott, pousar ali por uns longos segundos pesados, depois examinava o terreno e voltava para Duncan.

– Ele parece familiar – disse Scott, fazendo um gesto na direção de Cram. – Ou talvez eu o esteja confundindo com algum personagem do *Piratas do Caribe*. Ele não deveria usar um tapa-olho?

Grace se mexeu na cadeira.

– Você não estava contando a razão de ter mentido?

Duncan passou a mão pelo cabelo cor de areia.

– Quando Scanlon disse que o incêndio não tinha sido um acidente... Você não pode imaginar o que foi para mim. Antes, minha vida era uma coisa. Depois... – Ele estalou os dedos, com um floreio de mágico. – Não que tenha ficado tão diferente... Era como se os últimos quinze anos é que tivessem sido diferentes. Como se alguém tivesse voltado no tempo e mudado um acontecimento, o que alterava tudo. Eu não era mais o mesmo. Não era mais o cara cuja irmã tinha morrido tragicamente em um incêndio. Virei alguém que teve a irmã assassinada, sem que sua morte tivesse sido vingada.

– Mas agora você tem o assassino – disse Grace. – Ele confessou.

Duncan sorriu, mas sem alegria.

– Scanlon formulou melhor essa ideia. Ele foi só a arma. Eu queria a pessoa que apertou o gatilho. Isso virou uma obsessão. Tentei fazer aos poucos, dar conta do meu trabalho enquanto procurava o assassino. Mas comecei a negligenciar meus casos. Então minha chefe sugeriu, com certa insistência, que eu tirasse uma licença.

Ele olhou para Grace.

– E por que você não me contou isso?

– Não achei que fosse um bom começo contar que fui forçado a parar de trabalhar. Ainda tenho contatos na Procuradoria. Ainda tenho amigos que são agentes da lei. Mas tomamos cuidado para não cometer nenhuma infração. Estou fazendo tudo isso de forma não oficial.

Os dois se encararam. Grace disse:

– Você ainda está escondendo alguma coisa.

Ele hesitou.

– O que é? – perguntou ela.

– Vamos deixar uma coisa bem clara. – Duncan ficou de pé, passou a mão pelo cabelo cor de areia outra vez e virou de costas. – Neste momento, estamos tentando encontrar seu marido. É uma aliança temporária. A verdade é que temos objetivos diferentes. Não vou mentir para você. O que vai acontecer depois que encontrarmos Jack? Bem, nós dois queremos a verdade.

– Só quero meu marido.

Ele fez que sim com a cabeça.

– Foi isso que quis dizer com objetivos diferentes. Sobre a nossa aliança ser temporária. Você quer seu marido. Eu quero o assassino da minha irmã.

Ele então olhou para ela, que entendeu.

– E o que faremos agora? – perguntou Grace.

Ele pegou a fotografia misteriosa e mostrou. Havia um esboço de sorriso em seu rosto.

– O que foi?

– Já sei o nome da ruiva – afirmou Scott.

Ela ficou aguardando.

– Seu nome é Sheila Lambert. Estudou na Universidade de Vermont, na mesma época em que seu marido – ele apontou para Jack e depois deslizou o dedo para a direita – e Shane Alworth.

– Onde ela está agora?

– Esse é o problema, Grace. Ninguém sabe.

Ela fechou os olhos. Um arrepio a percorreu.

– Enviei a foto para a universidade. Um reitor aposentado a reconheceu. Dei uma busca geral, mas ela sumiu. Não há sinal da existência de Sheila Lambert na última década. Não paga imposto de renda, não tem CPF, nada.

– Assim como Shane Alworth.

– Exatamente como Shane.

Grace tentou ligar os pontos.

– Cinco pessoas na foto. Uma, sua irmã, foi assassinada. Duas outras, Shane Alworth e Sheila Lambert, não são vistas há anos. A quarta, meu marido, fugiu para o exterior e agora está desaparecida. E a última, bem, ainda não sabemos quem é.

Duncan anuiu.

– E o que fazemos agora?

– Lembra que eu disse que conversei com a mãe de Shane Alworth?

– Aquela com informações meio vagas sobre a Amazônia.

– Quando a visitei pela primeira vez, eu não sabia sobre essa foto, sobre seu marido nem nada disso. Agora quero mostrar a foto a ela. Avaliar sua reação. E quero você lá.

– Por quê?

– Tenho um palpite, só isso. Evelyn Alworth já tem certa idade. É do tipo emocional e acho que está assustada. Fui lá a primeira vez como investigador. Talvez, não sei, quem sabe, se você for também, como mãe preocupada, algo escape.

Grace hesitou.

– Onde ela mora?

– Em um condomínio em Bedminster. Não vamos levar mais que meia hora para chegar lá.

Cram voltou a aparecer. Duncan apontou com a cabeça em sua direção.

– E o que é esse cara assustador? – perguntou.

– Não posso ir com você agora.

– Por que não?

– Tenho as crianças. Não posso deixá-las aqui.

– Vamos levá-las. Tem um parquinho lá. Não vamos demorar.

Cram veio até a porta. Fez sinal para Grace com a mão.

– Com licença – disse ela, e foi até o motorista de Vespa.

Scott ficou onde estava.

– O que foi? – perguntou ela.

– Emma. Está chorando lá em cima.

Grace encontrou a filha na posição clássica de choro: rosto enfurnado no colchão e travesseiro sobre a cabeça. O som era abafado. Já fazia tempo que Emma não chorava assim. Grace sentou na beira da cama. Sabia o que estava por vir. Quando a filha conseguiu falar, perguntou onde o pai estava. A mãe disse que ele estava viajando a trabalho. Emma retrucou que não acreditava. Que era mentira. Exigiu a verdade. Grace repetiu que Jack estava apenas viajando a trabalho. Que estava tudo bem. A menina insistiu. Onde ele estava? Por que não tinha ligado? Quando voltaria para casa? Grace inventou explicações que pareceram bem plausíveis a seus ouvidos – ele estava muito ocupado, viajando pela Europa, no momento estava em Londres. Ela não sabia quanto tempo Jack ia demorar. Ele tinha ligado, mas Emma estava dormindo. Era preciso lembrar que Londres tinha outro fuso horário.

Será que tinha convencido a menina? Como poderia saber?

Peritos em educação infantil – aqueles especialistas insípidos, com voz de quem sofreu lobotomia, que aparecem na TV a cabo – provavelmente a repreenderiam, mas Grace não era daquelas mães que acham que se deve contar tudo às crianças. Antes de tudo, o papel de uma mãe era proteger. Emma não tinha idade suficiente para lidar com a verdade. Simples assim. Mentir era uma parte necessária dos cuidados maternais. É claro que Grace poderia estar errada – ela sabia disso –, mas o velho adágio permanece verdadeiro: crianças não vêm com manual de instruções. Todos nós cometemos erros. Criar um filho é puro improviso.

Minutos depois, ela disse a Max e Emma que se aprontassem. Iam dar um passeio. As duas crianças pegaram seus Game Boys e se aboletaram na parte de trás do carro. Scott sentou no banco do carona. Cram o deteve.

– Algum problema? – perguntou Duncan.

– Quero falar com a Sra. Lawson antes de vocês irem. Fique aí.

Scott fez uma saudação sarcástica. Cram lhe lançou um olhar que conseguiria deter até uma frente fria. Ele e Grace entraram no quarto dos fundos. Cram fechou a porta.

– Você sabe que não deveria ir com ele.

– Talvez não. Mas eu preciso.

Cram mordeu o lábio inferior. Não gostava daquela ideia, mas entendeu.

– Você vai de bolsa?

– Sim.

– Deixa eu dar uma olhada.

Ela mostrou a bolsa. Cram tirou uma arma da cintura. Era pequena, parecia de brinquedo.

– Isso é uma Glock 9 milímetros, modelo 26.

Grace levantou as mãos.

– Não quero isso.

– Deixe na bolsa. Poderia levá-la também num coldre de calcanhar, mas precisaria estar de calça comprida.

– Nunca disparei uma arma na vida.

– Experiência é uma coisa supervalorizada. É só apontar para o meio do peito e apertar o gatilho. Não é complicado.

– Não gosto de armas.

Cram balançou a cabeça.

– O que foi?

– Talvez eu esteja fazendo confusão, mas não ameaçaram sua filha hoje?

Aquilo a fez hesitar. Cram pôs a arma em sua bolsa. Grace não ofereceu resistência.

– Quanto tempo você vai demorar? – perguntou Cram.

– Duas horas, no máximo.

– O Sr. Vespa vem aqui às sete da noite. Disse que tem uma coisa importante para falar com você.

– Já vou ter voltado.

– Tem certeza de que confia nesse tal de Duncan?

– Certeza não tenho. Mas acho que estamos seguros com ele.

Cram balançou a cabeça.

– Posso garantir uma segurança a mais.

– Como?

Cram não disse nada. Acompanhou-a de volta. Scott estava no celular. Grace não gostou do que viu no seu rosto. Ele finalizou a chamada quando os viu.

– O que foi?

Duncan balançou a cabeça.

– Podemos ir agora?

Cram foi na direção dele. Scott não recuou, mas houve um vacilo compreensível. Cram parou bem na sua frente, estendeu a mão e agitou os dedos.

– Me deixe ver sua carteira.

– Como?

– Tenho cara de quem gosta de repetir o que disse?

Duncan olhou para Grace. Ela balançou a cabeça. Cram ainda estava agitando os dedos. Scott lhe entregou a carteira. Ele a levou até uma mesa e se sentou. Revistou rapidamente o conteúdo, tomando nota.

– O que você está fazendo? – perguntou Duncan.

– Enquanto passeia, Sr. Duncan, vou descobrir tudo sobre você. – Cram ergueu a cabeça. – Se algo de ruim acontecer à Sra. Lawson, o que quer que seja, minha reação vai ser... – Cram parou e ergueu os olhos, como se estivesse procurando a palavra – ... desproporcional. Fui claro?

Duncan olhou para Grace.

– Quem é esse cara afinal?

Ela já estava indo na direção do carro.

– Vamos ficar bem, Cram.

Ele deu de ombros e atirou a carteira para Duncan.

– Aproveitem o passeio.

Ninguém falou durante os primeiros cinco minutos do percurso. Max e Emma estavam usando fones de ouvido com os Game Boys. Grace os comprara recentemente porque os zumbidos, os bipes e Luigi gritando "Mamma mia!" a cada dois minutos lhe davam dor de cabeça. Duncan ia sentado a seu lado, com as mãos no colo.

– Quem era afinal no telefone? – perguntou Grace.

– O legista.

Ela ficou esperando.

– Lembra que contei a você que mandei exumar o corpo da minha irmã? – perguntou ele.

– Lembro.

– A polícia não via necessidade disso. Caro demais. Entendi, acho. Resolvi então pagar do meu bolso. Conheço a pessoa, costumava trabalhar para um legista que faz autópsias particulares.

– Foi ele quem ligou pra você?

– Ela. Sally Li.

– E?

– Ela disse que precisa me ver imediatamente. – Duncan olhou para Grace. – O escritório dela fica em Livinston. Podemos passar lá na volta. – Ele olhou para a estrada. – Gostaria que você fosse comigo, se não tiver problema.

– Ao necrotério?

– Não. Sally faz o trabalho de autópsia no hospital St. Barnabas. É um escritório que ela usa só para organizar a papelada. Tem uma sala de espera onde as crianças podem ficar.

Grace não respondeu.

Os prédios em Bedminster eram todos iguais, o que, em se tratando de condomínios, é um tanto redundante. Tinham uma lateral pré-fabricada de alumínio marrom-claro, três níveis, garagens embaixo, o prédio da direita igual ao da esquerda, o de trás igual ao da frente. O complexo era grande, extenso, um oceano cáqui que se espalhava até onde a vista alcançava.

Para Grace, o caminho era familiar. Jack passava por ali quando ia para o trabalho. Durante um momento muito breve, eles haviam discutido a possibilidade de se mudar para aquele condomínio. Nenhum dos dois era particularmente bom em trabalhos manuais nem gostavam daqueles programas de TV do tipo "conserte uma casa velha". Os condomínios tinham essa vantagem – pagava-se uma taxa mensal e não era necessário se preocupar com telhados, anexos, paisagismo, nada disso. Havia quadras de tênis, piscina e, sim, um parquinho para crianças. Mas, no fim das contas, há um limite para a monotonia. Mesmo o subúrbio já é um submundo de uniformidade. Por que acrescentar insulto à injúria tornando a residência física igual também?

Max viu o parquinho intrincado e em cores brilhantes antes que o carro parasse por completo. Ficou logo ansioso para correr até os balanços. Emma parecia mais entediada diante da perspectiva. Ficou com o Game Boy. Normalmente Grace teria protestado – Game Boy só no carro, sobretudo quando a alternativa era o ar livre –, mas aquele também não era o momento.

Ela tapou os olhos quando os dois começaram a se afastar.

– Não posso deixá-los sozinhos.

– A Sra. Alworth mora bem aqui – replicou Duncan. – Podemos ficar na porta e vigiá-los.

Eles se aproximaram da entrada do primeiro andar. O parquinho estava silencioso, e o ar, imóvel. Grace inspirou profundamente e sentiu cheiro de grama recém-cortada. Os dois pararam lado a lado. Ele tocou a campainha. Grace ficou esperando, sentindo-se estranhamente como uma Testemunha de Jeová.

Uma voz que parecia um cacarejo, não muito diferente daquela da bruxa num filme antigo da Disney, perguntou:

– Quem é?

– Sra. Alworth?

Ouviu-se de novo o cacarejo.

– Quem é?

– Sra. Alworth, é Scott Duncan.

– Quem?

– Scott Duncan. Conversamos há algumas semanas. Sobre seu filho, Shane.

– Vá embora. Não tenho mais nada a falar com o senhor.

Grace percebeu o sotaque. Região de Boston.

– Sua ajuda pode ser de grande importância.

– Não sei de nada. Vá embora.

– Por favor, Sra. Alworth, preciso falar com a senhora sobre seu filho.

– Já disse ao senhor. Shane mora no México. Ele é um bom garoto. Ajuda os pobres.

– Precisamos perguntar sobre alguns dos seus velhos amigos.

Scott olhou para Grace e fez sinal para que dissesse algo.

– Sra. Alworth – falou ela.

O cacarejo ficou mais desconfiado.

– Quem é essa?

– Meu nome é Grace Lawson. Acho que meu marido conhecia seu filho.

Fez-se um silêncio. Grace deu as costas para a porta e observou Max e Emma. Ele descia por um escorrega com curvas. Ela estava sentada de pernas cruzadas, brincando com o Game Boy.

Pela porta, a voz de cacarejo perguntou:

– Quem é seu marido?

– Jack Lawson.

Nada.

– Sra. Alworth?

– Não conheço.

Scott disse:

– Temos uma foto. Gostaríamos de mostrá-la à senhora.

A porta se abriu. A Sra. Alworth estava usando um vestido de ficar em casa, que só poderia ser da década de 1950. Tinha por volta de 70 anos, era corpulenta, o tipo de tia grande que abraça o sobrinho, fazendo-o desaparecer nas pregas. Durante a infância, odeia-se esse abraço. Depois de adulto, sente-se nostalgia. As varizes dela pareciam tripas de linguiça. Os óculos de leitura balançavam sobre o peito enorme, pendurados em uma corrente. Exalava um leve cheiro de cigarro.

– Não tenho o dia todo – avisou ela. – Me mostre essa foto.

Duncan a entregou.

Por um longo tempo, a velha não disse nada.

– Sra. Alworth?

– Por que alguém fez um X nela? – perguntou.

– Era minha irmã.

Ela olhou para ele.

– Pensei que o senhor tinha dito que era investigador.

– E sou. Minha irmã foi assassinada. Seu nome era Geri Duncan.

O rosto da Sra. Alworth ficou lívido. O lábio começou a tremer.

– Ela está morta?

– Foi assassinada. Quinze anos atrás. A senhora se lembra dela?

Ela parecia desorientada. Virou-se para Grace e ralhou:

– Está olhando o quê?

Grace observava Max e Emma.

– Meus filhos.

Ela fez um gesto na direção do parquinho. A Sra. Alworth olhou e ficou tensa. Parecia perdida, confusa.

– A senhora conheceu minha irmã? – perguntou Duncan.

– O que eu tenho a ver com isso?

A voz dele era severa agora.

– Sim ou não: a senhora conheceu minha irmã?

– Não lembro. Faz muito tempo.

– Ela e seu filho namoravam.

– Ele namorava um monte de garotas. Shane era um rapaz bonito. Assim como o irmão, Paul. Ele é psicólogo em Missouri. Por que não me deixa em paz e vai conversar com ele?

– Tente lembrar. – A voz de Scott subiu um tom. – Minha irmã foi assassinada. – Ele apontou para a imagem de Shane Alworth.

– Esse é seu filho, não é, Sra. Alworth?

Ela observou a estranha foto durante um longo tempo, antes de assentir.

– Onde ele está?

– Já disse. Shane mora no México. Ajuda os pobres.

– Quando foi a última vez que falou com ele?

– Semana passada.

– Ele telefonou?

– Sim.

– Para onde?

– Como assim, para onde?

– Shane ligou para cá?

– Claro. Para onde mais ligaria?

Scott aproximou-se um passo.

– Verifiquei seus registros telefônicos, Sra. Alworth. A senhora não recebe nem faz ligações internacionais há um ano.

– Shane usa um desses cartões telefônicos – disse ela, rápido demais. – Talvez as companhias telefônicas não registrem essas chamadas, como vou saber?

Duncan deu mais um passo na direção dela.

– Me escute, Sra. Alworth. E, por favor, me escute com atenção. Minha irmã está morta. Não há sinal do seu filho em lugar nenhum. Esse homem aqui – ele apontou para a imagem de Jack –, o marido dela, Jack Lawson, também está desaparecido. E essa mulher aqui – ele apontou para a garota ruiva, de olhos separados – se chama Sheila Lambert. Também não há sinal dela há dez anos no mínimo.

– Eu não tenho nada a ver com isso – insistiu a Sra. Alworth.

– Cinco pessoas na foto. Já conseguimos identificar quatro. Todas sumiram. Uma, temos certeza que está morta. Até onde sabemos, todas podem estar.

– Já lhe disse. Shane está...

– A senhora está mentindo, Sra. Alworth. Seu filho se formou na Universidade de Vermont. Assim como Jack Lawson e Sheila Lambert. Eles devem ter sido amigos. Ele namorou minha irmã; nós dois sabemos disso. O que aconteceu com eles? Onde está seu filho?

Grace pôs a mão no braço de Scott. A Sra. Alworth estava olhando para fora, na direção das crianças. O lábio inferior tremia. O rosto estava pálido. Lágrimas escorriam por seu rosto. Parecia ter entrado em transe. Grace tentou entrar em seu campo de visão.

– Sra. Alworth – disse ela, gentilmente.

– Sou uma mulher velha.

Grace aguardou.

– Não tenho nada a dizer a vocês.

– Estou tentando encontrar meu marido.

A Sra. Alworth ainda estava olhando para o parquinho.

– Estou tentando encontrar o pai deles.

– Shane é um bom rapaz. Ajuda as pessoas.

– O que aconteceu com ele? – perguntou Grace.

– Me deixem em paz.

Grace tentou olhar a velha senhora nos olhos, mas eles não tinham mais foco.

– A irmã dele – ela fez um gesto na direção de Duncan –, meu marido, seu filho. O que aconteceu afetou todos nós. Queremos ajudar.

Mas a mulher balançou a cabeça e lhes deu as costas.

– Meu filho não precisa da ajuda de vocês. Vão embora, por favor.

Ela entrou na casa e fechou a porta.

capítulo 33

DE VOLTA AO CARRO, Grace disse:

– No momento em que você disse à Sra. Alworth que tinha checado o registro de chamadas internacionais...

Duncan fez que sim com a cabeça.

– Estava blefando.

As crianças plugaram outra vez seus Game Boys. Scott ligou para a legista. Ela os estava esperando.

– Estamos chegando mais perto de uma resposta, não? – perguntou Grace.

– Acho que sim.

– A Sra. Alworth pode estar dizendo a verdade. Até onde ela sabe, pelo menos.

– Por que você acha isso? – perguntou ele.

– Alguma coisa aconteceu anos atrás. Jack fugiu para o exterior. Talvez Shane Alworth e Sheila Lambert também. Sua irmã, por alguma razão, ficou por aqui e acabou morta.

Ele não respondeu. Seus olhos ficaram úmidos de repente. Havia um tremor no canto dos seus lábios.

– Scott?

– Ela me ligou. Geri. Dois dias antes do incêndio.

Grace esperou.

– Eu estava de saída. Você tem que entender. Geri era meio maluca. Sempre muito dramática. Falou que tinha que me contar uma coisa importante, mas achei que podia esperar. Achei que devia ser alguma moda nova que ela estivesse seguindo... Aromaterapia, ou sua nova banda de rock, suas gravuras, sei lá. Eu disse que retornaria a ligação. – Ele parou e deu de ombros. – Mas esqueci.

Grace queria dizer alguma coisa, mas não lhe ocorreu nada. Palavras de conforto provavelmente fariam mais mal do que bem naquele momento. Ela segurou o volante e olhou pelo retrovisor. Emma e Max, ambos de cabeça baixa, apertavam os botões do pequeno console com os polegares. Ela sentiu aquela coisa esmagadora surgindo, aquela pura explosão no meio da normalidade, a bênção da rotina.

– Você se importa de irmos na legista agora? – perguntou Duncan.

Grace hesitou.

– Fica a um quilômetro e meio daqui, mais ou menos. É só dobrar à direita no próximo sinal.

Quem sai na chuva é para se molhar, pensou Grace. Ela assim o fez. Scott ditava as direções. Um minuto depois, ele apontou para a frente.

– É naquele prédio ali na esquina.

O centro médico parecia dominado por dentistas e ortodontistas. Quando abriram a porta, havia aquele cheiro antisséptico que Grace sempre associava a uma voz dizendo para bochechar e cuspir. Uma clínica oftalmológica chamada Laser Today estava listada no segundo andar. Duncan apontou para o nome "Sally Li, médica". O painel dizia que ficava no térreo.

Não havia recepcionista. O repique da porta soou quando eles entraram. O consultório era adequadamente esparso. A mobília consistia em dois sofás velhos e um abajur bruxuleante, que não estaria nem em um brechó. A única revista era um catálogo de instrumentos para autópsias.

Uma mulher asiática, de quarenta e poucos anos, exausta, enfiou a cabeça por trás da porta de uma sala, no interior.

– Ei, Scott.

– Ei, Sally.

– Quem é essa?

– Grace Lawson – respondeu ele. – Ela está me ajudando.

– Prazer – cumprimentou Sally. – Já venho falar com vocês.

Grace disse às crianças para continuarem brincando com os Game Boys. O perigo dos videogames era obliterar o mundo ao redor. A beleza dos videogames era obliterar o mundo ao redor.

Sally Li abriu a porta.

– Entrem.

Ela usava trajes cirúrgicos limpos e salto alto. Um maço de Marlboro estava enfiado no bolso do peito. O consultório, se era possível chamar assim aquele ambiente, era um caos completo. Havia papéis por todo lado. Davam a impressão de uma cascata, caindo da mesa e das estantes. Havia livros de patologia abertos. A mesa era velha e de metal, algo comprado em um bazar de escola primária. Não havia nenhum retrato sobre ela, nada pessoal, embora tivesse um cinzeiro enorme bem no meio. Revistas, muitas, acumulavam-se em pilhas altas por todo o recinto. Algumas já tinham desmoronado. Sally Li não se dera o trabalho de colocá-las em ordem. Deixou-se cair na cadeira atrás da mesa.

– Ponham essas coisas no chão e sentem.

Grace tirou os papéis da cadeira e se sentou. Scott fez o mesmo. Sally Li cruzou as mãos e as repousou sobre o colo.

– Você sabe, Scott, que não sou de muita frescura.

– Sei.

– O melhor é que meus pacientes nunca se queixam.

Só ela riu.

– Ok, agora você já sabe por que não arranjo namorado. – Sally Li pegou os óculos de leitura e começou a vascular umas pastas. – Dizem que as pessoas muito desorganizadas são as mais bem organizadas. Elas sempre dizem "pode parecer a maior bagunça, mas sei onde cada coisa está". Tudo mentira. Não sei onde... Espera, está aqui.

Sally Li pegou um envelope.

– Esse é o resultado da autópsia da minha irmã? – perguntou Duncan.

– É.

Ela o empurrou na direção de Scott, que abriu. Grace se inclinou mais para perto dele. No alto estava o nome DUNCAN, GERI. Havia fotos também. Ela viu uma, de um esqueleto marrom sobre uma mesa. Virou a cabeça, como se tivesse sido pega invadindo a privacidade de alguém.

Sally Li estava com os pés na mesa e as mãos atrás da cabeça.

– Vem cá, Duncan, quer que eu faça um discurso sobre como a ciência da patologia é incrível ou prefere que vá direto ao ponto?

– Pode pular o discurso.

– Quando morreu, sua irmã estava grávida.

O corpo de Scott se contorceu como se ela o tivesse atingido com uma vara de tocar gado. Grace não se mexeu.

– Não sei dizer de quantos meses. Não mais de quatro ou cinco.

– Como assim? – replicou Duncan. – Eles devem ter feito uma autópsia na ocasião...

Sally Li anuiu.

– Com certeza.

– Por que eles não viram isso na época?

– Quer saber minha opinião? Eles viram.

– Mas nunca fiquei sabendo...

– E por que ficaria? Você devia estar o quê? Cursando a faculdade. Eles podem ter dito à sua mãe ou ao seu pai. Você era só o irmão. E a gravidez não tinha nada a ver com a causa da morte. Ela morreu em um incêndio no dormitório. O fato de estar grávida, se é que eles ficaram sabendo, seria considerado irrelevante.

Duncan ficou ali sentado. Olhava para Grace e depois de volta para Sally Li.

– É possível obter o DNA de um feto?

– Provavelmente, sim. Por quê?

– Quanto tempo você levaria para fazer um teste de paternidade?

Grace não ficou surpresa com a pergunta.

– Seis semanas.

– Não dá para ser mais rápido?

– Em menos que isso, eu conseguiria apenas resultados negativos. Em outras palavras, excluiria pessoas. Mas não poderia dizer com certeza.

Ele se virou para Grace. Ela sabia o que Scott estava pensando.

– Geri estava namorando Shane Alworth – disse Grace.

– Você viu a foto.

Sim, tinha visto. O modo como Geri olhava para Jack. Não sabia que a câmera estava apontada para ela. Eles ainda estavam preparando a pose. Mas o que foi captado, o olhar de Geri Duncan, bem, era da forma como se olha para alguém que é bem mais que um amigo.

– Vamos fazer o teste então – disse Grace.

capítulo 34

CHARLAINE ESTAVA SEGURANDO A mão de Mike quando os olhos do marido finalmente se abriram.

Ela gritou por um médico, que declarou, em um momento de pura obviedade, que aquilo era "um bom sinal". Mike sentia dores extremas. O médico o colocou na morfina. Ele não queria voltar a dormir. Fez cara feia e tentou evitar a medicação. Charlaine permanecia ao lado da cama e segurava sua mão. Quando a dor piorava, ele a apertava com força.

– Vá para casa – falou Mike. – As crianças precisam de você.

Ela o tranquilizou.

– Tente dormir.

– Não há nada que você possa fazer por mim aqui. Vá para casa.

– Shhhh.

Mike começou a ficar sonolento. Ela olhava para ele. Lembrou-se dos dias em Vanderbilt. A variedade de emoções a esmagava. Havia amor e afeição, claro, mas o que a preocupava agora – mesmo enquanto segurava sua mão, sentindo uma ligação forte por aquele homem com quem compartilhava a vida, enquanto rezava e negociava com um Deus que por tanto tempo havia ignorado – era saber que essas emoções não durariam. Essa era a parte terrível. No meio dessa intensidade, Charlaine sabia que seus sentimentos se retrairiam, que aquelas sensações eram passageiras, e ela se odiava por isso.

Três anos antes, participou de um grande encontro de autoajuda na Continental Arena, em East Rutherford. O palestrante era dinâmico. Ela adorou. Comprou todas as fitas. Começou a fazer exatamente o que ele dizia – estabelecer metas, comprometer-se com elas, descobrir o que queria da vida, tentar pôr as coisas em perspectiva, organizar e reestruturar as prioridades de modo a alcançá-las –, mas, mesmo enquanto passava por mudanças, enquanto a vida começava melhorar, sabia que não duraria. Que aquilo tudo seria uma transformação temporária. Um hábito novo, um programa de exercícios, uma dieta – era a mesma sensação.

Não seria um caso de "felizes para sempre".

A porta atrás dela se abriu.

– Soube que seu marido acordou.

Era o capitão Perlmutter.

– Sim.

– Gostaria de falar com ele.

– O senhor vai ter que esperar.

Perlmutter deu mais um passo para dentro do quarto.

– As crianças ainda estão com o tio?

– Estão na escola. Queremos que as coisas pareçam normais para elas.

Perlmutter ficou ao lado dela, que mantinha os olhos em Mike.

– Ficou sabendo de mais alguma coisa? – perguntou Charlaine.

– O homem que atirou no seu marido. Eric Wu. Significa alguma coisa para a senhora?

Ela fez que não com a cabeça.

– Como descobriu?

– Pelas digitais na casa de Sykes.

– Ele já tinha sido preso?

– Sim. Na verdade, está em condicional.

– O que ele fez?

– Foi condenado por agressão e lesão corporal, mas acredita-se que tenha cometido uma série de crimes.

Ela não ficou surpresa.

– Crimes violentos?

Perlmutter assentiu. Depois disse:

– Posso fazer uma pergunta?

Ela deu de ombros.

– O nome Jack Lawson lhe diz alguma coisa?

Charlaine franziu o cenho.

– Os filhos dele estudam na Willard?

– Sim.

– Não o conheço pessoalmente, mas Clay, meu caçula, ainda está na Willard. Vejo a esposa às vezes quando fazemos transporte escolar.

– Grace Lawson?

– Acho que é esse o nome dela. Tem uma filha chamada Emma, acho. Está uma série ou duas atrás do meu Clay.

– A senhora a conhece?

– Na verdade, não. Eu a vejo em apresentações da escola, coisas assim. Por quê?

– Provavelmente por nada.

Charlaine franziu o cenho.

– O senhor tirou esse nome da cartola?

– Hipótese inicial – disse ele, tentando descartar o assunto. – Quero também lhe agradecer.

– Por?

– Por falar com o Sr. Sykes.

– Ele não disse muita coisa.

– Disse que Wu usou o nome Al Singer.

– E?

– Nossa perita em computadores descobriu esse nome no computador de Sykes. Al Singer. Achamos que Wu usou esse nome falso em um site de encontros on-line. Foi como conheceu Freddy Sykes.

– Ele usava o nome Al Singer?

– Sim.

– Era um site de encontros gay então?

– Bissexual.

Charlaine balançou a cabeça e quase riu. *Não é incrível?* Ela olhou para Perlmutter, fazendo-o sorrir. A expressão dele estava impassível. Os dois contemplaram outra vez Mike, que se mexeu, abriu os olhos e sorriu para ela. Charlaine retribuiu o sorriso e passou a mão em seu cabelo. Ele fechou os olhos e voltou a dormir.

– Capitão Perlmutter?

– Sim.

– Vá embora, por favor – pediu ela.

capítulo 35

Enquanto esperava Carl Vespa chegar, Grace revistou o quarto. Jack, sabia ela, era um grande marido e pai. Era esperto, engraçado, carinhoso, cuidadoso e dedicado. Em compensação, Deus o abençoara com as habilidades de organização de uma ameba. Ele era, em suma, relaxado. Censurá-lo por isso – e Grace havia tentado – não resolvia nada. Então ela parou. Se para viver feliz era necessário fazer um pacto, aquele lhe parecia muito bom.

Grace já tinha desistido havia muito de fazer Jack colocar no lugar certo as revistas empilhadas ao lado da cama. Sua toalha de banho molhada nunca voltava para o banheiro. Nem as peças de roupa chegavam ao seu destino apropriado. Naquele momento exato, havia uma camiseta pendurada metade para dentro e metade para fora no cesto de roupa suja, como se tivesse levado um tiro ao tentar escapar.

Por um momento, Grace apenas olhou para ela. Era verde, com a palavra *FUBU* escrita no peito, e poderia ter um dia estado na moda. Ele a comprara por 6,99 dólares na T.J. Maxx, uma loja de roupas baratas onde o estilo se escondia para morrer em paz. Certa vez, Jack a vestiu com um short largo demais, pondo-se na frente do espelho e passando os braços em torno do corpo, numa série de poses bizarras.

– O que você está fazendo? – perguntara Grace.

– Poses de malandro. O que você acha?

– Que devia lhe dar um remédio anticonvulsivo.

– Da hora – dissera ele. – Maneiro.

– Ok. Emma precisa que alguém a leve até a casa de Christina.

– Falou. Mermão. Mó onda.

– Por favor. Agora.

Grace pegou a camiseta. Sempre fora cínica em relação ao gênero masculino. Era cautelosa com seus sentimentos. Não se abria com facilidade. Nunca havia acreditado em amor à primeira vista – e ainda não acreditava –, mas, quando conheceu Jack, a atração fora imediata, frio na barriga, e, por mais que quisesse negar, uma vozinha tinha lhe dito, já no primeiro encontro, que aquele era o homem com quem ia se casar.

Cram estava na cozinha com Max e Emma, que havia se recuperado do drama da tarde como só as crianças conseguem: rápido e com muito pouca sequela. Estavam todos comendo espetinhos de peixe, Cram inclusive, e ignorando o acompanhamento de ervilhas. Emma estava lendo um poema para ele, que era uma plateia excelente. Sua risada era do tipo que não só tomava conta do ambiente como reverberava nas vidraças. Ao ouvir, ou você ria também ou se encolhia de medo.

Ainda havia tempo antes que Carl Vespa chegasse. Grace não queria pensar em Geri Duncan, em sua morte, sua gravidez, nem no modo como ela olhava para Jack naquela maldita fotografia. Scott Duncan lhe perguntara quais eram seus objetivos. Ela respondera que só queria o marido de volta. Essa continuava sendo a meta. Mas talvez, com tudo o que estava acontecendo, precisasse da verdade também.

Com isso em mente, Grace desceu e ligou o computador. Abriu o Google e digitou "Jack Lawson". Mil e duzentos resultados. Muita coisa para fazer algum bem. Tentou "Shane Alworth". Hum, nenhum resultado. Interessante. Buscou "Sheila Lambert". Resultados sobre uma jogadora de basquete de mesmo nome. Nada relevante. Depois começou a procurar combinações.

Jack Lawson, Shane Alworth, Sheila Lambert e Geri Duncan: as quatro pessoas estavam juntas naquela foto. Tinham que estar ligadas de alguma outra forma. Tentou várias combinações. Um primeiro nome e um sobrenome. Nada de interessante surgiu. Ainda estava digitando, examinando os inúteis 227 resultados para os nomes "Lawson" e "Alworth", quando o telefone tocou.

Grace olhou para o identificador de chamadas e viu que era Cora. Atendeu.

– Ei.

– Desculpa – disse Grace.

– Não se preocupe. Vadia.

Grace riu e continuou a ver os resultados da busca. Todos eram inúteis.

– Então, ainda quer minha ajuda? – perguntou Cora.

– Quero, acho.

– Que entusiasmo. Adoro isso. Ok, me atualiza.

Grace se manteve vaga. Confiava em Cora, mas não queria ser obrigada a confiar nela. É, não fazia muito sentido. Era assim: se sua vida estivesse em perigo, ligaria logo para Cora. Mas se as crianças é que se encontrassem ameaçadas... Bem, hesitaria. O mais assustador era que provavelmente confiava em Cora mais do que em qualquer outra pessoa, o que dava no mesmo que dizer que nunca se sentira mais sozinha na vida.

– Então você está pesquisando os nomes no Google? – perguntou Cora.

– Sim.

– Algum resultado relevante até agora?

– Não. – Depois: – Espera, fica aí.

– O que foi?

Mas então lhe veio outra vez: confiar ou não confiar na amiga? Grace se perguntou qual seria a vantagem de contar a Cora mais do que ela precisava saber.

– Tenho que desligar. Te ligo depois.

– Ok. Vadia.

Grace desligou e olhou fixamente para a tela. A pulsação começou a ficar um pouco mais rápida, acelerada. Já tinha utilizado praticamente todas as combinações de nomes quando se lembrou de um amigo artista chamado Marlon Coburn. Ele sempre se queixava de que seu nome era escrito errado. Marlon aparecia como Marlin, Marlan ou Marlen, e Coburn se transformava em Cohen ou Corburn. Grace resolveu tentar.

O quarto combo de "erros de digitação" que ela tentou foi "Lawson" e "Allworth" – com dois Ls em vez de um.

Existiam trezentos resultados – nenhum dos nomes era tão incomum assim –, mas foi o quarto resultado que lhe saltou aos olhos. Ela olhou logo para a primeira linha:

Blog do Crazy Davey

Grace sabia vagamente que um blog era uma espécie de diário público. Algumas pessoas escreviam pensamentos aleatórios. Outras, por alguma razão estranha, gostavam de lê-los. Um diário costumava ser uma coisa particular. Agora era uma coisa que visava ser estridente o bastante para chegar às massas.

A pequena amostra embaixo da linha do link dizia:

"... John Lawson nos teclados e Sean Allworth era um monstro na guitarra..."

John era o nome verdadeiro de Jack. Sean era muito parecido com Shane. Grace clicou no link. A página era infinitamente longa. Ela voltou e clicou "cache". Quando retornou à página, os nomes Lawson e Allworth estavam realçados. Grace rolou a tela e encontrou um registro de dois anos antes:

26 de abril

Ei, galera. Terese e eu passamos um fim de semana em Vermont. Fica-mos na pousada Westerly's. Foi ótimo. Tinha lareira e à noite jogávamos damas...

E o texto de Crazy Davey nunca acabava. Grace balançou a cabeça. Quem, pelo amor de Deus, lia uma besteira daquelas? Ela pulou mais três parágrafos.

Naquela noite fui com o Rick, um ex-colega de faculdade, ao Wino's. É um antigo bar de universidade. Uma bosta total. A gente costumava ir lá quando estudava em Vermont. Olhem só, jogamos roleta-camisinha, como nos velhos tempos. Já jogaram? Cada um escolhe uma cor – tem Vermelho-Quente, Preto-Garanhão, Amarelo-Limão, Laranja-Laranja. Ok, as duas últimas são brincadeira, mas vocês estão entendendo. Tem aquela máquina de vender camisinha no banheiro. Ainda está lá! Aí cada um põe um dólar na mesa. Um cara pega 25 centavos e compra uma camisinha. Traz ela pra mesa. Você abre a embalagem e se for a sua cor, você ganha! Rick acertou a primeira. Ele comprou uma jarra de cerveja para a gente. A banda àquela noite era horrível. Lembrei que quando era calouro ouvi um grupo chamado Allaw. Tinha duas garotas e dois caras na banda. Lembro que uma delas tocava bateria. Os caras eram John Lawson nos teclados e Sean Allworth, que era um monstro na guitarra. Foi assim que eles inventaram o nome, acho. Allworth e Lawson. Junta-ram e deu Allaw. Rick nunca ouviu falar deles. Terminamos finalmente a jarra. Duas garotas incríveis entraram, mas nos ignoraram. Começamos a nos sentir velhos...

Isso era tudo. Nada mais

Grace fez uma busca por "Allaw". Nada além da menção no blog. Ten-tou mais combinações. Nada de novo. Apenas aquela menção no blog. Crazy Davey tinha escrito o primeiro e o último nome de Shane errado. Jack sempre fora Jack, bem, desde que Grace o conhecia, mas talvez fosse John naquela época. Ou talvez o cara houvesse lembrado errado ou visto daquela forma.

Mas Crazy Davey mencionara quatro pessoas – duas mulheres, dois ho-mens. Havia cinco pessoas na foto, mas a mulher que faltava – aquela que parecia mais um borrão perto da margem da fotografia – talvez não fizesse parte do grupo. E o que Scott dissera sobre o último telefonema da irmã?

Achei que devia ser alguma moda nova que ela estivesse seguindo... Aromaterapia, ou sua nova banda de rock...

Banda de rock. Seria isso? Uma foto de uma banda de rock?

Ela procurou um número de telefone ou um nome completo no site de Crazy Davey. Havia apenas um e-mail. Grace clicou no link e digitou rápido:

"Preciso de sua ajuda. Tenho uma pergunta muito importante para fazer sobre a Allaw, a banda que você viu na faculdade. Por favor, me ligue a cobrar."

Ela colocou seu número de telefone e depois enviou.

Qual o significado daquilo então?

Ela tentou ligar os pontos de uma dezena de formas diferentes. Nada se encaixava. Minutos depois, uma limusine estacionava na entrada. Grace olhou pela janela. Carl Vespa havia chegado.

Tinha um motorista novo agora, um mamute musculoso com corte de cabelo militar e uma cara fechada condizente, que parecia duas vezes mais perigoso que Cram. Ela adicionou o blog de Crazy Davey aos favoritos antes de ir abrir a porta.

Vespa entrou sem cumprimentá-la. Ainda era elegante, ainda usava um blazer que dava a impressão de ter sido talhado pelos deuses, mas o restante dele parecia estranhamente anárquico. O cabelo estava sempre revolto – esse era seu estilo –, mas existe uma diferença mínima entre revolto e totalmente despenteado. Ele havia cruzado essa fronteira. Os olhos estavam vermelhos. As linhas em torno da boca estavam mais profundas, pronunciadas.

– O que aconteceu?

– Tem um lugar onde a gente possa conversar? – perguntou Carl.

– As crianças estão com Cram na cozinha. Podemos usar a sala.

Ele confirmou balançando a cabeça. A distância, ouviram Max dar uma forte gargalhada. O som fez Vespa se deter.

– Seu filho está com 6 anos, certo?

– Sim.

Ele sorriu. Grace não sabia o que Carl estava pensando, mas o sorriso partiu seu coração.

– Quando Ryan tinha 6, gostava de figurinhas de beisebol.

– Max gosta de Yu-Gi-Oh!

– Yu-Gi-o quê?

Ela balançou a cabeça para indicar que não valia a pena explicar.

Carl continuou:

– Ryan costumava fazer um jogo com as figurinhas. Dividia-as em times. Depois colocava no carpete, como se fosse o campo de jogo. O jogador da terceira base, que era Graig Nettles, jogando como terceiro, mais três caras no campo externo. Chegava a pôr os lançadores extras no banco, à direita.

Seus olhos brilhavam com a lembrança. Ele olhou para Grace, que sorriu com o máximo de delicadeza, mas o mau humor voltou. A expressão de Vespa se fechou.

– Vão colocá-lo na condicional.

Grace não disse nada.

– Wade Larue. Estavam acelerando a sua libertação. Vai ser solto amanhã.

– Ah.

– O que você acha disso?

– Ele está na cadeia há quase quinze anos – contabilizou ela.

– Dezoito pessoas morreram.

Ela não queria ter aquela conversa com Carl. Esse número – dezoito – não era importante. Só uma coisa importava. Ryan. Na cozinha, Max gargalhava outra vez. O som estilhaçou o ambiente. Vespa mantinha o rosto firme, mas Grace podia ver que alguma coisa se passava na cabeça dele. Uma agitação. Ele não falava. Nem precisava, seus pensamentos eram óbvios: bastava imaginar que tivesse sido com Max ou Emma. Ela seria capaz de racionalizar a coisa, compreender que foi apenas um doidão fracassado se drogando e entrando em pânico? Teria perdoado com tanta rapidez?

– Você se lembra daquele segurança, Gordon MacKenzie? – perguntou ele.

Grace confirmou. Ele tinha sido o herói da noite, dando um jeito de abrir duas saídas de emergência que estavam trancadas.

– Morreu faz algumas semanas. Tumor no cérebro.

– Eu soube.

Deram destaque a Gordon Mackenzie nos obituários.

– Você acredita em vida após a morte, Grace?

– Não sei.

– E seus pais? Acha que se encontrará com eles algum dia?

– Não sei.

– Por favor, Grace. Quero saber o que você pensa. – Os olhos de Vespa se fixaram nos dela.

Ela se mexeu na cadeira.

– No telefone, você perguntou sobre a irmã de Jack.

– Sandra Koval.

– Por que me perguntou isso?

– Daqui a um minuto conto a você. Quero saber o que você pensa. Para onde vamos quando morremos, Grace?

Ela viu que seria inútil argumentar. Havia uma energia errada no ar, alguma coisa fora do lugar. Ele não estava perguntando aquilo como amigo, uma figura paterna, por curiosidade. Havia desafio na sua voz. Até mesmo raiva. Ela se perguntou se Carl teria bebido.

– Tem uma passagem de Shakespeare – começou ela. – Em *Hamlet*. Ele diz que a morte é, acho que lembro a frase exata, "a região desconhecida de cujas fronteiras nenhum viajante retorna".

Ele fez uma expressão estranha.

– Em suma, não temos nenhuma pista.

– Exatamente.

– Você sabe que isso é bobagem.

Ela não disse nada.

– Não existe nada. Nunca mais vou ver Ryan. Isso é duro demais para aceitar. Os que têm a mente fraca inventam deuses invisíveis, jardins e reuniões no paraíso. E alguns, como você, não acreditam nessas besteiras, mas mesmo assim é doloroso admitir a verdade. Aí as pessoas adotam este tipo de raciocínio: "Como podemos saber?" Mas você sabe, Grace, não?

– Lamento, Carl.

– O quê?

– Lamento que esteja sofrendo. Mas, por favor, não venha me dizer em que acredito.

Algo se passou nos olhos de Vespa. Eles se abriram por um momento, e foi quase como se algo atrás deles tivesse explodido.

– Como você conheceu seu marido?

– O quê?

– Como você conheceu Jack?

– O que isso tem a ver?

Ele deu um passo mais para perto. Um passo ameaçador. Examinou-a, e, pela primeira vez, Grace percebeu que todas as histórias, todos os rumores sobre o que ele era, o que fazia, eram verdade.

– Como vocês dois se conheceram?

Grace tentou não recuar.

– Você sabe.

– Na França?

– Certo.

Ele a olhou com dureza.

– O que está acontecendo, Carl?

– Wade Larue vai ser solto.

– Você já disse.

– Amanhã a advogada dele vai participar de uma coletiva de imprensa em Nova York. As famílias vão estar lá. Quero você lá também.

Ela ficou esperando. Sabia que tinha mais.

– A advogada é incrível. Deixou a junta da condicional deslumbrada. Aposto que vai deslumbrar a imprensa também.

Ele parou e ficou aguardando. Grace ficou intrigada por um momento, mas depois uma onda gelada surgiu no meio de seu peito e foi se espalhando pelos membros. Carl Vespa notou. Balançou a cabeça e recuou um passo.

– Conte mais sobre Sandra Koval. Porque, veja, não entendo como que justamente a sua cunhada acabou defendendo alguém como Wade Larue.

capítulo 36

INDIRA KHARIWALLA ESPERAVA O visitante.

Seu escritório estava escuro. Todas as investigações particulares do dia haviam terminado. Ela gostava de ficar sentada com as luzes apagadas. O problema do Ocidente, ela acreditava, era a superestimulação. Sentia-se vítima dela também, claro. Essa era a questão. Ninguém estava livre. O Ocidente seduzia as pessoas com estímulos, um bombardeio constante de cor, luz e som. Nunca parava. Assim, sempre que possível, especialmente no final do dia, Indira gostava de ficar sentada com as luzes apagadas. Não para meditar, como se poderia supor por causa de sua herança cultural. Não sentada em posição de lótus, com polegares e indicadores se tocando.

Não, apenas a escuridão.

Às dez, ouviu uma batida leve na porta.

– Entre.

Scott Duncan adentrou a sala. Não se preocupou em acender a luz. Indira ficou contente. Ia tornar as coisas mais fáceis.

– O que é tão importante assim? – perguntou ele.

– Rocky Conwell foi assassinado – respondeu ela.

– Escutei no rádio. Quem matou?

– O cara que contratei para seguir Jack Lawson.

Scott não disse nada.

– Você sabe quem é Stu Perlmutter? – continuou Indira.

– O policial?

– Sim. Ele veio aqui ontem. Perguntou sobre Conwell.

– Você alegou a confidencialidade advogado-cliente para não falar?

– Aleguei. Ele quer fazer com que um juiz me obrigue a falar.

Duncan se afastou.

– Scott?

– Não se preocupe – disse ele. – Você não sabe de nada.

Indira não tinha tanta certeza assim.

– O que você vai fazer?

Duncan deu meia-volta para sair do escritório. Virou para trás, agarrou a maçaneta e começou a fechar a porta atrás de si.

– Cortar o mal pela raiz – falou ele.

capítulo 37

A COLETIVA DE IMPRENSA ERA às 10 horas. Grace levou os filhos para a escola primeiro. Cram dirigia. Usava uma camisa de flanela, grande demais, para fora da calça. Carregava uma arma embaixo da camisa, ela sabia. As crianças saltaram. Despediram-se de Cram e saíram, apressadas. Ele deu partida no carro.

– Calma – pediu Grace.

Ela ficou observando os filhos até estarem a salvo, dentro da escola. Depois fez um sinal indicando que o carro podia se mover outra vez.

– Não se preocupe – tranquilizou Cram. – Deixei um cara aí observando.

Grace virou-se para ele.

– Posso fazer uma pergunta?

– Manda.

– Há quanto tempo você está com o Sr. Vespa?

– Você estava lá quando Ryan morreu?

A pergunta a desconcertou.

– Estava.

– Ele era meu afilhado.

As ruas estavam calmas. Grace olhou para Cram. Não tinha ideia do que fazer. Não podia confiar neles – no que dizia respeito aos filhos, e ainda mais depois de ter visto o rosto de Carl na noite anterior. Mas que escolha tinha? Talvez devesse tentar a polícia outra vez, mas eles teriam vontade ou capacidade para protegê-los? E Scott Duncan, bem, ele mesmo admitira que a aliança deles era temporária.

Como se lesse pensamentos, Cram comentou:

– O Sr. Vespa ainda confia em você.

– E se ele decidir não confiar mais?

– Jamais lhe faria mal.

– Tem tanta certeza assim?

– O Sr. Vespa vai nos encontrar na cidade. Na coletiva de imprensa. Quer que eu ligue o rádio?

O tráfego não estava ruim, considerando-se a hora. A ponte George Washington ainda estava cheia de policiais, uma ressaca do 11 de Setembro que Grace não conseguia engolir. A coletiva de imprensa estava sendo realizada no hotel Crowne Plaza, perto da Times Square. Vespa contou a ela que tinham tentado realizá-la em Boston – seria mais apropriado –, mas alguém da equipe de Larue percebeu que poderia ser emocionalmente doloroso retornar a um local tão próximo da cena do crime. Eles esperavam também que poucos familiares aparecessem se fosse realizada em Nova York.

Cram a deixou na calçada e foi para o estacionamento ao lado. Grace ficou parada na rua por um momento e tentou se recompor. O celular tocou. Ela olhou para a tela. Número desconhecido. Prefixo 617. Era da área de Boston, se estava bem lembrada.

– Alô?

– Oi. Quem fala é David Roff.

Ela estava perto da Times Square, em Nova York. Havia pessoas, óbvio, por todos os lados. Mas ninguém parecia estar falando. Não se ouviam buzinas. O barulho era, no entanto, ensurdecedor.

– Quem?

– Ah, bem, acho que você deve me conhecer mais como Crazy Davey. Do meu blog. Recebi seu e-mail. Pode falar agora?

– Posso. – Grace percebeu que estava gritando para que o homem a escutasse. Enfiou o dedo no ouvido que estava livre. – Obrigada pelo retorno.

– Sei que você disse para eu ligar a cobrar, mas estou com um plano que inclui chamadas interurbanas, então achei que...

– Fico muito agradecida.

– Você deu a entender que era meio importante.

– E é. No seu blog você mencionou uma banda chamada Allaw.

– Sim.

– Estou tentando obter qualquer informação sobre eles.

– É, deu para perceber, mas não acho que eu possa ajudar muito. Quer dizer, só os vi naquela noite. Eu e uns amigos nos divertimos bastante, passamos a noite toda lá. Conhecemos umas garotas, dançamos e bebemos muito. Falamos com o pessoal da banda depois. Por isso me lembro tão bem...

– Meu nome é Grace Lawson. Meu marido era o Jack.

– Lawson? Era o líder, certo? Eu me lembro dele.

– Eles eram bons?

– A banda? A verdade é que não lembro, mas acho que sim. Só sei que me esbaldei e fiquei destruído depois. Tive uma ressaca que até hoje, quando lembro, me dá arrepios. Você está tentando fazer algum tipo de surpresa para ele?

– Surpresa?

– É, tipo uma festa surpresa ou um álbum sobre os velhos tempos.

– Só estou tentando descobrir tudo que for possível sobre os membros do grupo.

– Gostaria de poder ajudar. Não acho que eles tenham durado muito. Nunca mais ouvi, mas sei que fizeram outro show na Lost Tavern. Ficava em Manchester. É tudo que sei, desculpe.

– Agradeço muito por ter me ligado.

– Sem problemas. Ah, espera. Tem algo que pode ficar divertido se você estiver montando um caderno de recortes sobre eles.

– O quê?

– Em Manchester, eles abriram para a Still Night.

Ondas de pedestres passavam por ela. Grace se encolheu perto de uma parede, tentando evitar a multidão.

– Não conheço a Still Night.

– Na verdade, só os entusiastas de música devem conhecer, acho. A banda também não durou muito. Não com aquela formação, ao menos. – Houve um ruído de estática, mas mesmo assim Grace ouviu muito bem as palavras seguintes de Crazy Davey. – O vocalista deles era o Jimmy X.

Grace sentiu a mão que segurava o telefone se afrouxar.

– Alô?

– Estou aqui – respondeu Grace.

– Você sabe quem é Jimmy X, certo? "Pale Ink"? O Massacre de Boston?

– Sim. – Sua voz parecia distante. – Eu me lembro.

Cram saiu do estacionamento. Viu a expressão dela e apressou o passo. Grace agradeceu a Crazy Davey e desligou. Tinha seu número no celular agora. Poderia ligar se quisesse.

– Tudo bem?

Ela tentou tirar tudo aquilo da cabeça, aquela sensação de frio, mas não saía.

– Tudo ótimo.

– Quem era?

– Você é meu secretário agora?

– Calma. – Ele levantou as mãos. – Só estava perguntando.

Eles entraram no Crowne Plaza. Grace tentava compreender o que tinha acabado de ouvir. Coincidência. Era tudo. Uma coincidência bizarra. O marido havia tocado numa banda de bar da faculdade. Assim como zilhões de outras pessoas. Por acaso tocara uma vez na mesma programação que

Jimmy X. E daí? Viviam na mesma região e na mesma época. Aquilo devia ter acontecido pelo menos um ano, provavelmente dois, antes do Massacre de Boston. E Jack pode não ter mencionado o fato por achar que fosse irrelevante e pudesse aborrecer a esposa. Uma apresentação de Jimmy X a tinha traumatizado. Deixara-a com uma deficiência. Assim, ele não via necessidade de mencionar aquela ligação fortuita.

Nada de mais, certo?

A não ser pelo fato de Jack nunca ter mencionado que tocara numa banda. Exceto pela coincidência de todos os membros da Allaw estarem mortos ou desaparecidos.

Ela tentou ligar os pontos. Quando exatamente Geri Duncan tinha sido assassinada? Grace estava fazendo fisioterapia quando leu sobre o incêndio. Isso significava que aquilo provavelmente acontecera alguns meses depois do massacre. Precisava verificar a data exata. Checar a cronologia, porque, convenhamos, não havia como a ligação entre a Allaw e Jimmy X ser uma coincidência.

Mas como se encaixava? Nada ali fazia sentido.

Fez de novo uma revisão geral dos fatos. O marido tocava em uma banda. Certa vez, essa banda tocou no mesmo evento que outra, a de Jimmy X. Um ou dois anos depois – dependendo da situação de Jack na faculdade –, o então já famoso Jimmy X fez um show ao qual ela, a jovem Grace Sharpe, foi. Fica machucada em uma confusão naquela noite. Mais três anos se passam. Conhece Jack Lawson em outro continente, e os dois se apaixonam.

Não se encaixava.

O elevador chegou ao andar térreo. Cram perguntou:

– Tem certeza de que está bem?

– Excelente – respondeu ela.

– Ainda faltam vinte minutos para a coletiva começar. Acho que seria melhor se você fosse sozinha e tentasse falar com a sua cunhada antes.

– Você é uma fonte de ideias, Cram.

As portas se abriram.

– Terceiro andar – disse ele.

Grace entrou e deixou que o elevador a engolisse por completo. Estava sozinha. Não havia muito tempo. Pegou o celular e o cartão que Jimmy X lhe tinha dado. A ligação caiu de imediato na caixa postal. Grace esperou o sinal.

– Já sei sobre a Still Night tocando com a Allaw. Me ligue.

Deixou seu número e desligou. O elevador parou. Quando saiu, havia uma dessas placas móveis, do tipo que informam em que salão está se realizando o *bar mitzvah* de Ratzenberg ou o casamento Smith-Jones. Aquela dizia: "Coletiva de Imprensa Burton e Crimstein". Fazendo propaganda da firma. Ela seguiu a seta, respirou fundo e abriu a porta.

Foi como uma dessas cenas de filme de tribunal – aquele ponto alto cinematográfico quando a testemunha surpresa irrompe pela porta dupla. No instante em que Grace entrou, houve um daqueles momentos de espanto coletivo. A sala ficou em silêncio. Ela se sentiu perdida. Olhou em torno e o que viu fez sua cabeça dar voltas. Recuou um passo. Os rostos sofridos, mais velhos, porém não apaziguados, rodopiaram a seu redor. Lá estavam eles outra vez – os Garrisons, os Reeds, os Weiders. Ela voltou aos primeiros dias no hospital. Tinha visto tudo através do torpor dos medicamentos, como uma cortina de chuveiro. Naquele dia, teve a mesma sensação. Eles se aproximaram em silêncio. Abraçaram-na. Ninguém disse uma palavra sequer. Não precisava. Grace aceitou os abraços. Ainda podia sentir a tristeza que emanava deles.

Viu a viúva do tenente Gordon MacKenzie. Alguns diziam que ele fora o responsável por puxar Grace para um lugar seguro. Como a maioria dos verdadeiros heróis, MacKenzie raramente falava sobre aquilo. Alegava não se lembrar com exatidão do que fizera. Sim, tinha aberto portas e retirado pessoas, porém fora mais uma reação natural que um ato de bravura.

Grace deu um abraço mais demorado na Sra. MacKenzie.

– Lamento pela sua perda – disse ela.

– Ele se encontrou com Deus – replicou a Sra. MacKenzie, ainda a abraçando. – Está com Ele agora.

Não havia de fato nada a se dizer diante daquilo, então Grace apenas fez que sim com a cabeça. Soltou-a e olhou por sobre o ombro da mulher. Sandra Koval tinha entrado na sala pelo outro lado. Viu Grace praticamente no mesmo instante e uma coisa estranha aconteceu. A cunhada sorriu, quase como se estivesse esperando aquilo. Grace se afastou da Sra. MacKenzie. Sandra inclinou a cabeça, fazendo sinal para que se aproximasse. Havia uma corda de veludo separando as duas. Um segurança se interpôs em seu caminho.

– Tudo bem, Frank – disse Sandra.

Ele deixou Grace passar.

Sandra foi na frente, caminhando às pressas por um corredor. Grace mancava atrás, incapaz de acompanhá-la. Não importava. Sandra parou e abriu uma porta. Elas entraram em um vasto salão. Garçons atarefados dispunham os talheres em seus devidos lugares. Sandra a levou até um canto. Pegou duas cadeiras e as virou, de forma que as duas se encarassem.

– Você não parece surpresa em me ver – disse Grace.

Sandra deu de ombros.

– Imaginei que você estivesse acompanhando o caso pelos jornais.

– Eu não estava.

– Não importa, acho. Até dois dias atrás, você não sabia quem eu era.

– O que está acontecendo, Sandra?

Ela não respondeu de imediato. O tilintar da prataria fornecia a trilha sonora. Sandra deixou o olhar escapar na direção dos garçons no salão central.

– Por que você está defendendo Wade Larue?

– Ele foi acusado de um crime. Sou uma advogada criminalista. É isso que eu faço.

– Não seja condescendente.

– Você quer saber como esbarrei com esse cliente, não é isso?

Grace não disse nada.

– Não é óbvio?

– Para mim, não.

– Você, Grace. – Sandra sorriu. – Você é a razão pela qual estou defendendo o Sr. Larue.

Ela abriu a boca, fechou e tentou de novo.

– De que você está falando?

– Você nunca soube nada sobre mim. Só sabia que Jack tinha uma irmã. Mas eu sabia tudo sobre você.

– Continuo sem entender.

– É simples, Grace. Você se casou com meu irmão.

– E?

– Quando soube que você ia ser minha cunhada, fiquei curiosa. Queria saber mais sobre você. Faz sentido, certo? Então mandei um dos meus investigadores levantar seu histórico. Suas pinturas são maravilhosas, aliás. Comprei duas. Anonimamente. Estão na minha casa, em Los Angeles. Uma coisa realmente espetacular. Minha filha mais velha, Karen, que está com 17 anos, adora. Ela quer ser artista.

– Não entendo o que isso tem a ver com Wade Larue.

– Sério? – Sua voz estava estranhamente animada. – Trabalho com direito criminal desde que me formei na faculdade. Meu primeiro emprego foi na Burton e Crimstein, em Boston. Eu morava lá, Grace. Sabia tudo sobre o Massacre de Boston. E meu irmão se apaixonou então por uma das figuras principais do Massacre. Isso aguçou ainda mais minha curiosidade. Comecei a ler tudo sobre o caso, e adivinha o que percebi?

– O quê?

– Que Wade Larue tinha sido condenado porque seu advogado era um incompetente.

– Wade Larue foi responsável pela morte de dezoito pessoas.

– Ele disparou uma arma, Grace. Não acertou ninguém. As luzes se apagaram. As pessoas começaram a gritar. Ele estava sob o efeito de drogas e álcool. Entrou em pânico. Achou, ou ao menos imaginou com sinceridade, que corria perigo. Não havia, sob hipótese alguma, como ele saber qual seria o resultado. Seu primeiro advogado deveria ter feito um acordo. Uma condicional, dezoito meses preso, no máximo. Mas ninguém queria trabalhar nesse caso. Larue foi condenado a apodrecer na cadeia. Então, sim, Grace, li sobre ele por sua causa. Wade Larue foi condenado injustamente. Seu antigo advogado ferrou com ele e foi embora.

– Aí você pegou o caso?

Sandra Koval anuiu.

– *Pro bono*. Estou com ele há dois anos. Começamos a nos preparar para a audiência da condicional.

Alguma coisa se encaixou.

– Jack sabia, não?

– Não sei. Nós não nos falamos, Grace.

– Você ainda vai me dizer que não conversou com ele naquela noite? Nove minutos, Sandra. A companhia telefônica diz que a ligação durou nove minutos.

– O telefonema de Jack não teve nada a ver com Wade Larue.

– Teve a ver com que então?

– Com a fotografia.

– Como assim?

Sandra se inclinou para a frente.

– Primeiro me responda a uma pergunta. E preciso da verdade. Onde você conseguiu aquela foto?

– Já disse. Estava no meu envelope de revelação.

Sandra balançou a cabeça, descrente.

– E você acha que o cara da Photomat a enfiou lá dentro?

– Não sei mais. Mas você ainda não explicou. O que na foto fez Jack ligar para você?

Sandra hesitou.

– Já sei sobre Geri Duncan – disse Grace.

– O que você sabe sobre Geri Duncan?

– Que é ela a garota na foto. E que foi assassinada.

Aquilo fez Sandra se aprumar na cadeira.

– Ela morreu em um incêndio. Foi um acidente – disse ela.

Grace negou com a cabeça.

– Foi intencional.

– Quem disse isso a você?

– O irmão dela.

– Espera, você conhece o irmão dela?

– Ela estava grávida, você sabia? Geri Duncan. Quando morreu naquele incêndio, carregava um bebê na barriga.

Sandra parou e levantou a cabeça, horrorizada.

– Grace, o que você está fazendo?

– Estou tentando encontrar meu marido.

– E você acha que isso está ajudando?

– Você me disse ontem que não conhecia ninguém naquela foto. Mas acabou de admitir que conhecia Geri Duncan e que ela morreu num incêndio.

Sandra fechou os olhos.

– Você conhecia Shane Alworth e Sheila Lambert?

A voz se suavizou.

– Não, não de verdade.

– Não de verdade. Então esses nomes não são totalmente estranhos para você?

– Shane Alworth era colega de faculdade de Jack. Sheila Lambert, acho, era uma amiga de uma universidade parceira, alguma coisa assim. E daí?

– Você sabia que os quatro tocaram juntos numa banda?

– Durante um mês, talvez. E daí?

– A quinta pessoa na foto. A que está com a cabeça virada. Você sabe quem é?

– Não.

– É você, Sandra?

Ela olhou para Grace.

– Eu?

254

– Sim. É você?

Havia agora uma expressão divertida no rosto de Sandra.

– Não, Grace, não sou eu.

– Jack matou Geri Duncan?

As palavras saíram. Os olhos de Sandra se abriram como se ela tivesse levado um tapa.

– Você está louca?

– Quero a verdade.

– Jack não teve nada a ver com a morte dela. Já estava morando fora.

– Então por que a foto fez com que ele surtasse?

Ela hesitou.

– Por quê, porra?

– Porque ele não sabia, até ver a foto, que Geri tinha morrido.

Grace pareceu confusa.

– Eles eram amantes?

– Amantes – repetiu ela, como se nunca tivesse ouvido a palavra antes. – Esse é um termo maduro demais para o que eles eram.

– Ela não estava namorando Shane Alworth?

– Acho que sim. Mas eram todos crianças.

– Jack se meteu com a namorada do amigo?

– Não sei até que ponto Jack e Shane eram amigos. Mas, sim, Jack dormiu com ela.

A cabeça de Grace começou a rodar.

– E Geri Duncan ficou grávida.

– Não sei nada sobre isso.

– Mas sabe que ela morreu.

– Sim.

– E que Jack fugiu.

– Antes de ela morrer.

– Antes de ficar grávida?

– Acabei de dizer a você. Nunca soube dessa gravidez.

– E Shane Alworth e Sheila Lambert, os dois também estão desaparecidos. Você quer me convencer de que isso tudo é coincidência, Sandra?

– Não sei.

– E o que Jack disse quando ligou para você?

Ela soltou um suspiro profundo. Baixou a cabeça. Ficou em silêncio por um instante.

– Sandra?

– Escuta, essa foto deve ter o quê? Quinze, dezesseis anos? Quando você a mostrou para ele assim, do nada... Como achou que ia reagir? Com um X na cara de Geri. Jack foi para o computador. Fez uma pesquisa. Encontrou arquivos do *Boston Globe*. Descobriu que ela estava morta esse tempo todo. Foi por isso que me ligou. Queria saber o que tinha acontecido com ela. Eu contei.

– Contou o quê?

– O que eu sabia. Que ela morreu em um incêndio.

– Por que isso faria Jack fugir?

– Essa parte eu não sei.

– O que fez ele fugir para o exterior da primeira vez?

– Você tem que esquecer isso.

– O que aconteceu com eles, Sandra?

Ela balançou a cabeça.

– Mesmo deixando de lado o fato de que sou advogada dele e que essa informação é sigilosa, eu não teria o direito de contar. Ele é meu irmão.

Grace estendeu os braços e pôs as mãos de Sandra nas suas.

– Acho que ele está metido em problemas.

– Então o que sei não pode ajudar.

– Eles ameaçaram meus filhos.

Sandra fechou os olhos.

– Você ouviu o que eu disse?

Um homem de terno entrou no salão e anunciou:

– Está na hora, Sandra.

Ela anuiu e agradeceu. Afastou as mãos, ficou de pé e alisou o terninho.

– Você tem que parar com isso, Grace. Tem que ir para casa agora. Tem que proteger sua família. É o que Jack gostaria que você fizesse.

capítulo 38

A AMEAÇA NO SUPERMERCADO NÃO tinha surtido efeito.

Wu não ficou surpreso. Fora criado em um ambiente que enfatizava o poder dos homens e a subordinação das mulheres, mas sempre considerava isso mais um desejo do que a verdade. Elas eram mais difíceis, mais imprevisíveis. Lidavam melhor com o sofrimento físico – sabia disso por experiência. Quando se tratava de proteger entes queridos, as mulheres eram muito mais implacáveis. Os homens se sacrificavam por machismo, burrice ou pela crença inabalável em que sairiam vitoriosos. Elas se sacrificavam sem se iludirem.

Desde o primeiro momento, ele não fora a favor de fazer a ameaça. Ameaças criavam inimigos e incertezas. Eliminar Grace Lawson mais cedo teria sido rotina. Eliminá-la agora seria mais arriscado.

Wu precisaria retornar e se encarregar ele mesmo da tarefa.

Estava no chuveiro de Beatrice Smith, tingindo o cabelo de preto, de volta à cor original. Em geral, usava-o louro-platinado. Fazia isso por duas razões. A primeira era básica: gostava do resultado. Vaidade, talvez, mas, quando se olhava no espelho, achava que o estilo louro surfista, arrepiado com gel, ficava bem nele. Segunda: a cor – um amarelo berrante – era útil porque a maioria das pessoas só se lembrava disso. Quando pintava outra vez o cabelo da sua cor natural, o preto asiático cotidiano, e o penteava aplainado, trocava a roupa do estilo elegante moderno para algo mais conservador e colocava óculos com armação de metal, bem, a transformação era muito eficaz.

Ele agarrou Jack Lawson e o arrastou para o porão. Lawson não resistiu. Estava praticamente inconsciente. Ia bem mal. A mente, já retesada, talvez tivesse apagado. Ele não sobreviveria por muito tempo.

O porão era inacabado e úmido. Wu se lembrou da última vez que estivera em um cenário parecido, em San Mateo, na Califórnia. As instruções tinham sido específicas. Fora contratado para torturar um homem durante exatas oito horas – por que oito, nunca descobriu – e depois quebrar a perna e o braço do cara. Wu havia manejado os ossos quebrados de forma que as arestas pontudas ficassem perto de feixes de nervos ou da superfície da pele. Qualquer movimento, por menor que fosse, causaria uma dor excruciante.

Ele trancava o porão e deixava o homem sozinho. Conferia-o uma vez por dia. O cara implorava, mas Wu só observava, em silêncio. Levou onze dias para que morresse de inanição.

Descobriu um cano firme e amarrou Lawson nele. Também algemou suas mãos às costas, em torno de uma coluna de apoio. Pôs a mordaça de volta na boca.

Depois decidiu testar as amarras.

– Você deveria ter conseguido todas as cópias daquela fotografia – sussurrou Wu.

Jack Lawson revirou os olhos.

– Agora vou ter que fazer uma visita à sua esposa.

Seus olhos se encontraram. Um segundo se passou, não mais que isso, e então Lawson voltou à vida. Começou a se agitar. Wu observava-o. Sim, esse seria um bom teste. Jack se debateu durante alguns minutos, um peixe morrendo no anzol. Não entregou nada.

Wu o deixou sozinho, ainda lutando contra as correntes, e foi ao encontro de Grace Lawson.

capítulo 39

GRACE NÃO QUIS FICAR para a coletiva de imprensa.

Permanecer no mesmo recinto que todas aquelas pessoas de luto... Não gostava de usar o termo "aura", mas parecia se encaixar. A sala tinha uma aura ruim. Olhos estilhaçados contemplavam-na com uma saudade palpável. Ela compreendia, claro. Não era mais o receptáculo dos filhos perdidos – muito tempo havia se passado. Agora era a sobrevivente. Estava ali, viva e respirando, enquanto os filhos deles apodreciam debaixo da terra. Na superfície ainda havia afeto, mas por baixo Grace podia sentir a raiva por conta da injustiça. Ela vivera, mas seus filhos não. Os anos não haviam oferecido alívio. Agora que Grace tinha os próprios filhos, compreendia de uma forma que seria impossível quinze anos antes.

Já estava prestes a se esgueirar pela porta dos fundos quando uma mão agarrou seu pulso. Ela se voltou e viu que era Carl Vespa.

– Aonde você vai? – perguntou ele.

– Para casa.

– Posso dar uma carona para você.

– Tudo bem. Posso pegar um táxi.

Sua mão, ainda no pulso dela, apertou-a por um breve momento, e, outra vez, Grace achou que viu algo detonando atrás dos seus olhos.

– Fique – disse ele.

Não era um pedido. Ela examinou seu rosto; estava estranhamente calmo. Calmo demais. Sua postura – destoando do ambiente, tão diferente do momento de fúria que tinha visto na noite anterior – assustou-a outra vez. Era esse realmente o homem a quem estava confiando a vida dos filhos?

Sentou-se a seu lado e observou Sandra Koval e Wade Larue subirem no estrado. Ela puxou o microfone mais para perto e começou com os clichês sobre perdão, recomeço e reabilitação. Grace viu as expressões ao redor se fecharem. Alguns choravam. Outros apertavam os lábios ou tremiam visivelmente.

Carl Vespa não fez nada disso.

Cruzou as pernas e se recostou. Observava o procedimento com uma casualidade que a assustava mais que a pior carranca que pudesse fazer. Depois de cinco minutos da fala de Sandra Koval, o olhar de Vespa se voltou para Grace. Notou que ela o observava. Fez então algo que lhe causou um arrepio.

Piscou.

– Vamos lá – cochichou. – Vamos sair daqui.

Com Sandra ainda falando, Carl se levantou e foi para a porta. Cabeças se viraram e houve um breve silêncio. Grace o seguiu. Os dois tomaram o elevador em silêncio. A limusine estava parada bem em frente ao hotel. O grandão corpulento estava no assento do motorista.

– Onde está Cram? – perguntou Grace.

– Em uma missão – respondeu Vespa, e Grace achou ter vislumbrado um sorriso. – Me conte sobre seu encontro com a Sra. Koval.

Grace relatou a conversa com a cunhada. Carl permaneceu em silêncio, olhando pela janela, o dedo indicador batendo levemente no queixo. Quando terminou, ele perguntou:

– Isso é tudo?

– Sim.

– Tem certeza?

Ela não gostou daquele tom melódico.

– E o seu – Vespa olhou para cima, procurando a palavra – "visitante"?

– Você está falando de Scott Duncan?

Carl sorria estranhamente.

– Você tem conhecimento, claro, de que ele trabalha na Procuradoria--Geral dos Estados Unidos.

– Trabalhava – corrigiu ela.

– Sim, trabalhava. – A voz estava relaxada demais. – O que ele queria com você?

– Já contei.

– Já? – Ele se remexeu no banco, mas ainda não olhava para ela. – Você me contou tudo?

– O que você está insinuando?

– Só uma pergunta. Esse Sr. Duncan foi sua única visita recente?

Grace não gostou do rumo da conversa. Hesitou.

– Não há mais ninguém que você tenha esquecido de mencionar? – continuou ele.

Ela tentou examinar seu rosto em busca de uma pista, mas ele o mantinha virado. De quem estaria falando? Ela ficou pensando, recapitulando os últimos dias...

Jimmy X?

Poderia Vespa de alguma maneira saber sobre a visita de Jimmy depois do show? Era possível, claro. Ele o encontrara primeiro – faria sentido que mandasse alguém segui-lo. O que Grace deveria fazer então? Dizer algo consertaria as coisas? Talvez ele não soubesse sobre Jimmy. Talvez abrir a boca naquele momento apenas a colocasse em dificuldades maiores.

Seja vaga, pensou ela. Veja no que vai dar.

– Sei que pedi sua ajuda – falou, em um tom circunspecto. – Mas gostaria de resolver isso sozinha agora.

Vespa se virou para ela, encarando-a.

– Sério?

Ela esperou.

– Por que isso, Grace?

– A verdade?

– De preferência.

– Porque você está me assustando.

– Você acha que eu faria algum mal a você?

– Não.

– Então?

– Só acho que talvez fosse melhor...

– O que você disse a ele sobre mim?

A interrupção pegou-a desprevenida.

– Scott Duncan?

– Você falou com mais alguém sobre mim?

– O quê? Não.

– O que você disse a Scott Duncan sobre mim?

– Nada. – Grace tentou recordar. – O que eu poderia ter dito?

– Boa pergunta. – Ele fez que sim com a cabeça, mais para si que para ela. – Mas você nunca foi muito específica sobre por que o Sr. Duncan lhe fez essa visita. – Vespa cruzou as mãos sobre o colo. – Gostaria muito de saber os detalhes.

Ela não queria contar, pois não queria envolvê-lo mais, porém não tinha como evitar.

– Tem a ver com a irmã dele.

– O quê?

– Lembra a garota da foto com o X no rosto?

– Sim.

– Seu nome era Geri Duncan. Era irmã dele.

Vespa franziu o cenho.

– E por isso ele foi até você?

– Sim.

– Porque a irmã estava na fotografia?

– Sim.

Ele se recostou.

– E o que aconteceu com ela, com essa irmã?

– Morreu em um incêndio há quinze anos.

Vespa, então, surpreendeu Grace. Não perguntou mais nada. Não pediu esclarecimentos. Simplesmente se virou e olhou pela janela. Não falou de novo até o carro chegar à entrada da casa. Grace abriu a porta para saltar, mas havia alguma espécie de sistema de tranca acionado, como o trinco de segurança que ela usava quando as crianças eram menores, e ela não conseguiu abrir a porta por dentro. O motorista corpulento deu a volta e pôs a mão na maçaneta. Ela quis perguntar a Carl o que ele planejava fazer, se os deixaria em paz, mas sua linguagem corporal estava errada.

Em primeiro lugar, chamá-lo tinha sido um erro. Falar que não queria mais seu envolvimento poderia ter piorado a situação.

– Vou manter meus homens aqui até você pegar as crianças na escola – avisou ele, ainda sem olhar para ela. – Depois você vai ficar sozinha.

– Obrigada.

– Grace?

Ela olhou para ele.

– Você não deve mentir para mim. Nunca.

Seu tom era gélido. Ela engoliu em seco. Queria argumentar, explicar que não tinha mentido, mas achou que soaria muito na defensiva – como um protesto insistente. Então apenas aquiesceu.

Não houve despedida. Ela percorreu o caminho sozinha. O passo vacilava mais do que o normal.

O que havia feito?

Perguntou-se o que faria a seguir. O conselho da cunhada havia sido o melhor: proteja as crianças. Se Grace estivesse no lugar de Jack, se houvesse desaparecido por alguma razão, seria essa sua vontade. *Me esqueça*, teria dito a ele. *Mantenha as crianças protegidas*.

Assim, gostando ou não, Grace estava fora da operação resgate. Jack estava sozinho.

Iria fazer as malas. Esperaria até as três da tarde, horário da saída da escola, depois pegaria as crianças e iria para a Pensilvânia. Encontraria um hotel em que não fosse obrigatório usar cartão de crédito. Ou uma pousada. Ou uma pensão. Qualquer coisa. Ligaria para a polícia, talvez até para aquele tal de Perlmutter. Contaria o que estava acontecendo. Mas, primeiro, precisava das crianças. Uma vez que estivessem a salvo, dentro do carro e na estrada, ela ficaria bem.

Chegou à porta da frente. Havia um pacote no degrau. Abaixou-se e o pegou. A caixa tinha um logo do *New Hampshire Post*. O remetente dizia: Bobby Dodd, Casa de Repouso Sunrise.

Era o arquivo de Bob Dodd.

capítulo 40

WADE LARUE ESTAVA SENTADO ao lado da advogada, Sandra Koval.

Vestia roupas novas. O recinto não cheirava à prisão, aquela combinação horrível de cheiro de podre e desinfetante, de guardas gordos e urina, de manchas que nunca saem, e isso já era em si um estranhamento inusitado. A prisão se torna o mundo; sair é um sonho impossível, como imaginar vida em outros planetas. Wade Larue tinha sido preso aos 22 anos. Estava com 37. Isso significava que havia passado a maior parte da vida adulta naquele lugar. O cheiro, aquele cheiro horrível, era tudo que conhecia. Sim, ainda era jovem. Tinha, como Sandra Koval repetia feito um mantra, uma vida toda diante de si.

Não parecia assim.

A vida de Wade Larue fora arruinada por uma brincadeira de escola. Criado numa cidade pequena no Maine, todos concordavam que ele tinha jeito para ator. Era péssimo aluno. Não era bom atleta. Mas sabia cantar, dançar e, mais importante ainda, possuía o que um crítico local chamou de – isso depois de ver Wade, estudante do segundo ano do ensino médio, estrelar no papel de Nathan Detroit, em *Garotos e garotas* – "carisma sobre-natural". Tinha aquele algo especial, intangível, que distinguia aspirantes talentosos de verdadeiros talentos.

Antes do último ano do ensino médio, o Sr. Pearson, diretor de teatro da escola, chamou Wade à sua sala para lhe contar sobre um "sonho impossível". Ele sempre quisera encenar *O Homem de La Mancha*, mas nunca havia tido um aluno, até então, capaz de fazer o papel de Dom Quixote. Agora, pela primeira vez, queria fazer uma tentativa com Wade.

Mas setembro chegou, o Sr. Pearson foi embora e o Sr. Arnett assumiu como diretor. Ele organizou baterias de testes – em geral, uma formalidade para Wade Larue –, mas o Sr. Arnett lhe era hostil. Para a surpresa de todos na cidade, acabou escolhendo Kenny Thomas, que não tinha um pingo de talento, para interpretar Dom Quixote. O pai de Kenny era um agente de apostas, e o Sr. Arnett, assim diziam, lhe devia mais de 20 mil dólares. Façam as contas. A Wade foi oferecido o papel do barbeiro – uma canção! –, e ele acabou saindo do espetáculo.

Para se ter uma ideia de como Wade era ingênuo: ele achou que sua saída causaria um tumulto na cidade. As escolas de ensino médio têm seus estereótipos. O *quarterback* bonito. O capitão do time de basquete. O diretor da escola. O astro de todas as peças. Ele pensou que os moradores da cidade se revoltariam com a injustiça que lhe fora feita. Mas ninguém disse nada. A princípio, Wade imaginou que todos tinham medo do pai de Kenny e de suas possíveis ligações com o crime organizado, mas a verdade era bem mais simples: ninguém se importou. Por que deveriam?

É tão fácil abrir caminho no território da delinquência. A fronteira é muito tênue, instável. Uma pessoa a cruza por apenas um segundo e às vezes, bem, às vezes não consegue mais voltar. Três semanas depois, Wade Larue ficou bêbado, invadiu a escola e vandalizou os cenários da peça. Foi pego pela polícia e suspenso das aulas.

Esse foi o início da queda.

Wade acabou se drogando demais, mudando-se para Boston a fim de ajudar a traficar, ficou paranoico, andava armado. E agora ali estava ele, sentado naquele pódio, um criminoso conhecido, culpado pela morte de dezoito pessoas.

Os rostos que o fuzilavam com olhares já eram conhecidos desde a época de sua sentença, quinze anos antes. Wade sabia a maior parte dos nomes. No julgamento, eles o encararam com uma combinação de dor e aturdimento, ainda tontos por causa do golpe súbito. Na época ele havia compreendido, até se solidarizado. Agora, quinze anos depois, os olhares eram mais hostis. O sofrimento e a desorientação tinham se cristalizado em um nível mais puro de raiva e ódio. No julgamento, Wade Larue evitara encará-los. Porém não mais. Mantinha a cabeça erguida. Olhava-os nos olhos. A solidariedade e a compreensão haviam sido dizimadas pela falta de clemência. Nunca pretendera fazer mal a ninguém. Eles sabiam disso. Tinha se desculpado. Pagara um preço alto. Essas famílias ainda assim escolheram o ódio.

Que fossem para o inferno.

Sandra Koval ia se tornando mais eloquente na cadeira a seu lado. Falava em pedidos de desculpas e perdão, em virar páginas e transformações, em compreensão e no desejo humano de ter uma segunda chance. Larue a ignorava. Via Grace Lawson sentada ao lado de Vespa. Era para ter sentido um medo enorme ao ver Carl em pessoa; mas não, estava acima disso agora. Logo que foi para a prisão, apanhou muito – primeiro de pessoas que trabalhavam para Vespa e depois de outras, que esperavam obter favores. Carcereiros, inclusive. Não havia como escapar do temor constante. O medo, assim como o cheiro, tornara-se uma parte natural dele, do seu mundo. Talvez isso explicasse por que se sentia imune a ele agora.

Larue acabou fazendo amigos em Walden, mas a prisão não constrói um caráter, apesar do que Sandra Koval falava para seu público. A prisão despoja a pessoa de tudo, até ela alcançar seu estado mais nu e cru, o estado natural, e o que se faz para sobreviver nunca é bonito. Não importava. Estava solto agora. Aquilo era passado. As pessoas vão em frente.

Mas não totalmente ainda.

A sala estava mais que silenciosa, havia uma sensação de vácuo, como se o próprio ar tivesse sido retirado. As famílias estavam todas lá, sentadas, imóveis, física e emocionalmente. Mas não havia energia. Eram entidades ocas, devastadas e impotentes. Não podiam lhe fazer mal. Não mais.

Sem nenhuma indicação, Carl Vespa se levantou. Durante um segundo – não mais que isso –, Sandra Koval tremeu. Grace Lawson se pôs de pé também. Wade Larue não conseguia entender por que os dois estavam juntos. Não fazia sentido. Perguntou-se se aquilo mudaria algo, se iria se encontrar em breve com ela.

Isso importava?

Quando Sandra Koval terminou, inclinou-se para ele e sussurrou:

– Escuta, Wade. Pode sair pela porta dos fundos.

Dez minutos depois, nas ruas de Manhattan, Larue estava livre pela primeira vez em quinze anos.

Olhou para os arranha-céus. A Times Square era seu próximo destino. Estaria barulhenta e cheia de gente – pessoas livres de verdade, vivas. Larue não queria solidão. Não desejava grama verde nem árvores – podia ver isso da cela na prisão, nas matas de Walden. Queria luzes, sons e pessoas de verdade, não prisioneiros. E, sim, talvez a companhia de uma boa (ou, melhor ainda, de uma má) mulher.

Mas isso teria que esperar. Wade Larue olhou para o relógio. Estava quase na hora.

Dobrou à esquerda na 43rd Street. Havia ainda uma chance de se livrar daquela situação. Estava dolorosamente próximo ao terminal rodoviário Port Authority. Podia entrar em um ônibus, qualquer um, e começar tudo de novo em algum lugar. Podia mudar de nome, talvez um pouco do rosto, e tentar carreira em algum teatro local. Ainda era jovem. Ainda tinha talento. Ainda tinha aquele carisma sobrenatural.

Em breve, pensou.

Precisava esclarecer aquilo. Superar. Quando o soltaram, um dos conselheiros da prisão lhe fizera o discurso padrão sobre aquele momento significar um novo começo ou um final ruim, tudo dependia dele. O conselheiro estava certo. Hoje superaria aquilo tudo ou morreria. Wade duvidava que houvesse um meio-termo.

À frente, viu um sedã preto. Reconheceu o homem encostado na lateral, de braços cruzados. Aquela boca era inesquecível, a forma como os dentes eram todos tortos. Havia sido o primeiro a bater em Larue anos atrás. Queria saber o que acontecera na noite do Massacre de Boston. Larue tinha lhe contado a verdade: não sabia.

Agora sabia.

– Ei, Wade.

– Cram.

O homem abriu a porta. Larue entrou na parte de trás. Cinco minutos depois, estavam na West Side Highway, dirigindo-se ao fim do jogo.

capítulo 41

Eric Wu viu a limusine parando em frente à residência dos Lawsons.

Um homem grande, que não parecia em nada um chofer, saltou do carro, puxou as abas do paletó com força para que pudesse fechar os botões e abriu a porta de trás. Grace Lawson saiu. Foi até a porta da frente sem dizer adeus nem olhar para trás. O homem grande a observou pegar um pacote e entrar. Depois voltou para o carro e deu partida.

Wu divagou a respeito dele, o grandalhão. Grace Lawson, haviam lhe dito, poderia ter proteção agora. Fora ameaçada. Os filhos tinham sido ameaçados. O chofer grandão não era da polícia. Wu tinha certeza disso. Mas também não era um motorista qualquer.

Melhor ter cautela.

Mantendo-se a uma boa distância, começou a contornar o perímetro. O dia estava claro, as folhagens explodiam de verde. Havia muitos lugares para se esconder. Ele não tinha binóculo – teria tornado a tarefa mais fácil –, mas isso não era importante. Minutos depois, viu um homem. Estava parado atrás da garagem independente. Wu se esgueirou para mais perto. O cara estava se comunicando com um celular tipo rádio. Ele escutou. Só pegava fragmentos da conversa, mas foi o suficiente. Tinha alguém na casa também. E provavelmente outro homem dentro do perímetro, no outro lado da rua.

Isso não era nada bom.

Wu ainda podia resolver aquilo. Sabia. Mas teria que entrar em ação rápido. Primeiro precisava saber a localização exata do outro homem. Eliminaria um com as mãos e o outro com a arma. Precisaria invadir a casa. Isso poderia ser feito. Haveria um monte de corpos. Havia a possibilidade de o homem lá dentro ser avisado. Mas poderia ser feito.

Olhou para o relógio. Eram 14h45.

Wu começou a fazer o contorno de volta, em direção à rua, quando a porta dos fundos da casa dos Lawsons se abriu. Grace saiu. Estava com uma mala. Ele parou e observou. Ela pôs a bagagem no carro e voltou para dentro. Saiu com mais uma mala e um pacote – o mesmo, deduziu ele, que ela pegou na porta da frente.

Wu voltou correndo para o carro que estava usando – por ironia, o Ford Windstar dela, embora tivesse trocado a placa em Palisades Mall e colado uns adesivos no para-choque, para desviar a atenção do fato. As pessoas se lembravam mais de adesivos de para-choques que de placas, ou até mesmo de marcas dos automóveis. Um deles dizia que ele era um pai orgulhoso de um aluno nota dez. Um segundo, do New York Knicks, dizia UM TIME, UMA NOVA YORK.

Grace Lawson se sentou ao volante do carro e deu partida. Bom, pensou Wu. Seria muito mais fácil pegá-la onde quer que parasse. Suas instruções eram claras. Descobrir o que ela sabia. Livrar-se do corpo. Ele ligou o Ford Windstar, mas manteve o pé no freio. Queria ver se alguém mais a acompanharia. Não saiu ninguém depois dela. Wu manteve distância.

Não havia ninguém seguindo.

Os homens tinham recebido ordens para proteger a casa, imaginou Wu, não ela. Wu se perguntou o que significariam as malas, para onde estaria indo, quanto tempo poderia durar aquela viagem. Surpreendeu-se quando ela começou a pegar ruas secundárias. Ficou mais espantado ainda ao vê-la parar perto de um pátio de escola.

Claro. Eram quase três horas. Ia pegar os filhos.

Pensou outra vez nas malas e no que significavam. Seria a intenção dela pegar as crianças e fazer uma viagem? Se fosse esse o caso, devia ser para algum lugar longe. Poderia levar horas até chegar.

Wu não queria que demorasse horas.

Por outro lado, Grace poderia voltar para casa, para a proteção dos dois homens no perímetro e do que estava no interior. Isso também não seria bom. Nos dois casos, teria o mesmo tipo de problemas, e ainda maior se considerasse o envolvimento de crianças. Ele não era sanguinário nem sentimental. Apenas pragmático. Pegar uma mulher cujo marido já tinha fugido poderia levantar suspeitas da polícia, mas adicionar cadáveres, possivelmente de duas crianças, faz com que a atenção se torne quase intolerável.

Não, percebeu Wu. Seria melhor pegar Grace Lawson ali mesmo. Antes que os filhos saíssem da escola.

Isso não lhe deixava muito tempo.

Mães começavam a se juntar e a confraternizar, mas ela não saiu do carro. Parecia estar lendo algo. Eram dez para as três. Isso dava a ele dez minutos. Depois Wu se lembrou da primeira ameaça. Ela fora informada de que levariam seus filhos. Se fosse esse o caso, era muito possível que também houvesse homens vigiando a escola.

Precisava verificar isso logo.

Não demorou muito. A van estava parada a um quarteirão de distância, no final de uma rua sem saída. Tão óbvio... Ele pensou na possibilidade de haver mais de uma. Deu uma examinada rápida e não viu nada. De qualquer forma, não havia tempo. Precisava atacar. A escola abriria os portões em cinco minutos. Com as crianças no meio, a complicação aumentaria exponencialmente.

Wu estava de cabelo escuro. Colocou uns óculos de armação dourada. Usava roupas casuais largas. Tentou parecer tímido enquanto ia em direção à van. Olhava em volta como se estivesse perdido. Foi para a porta de trás e já ia abri-la quando um homem calvo, com a testa suada, pôs a cabeça para fora.

– Procurando o quê, companheiro?

O cara estava vestindo um conjunto de moletom azul aveludado. Não se via camisa embaixo do casaco, apenas tufos de pelos no peitoral. Ele era grande e abrutalhado. Wu esticou a mão direita e agarrou a nuca do homem. Então enfiou fundo o cotovelo esquerdo no seu pomo de adão. O pescoço simplesmente desabou. A traqueia inteira cedeu feito um galho quebradiço. O cara caiu. O corpo despencou como um peixe caindo no convés. Wu o empurrou mais para dentro da van e entrou junto.

Viu o mesmo celular tipo rádio, um binóculo e uma arma. Enfiou-a na cintura. O homem ainda estremecia, mas não viveria mais muito tempo.

Três minutos para o sinal tocar.

Wu saiu, apressado, e trancou a porta da van. Voltou à rua onde Grace Lawson tinha estacionado. Mães se comprimiam em volta da cerca, aguardando o término das aulas. Grace estava fora do carro então, parada, sozinha. Isso era bom.

Wu foi em sua direção.

Do outro lado do pátio, Charlaine Swain estava pensando sobre reações em cadeia e efeito dominó.

Se ela e Mike não tivessem tido problemas.

Se ela não tivesse dado início àquela dança pervertida com Freddy Sykes.

Se não tivesse olhado por aquela janela quando Eric Wu estava lá.

Se não tivesse aberto a pedra para esconder chaves e chamado a polícia.

Mas naquele momento, enquanto passava pelo parquinho, os dominós estavam no presente: se Mike não tivesse acordado, se não tivesse insistido que ela tomasse conta das crianças, se Perlmutter não lhe tivesse perguntado sobre Jack Lawson, bem, sem isso tudo, Charlaine não estaria olhando para Grace.

Mas Mike havia insistido. Tinha lembrado a ela que as crianças precisavam da mãe. E lá estava ela. Pegando Clay na escola. E Perlmutter havia de fato perguntado a Charlaine se conhecia Jack Lawson. Então, quando chegou ao pátio, era natural, se não inevitável, que começasse a mapear a área em busca da esposa do cara.

Foi assim que Charlaine viu onde estava Grace Lawson.

Chegara mesmo a ficar tentada a se aproximar – para início de conversa, essa não fora parte da razão pela qual tinha concordado em pegar Clay? –, mas depois a viu falando no celular com alguém. Charlaine decidiu manter distância.

– Oi, Charlaine.

A mulher, uma mãe histriônica muito popular que nunca antes se dignara falar com ela, estava agora diante de Charlaine com um olhar fingido de preocupação. O jornal não tinha mencionado o nome de Mike, apenas que houvera um tiroteio, mas todos sabem como são as cidades pequenas, os boatos e essas coisas todas.

– Fiquei sabendo sobre Mike. Ele está bem?

– Está.

– O que aconteceu?

Outra mulher chegou pela direita. Mais duas começaram a se acercar. Depois outras duas. Vinham de todas as direções agora, aquelas mães se aproximando, pondo-se em seu caminho, quase bloqueando a visão de Charlaine.

Quase.

Por um momento, Charlaine não conseguiu se mexer. Ficou paralisada, observando enquanto o homem se aproximava de Grace Lawson.

Ele tinha mudado de aparência. Estava de óculos agora. O cabelo não era mais louro. Mas não havia dúvida. Era o mesmo cara.

Eric Wu.

A mais de 30 metros, Charlaine sentiu um arrepio quando ele pôs a mão no ombro de Grace Lawson. Viu-o se inclinar e murmurar alguma coisa em seu ouvido.

E depois notou que o corpo dela se retesou por inteiro.

Grace ficou curiosa quanto ao asiático vindo na sua direção.

Imaginou que fosse apenas passar por ela. Era jovem demais para ser pai.

E Grace conhecia a maior parte dos professores. Não era um deles. Provavelmente tratava-se de um novo professor aprendiz. Quase certo. Na verdade, não prestou muita atenção nele. Estava preocupada com outras coisas.

Colocara nas malas roupa suficiente para alguns dias. Tinha uma prima que morava perto da Universidade da Pensilvânia, bem no centro do estado. Talvez fosse até lá de carro. Não telefonara antes avisando. Não queria deixar rastro.

Após ter jogado umas roupas nas malas, fechou a porta do quarto. Pegou o revólver pequeno que Cram lhe dera e o colocou em cima da cama. Durante muito tempo, apenas o observou. Sempre fora fervorosamente contra armas. Como a maioria das pessoas racionais, tinha medo do que um revólver como aquele poderia fazer dentro de casa. Mas Cram havia resumido a coisa sucintamente no dia anterior: suas crianças não foram ameaçadas?

A carta na manga.

Grace passou o coldre de náilon em torno do tornozelo da perna boa. Coçava e era desconfortável. Vestiu um jeans. A arma ficou coberta, mas era possível ver o volume. Uma pequena protuberância na área, como se ela estivesse usando uma bota.

Pegou a caixa com as pastas de Bob Dodd, de seu escritório no *New Hampshire Post*, e foi de carro para a escola. Tinha alguns minutos ainda, então ficou no carro dando uma olhada no material. Não fazia ideia do que encontraria. Havia um bocado de apetrechos de mesa de trabalho – uma pequena bandeira americana, uma caneca de café, um carimbo de remetente, um peso de papel. Tinha canetas, lápis, borrachas, clipes, corretivo, tachinhas, blocos de notas e grampeadores.

Grace quis pular essa parte e mergulhar nas pastas, mas não havia muitas. Dodd devia fazer todo o trabalho no computador. Ela encontrou alguns disquetes, nenhum com identificação do conteúdo. Talvez houvesse alguma pista neles. Verificaria quando tivesse acesso a um computador.

Quanto aos papéis, tudo que descobriu foram recortes de jornal. Artigos escritos por Bob Dodd. Grace os examinou. Cora estava certa. Suas histórias eram denúncias sem importância. As pessoas faziam alguma reclamação. Ele investigava. Dificilmente o tipo de coisa que leva alguém a ser assassinado, mas quem sabe? Eventos irrelevantes às vezes reverberam.

Ela já ia desistir – na verdade, já tinha desistido – quando encontrou um porta-retratos no fundo. A moldura estava voltada para baixo. Mais por curiosidade que outra coisa, virou a moldura e deu uma olhada. Era uma foto típica de férias. Bob Dodd e a esposa, Jillian, em uma praia, sorrindo com dentes brancos estonteantes e vestindo camisas havaianas. A mulher era ruiva. Tinha os olhos muito separados. Grace entendeu de repente o envolvimento de Bob Dodd. Não tinha nada a ver com o fato de ele ser repórter.

Sua esposa, Jillian Dodd, era Sheila Lambert.

Ela fechou os olhos e esfregou a ponte do nariz. Depois colocou tudo de volta no pacote cuidadosamente. Pôs no banco de trás e saiu do carro. Precisava de tempo para pensar e ligar os pontos.

Os quatro membros da Allaw – tudo levava de volta a eles. Sheila Lambert, Grace sabia agora, permanecera no país. Havia trocado de identidade e casado. Jack fora para uma pequena cidade na França. Shane Alworth estava morto ou em local desconhecido – talvez, como a mãe sugerira, ajudando os pobres no México. Geri Duncan tinha sido assassinada.

Grace olhou para o relógio. O sinal tocaria em alguns minutos. Ela sentiu o celular vibrar.

– Alô?

– Sra. Lawson, aqui é o capitão Perlmutter.

– Sim, capitão, em que posso ajudá-lo?

– Preciso lhe perguntar algumas coisas.

– Estou pegando meus filhos na escola agora.

– Gostaria que eu fosse até sua casa? Podemos nos encontrar lá.

– Eles vão sair daqui a dois minutos. Passo aí na delegacia.

Uma sensação de alívio lhe percorreu o corpo. Aquela ideia precipitada de fugir para a Pensilvânia talvez fosse um exagero. Talvez Perlmutter tivesse descoberto algo. Talvez, com tudo que Grace sabia agora sobre a foto, ele finalmente acreditasse nela.

– Está bem assim?

– Está bem. Fico esperando.

No mesmo instante em que desligou o celular, sentiu uma mão tocando seu ombro. Virou-se. A mão pertencia ao jovem asiático. Ele inclinou a cabeça na direção do seu ouvido.

– Estou com seu marido – sussurrou.

capítulo 42

– CHARLAINE? VOCÊ ESTÁ BEM?

Era a popular mãe histriônica. Charlaine a ignorou.

Ok, raciocine.

O que, perguntou-se, faria a heroína burra? Foi assim que procedera no passado: imaginava como a pobre agiria e fazia o oposto.

Vamos lá, vamos lá...

Charlaine tentou combater o medo quase paralisante. Não esperava ver aquele homem nunca mais. Eric Wu era procurado da polícia. Havia atirado em Mike. Atacado Freddy e o feito de refém. A polícia tinha suas digitais. Sabiam quem ele era. Iriam prender o cara de novo. O que ele estava fazendo ali?

Quem se importa, Charlaine?! Faça alguma coisa.

A resposta era muito simples: chame a polícia.

Ela enfiou a mão na bolsa e pegou o celular. As mães ainda estavam latindo como cachorrinhos. Charlaine abriu o celular.

Estava sem bateria.

Típico, e, no entanto, fazia sentido. Havia usado o celular durante a perseguição. Deixara-o ligado esse tempo todo. Havia dois anos que o comprara. O maldito aparelho estava sempre sem bateria. Olhou de novo para o outro lado do pátio. Eric Wu estava conversando com Grace Lawson. Os dois começaram a andar.

A mesma mulher perguntou novamente:

– Tem alguma coisa errada, Charlaine?

– Preciso do seu celular – disse ela. – Agora.

Grace apenas olhou para o homem.

– Venha comigo calmamente e levarei você até seu marido. Vai vê-lo e estará de volta daqui a uma hora. Mas o sinal da escola vai tocar em um minuto. Se não vier comigo, saco a arma e atiro nos seus filhos. Vou atirar em outras crianças também, ao acaso. Está entendendo?

Grace não conseguia falar.

– Você não tem muito tempo.

Ela encontrou a voz.

– Vou com você.

– Você dirige. Caminhe com calma ao meu lado. Por favor, não cometa o erro de tentar fazer sinal para alguém. Ou mato todo mundo. Está entendendo?

– Sim.

– Você deve estar se perguntando sobre o homem designado para protegê-la – continuou ele. – Posso assegurá-la de que ele não vai interferir.

– Quem é você? – perguntou Grace.

– O sinal já vai tocar. – Ele olhou para o lado, com um leve sorriso nos lábios. – Você quer que eu esteja aqui quando seus filhos saírem?

Grite, pensou Grace. Grite como uma louca e comece a correr. Mas ela conseguia ver o volume da arma. Conseguia ver os olhos do homem. Não se tratava de blefe. Ele estava falando sério. Mataria pessoas.

E estava com seu marido.

Eles foram até o carro dela, lado a lado, como dois amigos. Os olhos de Grace varriam o pátio. Viu Cora, que lhe lançou um olhar intrigado. Não podia arriscar. Olhou para o lado.

Continuou andando. Os dois chegaram ao carro. Ela havia acabado de destrancar a porta quando o sinal da escola tocou.

A mãe histriônica vasculhou a bolsa.

– Temos um plano terrível. Hal é tão pão-duro às vezes. Os minutos acabam já na primeira semana, e depois temos que nos controlar o resto do mês.

Charlaine olhou para os outros rostos. Não queria provocar pânico, de forma que manteve a voz tranquila.

– Por favor, alguém tem um telefone que possa me emprestar?

Tinha o olhar fixo em Wu e Lawson. Os dois estavam do outro lado da rua, agora ao lado do carro de Grace. Viu-a usando um desses controles remotos para destrancar as portas. Ela estava diante da porta do motorista, e Wu, do carona. Não parecia estar fugindo. Era difícil ver seu rosto, mas não dava a impressão de estar sendo coagida.

O sinal tocou.

Todas as mães se viraram para a porta em uma reação pavloviana, esperando os filhos aparecerem.

– Aqui, Charlaine.

Uma delas, com os olhos na porta da escola, entregou-lhe um celular. Ela tentou não pegá-lo muito depressa. Estava levando-o ao ouvido quando deu mais uma olhada para Grace e Wu. Ficou paralisada.

Wu estava olhando para Charlaine.

Quando ele viu outra vez aquela mulher, levou a mão à arma.

Ia atirar nela. Bem ali. Naquele momento. Na frente de todo mundo.

Não era um homem supersticioso. Percebeu que as chances de ela estar ali eram razoáveis. Tinha filhos. Morava na área. Devia haver duzentas ou trezentas mães ali. Fazia sentido que fosse uma delas.

Mesmo assim, queria matá-la.

Pelo lado da superstição, mataria aquele demônio.

Pelo lado prático, iria impedi-la de chamar a polícia. Estaria também provocando um pânico que lhe permitiria escapar. Se acertasse o tiro, todos correriam em direção à mulher caída. Seria uma distração perfeita.

Mas havia problemas também.

Primeiro, ela estava no mínimo a 30 metros. Eric Wu conhecia seus pontos fortes e fracos. No corpo a corpo, não tinha igual. Com um revólver, era apenas regular. Poderia só machucar ou, pior, nem acertar. Sim, haveria pânico, mas, sem a queda de um corpo, poderia não ser o tipo de distração que queria.

Seu verdadeiro alvo – a razão pela qual estava ali – era Grace Lawson. Ele a tinha em seu poder. Ela estava escutando. Estava sendo flexível porque ainda alimentava esperanças de que a família pudesse sobreviver àquilo. Se ela o visse disparar, havia a chance de que entrasse em pânico e corresse.

– Entre – ordenou ele.

Grace Lawson abriu a porta do carro. Eric Wu olhou para a mulher do outro lado do pátio da escola. Quando seus olhos se encontraram, ele balançou a cabeça devagar, fazendo um gesto em direção à cintura. Queria que ela entendesse. Já o tinha contrariado antes e ele havia atirado. Faria a mesma coisa de novo.

Esperou até que a mulher baixasse o telefone. Ainda mantendo os olhos nela, Wu entrou no carro. Wu e Grace partiram e desapareceram pela Morningside Drive.

capítulo 43

PERLMUTTER ESTAVA SENTADO EM frente a Scott Duncan. Encontravam-se na sala do capitão, na delegacia. O ar-condicionado não estava funcionando direito. Dezenas de policiais uniformizados dos pés à cabeça durante o dia inteiro, e nada de ar-condicionado – o lugar estava começando a feder.

– Então o senhor está de licença da Procuradoria-Geral dos Estados Unidos – dizia Perlmutter.

– Correto – replicou Duncan. – Estou advogando por conta própria neste momento.

– Entendo. E seu cliente contratou Indira Khariwalla, ou melhor, o senhor contratou a Sra. Khariwalla em nome do seu cliente.

– Não confirmo nem nego.

– E não vai me contar se seu cliente queria que Jack Lawson fosse seguido. Nem por quê.

– Correto.

Perlmutter abriu os braços.

– Então o que o senhor quer exatamente, Sr. Duncan?

– Quero saber o que descobriu sobre o desaparecimento de Jack Lawson.

Perlmutter sorriu.

– Ok, vou ver se entendi bem. Tenho que dizer tudo que sei sobre uma investigação de assassinato e de uma pessoa desaparecida, mesmo com a possibilidade de o seu cliente estar envolvido, e o senhor, por sua vez, não precisa me contar nada. É assim?

– Não, não é assim.

– Bem, então me ajude a entender.

– Isso não tem nada a ver com o cliente. – Duncan cruzou as pernas, apoiando o tornozelo sobre o joelho. – Tenho um envolvimento pessoal no caso Lawson.

– Pode repetir?

– A Sra. Lawson mostrou a fotografia a você.

– Correto, eu me lembro.

– A garota marcada com o X – prosseguiu ele – era minha irmã.

Perlmutter se recostou e assoviou baixinho.

– Talvez deva começar pelo começo, Sr. Duncan.

– É uma longa história.

– Eu poderia dizer que tenho o dia inteiro, mas seria mentira.

Para ratificar essa afirmação, a porta se abriu. Daley enfiou a cabeça.

– Linha dois.

– O que é?

– Charlaine Swain. Está dizendo que acabou de ver Eric Wu no pátio da escola.

Carl Vespa olhava para a pintura.

Grace era a artista. Tinha oito quadros dela, embora aquele fosse o que mais o emocionava. Era, achava ele, um retrato dos últimos momentos de Ryan. As lembranças de Grace daquela noite eram nebulosas. Ela odiava parecer pretensiosa, mas essa visão – a pintura aparentemente comum de um jovem à beira de um pesadelo – chegara-lhe numa espécie de transe artístico. Grace Lawson dizia que aquela noite aparecia em seus sonhos. Era lá, dizia ela, o único lugar onde as lembranças existiam.

Vespa maravilhava-se.

A casa de Vespa ficava em Englewood, Nova Jersey. Em um quarteirão que já tinha sido de famílias tradicionalmente ricas. Agora Eddie Murphy morava no fim da rua. Um jogador do New Jersey Nets morava duas casas depois. A propriedade de Vespa, que já pertencera a um Vanderbilt, era ampla e isolada. Em 1988, Sharon, sua esposa então, havia mandado derrubar a construção de pedra, da virada do século, e erguera o que foi considerado na época algo moderno. A casa não envelhecera bem. Parecia um monte de cubos de vidro, empilhados ao acaso. Tinha janelas demais. Ficava ridiculamente quente no verão. A sensação que se tinha era de estar no interior de uma maldita estufa, e a casa se parecia com uma.

Sharon tinha partido. Não quis a casa no divórcio. Não quis muita coisa, na verdade. Vespa não tentou impedi-la. Ryan sempre fora a principal ligação entre os dois, mais depois de morto que em vida. Não era saudável.

Vespa verificou o monitor de segurança para o acesso a carros. O sedã estava parando.

Ele e Sharon desejaram ter mais filhos, mas não aconteceu. A contagem de espermatozoides de Carl era muito baixa. Ele não contava a ninguém, claro, sugerindo sutilmente que o problema era dela. Horrível dizer, mas Vespa acreditava que se tivessem tido outros filhos, se Ryan tivesse pelo menos um irmão, a tragédia teria se tornado, se não mais fácil, ao menos suportável. O problema das tragédias é que as pessoas precisam seguir com suas vidas. Não há escolha. Não dá para sair da estrada e esperar, por mais que seja essa a vontade. Quando você tem outros filhos, é possível compreender isso imediatamente. A vida pode estar acabada, mas você tem que sair da cama pelos outros.

Resumindo: no seu caso, não havia mais razão para sair da cama.

Carl foi para o lado de fora e observou o sedã parar. Cram saiu primeiro, com o celular grudado ao ouvido. Wade Larue o seguiu. Não parecia assustado, mas estranhamente em paz, olhando o luxo ao redor. Cram lhe resmungou algo – Vespa não conseguiu ouvir o que disse – e depois subiu os degraus. Wade ficou passeando, como se estivesse em um retiro.

– Temos um problema – anunciou Cram.

Carl esperou, seguindo Larue com os olhos.

– Richie não está respondendo ao rádio.

– Onde ele estava?

– Numa van perto da escola das crianças.

– Onde está Grace?

– Não sabemos.

Vespa olhou para Cram.

– Eram três horas. Sabíamos que ela tinha ido pegar Emma e Max. Richie deveria segui-la. Grace chegou à escola, temos conhecimento disso. Ele mandou uma mensagem pelo rádio. E depois, mais nada.

– Você mandou alguém para lá?

– Simon foi dar uma olhada na van.

– E?

– Ainda está lá. Estacionada no mesmo lugar. Mas há policiais na área agora.

– E as crianças?

– Não sabemos ainda. Simon acha que as avistou no pátio da escola. Mas não quer chegar muito perto, com a polícia por ali.

Carl cerrou os punhos.

– Temos que encontrar Grace.

Cram não disse nada.

– O que foi?

Cram deu de ombros.

– Acho que você entendeu errado, só isso.

Nenhum dos dois disse mais nada depois disso. Ficaram de pé, observando Wade Larue. Ele caminhava pelo terreno de cigarro na mão. Do alto da propriedade, a vista da ponte George Washington era magnífica, seguida do horizonte distante de Manhattan. Fora dali que Vespa e Cram haviam observado a fumaça subindo, como se fosse de Hades, quando as torres caíram. Eles se conheciam havia 38 anos. Cram era o homem mais habilidoso com revólver ou faca que Carl já conhecera. Assustava as pessoas com pouco mais que um olhar. Os sujeitos mais perversos, os psicóticos mais violentos, imploravam por piedade antes mesmo de ele tocá-los. Mas naquele dia, parado de pé no pátio, assistindo à fumaça que não se dissipava, Vespa vira Cram se entregar e chorar.

Os dois olharam para Wade Larue.

– Você já conversou com ele? – perguntou Carl.

Cram fez que não e disse:

– Nem uma palavra.

– Ele parece tão calmo...

Cram não disse nada. Vespa foi até Larue. O motorista ficou onde estava. Wade não se virou. Carl parou a uns 3 metros dele e perguntou:

– Você queria me ver?

Larue continuou a olhar para a ponte.

– Vista linda – comentou.

– Você não está aqui para admirá-la.

Ele deu de ombros.

– O que não quer dizer que eu não possa.

Vespa esperou. Wade não se virou.

– Você confessou.

– Sim.

– Você quis fazer aquilo? – perguntou Carl.

– Na época? Não.

– O que isso significa, "na época"?

– Você quer saber se disparei os dois tiros naquela noite. – Larue finalmente se virou e encarou Vespa. – Por quê?

– Quero saber se você matou meu filho.

– De uma forma ou de outra, não atirei nele.

– Você sabe o que estou querendo dizer.

– Posso fazer uma pergunta?

Carl esperou.

– Está fazendo isso por você? Ou por seu filho?

Vespa pensou naquilo.

– Não é por mim.

– É pelo seu filho então?

– Ele está morto. Não vai adiantar nada.

– Por quem então?

– Não interessa.

– A mim interessa. Se não é por você nem pelo seu filho, por que ainda precisa se vingar?

– É necessário.

Larue balançou a cabeça.

– O mundo precisa de equilíbrio – continuou Vespa.

– Yin e yang?

– Algo assim. Dezoito pessoas morreram. Alguém tem que pagar por isso.

– Caso contrário o mundo fica sem equilíbrio?

– Sim.

Larue pegou o maço de cigarros. Ofereceu um a Carl, que dispensou.

– Você disparou os tiros naquela noite? – perguntou Vespa.

– Disparei.

Foi quando Carl explodiu. Seu temperamento era assim. Ia do zero à fúria incontrolável em um segundo. Houve um jorro de adrenalina, como um termômetro subindo em um desenho animado. Ele fechou o punho e o meteu na cara de Larue, que caiu no chão de costas. Wade se sentou, pôs a mão no nariz. Havia sangue. Ele sorriu para Vespa.

– Isso lhe dá o equilíbrio?

Carl respirava com dificuldade.

– É só o começo.

– Yin e yang – repetiu Larue. – Gosto dessa teoria. – Ele limpou o rosto com o braço. – A questão é a seguinte: esse gesto de equilíbrio universal se estende pelas gerações?

– O que você está querendo dizer?

Wade sorriu. Havia sangue nos dentes.

– Acho que você sabe.

– Vou te matar. Você sabe disso.

– Porque fiz algo mau? E tenho que pagar o preço?

– Sim.

Larue se pôs de pé.

– E o senhor, Sr. Vespa?

Carl cerrou outra vez o punho, mas a adrenalina estava baixando.

– Você agiu mal. Pagou o preço? – Wade inclinou a cabeça. – Ou seu filho pagou por você?

Vespa acertou com força a barriga de Larue, que se dobrou. Carl o acertou na cabeça. Wade caiu outra vez. Chutou-o na cara. Ele ficou caído de costas. Vespa chegou mais perto. O sangue escorria pela boca de Larue, mas ele ainda ria. As únicas lágrimas estavam no rosto de Carl, não no dele.

– De que você está rindo?

– Eu era como você. Queria vingança.

– Por quê?

– Por estar naquela cela.

– Foi culpa sua.

Wade se sentou.

– Sim e não.

Vespa deu um passo para trás. Olhou por sobre o ombro. Cram permanecia completamente imóvel, observando.

– Você disse que queria conversar.

– Vou esperar até você acabar de me bater.

– Diga por que me ligou.

Wade passou a mão na boca para ver se havia sangue. Pareceu quase feliz ao ver que sim.

– Eu queria vingança. Não posso nem dizer a você quanto. Mas agora, hoje, quando fui solto, quando de repente fiquei livre... Não quero mais. Passei quinze anos na prisão. Mas minha pena terminou. A sua, bem, a verdade é que a sua nunca vai acabar. Ou vai, Sr. Vespa?

– O que você quer?

Larue se levantou e andou até Carl.

– Você sofre tanto... – Sua voz era suave então, íntima como uma carícia. – Quero que saiba de tudo, Sr. Vespa. Que conheça a verdade. Isso precisa terminar. Hoje. De uma forma ou de outra. Quero viver minha vida. Sem olhar para trás. Então vou lhe contar o que sei. Vou lhe contar tudo. E depois você vai decidir o que precisa fazer.

– Pensei que você tinha dito que disparou os tiros.

Larue ignorou o comentário.

– Você se lembra do tenente Gordon MacKenzie?

A pergunta surpreendeu Vespa.

– O segurança. Claro.

– Ele me visitou na prisão.

– Quando?

– Três meses atrás.

– Por quê?

Larue sorriu.

– Aquela história de equilíbrio outra vez. De consertar as coisas. Você chama de yin e yang. MacKenzie chamava de Deus.

– Não estou entendendo.

– Gordon MacKenzie estava morrendo. – Larue pôs a mão no ombro de Vespa. – Então, antes de partir, precisava confessar os pecados.

capítulo 44

A ARMA ESTAVA NO COLDRE, no tornozelo de Grace.

Ela deu partida no carro. O asiático estava sentado a seu lado.

– Siga em frente e dobre à esquerda.

Estava assustada, claro, mas sentia uma calma estranha também. Como se estivesse no olho do furacão. Alguma coisa estava acontecendo. Havia um potencial para encontrar respostas ali. Ela tentava priorizar.

Primeiro: afastá-lo das crianças.

Era a prioridade. Emma e Max ficariam bem. Os professores permaneciam do lado de fora até que todas as crianças fossem pegas. Quando concluíssem que ela não ia aparecer, dariam um suspiro de impaciência e as levariam para a entrada. A Sra. Dinsmont, a recepcionista carne de pescoço, meteria com prazer o malho na mãe negligente e faria as crianças esperarem. Seis meses antes, Grace se atrasara. Mortificada de culpa, imaginou Max esperando, como em uma cena de *Oliver Twist*, mas, ao chegar, ele estava na recepção, colorindo um desenho de dinossauro. E queria ficar.

A escola não estava mais à vista agora.

– Dobre à direita.

Grace obedeceu.

Seu captor, se é que se poderia chamá-lo assim, havia dito que a estava levando até Jack. Ela não sabia se era verdade ou não, mas desconfiava que fosse. Tinha certeza, claro, de que ele não estava fazendo isso por bondade. Fora avisada. Havia chegado perto demais. Ele era perigoso – não precisava ver a arma na cintura para saber. Sentia-se uma crepitação ao redor dele, uma eletricidade, e era possível notar que aquele homem sempre deixava devastação em seu caminho.

Mas Grace precisava desesperadamente ver aonde aquilo a levaria. Tinha seu revólver no coldre, no tornozelo. Se fosse atenta e cuidadosa, teria o elemento surpresa a seu favor. Já era alguma coisa. Então, por ora, seguiria adiante. Não havia, na verdade, nenhuma alternativa.

Preocupava-se em como manejar a arma e o coldre. O revólver sairia com facilidade? E só dispararia quando apertasse o gatilho? Era só mirar e apertar? E, mesmo que conseguisse sacar a arma do coldre a tempo – havia algo de duvidoso na forma como esse cara a vigiava –, o que faria? Apontaria para ele e exigiria que a levasse até Jack?

Não conseguia imaginar isso funcionando.

Também não podia sair atirando nele. Melhor esquecer o dilema ético ou a questão de conseguir ou não reunir coragem suficiente para apertar o gatilho. Ele, aquele homem, poderia ser sua única ligação com Jack. Se o matasse, como ficaria a situação dela? Teria silenciado a única pista sólida, talvez a única chance, de encontrar Jack.

Melhor esperar e deixar as coisas rolarem. Como se ela tivesse escolha.

– Quem é você? – perguntou Grace.

Expressão totalmente pétrea. Ele pegou a bolsa dela e esvaziou o conteúdo no colo. Examinou, avaliando e atirando coisas no banco de trás. Encontrou o celular, retirou a bateria e a jogou para trás também.

Ela continuava disparando perguntas – onde está meu marido, o que você quer com a gente –, mas ele continuava a ignorá-la. Quando chegaram a um sinal de trânsito, o cara fez uma coisa que Grace não esperava.

Pousou a mão no joelho ruim.

– Sua perna foi machucada – disse ele.

Grace não sabia como reagir àquilo. O toque era leve, quase como o de uma pluma. E então, sem preâmbulos, os dedos se enterraram como garras de aço. Penetraram a patela. Grace se dobrou. As pontas desapareceram na cavidade abaixo do joelho. A dor foi tão súbita e enorme que Grace nem sequer conseguiu gritar. Ela esticou o braço e agarrou seus dedos, tentando arrancá-los do joelho, mas não houve absolutamente nenhum alívio. A mão dele parecia um bloco de concreto.

Sua voz era menos que um sussurro.

– Se eu enterrar um pouco mais e depois puxar...

A cabeça dela rodava. Estava perto de perder a consciência.

– ... posso arrancar sua patela.

Quando o sinal ficou verde, ele soltou. Grace quase desmaiou de alívio. O incidente todo provavelmente durou menos de cinco segundos. O cara olhou para ela. Havia um indício quase imperceptível de um sorriso em seu rosto.

– Quero que você pare de falar agora, ok?

Grace anuiu.

Ele olhou para a frente.

– Continue dirigindo.

* * *

Perlmutter emitiu um alerta geral. Charlaine Swain havia tido o bom senso de anotar a marca e a placa do automóvel, que estava registrado em nome de Grace Lawson. Nenhuma surpresa até aí. Perlmutter estava numa viatura civil agora, indo para a escola. Scott Duncan ia com ele.

– E quem é esse tal de Eric Wu? – perguntou.

Perlmutter pensou no que diria, mas não viu motivo para ocultar aquela informação.

– Até agora, só sabemos que ele invadiu uma casa, atacou o dono de uma forma que o deixou temporariamente paralisado, atirou em outro sujeito. E minha opinião é que ele matou Rocky Conwell, o cara que estava seguindo Lawson.

Duncan não disse nada.

Dois outros carros de polícia já estavam na cena. Perlmutter não gostou disso – viaturas em uma escola. Haviam tido ao menos o bom senso de não usar sirene. Já era alguma coisa. Os pais que estavam pegando os filhos reagiam de duas formas. Alguns os empurravam para os automóveis, com as mãos em seus ombros, como se os protegessem de um tiroteio. Outros se deixavam levar pela curiosidade. Caminhavam tranquilos, absortos, em um estado de negação, como se fosse impossível estar em perigo em um cenário tão inocente.

Charlaine Swain estava lá. Perlmutter e Duncan correram até ela. Um policial jovem, uniformizado, chamado Dempsey, a interrogava e tomava notas. O capitão o dispensou e perguntou:

– O que aconteceu?

Ela contou que fora até a escola e ficara de olho em Grace Lawson, por causa do que ele, Perlmutter, falara. Disse também que havia visto Eric Wu com a mulher.

– Não notou nenhuma ameaça explícita? – perguntou ele.

Charlaine respondeu:

– Não.

– Então deve ter ido com ele voluntariamente.

Ela lançou um olhar para Scott Duncan e depois se fixou de novo no capitão.

– Não. Ela não foi voluntariamente.

– Como sabe?

– Porque Grace veio pegar as crianças – disse ela.

– E?

– E ela não iria deixar os filhos para ir com ele. Escute, não pude chamar vocês logo que o vi. Ele conseguiu me deixar paralisada do outro lado do pátio.

Perlmutter falou:

– Não sei se estou entendendo.

– Se Wu conseguiu fazer isso comigo daquela distância – continuou Charlaine –, imagine o que pode ter feito a Grace Lawson bem do seu lado, cochichando no ouvido dela.

Outro oficial de uniforme, chamado Jackson, veio correndo até Perlmutter. Tinha os olhos muito abertos, e o capitão pôde ver que estava fazendo de tudo para não entrar em pânico. Os pais também notaram, dando um passo para trás.

– Encontramos uma coisa – informou Jackson.

– O quê?

Ele chegou bem perto, para que ninguém pudesse ouvir.

– Uma van estacionada a dois quarteirões daqui. Acho que o senhor deve ir até lá.

Devia usar a arma agora.

O joelho de Grace latejava. Era como se alguém tivesse disparado uma bomba na articulação. Os olhos estavam úmidos de tanto conter as lágrimas. Perguntava-se se conseguiria andar quando parassem.

Lançava olhares de soslaio ao homem que a tinha machucado tanto. Percebeu que ele a observava todas as vezes, ainda com aquela expressão satisfeita no rosto. Tentava raciocinar, organizar os pensamentos, mas só conseguia se lembrar da mão no joelho.

Ele fora tão natural ao lhe causar dor. Teria sido diferente se houvesse alguma emoção envolvida, êxtase, repugnância, qualquer coisa, mas não havia nada. Como se machucar alguém fosse a coisa mais banal do mundo. Nenhuma tensão ou suor. Sua arrogância, se é que se podia chamar assim, não fora à toa: se quisesse, poderia ter torcido sua patela como se fosse uma tampa de garrafa.

Eles tinham cruzado a fronteira do estado e estavam agora em Nova York. Ela seguia pela Interstate 287 em direção à ponte Tappan Zee. Grace não ousava falar. Os pensamentos, naturalmente, estavam nas crianças. Emma e Max já deviam ter saído da escola àquela altura. Já teriam lhe procurado. Estariam aguardando na recepção? Cora tinha visto Grace no pátio. Assim como várias outras mães, estava certa disso. Diriam ou fariam algo?

Tudo isso era irrelevante e, mais ainda, um desperdício de energia mental. Não podia fazer nada. Era hora de se concentrar na tarefa imediata.

De pensar na arma.

Grace tentou imaginar, passo a passo, como as coisas se dariam. Iria se abaixar. Levantaria a barra da calça com a mão esquerda e agarraria o revólver com a direita. Como estava colocado? Tentou se lembrar. Havia uma tira no alto, não? Havia abotoado, para que não ficasse balançando. Teria que tirá-la. Se tentasse puxar, a arma ficaria presa.

Ok, bem. Lembre-se disto: soltar a tira primeiro. Depois puxar.

Pensou no momento mais adequado. O homem era muito forte. Já havia visto. Provavelmente muito experiente em violência. Teria que esperar uma oportunidade. Primeiro – e isso era óbvio –, não poderia estar dirigindo quando fizesse o movimento. Teria que ser num sinal fechado, quando estacionasse ou... melhor ainda, quando saíssem do carro. Talvez funcionasse.

Segundo, seria preciso que o cara estivesse distraído. Ele a vigiava muito. Também estava armado. Tinha um revólver na cintura. Estava em condições de sacar muito mais rápido que ela. Seria necessário se certificar de que não a estivesse olhando – de alguma forma, sua atenção precisava estar em outra coisa.

– Pegue essa saída.

A placa dizia ARMONK. Ficaram na 287 por 5 ou 6 quilômetros. Não iam atravessar a Tappan Zee. Ela pensou que a ponte pudesse fornecer outra oportunidade. Havia postos de pedágio lá. Poderia tentar fugir ou fazer um sinal para o funcionário, embora não conseguisse imaginar como poderia funcionar. Seu captor a estaria observando se parassem na cabine. Apostava que ele iria pôr a mão no seu joelho de novo.

Ela dobrou à direita, subindo o viaduto. Começou de novo a ensaiar mentalmente. Pensando bem, a melhor chance seria esperar que chegassem ao destino. No mínimo, se ele realmente estava levando-a até Jack, ora, Jack estaria lá, certo? Fazia sentido.

Mais que isso, quando parassem o carro, os dois teriam de saltar. Óbvio, mas seria uma oportunidade. Cada um sairia pelo seu lado.

Essa poderia ser a distração de que precisava.

Mais uma vez, começou a ensaiar tudo mentalmente. Abriria a porta do carro. Quando colocasse o pé para fora, puxaria a barra da calça. As pernas estariam no chão, e a visão dele, bloqueada pelo carro. Ele não veria. Se cronometrasse bem, o cara estaria saltando do carro na mesma hora. Iria virar de costas. Ela conseguiria sacar o revólver.

– Pegue a próxima à direita – ordenou Wu. – E depois a segunda à esquerda.

Estavam percorrendo uma cidade que Grace não conhecia. Havia mais árvores ali que em Kasselton. As casas pareciam mais velhas, mais habitadas e mais privadas.

– Entre lá, naquele acesso para carros. O terceiro à esquerda.

As mãos de Grace estavam firmes no volante. Ela pegou o acesso. Ele mandou que parasse em frente à casa.

Ela respirou fundo e esperou que o homem abrisse a porta e saísse.

Perlmutter nunca tinha visto nada parecido.

O cara na van, um homem acima do peso, vestindo um conjunto de moletom comum, estava morto. Seus últimos momentos não tinham sido agradáveis. O pescoço do grandalhão estava, bem, achatado, totalmente, como se um rolo compressor tivesse de alguma forma conseguido passar por cima, deixando a cabeça e o tronco intactos.

Daley, a quem nunca faltavam palavras, disse:

– Uma grosseria. – Depois acrescentou: – Parece conhecido.

– Richie Jovan – declarou Perlmutter. – Faz trabalho sujo para Carl Vespa.

– Vespa? – repetiu Daley. – Ele está envolvido nisso?

Perlmutter deu de ombros.

– Só pode ser coisa de Wu.

Scott Duncan estava pálido.

– Que diabo está acontecendo?

– É simples, Sr. Duncan. – Perlmutter se virou para encará-lo. – Rocky Conwell trabalhava para Indira Khariwalla, a investigadora particular que o senhor contratou. Esse Eric Wu assassinou Conwell, matou esse pobre brutamente e foi visto pela última vez saindo de uma escola com Grace Lawson. – Perlmutter foi na direção de Scott. – Quer nos contar agora o que está acontecendo?

Outro carro de polícia freou cantando pneu. Veronique Baltrus vinha voando.

– Consegui.

– O quê?

– Eric Wu no yenta-match.com. Estava usando o nome Stephen Fleisher. – Ela correu até eles, o cabelo negro preso em um coque. – O yenta-match reúne viúvas e viúvos judeus. Wu mantinha três contatos on-line ao mesmo tempo. Uma mulher é de Washington, D.C. Outra vive em Wheeling, na Virgínia Ocidental. E a última, uma tal de Beatrice Smith, mora em Armonk, Nova York.

Perlmutter começou a correr. Nenhuma dúvida, pensou ele. Fora para lá que Wu se dirigira. Scott Duncan o seguiu. O trajeto até Armonk não levaria mais que vinte minutos.

– Ligue para o departamento de polícia de Armonk – gritou para Baltrus. – Diga para mandarem imediatamente todas as viaturas disponíveis.

capítulo 45

GRACE ESPEROU O HOMEM saltar.

O terreno tinha muitas árvores, o que dificultava a visão da casa a partir da rua. Havia vários cristais decorativos e muito espaço na varanda. Grace viu uma churrasqueira velha. Tinha uma linha de postes, do tipo lanterna, antigos, gastos e em péssimas condições. Nos fundos, um balanço enferrujado, como uma ruína antiga. Um dia houvera festas ali. Uma família. Pessoas que gostavam de receber amigos. A casa dava a impressão de uma cidade fantasma: só faltavam folhas secas levadas pelo vento.

– Desligue o carro.

Grace repassou de novo o roteiro. Abrir a porta. Colocar as pernas para fora. Sacar a arma. Mirar...

E depois o quê? Dizer para colocar as mãos para o alto? Apenas atirar no seu peito? O quê?

Ela desligou o carro e esperou que ele saísse primeiro. O cara procurou a maçaneta da porta. Ela se preparou. Os olhos dele estavam na entrada da casa. Ela abaixou um pouco a mão.

Seria o momento?

Não. Espere até ele começar a saltar. Não hesite. Qualquer hesitação a fará perder a coragem.

O cara parou com a mão na maçaneta. Depois se virou, cerrou o punho e acertou Grace com tanta força nas costelas que ela pensou que fossem se amassar como um ninho de pássaro. Uma pancada e um estalo.

A dor se irradiou pela parte lateral do tronco.

Ela achou que o corpo inteiro iria simplesmente quebrar. Ele agarrou sua cabeça com uma mão. Com a outra, foi descendo pelas costelas de Grace. O dedo indicador encostou no local que acabara de acertar.

A voz dele era suave.

– Por favor, me diga como você conseguiu aquela foto.

Ela abriu a boca, mas não saiu nada. Ele balançou a cabeça como se esperasse aquilo. Tirou as mãos dela. Abriu a porta do carro e saltou. Grace estava tonta de dor.

A arma, pensou ela. Pegue a maldita arma!

Mas ele já estava do outro lado do carro. O homem abriu a porta. Agarrou seu pescoço com a mão, o polegar de um lado, o indicador do outro. Apertou os pontos de pressão e começou a levantá-la. Grace tentava acompanhá-lo. O movimento tinha um efeito desagradável nas suas costelas. Parecia que alguém tinha enfiado uma chave de fenda entre dois ossos e a estava mexendo para cima e para baixo.

Ele a puxou para fora pelo pescoço. Cada passo era como uma viagem à dor. Ela tentava não respirar. Porque mesmo uma pequena expansão das costelas a levava a sentir como se os nervos estivessem sendo rompidos. Ele a arrastou na direção da casa. A porta da frente não estava trancada. O cara girou a maçaneta, abriu e a jogou para dentro. Ela caiu com força, quase desmaiando.

– Por favor, me conte como conseguiu aquela foto.

Ele ia devagar na direção dela. O medo clareou a mente de Grace. Ela começou a falar rápido.

– Peguei um envelope de fotos na Photomat – começou ela.

Ele balançava a cabeça, como se não estivesse escutando, e não parava de se aproximar. Grace continuava a falar, tentando se distanciar dele. Não havia nada em seu rosto, como se fosse um homem que vai fazer algo banal, plantar uma semente, bater um prego, comprar algo, cortar madeira.

Estava sobre ela agora. Grace tentou resistir, mas ele era ridiculamente forte. Levantou-a o suficiente para colocá-la de barriga para baixo. As costelas bateram no chão. Uma dor diferente, nova, a percorreu. A visão começou a ficar nebulosa. Eles ainda estavam no saguão de entrada. O homem montou nas suas costas. Ela tentou chutar, mas não havia nada atrás. Ele a imobilizou.

Grace não conseguia se mexer.

– Por favor, me conte como conseguiu aquela foto.

Ela sentiu as lágrimas vindo, mas não se permitiria chorar. Estupidez. Mas não iria chorar. Disse outra vez que foi à Photomat e pegou o envelope. Ainda em suas costas, os joelhos encostados nos quadris dela, o cara pôs o indicador no ponto machucado das costelas de Grace. Ela tentou se soltar. Ele descobriu o lugar onde doía mais e encostou a ponta do dedo lá. Por um momento, não fez nada. Ela continuou a resistir, balançando a cabeça para a frente e para trás, esperneando. Ele esperou um segundo. E outro.

Depois enterrou o dedo entre duas costelas quebradas.

Grace berrou.

A voz dele inalterada:

– Por favor, me conte onde conseguiu aquela foto.

Então ela chorou. Ele a soltou. Grace começou a explicar outra vez, mudando as palavras, na esperança de que soasse mais convincente. O homem não dizia nada.

Colocou de novo o indicador sobre a costela quebrada.

Foi quando um celular tocou.

O cara suspirou. Apoiou as mãos nas costas dela e se levantou. As costelas gritaram outra vez. Grace ouviu um som como o de uma lamúria e percebeu que vinha dela mesma. Obrigou-se a parar. Conseguiu olhar para trás. Ele mantinha os olhos nela. Tirou o celular do bolso e o abriu.

– Sim.

Um único pensamento em sua mente: pegue a arma.

O homem a olhava fixamente. Ela quase nem se importava. Pegar a arma naquele momento seria suicídio, mas seus pensamentos eram básicos – escapar da dor. A qualquer custo. Correndo qualquer risco. Escapar da dor.

Ele mantinha o telefone colado no ouvido.

Emma e Max. Seus rostos vieram na sua direção em uma espécie de torpor. Grace se entregou a essa visão. Então algo estranho aconteceu.

Deitada ali, ainda de barriga para baixo, a bochecha encostada no chão, Grace sorriu, de verdade. Não por causa de nenhum sentimento maternal, embora em parte pudesse ser isso, mas por uma lembrança específica.

Quando estava grávida de Emma, falou a Jack que queria ter um parto natural, sem tomar remédios. Os dois frequentaram religiosamente aulas de Lamaze todas as segundas-feiras, durante três meses. Praticaram técnicas de respiração. Jack sentava atrás dela e esfregava sua barriga. Fazia "hee hee hoo hoo". Ela o imitava. Ele chegou a comprar uma camiseta que dizia "técnico" na frente e "time bebê saudável" atrás. Usava um apito pendurado no pescoço.

Quando as contrações começaram, eles correram para o hospital, todos preparados, prontos para que o trabalho duro fosse enfim recompensado. No hospital Grace sentiu uma contração mais forte. Os dois começaram a respiração. Jack fazia "hee hee hoo hoo". Ela o imitava. Tudo funcionou maravilhosamente bem até o momento em que começou a... Bem, em que começou a sentir dor mesmo.

Depois, a insanidade do plano – desde quando "respirar" se tornou sinônimo de "analgésico"? – se tornou aparente. Acabou com a bobagem de "aceitar a dor", um conceito idiota antes de tudo, e a razão – razão calma – veio por fim até ela.

Grace esticou então o braço, agarrou Jack e o puxou para mais perto, a fim de que pudesse ouvi-la. Mandou procurar um anestesista. Imediatamente. Ele disse que iria, no momento em que ela o soltasse. Ela concordou. O marido correu e descobriu um anestesista. Mas já era tarde. As contrações já estavam avançadas.

E a razão pela qual Grace estava sorrindo naquele momento, mais ou menos oito anos após o fato, era que a dor do parto foi no mínimo tão grande, provavelmente pior. Ela a havia suportado. Pela filha. E depois, por milagre, quis se arriscar a senti-la outra vez por Max.

Que venha então, pensou.

Talvez estivesse delirando. No entanto, não tinha nada de "talvez" nisso. Estava delirando mesmo. Mas não se importava. O sorriso continuou no lugar. Grace via o belo rosto de Emma. E o de Max também. Piscou e haviam desaparecido. Porém não importava mais. Olhou para o homem cruel ao telefone.

Manda ver, seu filho da puta doentio. Pode vir.

Ele terminou a ligação. Foi na direção dela, que ainda estava de barriga para baixo. O cara montou de novo em Grace. Ela fechou os olhos. As lágrimas jorravam. Aguardou.

Ele agarrou suas duas mãos e as puxou para trás. Amarrou-as com fita adesiva e ficou de pé. Fez com que ficasse de joelhos, as mãos atadas atrás. As costelas doíam, mas a dor se tornara suportável.

Ela o encarou.

O homem disse:

– Não se mexa.

Virou-se e a deixou sozinha. Ela ficou escutando. Ouviu uma porta se abrir e depois sons de passos.

Ele estava indo para o porão.

Grace estava sozinha.

Esforçou-se para soltar os braços, mas eles estavam bem amarrados. Não havia como alcançar a arma. Debateu-se, tentando ficar de pé para correr, mas isso seria no mínimo fútil. A posição dos braços, a dor lancinante nas costelas e, claro, o fato de ser deficiente, na melhor das hipóteses – junte-se isso tudo e a coisa não vai parecer uma boa alternativa.

Mas não conseguiria passar as mãos para a frente, passando-as sob as pernas?

Se pudesse fazer isso, colocar as mãos, mesmo que amarradas, na frente do corpo, poderia pegar a arma.

Era um plano.

Grace não fazia ideia de quanto tempo ele ficaria longe – não muito, imaginou –, mas tinha que arriscar.

Os ombros giraram nas cavidades. Os braços se endireitaram. Cada movimento – cada respiração – punha as costelas em chamas. Lutou contra isso. Ficou de pé e dobrou o corpo. Forçou as mãos para baixo.

Progressos.

Ainda de pé, dobrou bem os joelhos e se contorceu. Estava chegando perto. Passos outra vez.

Droga, ele estava subindo a escada.

Seria flagrada no meio, as mãos sob as nádegas.

Rápido, porra. De um jeito ou de outro. Era colocar de volta as mãos atrás ou continuar.

Ela optou por continuar. Seguir em frente.

Tudo ia terminar aqui e agora. Ele soava mais pesado. Parecia que estava arrastando algo.

Grace fez força. As mãos estavam presas. Dobrou bem a cintura e os joelhos. A dor fazia sua cabeça girar. Fechou os olhos e balançou. Fez força para cima, disposta a deslocar os ombros, se isso ajudasse a conseguir o que queria.

Os passos pararam. Uma porta se fechou. Ele estava ali.

Ela forçou os braços. Funcionou. Estavam à sua frente agora.

Mas era tarde demais. O cara estava de volta. Parado no recinto, a cerca de 1 metro dela. Wu viu o que ela tinha feito. Mas Grace não notou que ele viu. Na verdade, não estava olhando para o rosto do homem, nem um pouco. Boquiaberta, tinha os olhos fixos na mão direita dele.

O cara abriu-a. E ali, caído no chão a seu lado, estava Jack.

capítulo 46

GRACE SE ATIROU EM direção a ele.

– Jack? Jack?

Os olhos estavam fechados. O cabelo, grudado na testa. As mãos dela ainda estavam atadas, mas, como estavam à frente do corpo, conseguiu segurar o rosto do marido. A pele estava pegajosa. Os lábios, secos e rachados. Havia fita adesiva em torno das pernas. Uma algema pendia do pulso direito. Podia ver feridas no esquerdo. Também tinha estado algemado, e, a julgar pelas marcas, por um longo tempo.

Ela o chamou de novo pelo nome. Nada. Baixou o ouvido até sua boca. Estava respirando. Podia sentir. Fracamente, mas estava. Grace se mexeu e pôs a cabeça dele no colo. A dor na costela gritava, mas isso era irrelevante agora. Ele estava deitado de costas; o colo de Grace, seu travesseiro. Sua mente voltou às parreiras do vinhedo em Saint-Émilion. Estavam juntos havia três meses então, totalmente apaixonados, imersos naquele estágio de "aonde você for eu vou". Ela fez um farnel com patê, queijo e vinho, claro. O dia estava ensolarado, o céu de um azul que fazia você acreditar em anjos. Eles se deitaram numa manta xadrez, vermelha, a cabeça dele em seu colo como agora, ela lhe acariciando o cabelo. Passara mais tempo olhando para ele que para as maravilhas naturais que os cercavam. Contornara-lhe o rosto com os dedos.

Grace fez uma voz suave, tentando acalmar o pânico.

– Jack?

Suas pálpebras tremeram ao abrir. As pupilas estavam dilatadas. Precisou de um momento para focar, e então a viu. Por um segundo, os lábios rachados esboçaram um sorriso. Grace se perguntou se ele estaria pensando naquele mesmo piquenique. Seu coração se partiu, mas ela conseguiu retribuir o sorriso. Foi um instante de serenidade, não mais que isso, e depois a realidade voltou com força. Os olhos de Jack se esbugalharam de pânico. O sorriso se desvaneceu. O rosto se encheu de angústia.

– Ah, Deus.

– Está tudo bem – disse ela, apesar de ser a declaração mais idiota possível naquelas circunstâncias.

Ele estava tentando não chorar.

– Sinto tanto, Grace.

– Está tudo bem.

Os olhos de Jack vasculhavam tudo como faróis, procurando o captor.

– Ela não sabe de nada – informou Jack ao homem. – Deixe ela ir embora.

O cara deu um passo mais para perto e se agachou.

– Se abrir a boca de novo – advertiu ele a Jack –, vou machucar. Não você. Ela. E muito. Está entendendo?

Jack fechou os olhos e anuiu.

Ele se ergueu. Chutou a cabeça de Jack para fora do colo de Grace, a quem pegou pelos cabelos e pôs de pé. Com a outra mão, agarrou Jack pelo pescoço.

– Precisamos dar um passeio – falou.

capítulo 47

PERLMUTTER E DUNCAN TINHAM acabado de sair da Garden State Parkway, na Interstate 287, a não mais que 8 quilômetros da casa em Armonk, quando uma chamada veio do rádio:

— Eles estiveram aqui. O Saab de Lawson ainda está na entrada, mas foram embora.

— E Beatrice Smith?

— Nenhum sinal dela. Acabamos de chegar. Ainda estamos vasculhando a casa.

Perlmutter pensou naquilo.

— Wu deve ter imaginado que Charlaine Swain iria comunicar que o vira. Sabia que tinha que se livrar do Saab. Vocês sabem se Beatrice Smith tinha carro?

— Não, ainda não.

— Tem algum outro carro na entrada ou na garagem?

— Espere.

Perlmutter aguardou. Duncan olhou para ele. Dez segundos depois:

— Nenhum outro carro.

— Então devem ter levado o dela. Descubram qual é o modelo e a placa. Emitam um alerta imediatamente.

— Ok, entendido. Aguarde um momento, capitão.

O policial se foi outra vez.

Scott Duncan disse:

— A sua perita em tecnologia. Ela achava que Wu talvez fosse um assassino em série.

— Considerava uma possibilidade.

— Mas você não acredita nisso.

Perlmutter fez que não com a cabeça.

— Ele é profissional. Não escolhe vítimas por prazer. Sykes morava sozinho. Beatrice Smith é viúva. Wu precisa de um lugar para ficar e agir. Por isso descobre essas casas.

— É um assassino de aluguel então?

— Algo no gênero.

— Alguma ideia de quem o contratou?

Perlmutter segurava o volante. Pegou a saída para Armonk. Estavam a apenas 1,5 quilômetro agora.

– Eu esperava que você ou seu cliente pudessem saber.

O rádio chiou.

– Capitão? Ainda está aí?

– Estou.

– Há um carro registrado em nome da Sra. Beatrice Smith. Um Land Rover marrom. Placa 472-JXY.

– Emita outro alerta. Eles não podem estar longe.

capítulo 48

O LAND ROVER MARROM SE mantinha em vias secundárias. Grace não fazia ideia de seu destino. Jack estava deitado no chão da parte de trás do carro. Tinha desmaiado. As pernas estavam amarradas com fita adesiva. As mãos, algemadas às costas. As dela ainda estavam atadas na frente. O captor, imaginava Grace, não vira razão para fazê-la colocá-las para trás.

Jack gemia como um animal ferido. Ela olhou para o captor, o rosto plácido, as mãos no volante, como um pai levando a família para passear em um domingo. Ela sentia dores. Cada respiração era um lembrete do que ele havia feito em suas costelas. O joelho parecia ter sido atingido por estilhaços de granada.

– O que você fez com ele? – perguntou.

Ela ficou tensa, aguardando o golpe. Quase não se importava mais. Estava acima disso. Mas o homem não a atacou. Também não ficou em silêncio. Apontou com o polegar na direção de Jack.

– Menos – respondeu – do que ele fez com você.

Ela se retesou.

– Que diabo você está querendo dizer com isso?

Agora, pela primeira vez, via um sorriso de verdade.

– Acho que você sabe.

– Não tenho a menor ideia – retrucou ela.

Ele ainda sorria, e talvez, em algum lugar lá no fundo dela, a inquietação começasse a crescer. Grace tentou descartar aquele sentimento, concentrando-se em sair daquela situação e salvar Jack.

– Aonde está nos levando?

Ele não respondeu.

– Eu perguntei...

– Você é corajosa – interrompeu ele.

Ela não disse nada.

– Seu marido a ama. Você o ama. Torna as coisas mais fáceis.

– Torna o que mais fácil?

Ele olhou para Grace.

– Vocês dois podem estar dispostos a correr o risco de sentir dor. Mas você está disposta a me ver machucar mais seu marido?

Ela não respondeu.

– O que eu disse para ele vale para você: se falar de novo, não vou machucar você. Vou machucar ele.

O homem estava certo. Funcionou. Grace permaneceu em silêncio, olhando pela janela e vendo as árvores tornarem-se um borrão. Eles entraram em uma estrada de mão dupla. Ela não tinha ideia de onde era aquilo. Uma área rural. Podia perceber. Passaram por mais duas outras vias, e então Grace descobriu onde estavam – na Palisades Parkway, indo rumo ao sul, de volta a Nova Jersey.

Sua pistola Glock ainda estava no tornozelo.

Estava bastante consciente da presença da arma. Parecia chamá-la, zombando dela, tão perto e, no entanto, tão fora do alcance.

Grace precisava imaginar um modo de chegar a ela. Não havia outra escolha. Aquele cara ia matá-los. Estava certa disso. Ele queria alguma informação primeiro – a origem da fotografia, antes de qualquer coisa –, mas, assim que a obtivesse, assim que fosse convencido de que ela dizia a verdade, mataria os dois.

Tinha que alcançar a arma.

O homem continuava a lançar olhares em sua direção. Não havia um momento. Pensou naquilo. Esperar até ele parar o carro? Já havia tentado isso antes e não tinha funcionado. E se simplesmente pegasse a arma? Se apenas a sacasse e corresse o risco? Era uma possibilidade, mas não achava que fosse ser rápida o bastante. Puxar a barra da calça, soltar a tira de segurança, segurar a arma, tirá-la... tudo isso antes que ele reagisse?

De jeito nenhum.

Começou a considerar a abordagem lenta. Baixar as mãos um pouco para o lado. Tentar levantar a barra com pequenos movimentos. Fingir que estava com coceira.

Grace se mexeu no banco e olhou para a perna. Foi quando seu coração saiu pela boca...

A barra da calça tinha subido sozinha.

O coldre no tornozelo. Estava aparente agora.

O pânico se instalou. Deu uma olhada no captor, na esperança de que ele não tivesse visto nada. Mas ele tinha. Seus olhos se esbugalharam de repente. Estava olhando diretamente para a perna.

Agora ou nunca.

Mas, ao se abaixar, Grace pôde ver que não tinha chance. Simplesmente não havia como chegar lá a tempo. O captor pôs outra vez a mão em seu joelho e apertou. A dor explodiu com violência dentro dela, quase a deixando inconsciente. Grace berrou. O corpo ficou rígido. As mãos caíram, inúteis agora.

Ela estava em suas mãos.

Ela se virou em sua direção, encarou-o, não viu nada. Depois, sentiu um movimento vindo de trás dele. Grace prendeu a respiração.

Era Jack.

Ele tinha se erguido como uma aparição. O homem se virou, mais curioso que preocupado. Afinal de contas, as mãos e as pernas de Jack estavam amarradas. Ele se encontrava completamente extenuado. Que mal poderia fazer?

Com um olhar feroz e parecendo uma espécie de animal, Jack jogou a cabeça para trás e depois a lançou para a frente. A surpresa pegou o cara desprevenido. A testa de Jack acertou o lado direito do rosto de Wu. Ouviu-se um som grave, oco. O carro parou com uma cantada de pneus. O homem soltou o joelho de Grace.

– Corre, Grace!

Era a voz de Jack. Ela levou a mão à arma. Soltou a tira de segurança. Mas o cara já estava recuperado. Usou a mão para agarrar o pescoço de Jack. Com a outra, procurou de novo o joelho dela. Ela o afastou. Ele tentou de novo.

Grace viu que não haveria tempo de pegar o revólver. Jack já não podia mais ajudar. Tinha dado tudo de si, se sacrificado, naquele golpe único.

E por nada.

O homem socou novamente as costelas de Grace. Facas em chamas a cortaram. Uma náusea a tomou do estômago à cabeça. Sentiu a consciência abandoná-la.

Não podia mais aguentar...

Jack tentou reagir, mas era pouco mais que um estorvo. O cara apertou seu pescoço. Ele emitiu um som e ficou imóvel.

O homem partiu para Grace outra vez, que agarrou a maçaneta da porta.

Wu segurou seu braço.

Ela não conseguiu se mover.

A cabeça inerte de Jack desceu pelo ombro do cara, parando no antebraço. E ali, de olhos fechados, Jack abriu a boca e mordeu com força.

O homem uivou e soltou Grace. Começou a agitar o braço, tentando se livrar de Jack, que cerrou a mandíbula e ficou agarrado como um buldogue. O cara bateu em sua cabeça com a mão livre. Jack despencou.

Ela caiu do carro e bateu no asfalto. Rolou para longe, fazendo de tudo para se distanciar mais do captor. Na verdade, foi parar na outra pista da estrada. Um carro desviou dela.

Pegue o revólver!

Esticou a mão de novo. A tira de segurança estava solta. Virou-se na direção do carro. O homem estava saltando. Levantou a camisa. Grace o viu estender a mão para pegar a arma. A sua já apontava para ele.

Não havia o que questionar agora. Nenhum dilema ético sobre gritar uma advertência, dizer a ele para ficar imóvel, pedir que colocasse as mãos na cabeça. Não havia qualquer ofensa moral, cultural, falta de humanidade, anos de civilização ou educação.

Grace apertou o gatilho. A arma disparou. Ela apertou outra vez. E mais outra. O cara cambaleou. Apertou outra vez. O som das sirenes se tornou mais próximo. E ela disparou de novo.

capítulo 49

Duas ambulâncias chegaram. uma levou Jack antes mesmo que Grace pudesse vê-lo. Dois paramédicos cuidavam dela. Estavam sempre se mexendo, fazendo perguntas enquanto trabalhavam, mas suas palavras não ficavam registradas. Ela foi presa a uma maca e levada para outra ambulância. Perlmutter estava lá.

– Onde estão Emma e Max? – perguntou ela.

– Na delegacia. Estão seguros.

Uma hora depois, Jack estava sendo operado. Foi tudo que lhe contaram. Estava sendo operado.

O jovem médico fez Grace passar por uma bateria de exames. As costelas estavam mesmo quebradas, mas não havia nada que se pudesse fazer em relação a costelas quebradas. O doutor as envolveu com uma bandagem e lhe aplicou uma injeção. A dor começou a passar. Um cirurgião ortopedista examinou o joelho e apenas balançou a cabeça.

Perlmutter foi até seu quarto e fez várias perguntas. Grace respondeu à maioria. Sobre alguns assuntos, foi intencionalmente vaga. Não queria esconder informações da polícia. Ou talvez, bem, talvez quisesse.

Perlmutter foi muito vago também. O nome do captor morto era Eric Wu. Já estivera preso. Em Walden. Isso não surpreendeu Grace. Wade Larue estivera preso lá também. Tudo estava ligado. A fotografia antiga. A banda de Jack, Allaw. A Jimmy X Band. Wade Larue. E sim, até Eric Wu.

Perlmutter evitou a maioria das suas perguntas. Ela não insistiu. Scott Duncan também estava no quarto. Ficou no canto em silêncio.

Grace perguntou:

– Como você soube que eu estava com Eric Wu?

Perlmutter claramente não se importou em responder àquela.

– Você conhece Charlaine Swain?

– Não.

– O filho dela estuda na Willard.

– Ok, certo. Já vi.

Perlmutter a informou sobre a experiência difícil de Charlaine Swain nas mãos de Eric Wu. Estendeu-se no assunto de propósito, pensou Grace, de forma a se manter calado sobre o restante. O celular do capitão tocou. Ele pediu licença e foi para o corredor. Grace ficou sozinha com Scott Duncan.

– O que eles estão pensando? – perguntou ela.

Ele se aproximou.

– A teoria mais aceita é a de que Eric Wu estava trabalhando para Wade Larue.

– Como descobriram?

– Eles sabem que você foi à coletiva de imprensa de Larue hoje, então essa é a primeira conexão. Wu e Larue não só estiveram em Walden ao mesmo tempo como foram companheiros de cela durante três meses.

– Segunda conexão – disse ela. – E o que eles acham que Larue estava querendo?

– Se vingar.

– De quem?

– De você, para começar. Você testemunhou contra ele.

– Testemunhei no julgamento, mas não contra ele. Nem sequer me lembro do que aconteceu no momento do pânico.

– Mesmo assim. Existe uma ligação sólida entre Eric Wu e Wade Larue. Checamos os registros telefônicos da prisão; eles estavam mantendo contato. E existe uma ligação óbvia entre Larue e você.

– Mas, considerando que Wade Larue estivesse atrás de vingança, por que não me raptou? Por que pegou Jack?

– Eles acham que talvez Larue estivesse tentando atingir você atingindo sua família. Fazendo você sofrer.

Ela balançou a cabeça.

– E aquela foto sinistra? Como eles a encaixam no meio dessa confusão? Ou o assassinato da sua irmã? Ou Shane Alworth, ou Sheila Lambert? Ou Bob Dodd sendo morto em New Hampshire?

– É uma teoria cheia de furos – comentou Duncan. – Mas, lembre-se, e isso se aplica a quase todo esse pessoal da polícia, eles não veem todas essas ligações como nós vemos. Minha irmã pode ter sido assassinada quinze anos atrás, mas isso não tem nada a ver com o agora. Nem com Bob Dodd, um repórter que foi executado ao estilo do crime organizado. Por ora, eles estão mantendo as coisas da forma mais simples: Wu sai da cadeia. Pega seu marido. Talvez tivesse pegado outros, quem sabe?

– E por que razão não teria simplesmente matado Jack?

– Estava esperando Wade Larue ser solto.

– O que aconteceu hoje.

– Isso. Depois Wu pegou o casal. Estava levando os dois para Larue quando você conseguiu escapar.

– Para que Larue fizesse o quê? Nos matasse com as próprias mãos?

Duncan deu de ombros.

– Isso não faz sentido, Scott. Eric Wu quebrou minhas costelas porque queria saber como consegui a foto. Parou porque recebeu uma ligação. Depois nos enfiou no carro de repente. Nada disso foi planejado.

– Perlmutter só ficou sabendo disso tudo agora. Eles podem modificar a teoria.

– E onde está Wade Larue, por falar nisso?

– Parece que ninguém sabe. Estão procurando por ele.

Grace se deixou cair outra vez no travesseiro. Seus ossos pareciam infinitamente pesados. As lágrimas começaram a encher seus olhos.

– Qual a gravidade do caso de Jack?

– É grave.

– Ele vai viver?

– Eles não sabem.

– Não deixe que mintam para mim.

– Não vou deixar, Grace. Mas tente dormir um pouco, ok?

No corredor, Perlmutter falava ao celular com o capitão do departamento de polícia de Armonk, Anthony Dellapelle. A casa de Beatrice Smith ainda estava sendo vasculhada.

– Acabamos de examinar o porão – disse Dellapelle. – Alguém foi mantido preso lá embaixo.

– Jack Lawson. Já sabemos.

Dellapelle hesitou e disse:

– Talvez.

– O que você quer dizer com isso?

– Ainda tem um par de algemas preso a um cano.

– Wu o soltou e provavelmente deixou as algemas lá.

– Pode ser. Mas também tem sangue. Não muito, mas ainda bem fresco.

– Lawson tinha cortes.

Houve uma pausa.

– O que está acontecendo? – perguntou Perlmutter.

– Onde você está, Stu?

– No hospital Valley.

– Quanto tempo você levaria para chegar aqui?

– Quinze minutos, com a sirene – respondeu Perlmutter. – Por quê?

– Tem alguma coisa mais aqui – informou Dellapelle. – Talvez seja melhor você dar uma olhada.

À meia-noite, Grace deixou a cama e foi para o corredor. As crianças tinham feito uma visita rápida. Ela insistiu em sair da cama para recebê-las. Scott Duncan lhe comprou roupas normais – um conjunto Adidas – porque ela não queria que os filhos a vissem em uma camisola de hospital. Tomou uma injeção forte contra a dor para silenciar a gritaria das costelas. Queria que as crianças vissem que estava bem, segura, que elas também estavam seguras. Fez uma expressão de coragem que durou até ver que Emma tinha trazido o caderno de poesias. Aí começou a chorar.

Não dava para ser forte tanto tempo.

As crianças dormiriam nas próprias camas. Cora ia ficar no quarto do casal. A filha, Vickie, passaria a noite com Emma. Perlmutter havia destacado uma policial para ficar a noite toda também. Grace ficou agradecida.

O hospital estava escuro agora. Ela conseguiu ficar de pé. Depois de tentar por uma eternidade. O grito quente estava de volta às costelas. O joelho parecia mais um monte de cacos de vidro que uma articulação.

O corredor estava em silêncio. Grace tinha em mente um destino específico. Alguém tentaria detê-la, tinha certeza, mas isso não a preocupava. Estava determinada.

– Grace?

Ela se virou na direção da voz feminina, preparando-se para a batalha. Mas não era o caso. Reconheceu a mulher do pátio da escola.

– Charlaine Swain.

A mulher assentiu com a cabeça. Elas se aproximaram, olhos nos olhos, compartilhando algo que nenhuma das duas conseguia de fato articular.

– Acho que lhe devo um agradecimento – disse Grace.

– E vice-versa – replicou Charlaine. – Você o matou. O pesadelo acabou.

– Como está seu marido? – perguntou ela.

– Vai ficar bem.

Grace balançou a cabeça.

Charlaine disse:

– Soube que o seu marido não está bem.

As duas estavam acima das falsas amabilidades. Grace apreciou a honestidade da outra.

– Está em coma.

– Você o viu?

– Estou indo lá agora.

– Escondido?

– Sim.

Charlaine balançou a cabeça.

– Deixa eu te ajudar.

Grace se apoiou em Charlaine Swain. A mulher era forte. O corredor estava vazio. As duas ouviram à distância o som de um salto no piso de cerâmica. As luzes estavam fracas. Passaram por uma enfermaria vazia e entraram no elevador. Jack estava no terceiro andar, na UTI. Ter Charlaine Swain com ela parecia estranhamente perfeito para Grace. Não sabia dizer por quê.

Aquela seção específica da UTI tinha quatro quartos com paredes de vidro. No meio, havia uma enfermeira sentada, capaz de monitorar todos ao mesmo tempo. Mas, naquele momento, apenas um dos quartos tinha paciente.

As duas pararam. Jack estava na cama. A primeira coisa que Grace notou foi que o marido, o grandalhão de quase 1,90 metro, durão, que sempre a fizera se sentir protegida, parecia muito pequeno e frágil naquela cama. Sabia que era imaginação sua. Só haviam se passado dois dias. Ele tinha perdido um pouco de peso. Estivera totalmente desidratado. Mas não era isso.

Os olhos de Jack estavam fechados. Ele tinha um tubo enfiado no pescoço e outro na boca. Ambos estavam presos com fita adesiva branca. No nariz, outro tubo. E ainda um no braço direito. Soro. Havia máquinas em volta dele, saídas diretamente de algum pesadelo futurista.

Grace sentiu que ia começar a cair. Charlaine a segurou. Ela se aprumou e foi em direção à porta.

A enfermeira disse:

– A senhora não pode entrar aí.

– Ela só quer ficar um pouco com ele – falou Charlaine. – Por favor.

A enfermeira olhou ao redor e depois de volta para Grace.

– Dois minutos.

Ela soltou Charlaine, que abriu a porta. Grace entrou sozinha. Ouvia-se todo tipo de som, e um barulho infernal, como o de gotas de água sendo chupadas por um canudo. Ela se sentou ao lado da cama. Não pegou a mão de Jack. Nem beijou seu rosto.

– Você vai amar o último verso – disse Grace.

Ela abriu o caderno de Emma e começou a ler:

Bola de beisebol, bola de beisebol
Quem é o seu melhor companheiro?
Será o bastão,
Que bate no seu traseiro?

Grace riu e virou a página, mas a seguinte – na verdade, o restante do caderno – estava em branco.

capítulo 50

Minutos antes de morrer, Wade Larue achou que havia finalmente encontrado a verdadeira paz.

Tinha esquecido a vingança. Não precisava mais saber toda a verdade. Sabia o suficiente. Do que tinha culpa e do que não tinha. Era hora de deixar tudo para trás.

Carl Vespa não tinha escolha. Nunca conseguiria se recuperar. O mesmo era verdade em relação àquele turbilhão horrível de rostos – aquela mancha de sofrimento – que fora obrigado a ver no tribunal e, novamente, na coletiva de imprensa. Wade havia perdido tempo. Mas o tempo é relativo. A morte não.

Contara a Vespa tudo que sabia. Carl era um homem mau, não havia dúvida quanto a isso. Era capaz de crueldades inenarráveis. Nos últimos quinze anos, Wade Larue tinha conhecido muitas pessoas assim, mas poucas eram tão simples. Com exceção dos verdadeiros psicopatas, a maioria das pessoas, mesmo as mais malvadas, tem a capacidade de amar alguém, cuidar, criar laços. Isso não era inconsistente. Era apenas humano.

Larue falou. Vespa escutou. Em algum momento, no meio da explicação, Cram apareceu com uma toalha e gelo. Entregou a Larue, que agradeceu. Pegou a toalha – o gelo seria muito trabalhoso – e limpou o sangue do rosto. Os golpes de Vespa não machucavam mais. Wade havia lidado com coisas muito piores ao longo dos anos. Quando alguém leva muita pancada, é necessário escolher uma coisa ou outra – ou fica com medo de apanhar e faz qualquer coisa para evitar ou suporta e percebe que aquilo também vai passar. Em algum ponto durante seu encarceramento, Larue tinha preferido a segunda opção.

Carl não falava. Não interrompia nem pedia esclarecimentos. Quando Wade se calou, ele ficou ali, o rosto inalterado, esperando a continuação. Não havia mais nada. Calado, virou-se e saiu. Não sem antes fazer um gesto de cabeça para Cram, que veio na direção dele. Larue levantou a cabeça. Não iria correr. Não aguentava mais correr.

– Venha – disse Cram.

O motorista o deixou no centro de Manhattan. Larue cogitou ligar para Eric Wu, mas sabia que seria inútil. Foi para o terminal de ônibus Port

Authority. Estava agora pronto para que o restante de sua vida começasse. Iria para Portland, Oregon. Não sabia exatamente por quê. Lera sobre a cidade na prisão e ela parecia perfeita. Queria uma cidade grande com uma atmosfera liberal. Pelo que tinha lido, Portland parecia uma comunidade hippie que se transformara em uma metrópole importante. Talvez se divertisse por lá.

Teria que mudar de nome. Deixar a barba crescer. Tingir o cabelo. Não achava que precisaria mudar muito para escapar dos últimos quinze anos. Uma ingenuidade pensar aquilo, sim, mas Wade Larue ainda achava que a carreira de ator era uma possibilidade. Ele ainda tinha aquela coisa rara, o carisma sobrenatural. Então por que não tentar? Se não desse certo, conseguiria um emprego normal. Não tinha medo de um pouco de trabalho duro. Estaria outra vez numa cidade grande. Seria livre.

Mas Wade Larue não foi para Port Authority.

O passado ainda tinha muita força. Ainda não dava para ele ir. Parou um quarteirão depois. Viu os ônibus partindo rumo ao viaduto. Observou durante um momento e depois foi até os telefones públicos.

Tinha que fazer uma última ligação. Precisava descobrir uma última verdade.

Agora, uma hora depois, o cano de uma arma estava encostado naquela cavidade macia sob a orelha. É engraçado o que se pensa do momento que antecede a morte. A cavidade macia – que era um dos pontos de pressão preferidos de Eric Wu. Ele havia lhe explicado que conhecer o local era muito importante. Não era só enfiar o dedo ali e empurrar. Isso poderia machucar, mas nunca incapacitar um adversário.

Foi isso. Esse pensamento lamentável, mais que lamentável, foi o último de Wade Larue antes de a bala entrar no seu cérebro e acabar com sua vida.

capítulo 51

DELLAPELLE LEVOU PERLMUTTER ATÉ o porão. Havia luz suficiente, mas ele usava a lanterna mesmo assim. Apontou-a para o chão.

– Ali.

Perlmutter olhou para o concreto e sentiu um arrepio desconhecido.

– Você está pensando a mesma coisa que eu? – perguntou Dellapelle.

– Que talvez... – Perlmutter parou, tentando encaixar aquilo na equação. – Que talvez Jack Lawson não fosse o único preso aqui.

Dellapelle anuiu.

– Onde está o outro cara então?

O capitão não disse nada. Só olhava para o chão. Alguém, de fato, ficara preso ali. Alguém que encontrou uma pedrinha e escreveu duas palavras no piso, todas em maiúsculas. Um nome, na verdade, o de outra pessoa naquela fotografia estranha; um nome que tinha ouvido da boca de Grace Lawson: "SHANE ALWORTH."

Charlaine Swain ficou para ajudar Grace a voltar para o quarto. O silêncio das duas era confortável. Grace ficou admirada com aquilo. Admirava-se com uma série de coisas. Por que Jack havia fugido tantos anos antes? Por que nunca tocara naquele fundo fiduciário? Por que deixou a irmã e o pai controlarem sua parte? Por que tinha fugido não muito tempo depois do Massacre de Boston? Perguntou-se sobre Geri Duncan e por que ela acabou morta dois meses depois. E se perguntou, talvez mais que tudo, se conhecer Jack na França naquele dia, ficar apaixonada por ele, fora mais que mera coincidência.

O que já não se perguntava mais era se tudo aquilo tinha ligação. Sabia que tinha. Quando chegaram ao quarto de Grace, Charlaine ajudou-a a subir na cama. Depois se virou para ir embora.

– Quer ficar mais um minuto? – perguntou Grace.

Charlaine confirmou balançando a cabeça.

– Sim, gostaria.

Elas conversaram. Começaram com o que tinham em comum – filhos –, mas estava claro que nenhuma das duas queria falar muito sobre aquele assunto. Uma hora se passou em um piscar de olhos. Grace não sabia sobre o que conversaram exatamente. Só que estava grata.

Eram quase duas da manhã quando o telefone do quarto tocou. Durante um instante, as duas ficaram apenas olhando para ele. Depois Grace estendeu a mão e atendeu.

– Alô?

– Recebi sua mensagem. Sobre a Allaw e a Still Night.

Ela reconheceu a voz. Era Jimmy X.

– Onde você está?

– No hospital. Aqui embaixo. Não me deixaram subir.

– Vou descer.

O saguão do hospital estava silencioso.

Grace não sabia muito bem o que fazer. Jimmy X estava sentado com os braços apoiados nas pernas. Não levantou a cabeça enquanto ela mancava em sua direção. A recepcionista lia uma revista. O segurança assoviava baixinho. Grace se perguntou se ele seria capaz de protegê-la. De repente sentiu falta daquela arma.

Parou na frente de Jimmy X e esperou. Ele levantou a cabeça. Seus olhos se encontraram, e Grace entendeu. Não os detalhes. Mal entendia os rudimentos. Mas entendia.

Sua voz era quase uma súplica.

– Como você ficou sabendo sobre a Allaw?

– Meu marido.

Jimmy pareceu confuso.

– Meu marido é Jack Lawson.

O queixo de Jimmy caiu.

– John?

– Era assim que o chamavam nessa época, acho. Ele está lá em cima agora. Pode morrer a qualquer momento.

– Ai, Deus.

Jimmy enterrou o rosto nas mãos.

Grace disse:

– Sabe o que sempre me incomodou?

Ele não respondeu. Grace prosseguiu:

– O fato de você ter fugido. Não acontece muito. Um astro do rock desistindo assim. Existem rumores sobre Elvis ou Jim Morrison, mas é porque já morreram. Teve aquele filme, *Eddie, o ídolo pop*, mas era filme. Na verdade, como eu já disse, o The Who não fugiu depois de Cincinnati.

Nem os Stones depois de Altamont Speedway. Por que então, Jimmy? Por que você fugiu?

Ele continuou de cabeça baixa.

– Já sei sobre a relação com a Allaw. É só uma questão de tempo até alguém ligar os pontos.

Ela esperou. Ele tirou as mãos do rosto e as esfregou. Olhou para o segurança. Grace quase deu um passo para trás, mas aguentou firme.

– Sabe por que os shows de rock costumavam começar tão tarde? – perguntou Jimmy.

A pergunta mexeu com ela.

– Como?

– Eu disse...

– Ouvi o que você disse. Não, não sei por quê.

– Era porque já estávamos tão chapados, bêbados, doidões, tudo, que os nossos empresários precisavam de tempo para fazer com que ficássemos sóbrios o suficiente para tocar.

– E o que você quer dizer com isso?

– Naquela noite, quase morri por ingestão de cocaína e álcool. – Desviou o olhar, vermelho. – Foi por isso que houve aquele atraso tão grande que deixou a multidão impaciente. Se eu estivesse sóbrio, se tivesse entrado no palco na hora certa...

Ele deixou a voz sumir e deu de ombros, como quem diz "quem sabe".

Ela não queria mais desculpas.

– Me conte sobre a Allaw.

– Não consigo acreditar. – Ele balançou a cabeça. – John Lawson é seu marido? Como isso foi acontecer?

Ela não tinha uma resposta. Perguntava-se se algum dia teria. Sabia que o coração era um terreno desconhecido. Teria aquilo sido parte da atração inicial, algo inconsciente, saber que os dois tinham sobrevivido àquela noite terrível? Lembrou-se do encontro com Jack naquela praia. Teria sido destino – ou algo planejado? Será que Jack queria conhecer a mulher que acabou se tornando o símbolo do Massacre de Boston?

– Meu marido estava no show naquela noite? – perguntou ela.

– O quê? Você não sabe?

– Podemos fazer isso de duas formas, Jimmy. Primeira, posso fingir que sei de tudo e só quero confirmação. Mas não sei. Posso nunca descobrir a verdade, se você não me contar. Você pode guardar seu segredo. Mas vou continuar procurando respostas. Assim como Carl Vespa, os Garrisons, os Reeds e os Weiders.

Ele levantou a cabeça; seu rosto parecia infantil.

– Segunda, e acho que é a mais importante, você não consegue mais viver consigo mesmo. Foi até minha casa em busca de absolvição. Você sabe que é a hora.

Jimmy baixou a cabeça. Grace ouviu os soluços. Sacudiam seu corpo. Ela não disse uma palavra sequer. Nem pôs a mão no seu ombro. O segurança deu uma olhada. A recepcionista levantou os olhos da revista. Mas foi só. Aquilo era um hospital. Adultos chorando não eram algo raro naquele ambiente. Os dois pararam de olhar. Um minuto depois, os soluços de Jimmy começaram a suavizar. Os ombros já não sacudiam mais.

– Nós nos conhecemos numa apresentação em Manchester – disse ele, limpando o nariz com a manga da camisa. – Eu tocava em uma banda chamada Still Night. Quatro bandas iam se apresentar. Uma delas era a Allaw. Foi assim que conheci seu marido. Ficamos no camarim nos drogando. Ele era simpático e tal, mas você tem que entender. Para mim a música era tudo. Eu queria compor um "Born to Run", sabe como é. Queria mudar o cenário musical. Comia, dormia, sonhava e cagava música. Lawson não levava tão a sério. Era uma banda divertida, só isso. Eles tinham umas músicas boas, mas os vocais e os arranjos eram completamente amadores. Lawson não alimentava grandes ilusões de se tornar famoso ou algo no gênero.

O segurança estava assoviando outra vez. A recepcionista tinha enfiado de novo o nariz na revista. Um carro parou na entrada. O guarda foi lá fora e apontou para a emergência.

Jimmy continuou:

– A Allaw acabou uns meses depois, acho. Assim como a Still Night. Mas Lawson e eu mantivemos contato. Quando montei a Jimmy X Band, quase pensei em convidá-lo para fazer parte.

– Por que não convidou?

– Não achava que ele fosse um músico muito bom.

Jimmy se pôs de pé tão rápido que assustou Grace. Ela deu um passo para trás e manteve o olhar fixo nele, tentando conseguir um "olhos nos olhos", como se isso pudesse deixá-lo no lugar.

– É, seu marido estava no show naquela noite. Consegui para ele cinco ingressos, bem na frente do palco. Ele trouxe os membros da ex-banda. Até levou alguns ao camarim.

Jimmy se calou então. Os dois ficaram ali. Ele olhava para o lado, e, por um momento, Grace teve medo de perdê-lo.

– Você lembra quem eram? – perguntou ela.

– Os que foram ao camarim?

– Sim.

– Duas garotas. Uma tinha cabelo ruivo, brilhante.

Sheila Lambert.

– A outra garota era Geri Duncan?

– Nunca soube seu nome.

– E Shane Alworth? Também estava lá?

– O cara que tocava teclado?

– Sim.

– No camarim, não. Só vi Lawson e as duas garotas.

Ele fechou os olhos.

– E o que aconteceu, Jimmy?

Sua expressão murchou e ele pareceu de repente muito mais velho.

– Eu já estava chapado. Podia ouvir a multidão. Vinte mil pessoas. Gritando meu nome. Aplaudindo. Fazendo qualquer coisa para que o show começasse. Mas eu mal conseguia me mexer. Meu empresário entrou no camarim. Eu disse que precisava de mais tempo. Ele saiu. Fiquei sozinho. Aí Lawson e essas duas garotas entraram.

Jimmy piscou e olhou para Grace.

– Tem alguma lanchonete aqui?

– Está fechada.

– Eu tomaria uma xícara de café.

– Aguente.

Jimmy começou a andar de um lado para outro.

Grace perguntou:

– O que aconteceu depois que eles entraram no camarim?

– Não sei como conseguiram chegar lá. Não dei passe nenhum para eles. Mas de repente Lawson chegou até mim, tipo "e aí, como vão as coisas?". Fiquei feliz em vê-lo, acho. Mas aí, não sei, alguma coisa deu muito errado.

– O quê?

– Lawson. Ficou maluco. Não sei, devia estar mais drogado que eu. Começou a me empurrar, me ameaçar. Gritou que eu era ladrão.

– Ladrão?

Jimmy balançou a cabeça.

– Um absurdo, tudo. Ele disse que... – Por fim Jimmy ficou quieto e a encarou. – Disse que eu tinha roubado uma música dele.

– Que música?

– "Pale Ink".

Grace não conseguiu se mexer. O tremor começou a descer pelo seu lado esquerdo. Sentiu uma palpitação no peito.

– Lawson e o outro cara, Alworth, fizeram uma música para a Allaw chamada "Invisible Ink". Essa era praticamente a única semelhança entre as duas. Uma palavra no título. Você conhece a letra de "Pale Ink", não?

Ela fez que sim com a cabeça. Nem sequer tentou falar.

– "Invisible Ink" tinha um tema parecido, acho. As duas eram sobre como a memória pode ser frágil. Mais nada. Falei isso para o John. Mas ele estava fora de si. Tudo que eu dizia só o irritava ainda mais. Continuava me empurrando. Uma das garotas, que tinha o cabelo bem escuro, ficava incitando. Começou a dizer que eles iam quebrar minha perna, sei lá. Pedi ajuda. Lawson me deu um soco. Lembra as histórias de que eu tinha ficado ferido na confusão?

Ela anuiu novamente.

– Não fiquei. Foi seu marido. Acertou meu maxilar e depois pulou em cima de mim. Tentei afastá-lo. Ele começou a gritar, dizendo como ia me matar. Foi... não sei, tudo tão surreal. Falava que ia me cortar em pedaços.

A palpitação aumentou, esfriando-a. Grace prendeu a respiração. Não podia ser. Por favor, não podia ser aquilo.

– A coisa ficou tão fora de controle que uma das garotas, a ruiva, disse a John para se acalmar. Não vale a pena, ela disse. Implorou a ele que parasse. Mas o John não ouvia. Ele sorriu para mim e então... pegou uma faca.

Grace meneou a cabeça.

– Disse que ia me dar uma facada no coração. Lembra que eu disse que estava para lá de drogado? Bem, aquilo me deixou sóbrio. Quer deixar uma pessoa sóbria? É só ameaçar que vai enfiar uma faca no peito dela.

Ele se calou de novo.

– E o que você fez?

Tinha falado? Não tinha certeza. A voz parecia a sua, mas dava a impressão de vir de outro lugar, pequeno e distante.

O rosto de Jimmy, perdido na recordação, relaxou.

– Não ia deixar que me esfaqueasse. Pulei em cima dele. A faca caiu da sua mão. Começamos a lutar. As garotas estavam gritando também. Chegaram perto e tentaram nos separar. E depois, enquanto estávamos assim no chão, ouvi um tiro.

Grace ainda estava balançando a cabeça. Jack não. Ele não estava lá naquela noite, de jeito nenhum, não havia a menor chance...

– Foi um barulho tão forte. Como se a arma estivesse atrás do meu ouvido, sei lá. Depois foi um pandemônio. Todo mundo gritando. E então mais dois, talvez três tiros. Não no camarim. Vinham de longe. Ouvi mais gritos. Lawson parou de se mexer. Havia sangue no chão. Ele tinha sido atingido nas costas. Eu o empurrei para longe e aí vi aquele segurança, Gordon MacKenzie, ainda com a arma apontada.

Grace fechou os olhos.

– Espere um segundo. Você está me dizendo que Gordon MacKenzie disparou o primeiro tiro?

Jimmy fez que sim com a cabeça.

– Ele ouviu a confusão, me ouviu pedindo ajuda e... – sua voz sumiu outra vez. – Ficamos olhando um para o outro durante um segundo. As garotas estavam gritando, mas agora a multidão as abafava. Era um som, não sei, que as pessoas dizem que é o mais terrível de todos. Como o de um animal ferido, talvez. Nunca ouvi nada que chegue perto do som do medo e do pânico. Você conhece muito bem.

Não lembrava. O trauma havia eliminado sua memória. Mas ela balançou a cabeça para que ele continuasse falando.

– Seja como for, MacKenzie ficou ali um segundo, atordoado. E depois correu. As duas garotas agarraram Lawson e começaram a arrastá-lo para fora. – Ele deu de ombros. – O resto você sabe, Grace.

Ela tentou digerir aquilo tudo, entender as implicações, encaixar o que tinha ouvido na sua realidade. Havia estado a poucos metros do que ocorrera, do outro lado do palco. Jack. Seu marido. Estivera bem ali. Como podia ser?

– Não – disse ela.

– Não o quê?

– Não sei o resto, Jimmy.

Ele não falou nada.

– A história não terminou aí. A Allaw tinha quatro membros. Andei checando a cronologia. Dois meses depois do pânico, alguém contratou um assassino profissional para matar um deles, Geri Duncan. Meu marido, que você diz que o atacou, fugiu para o exterior, tirou a barba e mudou o nome para Jack. Shane Alworth, segundo a mãe, também está no exterior, mas acho que ela está mentindo. Sheila Lambert, a ruiva, mudou de nome. Seu marido foi assassinado recentemente e ela desapareceu outra vez.

Jimmy balançou a cabeça.

– Não sei nada sobre isso aí.

– Você acha que tudo não passa de uma grande coincidência.

– Não, acho que não – respondeu Jimmy. – Talvez tenham ficado com medo do que aconteceria se a verdade aparecesse. Você lembra o que foram os primeiros meses. Todo mundo querendo sangue. Eles podiam ter ido para a cadeia, ou coisa pior.

Grace sacudiu a cabeça.

– E você, Jimmy?

– Eu o quê?

– Por que guardou segredo esses anos todos?

Ele não disse nada.

– Se o que acabou de me contar é verdade, você não fez nada de errado. Você foi atacado. Por que não contou à polícia o que aconteceu?

Ele abriu a boca, fechou e tentou de novo.

– Era maior que eu. Gordon MacKenzie estava envolvido também. Ele saiu como herói, lembra? Se o mundo ficasse sabendo que foi ele quem disparou o primeiro tiro, o que você acha que aconteceria?

– Você está dizendo que mentiu esses anos todos para proteger Gordon MacKenzie?

Ele não respondeu.

– Por quê? Por que você não disse nada? Por que fugiu?

Seus olhos começaram a mudar.

– Escute, disse tudo que sei. Vou para casa agora.

Grace chegou mais perto.

– Você roubou a música, não?

– O quê? Não.

Mas ela entendeu, por fim.

– Foi por isso que se sentiu responsável. Você roubou a música. Se não tivesse roubado, nada disso teria acontecido.

Ele continuou balançando a cabeça em negativa.

– Não é isso.

– Por isso fugiu. Não foi só porque estava drogado. Você roubou a música que o tornou famoso. Tudo começou aí. Você ouviu a Allaw tocar em Manchester. Gostou da música e roubou.

Ele balançava a cabeça, mas não havia nada por trás daquilo.

– Havia semelhanças...

Outro pensamento ocorreu a ela, como uma pontada funda, forte.

– Até que ponto você iria para guardar seu segredo, Jimmy?

Ele olhou para ela.

– "Pale Ink" ficou mais famosa ainda depois do pânico. O álbum acabou vendendo milhões. Quem ficou com o dinheiro?

Ele negou mais uma vez com a cabeça.

– Você está errada, Grace.

– Você já sabia que eu era casada com Jack Lawson?

– O quê? Claro que não.

– Foi por isso que esteve na minha casa naquela noite? Estava tentando descobrir o que eu sabia?

Ele continuava a balançar a cabeça; lágrimas molhavam seu rosto.

– Isso não é verdade. Nunca quis machucar ninguém.

– Quem matou Geri Duncan?

– Não sei nada sobre isso.

– Ela ia contar? Foi isso que aconteceu? E aí, quinze anos mais tarde, alguém vai atrás de Sheila Lambert, também conhecida como Jillian Dodd, mas o marido se coloca no caminho. Ela ia contar, Jimmy? Sabia que você estava de volta?

– Preciso ir.

Ela se pôs em seu caminho.

– Você não vai fugir outra vez. Chega.

– Eu sei – disse ele, a voz, uma súplica. – Sei disso melhor que ninguém.

Ele forçou a passagem e correu para o lado de fora. Grace ficou tentada a gritar "Pare! Não deixem ele fugir!", mas duvidava que o guarda que assoviava pudesse fazer muita coisa. Jimmy tinha saído, já estava quase fora de visão. Ela mancou atrás dele.

Tiros – três – esfacelaram a noite. Ouviu-se um cantar de pneus. A recepcionista largou a revista e pegou o telefone. O segurança parou de assoviar e correu para a porta. Grace foi atrás dele.

Quando chegou lá, viu um carro partir, voando pela rampa de saída, e desaparecer na noite. Não tinha notado quem estava nele. Mas achou que sabia. O segurança se agachou ao lado do corpo. Dois médicos correram para fora, quase derrubando Grace. Mas já era tarde.

Quinze anos depois de o pânico ter início, o Massacre de Boston reclamou sua vítima mais esquiva.

capítulo 52

TALVEZ, PENSOU GRACE, NUNCA saibamos toda a verdade. E talvez a verdade não importasse.

No fim das contas, havia ainda muitas perguntas. Grace achava que nunca teria todas as respostas. Muitos dos atores já estavam mortos.

Jimmy X, cujo nome verdadeiro era James Xavier Farmington, morreu em decorrência de três ferimentos a bala no peito.

O corpo de Wade Larue foi encontrado perto do terminal rodoviário Port Authority, na cidade de Nova York, menos de 24 horas após ter sido solto. Havia levado um tiro na cabeça à queima-roupa. Existia apenas uma pista significativa: um repórter do *Daily News*, de Nova York, conseguiu segui-lo após ele sair da coletiva de imprensa, no Crowne Plaza. Segundo o repórter, Larue entrou em um sedã preto com um homem que se encaixava na descrição de Cram. Foi a última vez que alguém o viu vivo.

Nenhuma prisão foi realizada, mas a resposta parecia clara.

Grace tentava entender o que Carl Vespa fizera. Quinze anos tinham se passado, e o filho continuava morto. Estranho pôr as coisas nesses termos, mas talvez viesse a calhar. Para Vespa, nada havia mudado. O tempo não fora o bastante.

Perlmutter ia tentar fazer uma acusação contra ele. Mas Carl era muito bom em encobrir seus rastros.

O capitão e Duncan vieram até o hospital após Jimmy ser morto. Grace contou tudo. Não havia mais nada a esconder. Perlmutter mencionou por alto que as palavras "Shane Alworth" tinham sido inscritas no chão de concreto.

– E o que isso quer dizer? – perguntou Grace.

– Estamos analisando as provas, mas talvez seu marido não estivesse sozinho naquele porão.

Fazia sentido, Grace achava. Quinze anos depois, estavam todos voltando, os que estavam na foto.

Às quatro da manhã, Grace estava na cama de hospital. O quarto estava escuro quando a porta se abriu. Uma silhueta entrou, em silêncio. Ele pensou que ela estivesse adormecida. Por um momento, Grace não disse nada. Esperou até que ele se sentasse na cadeira, exatamente como quinze anos antes, antes de dizer:

– Olá, Carl.

– Como está se sentindo? – perguntou Vespa.

– Você matou Jimmy X?

Houve uma longa pausa. O vulto não se mexeu.

– O que aconteceu naquela noite – disse ele, por fim – foi culpa dele.

– É difícil saber.

O rosto de Carl nada mais era que uma sombra.

– Você vê muitos tons de cinza.

Grace tentou se sentar, mas as costelas não cooperaram.

– Como você descobriu sobre Jimmy?

– Por Wade Larue – disse ele.

– Você o matou também.

– Você quer fazer acusações, Grace, ou quer saber a verdade?

Ela quis perguntar se isso era tudo que ele desejava, a verdade, mas já sabia a resposta. A verdade nunca seria o suficiente. Vingança e justiça nunca seriam o bastante.

– Wade Larue entrou em contato comigo um dia antes de ser solto – falou Vespa. – Perguntou se podíamos conversar.

– Conversar sobre o quê?

– Ele não disse. Mandei Cram pegá-lo na cidade. Ele veio até minha casa. Começou com um papo sentimentaloide sobre entender a minha dor. Disse que, de repente, passou a se sentir completamente em paz consigo mesmo, que não queria mais vingança. Eu não queria ouvir nada daquilo. Queria que fosse direto ao assunto.

– E ele foi?

– Sim.

O vulto ficou de novo imóvel. Grace ficou pensando se acendia a luz, mas descartou a ideia.

– Me contou que Gordon MacKenzie o tinha visitado na prisão três meses antes. Sabe por quê?

Grace anuiu, percebendo então a verdade.

– MacKenzie estava com câncer terminal.

– Ainda tinha esperança de comprar uma passagem de última hora para a Terra Prometida. De repente não conseguia mais viver com o que tinha feito. – Vespa inclinou a cabeça e sorriu. – É incrível como isso acontece sempre antes de as pessoas saberem que vão morrer, não é? A escolha do momento é irônica, se você pensar bem. O sujeito confessa quando não existe mais nenhum custo pessoal, e, se acredita nessa bobagem de confissão e perdão, cria-se assim algo de muito positivo.

Grace sabia que era melhor não comentar. Ficou quieta.

– Seja como for, Gordon MacKenzie assumiu a culpa. Estava trabalhando na entrada para os camarins. Deixou que uma coisinha linda o distraísse. Disse que Lawson e duas garotas passaram se esgueirando por ele. Você já sabe disso tudo, não?

– De uma parte.

– Sabe que MacKenzie atirou no seu marido?

– Sei.

– E foi isso que deu início ao pânico. MacKenzie encontrou Jimmy X depois do desastre. Os dois concordaram em manter segredo. Estavam um pouco preocupados com o ferimento de Jack, ou se as garotas iam vir a público, mas os três tinham muito a perder também.

– Aí todo mundo resolveu ficar calado.

– Praticamente. MacKenzie se tornou herói. Conseguiu entrar para a polícia de Boston por causa disso. Chegou ao posto de capitão. Tudo graças ao heroísmo daquela noite.

– E o que Larue fez depois que MacKenzie confessou?

– O que você acha? Quis que a verdade chegasse ao conhecimento de todos. Quis se vingar e ser inocentado.

– E por que Larue não contou para ninguém?

– Mas ele contou – Vespa sorriu. – Adivinha para quem? Três chances.

Grace pensou.

– Para a advogada.

Carl abriu os braços.

– Você acaba de ganhar um prêmio.

– E como Sandra Koval o convenceu a ficar calado?

– Ah, essa parte é genial. Pensando bem, e vamos lhe dar esse crédito, ela fez o que era melhor para o cliente *e* para o irmão.

– Como?

– Dizendo a Larue que ele teria uma chance maior de sair em liberdade condicional se não contasse a verdade.

– Não estou entendendo.

– Você não sabe muito sobre liberdade condicional, sabe?

Ela deu de ombros.

– Veja bem, a comissão que avalia os pedidos de liberdade condicional não quer ouvir que você é inocente. Eles querem ouvir é seu *mea culpa*. Se o preso quer sair, tem que baixar a cabeça, envergonhado. Ele fez uma coisa errada e conta a eles. Aceitar a culpa: esse é o primeiro passo para a reabilitação. Se continuar afirmando que é inocente, não vai se dar bem.

– MacKenzie não poderia testemunhar?

– Ele já estava doente demais na época. Veja bem, a inocência de Larue não estava entre as grandes preocupações da comissão. Se Wade quisesse seguir por esse caminho, teria que pedir um novo julgamento. Levaria meses, talvez anos. De acordo com Sandra Koval, e ela estava dizendo a verdade, a melhor chance de Larue sair era admitindo a culpa.

– E ela estava certa – disse Grace.

– Estava.

– Larue nunca soube que Sandra e Jack eram irmãos?

Vespa abriu de novo os braços.

– Como poderia?

Grace meneou a cabeça.

– Mas, veja bem, as coisas não acabaram aí para Wade Larue. Ele ainda queria se vingar e ser inocentado. Mas sabia que teria de esperar até estar fora da cadeia. A questão era: como? Ele sabia a verdade, mas como iria provar? Quem iria sentir a sua raiva? Quem é o verdadeiro culpado pelo que aconteceu naquela noite?

Grace balançou a cabeça, como se mais uma ficha tivesse caído.

– Ele então foi atrás de Jack.

Carl confirmou:

– O cara que puxou a faca, sim. Larue mandou então o antigo companheiro de cela pegar seu marido. Seu plano era se juntar a Wu no momento em que fosse solto. Faria Jack contar a verdade, filmaria e depois, ainda não tinha certeza, mas, provavelmente, o mataria.

– Se inocentar e depois cometer um assassinato?

Vespa deu de ombros.

– Ele estava com ódio, Grace. Poderia acabar só dando uma surra ou quebrando as pernas de Jack. Quem sabe?

– E o que aconteceu depois?

– Wade se arrependeu.

Grace franziu a testa.

– Você devia tê-lo visto. Os olhos estavam tão claros... Dei logo um soco na cara dele. Chutei e ameacei acabar com a sua vida. Mas a paz no seu rosto...

permanecia. No momento em que se viu livre, ele percebeu que seria capaz de superar aquilo.

– Como assim, superar?

– Exatamente isso. Sua punição ficava no passado. Nunca poderia ser inocentado porque não era inocente. Ele disparou os tiros no meio da multidão. Isso aumentou o nível de histeria. Porém, mais que isso, foi como ele me disse: estava livre. Não havia sobrado nada que o vinculasse ao passado. Ele não estava mais preso, mas meu filho iria continuar morto para sempre. Está entendendo?

– Acho que sim.

– Larue só queria viver. Tinha medo do que eu poderia fazer com ele. Quis negociar então. Ele me contaria a verdade, me daria o número de Wu, e, em troca, eu o deixaria em paz.

– Foi você então quem ligou pra Wu?

– A ligação quem fez, na verdade, foi Larue. Mas, sim, falei com Wu.

– E disse a Wu que nos levasse até você?

– Não percebi que você estava lá. Pensei que fosse só Jack.

– Qual era o seu plano, Carl?

Ele não disse nada.

– Você mataria Jack também?

– Isso ainda importa?

– E o que faria comigo?

Ele demorou um tempo para responder.

– Algumas coisas me fizeram pensar – disse por fim.

– Pensar em?

– Em você.

Alguns segundos se passaram. Ouviram-se passos no corredor. Uma maca passou pela porta com a roda rangendo. Grace ficou escutando o som desaparecer. Tentava acalmar a respiração.

– Você quase morreu no Massacre de Boston. No entanto, acabou se casando com o homem responsável pela coisa toda. Também sei que Jimmy X foi à sua casa depois que o vimos no ensaio. Você nunca me contou. Depois tem o fato de que você se lembra de tão pouco do que aconteceu. Não só naquela noite, mas durante quase uma semana antes.

Ela tentava manter a respiração regular.

– Você pensou...

– Não sabia o que pensar. Mas agora talvez saiba. Acho que seu marido é um homem bom que cometeu um erro terrível. Acho que ele fugiu depois do

Massacre. Se sentiu culpado. Foi por isso que quis conhecer você. Ele viu as matérias na imprensa e quis saber se você estava bem. Talvez até planejasse se desculpar. Aí encontrou você naquela praia, na França. E se apaixonou.

Ela fechou os olhos e se reclinou.

– Agora acabou, Grace.

Os dois ficaram sentados, em silêncio. Não havia mais nada a dizer. Minutos depois, Vespa foi embora, silencioso como a noite.

capítulo 53

MAS NÃO TINHA ACABADO.

Quatro dias se passaram. Grace melhorou e teve alta. Foi para casa à tarde. Cora e Vicky ficaram com eles. Cram apareceu nesse dia também, mas ela pediu que fosse embora. Ele fez que sim com a cabeça e obedeceu.

A mídia enlouqueceu, claro. Só sabiam pedaços da história, mas só o fato de o famoso Jimmy X ter reaparecido e sido assassinado fora o bastante para deixá-los em um estado de loucura total. Perlmutter determinou que um carro de patrulha ficasse em frente à casa de Grace. Emma e Max iam à escola, apesar de tudo. Grace passava a maior parte do dia no hospital com Jack. Charlaine Swain lhe fazia muita companhia.

Grace pensava na fotografia que dera início àquilo tudo. Percebia agora que um dos quatro integrantes da Allaw tinha descoberto um jeito de colocá-la em seu pacote da Photomat. Por quê? Isso era mais difícil de responder. Talvez um deles tivesse percebido que os dezoito fantasmas daquela noite nunca descansariam.

Mas aí havia a questão do tempo: por que agora? Depois de quinze anos?

Possibilidades não faltavam. Poderia ter sido a libertação de Wade Larue. A morte de Gordon MacKenzie. Toda a cobertura sobre o aniversário da tragédia. Porém, o mais provável, o que fazia mais sentido, era que o retorno de Jimmy X tenha dado início a tudo.

De quem era realmente a culpa pelo que acontecera naquela noite trágica? De Jimmy, por ter roubado a música? De Jack, por ter atacado Jimmy? De Gordon MacKenzie, por ter disparado uma arma naquelas circunstâncias? De Wade Larue, por ter levado uma arma ilegalmente, entrar em pânico e disparar mais tiros ainda, em meio a uma multidão já frenética? Grace não sabia. Pequenas conjecturas. Toda aquela carnificina não tinha começado com nenhuma grande conspiração, mas com duas bandas obscuras tocando em uma espelunca em Manchester.

Ainda havia furos, claro. Muitos. Mas eles teriam que esperar.

Há coisas mais importantes que a verdade.

Naquele exato momento, Grace estava olhando para Jack. Ele jazia, imóvel, em sua cama de hospital. O médico, um cara chamado Stan Walker, estava sentado ao lado dela. Cruzou as mãos e usou seu tom de voz mais grave.

Grace escutava. Emma e Max esperavam no corredor, mas queriam entrar. Grace não sabia como agir. O que fazer naquela situação?

Queria poder perguntar a Jack.

Não tinha vontade de perguntar por que ele mentira por tanto tempo. Não desejava uma explicação sobre o que havia feito naquela noite terrível. Sobre como a encontrara naquela praia naquele dia, se fora intencional, se fora essa a razão de terem se apaixonado. Não queria perguntar nada disso a Jack.

Só desejara lhe fazer uma última pergunta: você queria os filhos ao lado de seu leito quando morreu?

Por fim, Grace os deixou entrar. Os quatro se juntaram como uma família pela última vez. Emma chorava. Max ficou sentado, os olhos fixos no chão azulejado. E depois, após um ligeiro tranco no coração, Grace sentiu que Jack havia partido para sempre.

capítulo 54

O FUNERAL FOI APENAS UM borrão. Grace usava lentes de contato. Tirou-as naquele dia e não colocou os óculos. Tudo parecia um pouco mais fácil de suportar naquele borrão. Ela estava sentada no primeiro banco da capela, pensando em Jack. Não o imaginava mais no vinhedo nem na praia. A imagem da qual lembrava melhor, a que sempre carregaria com ela, era a dele segurando Emma após o nascimento; a forma como aquelas mãos grandes pegavam a pequena maravilha, carregando-a como se tivesse medo que quebrasse, temendo machucá-la; a forma como tinha virado para Grace e olhado para ela com pura admiração. Era isso que via.

O resto, tudo que sabia agora sobre seu passado, era apenas ruído.

Sandra Koval compareceu ao enterro. Ficou atrás. Desculpou-se pelo pai que não poderia vir. Estava velho e doente. Grace disse que compreendia. As duas mulheres não se abraçaram. Scott Duncan estava lá também. Assim como Stu Perlmutter e Cora. Grace não fazia ideia de quantas pessoas foram. Segurava os filhos pela mão e abria caminho.

Duas semanas mais tarde, as crianças voltaram à escola. Houve problemas, claro. Emma e Max estavam sofrendo. Era normal, ela sabia. Grace entrou com eles na escola. Estava lá antes de o sinal tocar para pegá-los. Eles estavam sofrendo. Esse era, Grace tinha conhecimento, o preço a pagar por se ter um pai bom e afetuoso. A dor nunca vai embora.

Mas já era hora de acabar com aquilo.

A autópsia de Jack.

Alguns diziam que a autópsia, quando ela leu e entendeu o laudo, teve o efeito de fazer o mundo de Grace sair dos trilhos outra vez. Foi apenas uma confirmação do que ela já sabia. Jack fora seu marido. Ela o amara. Ficaram juntos durante treze anos. Tiveram dois filhos. E, mesmo ele mantendo seus segredos, havia coisas que um homem não podia esconder.

Certos fatos permanecem na superfície.

Isso Grace sabia.

Conhecia seu corpo, sua pele, cada músculo de suas costas. De modo que não precisava, de fato, da autópsia. De ver o resultado do exame completo de seu exterior lhe dizendo o que já sabia.

Jack não tinha nenhuma grande cicatriz.

E isso significava que – apesar do que Jimmy dissera, do que Gordon MacKenzie contara a Wade Larue – Jack nunca tinha levado um tiro.

Primeiro Grace fez uma visita à Photomat e encontrou Josh Penugem Branca. Depois foi até Bedminster, ao condomínio onde a mãe de Shane Alworth morava. Então examinou a parte legal do fundo fiduciário familiar de Jack. Ela conhecia um advogado de Livingstone, que trabalhava agora como empresário esportivo em Manhattan. Já tinha criado vários fundos para atletas ricos. Ele analisou a papelada e explicou o suficiente para que Grace entendesse.

E depois, quando já estava com os fatos muito bem esclarecidos, Grace visitou Sandra Koval, sua querida cunhada, no escritório Burton e Crimstein, em Nova York.

Sandra Koval não a recebeu no lobby dessa vez. Grace estava inspecionando a galeria de fotos, contemplando outra vez a da lutadora Little Pocahontas, quando uma mulher, vestindo uma blusa no estilo camponesa, disse-lhe para acompanhá-la. Ela levou Grace pelo corredor até a mesma sala de reuniões onde as duas tinham conversado a primeira vez uma eternidade atrás.

– A Sra. Koval vai atendê-la num minuto.

– Ótimo.

Depois a deixou sozinha. A sala estava do mesmo jeito que da última vez, exceto pelo fato de que agora havia um bloco de notas amarelo e uma caneta à frente de cada cadeira. Grace não quis sentar. Fazia a própria versão de andar de um lado para outro – que era mais mancar de um lado para outro – e repassava as coisas na cabeça. O celular tocou. Ela falou rápido e desligou, mas o deixou por perto. Nunca se sabe.

– Oi, Grace.

Sandra Koval entrou na sala como uma tempestade. Foi direto até uma pequena geladeira, abriu e olhou.

– Posso lhe oferecer alguma coisa para tomar?

– Não.

Com a cabeça ainda dentro da minigeladeira, perguntou:

– Como vão as crianças?

Grace não respondeu. Sandra Koval pegou uma Perrier. Tirou a tampa e se sentou.

– E então, o que houve?

Sentiria a temperatura com o dedão do pé antes ou mergulharia de uma vez? Grace escolheu a última opção.

– Você não aceitou Wade Larue como cliente por minha causa – começou ela, sem preâmbulos. – Você o aceitou porque queria ficar perto dele.

Sandra Koval colocou um pouco de Perrier em um copo antes de falar:

– Isso poderia, hipoteticamente, ser verdade.

– Hipoteticamente?

– Sim. Eu posso, num universo hipotético, ter representado Wade Larue para proteger certo membro da minha família. Mas, mesmo que tivesse, ainda assim faria questão de defender meu cliente da melhor maneira possível.

– Dois coelhos com uma cajadada só?

– Talvez.

– E o certo membro da família. Seria seu irmão?

– É possível.

– Possível – repetiu Grace. – Mas não foi isso que aconteceu. Você não estava lá para proteger seu irmão.

Os olhos das duas se encontraram.

– Eu sei – disse Grace.

– Ah? – Sandra deu um gole. – Então por que não me dá os detalhes?

– Você tinha o quê? Vinte e sete anos? Recém-saída da faculdade de direito e trabalhando como advogada criminal.

– Sim.

– Era casada. Sua filha tinha 2 anos. Você tinha uma carreira promissora. E aí seu irmão estragou tudo. Você estava lá naquela noite, Sandra. No Boston Garden. Você era a outra mulher no camarim, não Geri Duncan.

– Entendi – disse ela, sem um sinal de preocupação. – E você soube disso como?

– Jimmy X disse que uma das mulheres era ruiva. Sheila Lambert. E a outra, a que ficava incitando Jack, tinha cabelo escuro. Geri Duncan era loura. Você, Sandra, tinha cabelo escuro.

Ela riu.

– E isso prova alguma coisa?

– Não, não propriamente. Nem sei se é importante. Geri Duncan provavelmente estava lá também. Talvez ela fosse a garota que distraiu Gordon MacKenzie para que vocês três invadissem o camarim.

Sandra Koval fez um movimento vago com a mão.

– Continue, isso está interessante.

– Quer que eu vá direto ao ponto?

– Sim, por favor.

– Segundo Jimmy X e Gordon MacKenzie, seu irmão levou um tiro naquela noite.

– E levou – confirmou Sandra. – Ficou no hospital três semanas.

– Em que hospital?

Não houve hesitação, tremor no olho, nada.

– No Mass General.

Grace balançou a cabeça.

Sandra fez uma careta.

– Você está me dizendo que checou todos os hospitais da região de Boston?

– Não houve necessidade – respondeu Grace. – Ele não tinha cicatriz.

Silêncio.

– Veja bem, o ferimento a bala teria deixado cicatriz, Sandra. Isso é óbvio. Seu irmão levou um tiro. Meu marido não tinha cicatriz. Só existe uma maneira de explicar isso. – Grace pôs as mãos na mesa. Elas estavam tremendo. – Eu não me casei com seu irmão.

Sandra Koval não disse nada.

– Seu irmão, John Lawson, levou um tiro naquela noite. Você e Sheila Lambert ajudaram a arrastá-lo durante a confusão. Mas o ferimento era mortal. Ao menos, devia ser, porque, se não, a única explicação possível é que você o tenha matado.

– E por que eu faria isso?

– Porque, se o levasse até um hospital, eles teriam que comunicar o fato à polícia. Se você aparecesse com um cadáver, ou mesmo se o largasse na rua, alguém ia investigar e descobrir onde e como ele tinha levado um tiro. Você, a advogada promissora, ficou aterrorizada. Aposto que Sheila Lambert também. O mundo inteiro ficou louco quando a tragédia aconteceu. O promotor público de Boston, Carl Vespa, estava na televisão exigindo sangue. Assim como todas as famílias. Se você fosse pega envolvida com a história, seria presa ou coisa pior.

Sandra Koval permaneceu em silêncio.

– Você ligou para o seu pai? Perguntou a ele o que fazer? Entrou em contato com algum dos seus ex-clientes criminosos para ajudar você? Ou só se livrou do corpo por conta própria?

Ela riu.

– Você é muito criativa, Grace. Posso perguntar uma coisa agora?

– Claro.

– Se John Lawson morreu há quinze anos, com quem você casou?

– Casei com *Jack* Lawson – respondeu Grace. – Antes conhecido como Shane Alworth.

Eric Wu não tinha dois homens aprisionados no porão, Grace descobrira. Apenas um. Que se sacrificou para salvá-la. Que provavelmente sabia que ia morrer e quis escrever uma última verdade, da única forma que havia sobrado para ele.

Sandra Koval quase sorriu.

– É uma teoria diabólica.

– E que vai ser fácil de provar.

Ela se recostou e cruzou os braços.

– Tem só uma coisa que não entendo aí no seu cenário. Por que eu não teria simplesmente escondido o corpo do meu irmão e fingido que ele fugiu?

– Muita gente faria perguntas – falou Grace.

– Mas foi isso que aconteceu com Shane Alworth e Sheila Lambert. Eles simplesmente desapareceram.

– É verdade – admitiu Grace. – E talvez a resposta tenha a ver com o fundo fiduciário da sua família.

Isso fez o rosto de Sandra congelar.

– O fundo?

– Encontrei os papéis na mesa de Jack. Parece que seu avô criou seis fundos. Ele tinha dois filhos e quatro netos. Esqueça o dinheiro por um minuto. Vamos falar sobre poder de voto. Todos vocês têm ações com poder de voto, divididas de seis formas, com seu pai ficando com os quatro por cento que sobram. Desse modo o seu lado da família mantinha o controle do negócio, 52 por 48 por cento. Mas não sou muito boa nessas coisas e peço paciência, o vovô queria manter isso tudo na família. Se algum de vocês morresse antes dos 25 anos, o poder de voto seria dividido igualmente entre os cinco sobreviventes. Se seu irmão morresse na noite do show, por exemplo, isso significaria que o seu lado da família, você e seu pai, não estariam mais em posição majoritária.

– Você está louca.

– Pode ser – retrucou Grace. – Mas me diga, Sandra. O que a motivou?

Medo de ser pega? Ou estava apreensiva com a perspectiva de perder o controle dos negócios da família? Provavelmente foi uma combinação das duas coisas. De qualquer forma, sei que você conseguiu que Shane Alworth tomasse o lugar do seu irmão. Será mais fácil de provar. Vamos conseguir fotos antigas. Fazer teste de DNA. Agora acabou.

Sandra começou a tamborilar com as pontas dos dedos sobre a mesa.

– Se isso for verdade – disse ela –, o homem que você amava mentiu para você todos esses anos.

– Isso é verdade, independentemente de tudo – retorquiu Grace. – Como você conseguiu que ele cooperasse, volto a perguntar?

– Essa pergunta é retórica, certo?

Grace deu de ombros.

– A Sra. Alworth me disse que eles eram muito pobres. O irmão, Paul, não podia pagar a faculdade. Ela vivia num pardieiro. Meu palpite é que você os ameaçou. Se um integrante da Allaw fosse responsabilizado por aquilo, todos seriam. Ele provavelmente achou que não tinha escolha.

– Espera aí, Grace. Você acha realmente que um garoto pobre como Shane Alworth poderia fingir ser meu irmão?

– Que dificuldade haveria? Você e seu pai ajudaram, tenho certeza. Conseguir uma nova identidade não seria problema. Você tinha a certidão de nascimento do seu irmão e os documentos necessários. Bastava dizer que a carteira dele tinha sido roubada. Naquela época, acobertar esse tipo de coisa era muito fácil. Ele conseguiria uma carteira de motorista nova, um passaporte novo, o que fosse. Você encontrou outro advogado especializado em fundos, em Boston. Meu amigo notou a troca do advogado que você tinha em Los Angeles. Alguém que não conhecia a aparência de John Lawson. Você, seu pai e Shane foram juntos até o escritório dele, cada um com sua identidade. Quem iria questionar? Seu irmão já tinha se formado na Universidade de Vermont, ele não precisaria aparecer lá com uma cara nova. Shane podia ir para o exterior agora. Se alguém desse de cara com ele lá, bem, diria que se chamava Jack, que era outro John Lawson. Não é um nome incomum.

Grace esperou.

Sandra cruzou os braços.

– Essa é a parte em que devo me render às evidências e contar tudo?

– Você? Não, acho que não. Mas agora sabe que está tudo acabado. Não vou ter nenhum problema para provar que meu marido não era seu irmão.

Sandra Koval demorou a responder.

– Talvez – disse ela, as palavras saindo mais comedidas agora. – Mas não tenho certeza de que há crime aí.

– Como assim?

– Vamos dizer, hipoteticamente outra vez, que você esteja certa. Vamos dizer que eu tenha, de fato, feito seu marido fingir que era meu irmão. Isso foi há quinze anos. Existe uma coisa chamada prescrição. Meus primos poderiam tentar me trazer problemas na questão do fundo, mas não iriam querer escândalo. Encontraríamos uma solução. E, mesmo se o que você disse for verdade, meu crime não foi grave. Se estive no show daquela noite, ora, nos primeiros dias daquela reação violenta, quem poderia me culpar por estar com medo?

A voz de Grace era suave.

– Eu não culparia você por isso.

– Certo, assim que se faz.

– E, a princípio, você realmente não fez nada de tão terrível. Foi àquele show atrás de justiça para o seu irmão. Enfrentou o homem que roubou a música que seu irmão e o amigo escreveram. Isso não é crime. As coisas deram errado. Seu irmão morreu. Não havia nada que você pudesse fazer para trazê-lo de volta. Então você fez o que achou melhor. Jogou com as cartas que tinha.

Sandra Koval abriu os braços.

– Então o que você quer aqui, Grace?

– Respostas, acho.

– Parece que você já tem algumas. – Depois ela levantou o indicador e acrescentou: – Hipoteticamente falando.

– E talvez eu queira justiça.

– Que justiça? Você mesma acabou de dizer que o que aconteceu foi compreensível.

– Essa parte – retrucou Grace, a voz ainda suave. – Se terminasse aí, sim, eu provavelmente iria embora. Mas não terminou.

Sandra Koval se recostou e esperou.

– Sheila Lambert também ficou assustada. Sabia que o melhor seria mudar de nome e desaparecer. Vocês todos concordaram em se dispersar e permanecer em silêncio. Geri Duncan ficou onde estava. Tudo bem, a princípio. Mas depois Geri descobriu que estava grávida.

Sandra fechou os olhos.

– Quando Shane concordou em ser John Lawson, teve de cortar todos os laços e ir para o exterior. Geri Duncan não conseguiu encontrá-lo. Um mês depois descobriu que estava grávida. Ficou desesperada para encontrar o pai do bebê. Então foi até você. Provavelmente queria uma nova chance. Contar a verdade e ter o bebê com a ficha limpa. Você conheceu meu marido. Ele nunca lhe daria as costas se ela insistisse em ter a criança. Talvez quisesse limpar a ficha também. E aí o que aconteceria com você, Sandra?

Grace olhou para as mãos de Sandra. Elas ainda estavam tremendo.

– Você teve então que silenciar Geri. Você é uma advogada de defesa. Representa criminosos. E um deles a ajudou a encontrar um assassino de aluguel chamado Monte Scanlon.

Sandra disse:

– Você não tem como provar nada disso.

– Os anos passam – continuou Grace. – Sou casada com Jack Lawson. – Grace parou e se lembrou do que Carl Vespa havia dito sobre Jack Lawson procurá-la. Alguma coisa ali ainda não se encaixava. – Temos filhos agora. Digo a Jack que quero voltar para os Estados Unidos. Ele não quer. Eu insisto. Temos filhos. Quero voltar para os Estados Unidos. Esse foi meu erro, acho. Gostaria que ele tivesse contado a verdade...

– E como você teria reagido, Grace?

Ela pensou.

– Não sei.

Sandra Koval sorriu.

– Nem ele, acho.

Era um argumento justo, Grace sabia, mas não era o momento para aquele tipo de reflexão. Ela pressionou.

– Acabamos nos mudando para Nova York. Mas não sei o que aconteceu a seguir, Sandra, de forma que você vai ter que me ajudar com essa parte. Acho que, com o aniversário do Massacre e com a libertação de Wade Larue, Sheila Lambert, ou talvez até mesmo Jack, decidiu que era hora de contar a verdade. Jack nunca dormiu bem. Talvez os dois precisassem amenizar a culpa, não sei. Você não concordou com isso, claro. Eles talvez recebessem o perdão, mas você não. Você tinha mandado matar Geri Duncan.

– E outra vez pergunto: a prova disso é...?

– Vamos chegar lá – respondeu Grace. – Você mentiu para mim desde o começo, mas disse a verdade sobre uma coisa.

– Que ótimo! – O sarcasmo agora era forte. – E o que foi?

– Depois que Jack viu aquela foto antiga na cozinha, ele foi pesquisar sobre Geri Duncan. Descobriu que ela tinha morrido em um incêndio, mas desconfiou que não havia sido acidente. Aí ligou para você. Foi a ligação de nove minutos. Você ficou com medo de que ele fraquejasse e soube que tinha de agir rápido. Disse então a Jack que explicaria tudo, mas não por telefone. Marcou um encontro perto da New York Thruway. Depois ligou para Larue e disse a ele que esse seria o momento perfeito para a vingança. Você imaginou que Larue mandaria Wu matar Jack, não prendê-lo daquela forma.

– Eu não tenho que escutar isso.

Mas Grace não se conteve.

– Meu grande erro foi mostrar a foto a você naquele dia. Jack não sabia que eu tinha feito uma cópia. Ali estava uma fotografia do seu irmão morto e da sua nova identidade, para todo mundo ver. Você precisava me manter calada também. Aí mandou aquele cara, com a merendeira da minha filha, para me assustar. Mas não funcionou. Então foi preciso usar Wu. Ele tinha de descobrir o que eu sabia e depois me matar.

– Ok, chega. – Sandra Koval se levantou. – Saia do meu escritório.

– Nada a acrescentar?

– Ainda estou esperando as provas.

– Não tenho nenhuma, na verdade – disse Grace. – Mas talvez você confesse.

Sandra riu.

– O quê? Você acha que eu não sei que estou sendo grampeada? Não disse nem fiz nada que me incrimine.

– Olhe pela janela, Sandra.

– O que foi?

– A janela. Olhe para a calçada lá embaixo. Venha cá, vou mostrar.

Ela mancou em direção à enorme janela e apontou para baixo. Sandra Koval se movia desconfiada, como se esperasse que Grace fosse empurrá-la. Mas não era isso. Nem de longe.

Quando Sandra Koval olhou para baixo, um pequeno suspiro escapou de seus lábios. Na calçada, andando feito dois leões, estavam Carl Vespa e Cram. Grace se virou e correu para a porta.

– Aonde você vai? – perguntou Sandra.

– Ah – disse ela, escrevendo em um pedaço de papel. – Esse é o telefone do capitão Perlmutter. Faça sua escolha. Você pode ligar e sair com ele. Ou pode se arriscar na calçada.

Grace pôs o pedaço de papel na mesa. E depois, sem olhar para trás, foi embora.

epílogo

SANDRA KOVAL PREFERIU LIGAR para o capitão Stuart Perlmutter. Depois arranjou um advogado. Hester Crimstein, a lenda em pessoa, ia defendê-la. Seria uma acusação difícil, mas o Ministério Público achou, por causa de certos fatos novos, que seria possível.

Um desses fatos novos foi o retorno de um dos membros da Allaw, a ruiva Sheila Lambert. Quando leu sobre a prisão – e o apelo da mídia por sua ajuda –, ela veio a público. O homem que atirou em seu marido se encaixava na descrição do cara que ameaçara Grace no supermercado. Seu nome era Martin Brayboy. Ele foi pego e teve de concordar em ser testemunha de acusação.

Sheila Lambert também disse aos promotores que Shane Alworth estivera no show daquela noite, mas que havia decidido, no último minuto, não ir ao camarim para confrontar Jimmy X. Ela não tinha certeza do que o fizera mudar de ideia, mas especulava que Shane havia percebido que John Lawson estava muito drogado, tenso, louco para explodir.

Aquilo deveria ser um conforto para Grace, mas ela não sabia ao certo se fora.

O capitão Stuart Perlmutter se aliou à ex-chefe de Scott Duncan, Linda Morgan, a procuradora-geral dos Estados Unidos. Eles conseguiram cooptar um dos homens do círculo íntimo de Carl Vespa que, diziam, iria ser preso em breve, embora fosse difícil vinculá-lo ao assassinato de Jimmy X. Cram ligou para Grace certa tarde. Contou-lhe que Vespa não estava reagindo. Ficava muito tempo na cama.

– É como assistir a uma morte lenta – falou ele.

Ela não quis ouvir aquilo.

Charlaine Swain trouxe Mike do hospital para casa. Os dois voltaram à rotina. Mike retornou ao trabalho. Agora assistiam à TV juntos em vez de em quartos separados. Ele ainda ia dormir cedo. Eles retomaram um pouco a vida sexual, mas era tudo meio comedido. Charlaine e Grace se tornaram amigas íntimas. Charlaine nunca se queixava, mas Grace percebia o desespero. Ela sabia que algo aconteceria em breve.

Freddy Sykes ainda estava se recuperando. Pôs a casa à venda e procurava comprar alguma coisa no condomínio Fair Lawn, em Nova Jersey.

Cora permanecia Cora. Isso bastava.

Evelyn e Paul Alworth, a mãe e o irmão de Jack – ou, nesse caso, ela deveria dizer de Shane – também se manifestaram. Ao longo dos anos, Jack tinha usado o dinheiro do fundo para financiar a educação de Paul. Quando começou a trabalhar na Pentocol Pharmaceuticals, Jack fez a mãe se mudar para o condomínio, de modo que pudessem ficar mais perto. Almoçavam juntos pelo menos uma vez por semana. Tanto Evelyn quanto Paul queriam muito fazer parte da vida das crianças – eles eram, afinal de contas, a avó e o tio de Emma e Max –, mas compreendiam que seria melhor que isso acontecesse aos poucos.

Quanto a Emma e Max, os dois lidaram com a tragédia de forma muito diferente.

Max gostava de falar sobre o pai. Queria saber onde estava, como era o céu, e se o pai realmente os via. Desejava ter certeza de que ele ainda podia observar os acontecimentos mais importantes de sua jovem vida. Grace tentava responder da melhor maneira – tentava vender algumas ideias, por assim dizer –, mas suas palavras tinham a formalidade vazia do duvidoso. Max queria que ela inventasse rimas para "Jenny Jenkins" com ele, na banheira, como Jack costumava fazer, e quando Grace o fazia, seu riso parecia tanto com o do pai que ela achava que seu coração ia explodir nessas horas.

Emma, a princesa do pai, nunca falava sobre Jack. E não fazia perguntas. Não olhava as fotografias nem se referia ao passado. Grace tentava satisfazer as necessidades da filha, mas nunca sabia exatamente como. Os psiquiatras falam em se abrir. Ela, que já tinha passado por seu quinhão de tragédias, não tinha certeza disso. Existia um espaço para a recusa, o rompimento e a compartimentação.

Curiosamente, Emma parecia feliz. Ia bem na escola. Tinha muitos amigos. Mas Grace não caía naquela. A filha nunca mais escreveu poemas. Nem sequer abria o caderno. Insistia em dormir de porta fechada. Grace ficava do lado de fora à noite, quase sempre já bem tarde, e às vezes achava que ouvia seu choro. De manhã, após Emma ir para a escola, Grace examinava o quarto da filha.

O travesseiro estava sempre molhado.

As pessoas achavam que, se Jack ainda estivesse vivo, Grace teria muitas perguntas para lhe fazer. Era verdade, mas ela não se importava mais com os detalhes do que um garoto de 20 anos, drogado, fizera diante daquele desastre e de suas consequências. Pensando *a posteriori*, ele deveria ter lhe contado. Bem, e se tivesse? Suponhamos que Jack tivesse revelado a ela tudo de início. Ou um mês depois do começo do relacionamento. Ou até um ano mais tarde. Como Grace teria reagido? Teria ficado com ele? Ela pensava em Emma e Max, no fato de eles estarem ali, e esse caminho ainda não trilhado lhe provocava um arrepio.

Tarde da noite, quando Grace estava sozinha na cama, grande demais agora, e conversava com Jack, sentindo-se muito estranha porque, na verdade, não acreditava que ele escutasse, suas perguntas eram as mais básicas: Max queria entrar para o time itinerante de futebol da Kasselton, mas ele não era muito pequeno ainda para esse tipo de compromisso? A escola queria colocar Emma em um programa mais acelerado de inglês, mas não seria muita pressão sobre ela? Será que ainda devemos ir à Disney em fevereiro sem você? Ou pode ser uma lembrança muito dolorosa? E o que, Jack, eu devo fazer em relação a essas malditas lágrimas no travesseiro de Emma?

Eram perguntas assim.

Scott Duncan veio visitá-la uma semana após a prisão de Sandra. Quando Grace abriu a porta, ele disse:

– Descobri uma coisa.

– O quê?

– Estava no meio das coisas de Geri – falou Duncan.

Ele lhe entregou uma fita cassete velha. Não havia etiqueta, mas alguém escrevera com tinta preta, muito de leve: ALLAW.

Eles foram em silêncio até o escritório. Grace enfiou o cassete no toca--fitas e apertou o play.

"Invisible Ink" era a terceira música.

Havia semelhanças com "Pale Ink". Um Tribunal de Justiça consideraria Jimmy culpado de plágio? Seria por pouco, mas Grace achou que a resposta, após aqueles anos todos, provavelmente seria não. Existiam muitas músicas parecidas. Havia também uma fronteira muito tênue entre influência e plágio. "Pale Ink" lhe parecia estar localizada bem sobre essa linha borrada.

Tanta coisa errada também estava nessa zona nebulosa – era assim mesmo.

– Scott?

Ele não se virou para ela.

– Você não acha que é hora de a gente esclarecer as coisas?

Ele balançou a cabeça devagar.

Ela não sabia exatamente como se expressar.

– Quando você descobriu que sua irmã tinha sido assassinada, você investigou com furor. Saiu do emprego. Largou tudo.

– Sim.

– Não deve ter sido tão difícil assim descobrir que ela tinha um ex-
-namorado.

– Nem um pouco – concordou Duncan.

– E você devia saber que o nome dele era Shane Alworth.

– Eu já sabia sobre Shane antes. Eles namoraram durante seis meses. Mas pensava que Geri tinha morrido em um incêndio. Não havia razão para ficar de olho nele.

– Certo. Mas, depois de conversar com Monte Scanlon, você mudou de ideia.

– Sim – disse ele. – Foi a primeira coisa que fiz.

– E soube que Shane tinha desaparecido exatamente na mesma época em que se deu o assassinato da sua irmã.

– Isso.

– E isso deixou você desconfiado.

– No mínimo.

– Você provavelmente, não sei, checou o histórico dele na faculdade e até no ensino médio. Conversou com a mãe. Não deve ter levado muito tempo. Afinal, você estava investigando.

Scott Duncan anuiu.

– Então você sabia, antes mesmo de a gente se conhecer, que Jack era Shane Alworth.

– Sim – concordou ele. – Eu sabia.

– Você suspeitava que ele tinha matado sua irmã?

Duncan sorriu, mas sem alegria.

– Um cara está namorando a sua irmã. Termina o relacionamento. Ela é assassinada. Ele muda de identidade e desaparece durante quinze anos. – Ele deu de ombros. – O que você deduziria?

Grace balançou a cabeça.

– Você me disse que gostava de colocar lenha na fogueira. Esse era o jeito de fazer progresso no caso.

– Certo.

– E sabia que não poderia fazer perguntas a Jack sobre sua irmã. Porque não sabia nada sobre ele.

– Certo outra vez.

– Então – falou ela – você colocou lenha na fogueira.

Silêncio.

– Falei com Josh, da Photomat – disse ela.

– Ah. Quanto você pagou para ele falar?

– Mil dólares.

Duncan bufou:

– Eu só paguei 500 dólares.

– Para ele pôr a foto no meu envelope.

– Foi.

A música mudou. A Allaw estava agora cantando uma canção sobre vozes e vento. O som era rascante, mas havia algum potencial também.

– Você lançou uma suspeita sobre Cora para me desviar de pressionar Josh.

– Sim.

– Insistiu em que eu fosse com você ver a Sra. Alworth. Queria sentir a reação dela quando visse os netos.

– Mais lenha na fogueira – concordou ele. – Você viu a expressão nos olhos dela quando viu Emma e Max?

Grace tinha visto. Só não sabia o que significava nem por que a Sra. Alworth acabou indo morar em um condomínio bem no trajeto de Jack para o trabalho. Agora sabia, claro.

– E como você foi obrigado a tirar uma licença, não podia usar o FBI para fazer vigilância. Aí contratou um detetive particular, que usou Rocky Conwell. E colocou a câmera na nossa casa. Se ia colocar lenha na fogueira, precisava ver como o suspeito reagiria.

– Tudo verdade.

Ela pensou no resultado final.

– Muita gente morreu por causa do que você fez.

– Eu estava investigando o assassinato da minha irmã. Você não pode esperar que eu me desculpe por isso.

Culpa, pensou ela outra vez. Tanta culpa...

– Podia ter me contado.

– Não. Não, Grace, nunca pude confiar em você.

– Você disse que a nossa aliança era temporária.

Scott olhou para ela. Havia algo de sombrio nele agora.

– Isso – disse ele – era mentira. Nunca fizemos uma aliança.

Ela se endireitou e baixou o volume da música.

– Você não se lembra do massacre, lembra, Grace?

– Isso não é raro – respondeu ela. – Não é amnésia, nada disso. Acertaram minha cabeça com tanta força que fiquei em coma.

– Traumatismo craniano – falou Duncan, anuindo. – Sei tudo sobre isso. Já vi em tantos casos. Como o do corredor do Central Park, por exemplo. Na maioria dos casos, como o seu, a pessoa não se lembra nem dos dias anteriores ao trauma.

– Então?

– Então como você chegou à beira do palco naquela noite?

A pergunta, vinda do nada, assim, fez com que Grace se empertigasse. Ela examinou o rosto de Scott, buscando alguma deixa. Não viu nenhuma.

– Como assim?

– Ryan Vespa pagou 400 dólares a um cambista pelo ingresso. Os membros da Allaw conseguiram o deles com Jimmy. A única forma de estar ali era gastando uma boa grana ou conhecendo alguém. – Ele se inclinou para a frente. – Como você conseguiu chegar à boca do palco, Grace?

– Meu namorado tinha ingressos.

– Seria Todd Woodcroft? Aquele que nunca foi visitar você no hospital?

– Sim.

– Tem certeza disso? Porque antes você disse que não lembrava.

Ela abriu a boca e depois fechou. Ele se inclinou mais para perto.

– Grace, conversei com Todd Woodcroft. Ele não foi ao show.

Alguma coisa dentro do peito de Grace balançou. O corpo ficou frio.

– Todd não a visitou porque você terminou com ele dois dias antes do show. Ele achou que seria estranho. E, sabe de uma coisa, Grace? Shane Alworth terminou com a minha irmã nesse mesmo dia. Geri também não foi ao show. E quem você acha que ele levou no lugar dela?

Um tremor se espalhou pelo corpo de Grace.

– Não estou entendendo.

Ele pegou a fotografia.

– Esta é a foto Polaroid original, que ampliei e coloquei no seu envelope. Minha irmã pôs a data atrás. A foto foi tirada um dia antes do show.

Ela balançou a cabeça.

– Essa mulher misteriosa à direita, a que mal dá para ver. Você achava que era Sandra Koval. Bem, talvez, Grace, só talvez, seja você.

– Não...

– E talvez, enquanto estamos procurando mais pessoas para culpar, talvez a gente deva se perguntar sobre a garota bonita que distraiu Gordon MacKenzie para que os outros pudessem chegar a Jimmy X. Sabemos que não era minha irmã nem Sheila Lambert ou Sandra Koval.

Grace continuava a balançar a cabeça, mas depois voltou àquele dia na praia, a primeira vez que pôs os olhos em Jack, àquela sensação, àquele frio na barriga. De onde vinha? Era o tipo de coisa que a pessoa sente...

... quando já encontrou a outra antes.

A forma mais estranha de *déjà-vu*. Do tipo quando já se está ligado a alguém, quando já se sentiu o primeiro bombardeio da paixão. Os dois se dão as mãos, e, no momento em que o turbilhão começa, vem essa sensação de soco no estômago, se a mão dele escapa da sua...

– Não – disse Grace, com mais firmeza agora. – Você está errado. Não pode ser. Eu me lembraria disso.

Scott Duncan balançou a cabeça.

– Provavelmente você está certa.

Ele se levantou e tirou a fita cassete do sistema de som. Entregou-lhe.

– Isso tudo é só uma hipótese louca. Pelo que sabemos, talvez essa mulher misteriosa seja a razão de Shane não ter ido ao camarim. Talvez ela o tenha feito desistir. Ou talvez ele tenha percebido que havia algo mais importante lá, na beira do palco, do que qualquer coisa que pudesse encontrar numa música. Talvez, mesmo três anos depois, ele tenha feito questão de encontrá--la outra vez.

Depois disso, Scott Duncan foi embora. Grace se pôs de pé e foi até o ateliê. Não pintava desde a morte de Jack. Colocou o cassete em um aparelho portátil e apertou o play.

Pegou um pincel e tentou trabalhar. Queria pintá-lo. Pintar Jack – nem John, nem Shane. Jack. Achou que ia sair confuso e caótico, mas não foi isso que aconteceu, nem um pouco. O pincel voava e dançava pela tela. Ela começou a pensar em como nunca se pode saber tudo sobre os entes queridos. E talvez, ao pensar nisso profundamente, a pessoa descubra que não sabe muito nem sobre si mesma.

O cassete terminou. Ela rebobinou e tocou de novo. Trabalhava em meio a um frenesi delirante e delicioso. As lágrimas escorriam pelo seu rosto. Grace não as enxugava. A certa altura, olhou para o relógio. Logo seria hora de parar. Horário de saída da escola. Precisava pegar as crianças. Emma tinha aula de piano naquele dia; e Max, treino de futebol no time itinerante.

Grace pegou a bolsa e trancou a porta atrás dela.

agradecimentos

O AUTOR GOSTARIA DE AGRADECER às seguintes pessoas pela consultoria técnica: Mitchell F. Reiter, médico, chefe do Departamento de Cirurgia de Coluna da UMDNJ (também conhecido como "Cuz"); David A. Gold, médico; Christopher J. Christie, procurador do estado de Nova Jersey; capitão Keith Killion, do Departamento de Polícia de Ridgewood; Steven Miller, médico, diretor da emergência pediátrica do Children's Hospital, no New York Presbyterian; John Elias; Anthony Dellapelle (que não é fictício); Jennifer van Dam; Linda Fairstein; e Craig Coben (também conhecido como "Bro"). Como sempre, se há erros, técnicos ou não, a culpa é deles. Estou cansado de ser o bode expiatório.

Um agradecimento a Carole Baron, Mitch Hoffman, Lisa Johnson e a todos da Dutton e do Penguin Group USA; Jon Wood, Malcolm Edwards, Susan Lamb, Juliet Ewers, Nicky Jeanes, Emma Noble e a gangue da Orion; Aaron Priest, Lisa Erbach Vance, Bryant e Hil (por me ajudarem com aquele primeiro problema), Mike e Taylor (por me ajudarem com o segundo) e Maggie Griffin.

Os personagens deste livro podem ter nomes de pessoas que conheço, mas ainda assim são completamente fictícios. Na verdade, este romance todo é um trabalho de ficção. Isso significa que inventei as coisas.

Um agradecimento especial a Charlotte Coben pelos poemas de Emma. Todos os direitos reservados, como se diz.

CONHEÇA OUTROS LIVROS DO AUTOR

Até o fim

O detetive Nap Dumas nunca mais foi o mesmo após o último ano do colégio, quando seu irmão Leo e a namorada, Diana, foram encontrados mortos nos trilhos da ferrovia. Além disso, Maura, o amor da vida de Nap, terminou com ele e desapareceu sem justificativa.

Por quinze anos, o detetive procurou pela ex-namorada e buscou a verdadeira razão por trás da morte do irmão. Agora, parece que finalmente há uma pista.

As digitais de Maura surgem no carro de um suposto assassino e Nap embarca em uma jornada por explicações, que apenas levam a mais perguntas: sobre a mulher que amava, os amigos de infância que pensava conhecer, a base militar próxima a sua antiga casa.

Em meio às investigações, Nap percebe que as mortes de Leo e Diana são ainda mais sombrias e sinistras do que ele ousava imaginar.

Quando ela se foi

Dez anos atrás, Myron Bolitar e Terese Collins fugiram juntos para uma ilha. Durante três semanas, eles se entregaram um ao outro sem pensar no amanhã. Depois disso, se reencontraram apenas uma vez, antes de ela ir embora sem deixar vestígio.

Agora, no meio da madrugada, Terese telefona pedindo a ajuda de Myron para localizar o ex-marido, Rick Collins. Em pouco tempo eles descobrem que Rick foi assassinado e que Terese é a principal suspeita.

Porém algo ainda mais atordoante é revelado: perto do corpo havia fios de cabelo e uma mancha de sangue que o exame de DNA revelou pertencer à filha do casal, que morreu muitos anos antes.

Logo Myron se vê numa perseguição pelas ruas de Paris e de Londres, tentando desvendar a morte de Rick e o destino da filha que Terese pensava ter perdido para sempre.

Em *Quando ela se foi*, Harlan Coben cria um mundo de armadilhas imprevisíveis em que conflitos religiosos, política internacional e pesquisas genéticas se mesclam a amizade, perdão e a chance de um novo começo.

Não conte a ninguém

Há oito anos, enquanto comemoravam o aniversário de seu primeiro beijo, o Dr. David Beck e sua esposa, Elizabeth, sofreram um terrível ataque. Ele foi golpeado e caiu no lago, inconsciente. Ela foi raptada e brutalmente assassinada por um serial killer.

O caso volta à tona quando a polícia encontra dois corpos enterrados perto do local do crime, junto com o taco de beisebol usado para nocautear David. Ao mesmo tempo, o médico recebe um misterioso e-mail que aparentemente só pode ter sido enviado por sua esposa.

Esses acontecimentos fazem ressurgir inúmeras perguntas sem resposta: como David conseguiu sair do lago? Elizabeth está viva? Por que ela demorou tanto para entrar em contato com o marido?

Na mira do FBI como principal suspeito da morte da esposa e caçado por um perigosíssimo assassino de aluguel, David contará apenas com o apoio de sua melhor amiga, da sua advogada e de um traficante de drogas para descobrir toda a verdade e provar sua inocência.

CONHEÇA OS LIVROS DE HARLAN COBEN

Até o fim
A grande ilusão
Não fale com estranhos
Que falta você me faz
O inocente
Fique comigo
Desaparecido para sempre
Cilada
Confie em mim
Seis anos depois
Não conte a ninguém
Apenas um olhar
Não há segunda chance
Custe o que custar
O menino do bosque
Win
Silêncio na floresta
Identidades cruzadas
Eu vou te encontrar

COLEÇÃO MYRON BOLITAR
Quebra de confiança
Jogada mortal
Sem deixar rastros
O preço da vitória
Um passo em falso
Detalhe final
O medo mais profundo
A promessa
Quando ela se foi
Alta tensão
Volta para casa

editoraarqueiro.com.br

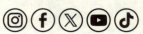